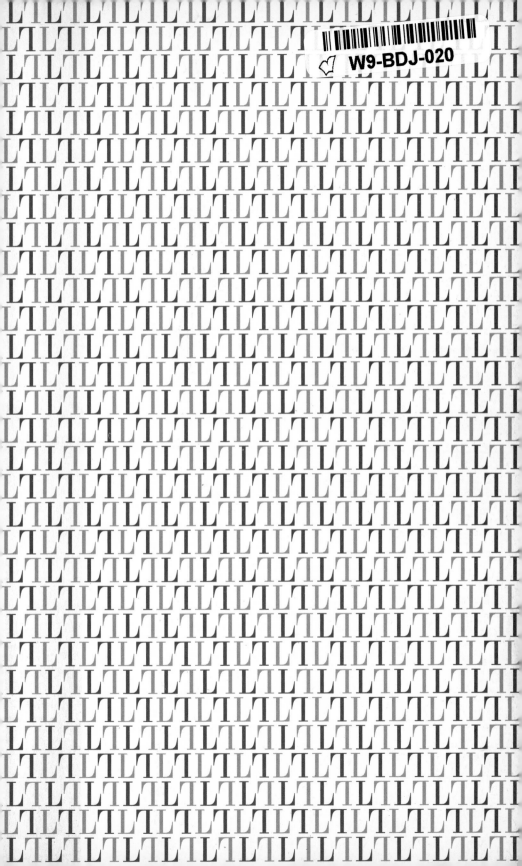

La frantumaglia

La frantumaglia

Un viaje por la escritura

Elena Ferrante

Traducción de
Celia Filipetto

Lumen

ensayo

Título original: *La frantumaglia*

Primera edición: octubre de 2017

© 2003, Edizioni e/o
Publicado por acuerdo con The Ella Sher Literary Agency, www.ellasher.com
© 2017, Penguin Random House Grupo Editorial, S. A. U.
Travessera de Gràcia, 47-49. 08021 Barcelona
© 2017, Celia Filipetto Isicato, por la traducción

Printed in Spain – Impreso en España

ISBN: 978-84-264-0441-1
Depósito legal: B-17.026-2017

Compuesto en La Nueva Edimac, S. L.
Impreso en Egedsa
Sabadell (Barcelona)

H 4 0 4 4 1 1

Penguin
Random House
Grupo Editorial

La frantumaglia

Este libro

Este libro va dirigido a quien leyó, amó, analizó *El amor molesto* (1992-1996) y *Los días del abandono* (2002-2004), las dos primeras novelas de Elena Ferrante. Con los años, la primera se convirtió en libro de culto, Mario Martone dirigió una magnífica película basada en ella, y los interrogantes sobre la peculiar reticencia de la autora se multiplicaron. La segunda novela contribuyó a ampliar aún más el público de la escritora, lectores y lectoras la amaron con pasión, y las preguntas sobre la personalidad de Elena Ferrante se hicieron apremiantes.

Para satisfacer la gran curiosidad de ese público exigente y a la vez generoso, decidimos reunir aquí algunas de las cartas que la autora intercambió con Edizioni e/o, las pocas entrevistas que ha concedido y la correspondencia con lectores excepcionales. Entre otras cosas, los textos aclaran, esperamos que de forma definitiva, los motivos que llevan a la escritora a mantenerse al margen, como viene haciendo desde hace diez años, de los medios de comunicación y sus necesidades.

Los editores, SANDRA OZZOLA y SANDRO FERRI

NOTA. Introducción a la primera edición de *La frantumaglia*, publicada en Italia en septiembre de 2003.

Todas las notas que siguen pertenecen a los editores de esta edición actualizada de *La frantumaglia*.

I
Papeles

1991-2003

1

El regalo de la Befana

Querida Sandra:

En mi último y agradable encuentro contigo y tu marido me preguntaste qué pensaba hacer para la promoción de *El amor molesto* —conviene que me acostumbre a llamar al libro por su título definitivo—. Planteaste la pregunta de forma irónica y la acompañaste con una de tus vivas miradas divertidas. En ese momento no me atreví a contestarte, tenía la impresión de haber sido bien clara con Sandro; él se manifestó por completo de acuerdo con mis decisiones, y yo confiaba en que no se volviera a sacar el tema ni en broma. Ahora te contesto por escrito: la escritura me borra las largas pausas, las incertidumbres, la docilidad.

No pienso hacer nada por *El amor molesto*, nada que suponga el compromiso público de mi persona. Ya he hecho suficiente por este cuento largo: lo escribí; si el libro tiene algún valor, debería ser suficiente. No participaré en debates y congresos, si me invitaran. No iré a retirar premios, si quisieran dármelos. Nunca haré promoción del libro, sobre todo en la televisión, ni en Italia ni, llegado el caso, en el extranjero. Intervendré solo a través de la escritura, pero me inclinaría por limitar también esto último a lo mínimo indispensable. En este sentido, me he comprometido definitivamente conmigo misma y con mis familiares. Espero no verme obligada a cambiar de idea. Comprendo que mi postura puede causar ciertas dificultades a la editorial. Tengo en gran estima vuestro trabajo, me he encariñado con vosotros enseguida, no quiero ocasionaros ningún perjuicio. Si no tenéis intención de seguir apoyándome, decídmelo enseguida, lo entenderé. No tengo ninguna necesidad de publicar este libro.

Me resulta difícil exponer todos los motivos de esta decisión, lo sabes. Solo quiero confiarte que la mía es una pequeña apuesta conmigo misma, con mis convicciones. Creo que, una vez escritos, los libros no necesitan en absoluto a sus autores. Si tienen algo que contar, tarde o temprano encontrarán lectores; si no, no. Hay ejemplos de sobra. Adoro esos misteriosos libros de época antigua y moderna sin un autor claro pero que han tenido y tienen una vida propia e intensa. Me parecen una especie de prodigio nocturno, como cuando de niña esperaba los regalos de la Befana: me iba a la cama muy nerviosa y por la mañana me despertaba y ahí estaban los regalos, pero a la Befana nadie la había visto. Los auténticos milagros son aquellos que nunca se sabrá quién hizo, ya se trate de los pequeñísimos milagros de los espíritus secretos de la casa o de los grandes milagros que dejan boquiabiertos. Conservo este deseo infantil de maravillas grandes o pequeñas, sigo creyendo en ellas.

Por eso, querida Sandra, te lo digo con claridad: si en *El amor molesto* no hay hilo con que tejer, ¡paciencia!: significará que tú y yo nos hemos equivocado; pero si lo hay, ese hilo se entrelazará hasta donde sea capaz de hacerlo y no nos quedará más que agradecer a lectoras y lectores que hayan encontrado pacientemente el extremo y tirado de él.

Por lo demás, ¿no es cierto que las promociones cuestan? Seré la autora menos cara de la editorial. Os ahorraréis incluso mi presencia.

Un fuerte abrazo,

ELENA

NOTA. Carta del 21 de septiembre de 1991.

2

Las modistas de las madres

Querida Sandra:

Me inquieta mucho este asunto del premio. Debo decirte que lo que más me confunde no es que mi libro haya sido premiado, sino que el premio lleve el nombre de Elsa Morante. Con el fin de escribir unas líneas de agradecimiento que fueran, sobre todo, un homenaje a una autora que he querido mucho, me puse a buscar en sus libros unos pasajes adecuados para la ocasión. Descubrí que la ansiedad juega malas pasadas. Hojeé y hojeé y no localicé ni una palabra que viniera al caso cuando, en realidad, recordaba nítidamente muchas. Habrá que reflexionar sobre cómo y cuándo las palabras se escapan de los libros y los libros terminan por parecer sepulcros vacíos.

¿Qué fue lo que me obnubiló en esas circunstancias? Buscaba un pasaje inequívocamente femenino sobre la figura materna, pero las voces narradoras masculinas inventadas por Elsa Morante me nublaron la vista. Aunque sabía muy bien que esos pasajes existían, para localizarlos debería haber regresado a la impresión de la primera lectura, cuando había conseguido sentir las voces masculinas como enmascaramientos de voces y sentimientos femeninos. El caso es que para conseguir algo así lo peor que se puede hacer es leer con la urgencia de localizar un pasaje para citarlo. Los libros son organismos complejos, las líneas que nos turbaron profundamente son el momento más intenso de un terremoto que el texto desencadenó en nosotros desde las primeras páginas; de manera que o se localiza la falla y uno mismo se convierte en la falla, o las palabras que nos parecieron escritas para nosotros ya no se encuentran, y si se encuentran, parecen banales, incluso lugares comunes.

Al final eché mano de la cita que ya conoces, quería ponerla en el epígrafe de *El amor molesto*, pero es difícil de utilizar porque leída hoy parece obvia, solo un pasaje irónico sobre la desmaterialización del cuerpo de la madre por obra del macho meridional. Por ello, en caso de que consideréis necesario citar ese pasaje para hacer más comprensible la lectura de mi texto de agradecimiento, os transcribo a continuación toda la página. Morante resume libremente lo que Giuditta, su personaje, le dirá al hijo como comentario del tono de hombre siciliano que el chico utilizó, tras una desagradable humillación, para marcar el final de la experiencia teatral de su madre y el regreso de esta a un aspecto menos perturbador.

Giuditta le agarró una mano y se la cubrió de besos. En ese momento —le dijo después—, él había adoptado una actitud de siciliano, de esos sicilianos severos, de honor, siempre pendientes de sus hermanas, que no salgan solas por la noche, que no alimenten las esperanzas de sus pretendientes, que no usen pintalabios. Y para quienes «madre» significa dos cosas: «vieja» y «santa». El color propio de los vestidos de las madres es el negro o, como mucho, el gris o el marrón. Sus vestidos son amorfos ya que nadie, empezando por las modistas de las madres, va a pensar que una madre tiene cuerpo de mujer. Sus años son un misterio sin importancia, porque, total, su única edad es la vejez. Dicha vejez amorfa tiene ojos santos que no lloran por sí mismos, sino por los hijos; tiene labios santos, que rezan oraciones no por sí mismos, sino por los hijos. ¡Y pobre del que delante de estos hijos pronuncie en vano el santo nombre de sus madres! ¡Pobre de él! ¡Es una ofensa mortal!

Y, por favor, este pasaje debe leerse sin énfasis, con voz normal, sin tratar de usar los tonos declamatorios de los cómicos teatreros. Quien lo lea solo deberá subrayar «amorfos», «modistas de las madres», «cuerpo de mujer», «misterio sin importancia».

Por último, aquí tenéis mi carta para el jurado del premio; espero que se entienda que las palabras de Morante no están en modo alguno desgastadas.

Me disculpo una vez más por las molestias que os causo.

ELENA

Al señor presidente y a los miembros del jurado
De Elsa Morante, cuyos libros tengo en muy alta estima, conservo muchas palabras en la cabeza. Antes de escribirles fui a buscar algunas para aferrarme a ellas y extraerles consistencia. Encontré muy pocas donde recordaba que estaban. Unas cuantas se habían escondido. Otras, incluso sin buscarlas, las reconocí mientras iba hojeando y me embelesaron más que esas otras que buscaba. Las palabras hacen unos viajes imprevisibles en la cabeza de quien las lee. Buscaba, entre otras, palabras sobre la figura materna, tan fundamental en la obra de Morante, y hurgué en *Mentira y sortilegio*, en *La isla de Arturo*, en *La historia*, en *Araceli*. Al final, en *El chal andaluz* encontré las que, a fin de cuentas, estaba buscando.

Sin duda, ustedes las conocen mejor que yo y no tiene sentido que se las transcriba. Hablan de cómo se imaginan los hijos a sus madres: en estado de perenne vejez, con ojos santos, labios santos, vestidos negros o grises o, como mucho, marrones. Al comienzo, la autora habla de determinados hijos: «esos sicilianos severos, de honor, siempre pendientes de sus hermanas». Pero, al cabo de unas cuantas frases, deja a un lado Sicilia y pasa —me parece— a una imagen materna menos local. Ocurre con la aparición del adjetivo «amorfo». Los vestidos de las madres son «amorfos» y su única edad, la vejez, también es «amorfa», «ya que —escribe Elsa Morante— nadie, empezando por las modistas de las madres, va a pensar que una madre tiene cuerpo de mujer».

Me parece muy significativo ese «nadie va a pensar». Quiere decir que lo amorfo es tan poderoso en su condicionamiento de la palabra «madre» que el pensamiento de hijos e hijas, cuando piensan en el cuerpo al que debería remitir la palabra, no logra darle las formas que le corresponden si no es con repulsión. Ni siquiera lo consiguen las modistas de las madres, que también son mujeres, hijas, madres. Ellas, más bien por costumbre, de forma irreflexiva, cortan un sayo sobre su cuerpo que anula a la mujer, como si la segunda fuera una lepra para la primera. Al hacerlo así, los años de las madres se transforman en un misterio sin importancia, y la vejez se convierte en su única edad.

En esas «modistas de las madres» he pensado de modo consciente solo ahora, mientras escribo. Pero me atraen mucho, en especial si las asocio a una expresión que siempre me intrigó, desde niña. La expresión es «cortar a alguien un sayo». Me imaginaba que ocultaba un significado malvado: una agresión maliciosa, una violencia que arruina la ropa y deja escabrosamente al desnudo; o, peor aún, un arte de magia capaz de perfilarte el cuerpo hasta la obscenidad. Hoy ese significado no me parece ni malvado ni escabroso. Al contrario, me apasiona el nexo entre cortar, vestir, decir. Y me parece apasionante que este nexo haya originado una metáfora de la maledicencia. Si las modistas de las madres aprendieran a cortarles un sayo desnudándolas, o si se lo entallaran hasta recuperar el cuerpo de mujer que tienen, que han tenido, al vestirlas, las desnudarían y su cuerpo, sus años dejarían de ser un misterio sin importancia.

Tal vez cuando hablaba de las madres y de sus modistas Elsa Morante hablaba también de la necesidad de encontrar para ellas los verdaderos trajes y hacer jirones las costumbres que pesan sobre la palabra «madre». O tal vez no. De todas maneras, recuerdo otras dos imágenes suyas —por ejemplo, la referencia a un «sudario materno» definida como «tejido de fresco amor sobre el cuerpo de la lepra»— en cuyo interior sería agradable abandonarse para resurgir como modistas nuevas dispuestas a luchar contra el error de lo Amorfo.

NOTA. La autora no fue a recoger el premio opera prima otorgado a *El amor molesto* por el jurado de la sexta edición del premio Procida, Isla de Arturo – Elsa Morante (1992). Envió a la editorial esta carta dirigida a los miembros del jurado, que se leyó en la ceremonia de entrega. El texto se publicó en los *Cahiers Elsa Morante*, a cargo de Jean-Noël Schifano y Tjuna Notarbartolo, Edizioni Scientifiche Italiane, 1993, y se reproduce aquí con pequeñas modificaciones. El pasaje de Elsa Morante citado más arriba se encuentra en *Lo scialle andaluso*, Einaudi, 1985, pp. 207-208.

3

Escribir por encargo

Querida Sandra:

Vaya enredo en el que me habéis metido. Cuando acepté escribir algo para el aniversario de vuestra empresa editorial descubrí lo fácil que es bajar la cuesta de la escritura por encargo; incluso se hace con gusto. ¿Qué pasará ahora? ¿Habéis hecho que quitara el tapón y toda el agua se vaya por el desagüe de la pila? En este momento me siento dispuesta a escribir lo que sea. ¿Vais a pedirme que celebre la compra de vuestro nuevo coche? En alguna parte pescaré un recuerdo de mi primer viaje en coche y, línea a línea, llegaré a la enhorabuena por vuestro coche. ¿Vais a pedirme que me congratule con vuestra gata por los gatitos que acaba de parir? Desenterraré a la gata que primero me regaló mi padre y luego, exasperado por los maullidos, se llevó de casa para abandonarla en el camino a Secondigliano. ¿Vais a pedirme que escriba un texto para vuestro libro sobre la Nápoles de hoy? Comenzaré hablando de aquella vez en que temía salir de casa por miedo a cruzarme con una vecina entrometida contra la que mi madre se había rebelado echándola de casa y, palabra a palabra, sacaré a relucir el miedo por la violencia que te cae encima hoy, justamente mientras la vieja política se retoca el maquillaje y ya no sabemos dónde está lo nuevo que nos proponemos apoyar. ¿Debería contribuir con un óbolo a la urgencia femenina de aprender a amar a la madre? Contaré cómo mi madre me llevaba por la calle agarrada de la mano cuando yo era niña, comenzaré por ahí; pensándolo bien me gustaría hacerlo de veras. Conservo una sensación lejana de la piel contra la piel; ella me estrechaba la mano por miedo a que me soltara y saliera corriendo por la calle con baches y llena de peligros, yo notaba su miedo y tenía miedo. Después encontraré la manera de desarrollar el tema hasta llegar a citar con arte a Luce Irigaray y Luisa Muraro. Unas palabras llevan a otras, siempre se consigue escribir con cierta coherencia banal, elegante, apenada, divertida una página sobre cualquier tema, trivial o elevado, simple o complejo, básico o fundamental.

¿Qué hacer, entonces?, ¿decir no incluso a las personas que apreciamos y en las que confiamos? No es mi caso. De manera que he escrito unas líneas conmemorativas, tratando de transmitiros un verdadero sentimiento de aprecio por la noble batalla que habéis empeñado en todos estos años y que hoy, creo, resulta aún más difícil de ganar.

Aquí tenéis, pues, mi mensaje, felicidades. Por esta vez me conformaré empezando con una mata de alcaparras. Después, ya no sé. Podría inundaros de rememoraciones, frases, relatos universalizantes. ¿Qué hace falta? Siento que puedo escribir por encargo sobre los jóvenes de hoy, las infamias de la televisión, Di Giacomo, Francesco Jovine, el arte del bostezo, un cenicero. Chéjov, el gran Chéjov, al hablar con un periodista que quería saber cómo nacían sus cuentos, cogió el primer objeto que tenía a mano —precisamente un cenicero— y le dijo: «¿Ve usted esto? Pase mañana y le daré un cuento titulado "El cenicero"». Hermosa anécdota. Pero ¿cómo y cuándo se transforma el azar en necesidad de escribir? No lo sé. Solo sé que la escritura tiene un aspecto deprimente, cuando se notan los nervios de la ocasión. Entonces hasta la verdad puede parecer artificiosa. Por ello, para evitar equívocos, añado a continuación, más allá de las alcaparras u otras hierbas, sin apoyarme en la literatura, que mi enhorabuena es auténtica y sentida.

Hasta pronto,

ELENA

En una de las muchas casas donde viví de joven, en todas las estaciones crecía una mata de alcaparras sobre la pared orientada al este. Era de piedra desnuda y agrietada y no había semilla que no encontrara un terrón. Pero aquella alcaparra, sobre todo, crecía y florecía de un modo tan magnífico y, por otra parte, con unos colores tan delicados, que se me grabó en la mente una imagen de fuerza justa, de energía apacible. El campesino que nos alquilaba la casa segaba todos los años aquellas plantas, pero era inútil. Cuando embelleció la pared con un enlucido, extendió una capa uniforme con sus manos y luego la pintó de un celeste insufrible. Confiada, esperé mucho tiempo a que las raíces de la alcaparra se salieran con la suya y encresparan de pronto la calma plana de la pared.

Hoy, mientras busco el camino de la enhorabuena para mi editorial, tengo presente lo que pasó. El enlucido se cubrió de grietas y la alcaparra fue un estallido de brotes. Por eso deseo a Edizioni e/o que siga luchando contra el enlucido, contra todo aquello que armoniza borrando. Que lo haga abriendo tozudamente, de estación en estación, libros con flores de alcaparras.

NOTA. El motivo al que se alude es el decimoquinto aniversario de Edizioni e/o (1994). El texto al pie de la carta apareció en el catálogo conmemorativo publicado para la ocasión.

4

El libro adaptado

Querido Sandro:

Claro que siento curiosidad, no veo la hora de leer el guion de Martone; en cuanto lo recibas, por favor, envíamelo enseguida. Pero temo que leerlo no sirva más que para satisfacer esa curiosidad que para mí supone comprender qué parte de mi libro alimentó y está alimentando el proyecto de película de Martone, cuál de sus nervios tocó el texto, cómo puso en marcha su capacidad imaginativa. Por lo demás, tras reflexionar un poco, preveo que me encontraré en una situación un tanto rara, un tanto incómoda: me convertiré en lectora de un texto ajeno que me contará una historia escrita por mí; basándome en sus palabras imaginaré lo que ya he imaginado, visto, fijado yo con mis palabras, y, guste o no, esta segunda imaginación deberá tener en cuenta —¿irónicamente?, ¿trágicamente?— a la primera. En resumen: seré lectora de un lector mío que me contará a su manera, con sus medios, con su inteligencia y sensibilidad, lo que ha leído en mi libro. No sé decirte cómo me lo tomaré. Tengo miedo de descubrir que sé poco de mi propio libro. Temo ver en la escritura de otro —un guion es escritura especializada, imagino, pero sigue siendo escritura para hacer un relato— lo que he contado en verdad y disgustarme, o bien descubrir su debilidad, o simplemente darme cuenta de lo que falta, de lo que debería haber contado y que por incapacidad, por pusilanimidad, por elecciones literarias auto-limitadoras, por una superficialidad de la mirada, no he contado.

Pero no añado más, no quiero dar largas. Debo reconocer que el gusto de una nueva experiencia se impone a las pequeñas ansiedades y preocupaciones. Creo que haré lo siguiente: leeré el texto de Martone sin tener en cuenta el hecho de que es un paso para llegar a su película; lo leeré como una ocasión para llegar aún más a fondo, a través del trabajo, a la inventiva de otro, no de mi libro, que ya anda solo por ahí, sino del tema que, al escribirlo, he desflorado. Es más, díselo si lo ves o hablas con él, no quiero que espere de mí una aportación técnicamente útil.

Te agradezco mucho las molestias que te tomas.

ELENA

NOTA. La carta es de abril de 1994 y se refiere al guion de Mario Martone basado en *El amor molesto*. El director envió el texto a Ferrante acompañado de una carta. Siguió un intercambio epistolar que publicamos a continuación.

5

La reinvención de *El amor molesto*

Correspondencia con Mario Martone

Campagnano, 18 de abril de 1994

Apreciada señora Ferrante:

La que le envío es la tercera versión del guion en el que estoy trabajando. Como podrá imaginar, seguirán otras que irán registrando modificaciones, ideas nuevas, cambios ligados al desarrollo de los personajes o a la elección de las ambientaciones. De hecho, un guion es un poco como un mapa: cuanto más exacto, más expedito hace el viaje que comienza con el rodaje de la película. Hasta ese momento, nunca se termina de trabajar en él.

He tratado de comprender y respetar el libro y, al mismo tiempo, de filtrarlo a través de mis experiencias, mis recuerdos, mi percepción de Nápoles. Intento dar vida a una Delia tal vez distinta de la que usted conoce; es necesario, precisamente porque en la novela usted quiso ocultar su imagen. Usted revela su pensamiento, lanza al lector unos asideros decisivos, pero nunca la describe ante nuestros ojos con la claridad de los otros personajes. Este prodigioso procedimiento de escritura, que crea el misterio de la relación entre Delia y Amalia, para mí deberá aclararse para después, espero, recomponerse cinematográficamente; de hecho, desde el comienzo de la película debemos ver a Delia. Estoy tratando de darle a Delia una personalidad a medio camino entre el personaje de su novela y Anna Bonaiuto, la actriz que lo interpretará siguiendo un procedimiento que tengo en gran estima —si tuvo ocasión de ver la película, piense en el personaje de Renato Caccioppoli y en el actor Carlo Cecchi en *Muerte de un matemático napolitano*—. Es una manera de tratar de aproximarse con concreción cinematográfica al relato; no hay que olvidar que la cámara grabará esa cara, ese cuerpo, esa mirada.

Los *flashbacks*, así como las intervenciones de la voz en *off* quizá sean demasiados, pero considere que se trata de material que se puede montar después con mucha libertad y que ahora me parece mejor mantener. He modificado ciertas ambientaciones; en especial, verá que he cambiado la habitación del hotel por la de un balneario. Estas modificaciones, y otras que probablemente habrá, se deben, en primer lugar, al hecho de que intentaré encontrar unas localizaciones verdaderas que se aproximen al espíritu de la novela y no recrear los ambientes con escenografías; y, en segundo lugar, porque algunas veces —como el caso de la habitación de hotel— ver en la pantalla es inevitablemente distinto a ver con la imaginación. Por este mismo motivo prefiero, por ejemplo, que el tío Filippo tenga los dos brazos; temo que de lo contrario el espectador empiece a preguntarse dónde está el truco.

En cuanto a la época en la que se desarrolla la película y al ambiente electoral que trazo como fondo, me gustaría conocer su impresión; no quisiera que resultara gratuito. Le envío la fotocopia de un artículo publicado en *Il manifesto* que, creo yo, capta bien la relación entre la feminidad de Alessandra Mussolini y el fascismo como dato «antropológico» en Nápoles; relación, me parece, no del todo ajena a los acontecimientos de *El amor molesto*.

Le ruego de todos modos que, si lo desea, no dude en darme indicaciones o hacerme sugerencias, incluso detalladas, que para mí serán valiosísimas. Espero sinceramente que el guion no la decepcione; estaría encantado de afrontar la película contando con su confianza.

La saludo con afecto y gratitud,

MARIO MARTONE

Querido Martone:

Su guion me ha entusiasmado hasta tal punto que, a pesar de que he intentado escribirle varias veces, no he conseguido pasar de las primeras líneas de declaración de estima y admiración por su trabajo. Sinceramente, temo no saber cómo contribuir a su proyecto. He decidido hacer lo siguiente: le indicaré a continuación, de manera pedante y no sin cierto apuro, los aspectos marginales, a veces por completo irrelevantes, en los que se podría intervenir, y lo haré tal como los fui anotando mientras leía, sin demasiadas pretensiones. Muchas de estas anotaciones le parecerán injustificadas, dictadas más por la forma en que los acontecimientos y los personajes quedaron en mi cabeza que por como son ahora en la escritura. Además, puede que no tengan en cuenta lo suficiente su esfuerzo de reinvención en clave cinematográfica del personaje de Delia. Le pido perdón de antemano.

P. 10. La referencia a Augusto. Delia es una persona crispada en cada músculo, en cada palabra; gentil y gélida, afectuosa y distante. Sus relaciones con los hombres no son experiencias, sino experimentos para poner a prueba un organismo estrangulado; experimentos todos fracasados. No puede, creo yo, disfrutar de soledad alguna.

Para ella la soledad no es un paréntesis, unas vacaciones en medio de una vida ajetreada, sino un atrincheramiento convertido en forma de vida. Cada gesto o palabra suya es un nudo. Serán estos acontecimientos los que la suelten. No creo que sea útil referirse a que lleva una vida normal, hecha de frases y sentimientos comunes. Si hubiese un Augusto, Delia no hablaría de él. En una palabra, eliminaría ese nombre y la referencia a la soledad, así como el «nos contamos unas cuantas cosas».

P. 14. La réplica de Maria Rosaria me parece excesiva. La sustituiría por otra capaz de dar enseguida una idea exacta de los celos del padre. Aprovecho para decirle que quizá se debería aclarar mejor que el padre siempre fue celoso. Precisamente a partir de esos celos paternos Delia construye una imagen de madre infiel. Desde niña está convencida de que Amalia la trajo al mundo con el único propósito de proyectarla fuera de sí, de separarse de ella para entregarse a otros de un modo disoluto. Este fantasma de Amalia —no la Amalia real— es el cruce entre las obsesiones paternas y el sentimiento de abandono experimentado por Delia niña —referencia al trastero en las primeras páginas.

Pp. 16-17. La segunda réplica de Maria Rosaria y la siguiente de Wanda me parecen escasamente emotivas. Dicen cosas que las tres hermanas ya saben. Se formulan como preguntas retóricas, tal vez útiles para el espectador, pero no para los personajes. Además, ¿el tono de Maria Rosaria no contradice cuanto está diciendo de su marido y de sí misma? Si el tema es la huida de Nápoles y de su situación familiar, quizá convenga que las tres hermanas lo afronten con formulaciones que revelen a cada una algo de las otras.

P. 18. El cuerpo de las viejas máquinas de coser y la exploración que de ellas hace la niña introduce el trabajo a domicilio de la madre, el tema de los trajes —cuando se pone ropa que imagina de su madre y que resulta luego elegida para ella—, la herida del dedo. Son las señales —máquina, aguja, tiza, dedal, acerico y guantes y telas y trajes— que indican cómo Amalia ocultaba o fortalecía su cuerpo desobediente y merecen castigo. Pero también quiero subrayar que el trabajo de Amalia remite a la lucha en ciertos ambientes, entre los años cuarenta y cincuenta, para pasar de la pura supervivencia a formas de vida más desahogadas —a ojos de Delia niña, el traje chaqueta azul y el abrigo de pelo de camello de Caserta fueron la prueba de esa otra vida de la madre, una vida secreta—. En la raíz de la historia de *El amor molesto* se encuentra el gran derroche de energía necesario para salir de un estado de precariedad subproletaria y conseguir los símbolos de un bienestar paraburgués. Debemos imaginar que los tejemanejes de Nicola Polledro habían sostenido la pastelería de su padre en un barrio de las afueras; que Nicola Polledro pasó por una época económicamente próspera usando «el arte» del padre de Delia; que después se fue decantando por pequeñas empresas ilegales hasta acabar, ya de mayor, sobreviviendo al borde de las ilegalidades camorristas de su hijo. Debemos imaginar que en sus orígenes el padre de Delia tenía cierto talento en bruto —tal vez el cuadro de las hermanas Vossi sea realmente obra suya—, desviado primero por la necesidad de salir adelante y luego por la de no ser menos que Caserta —el bienestar que Caserta ostenta lo ha vuelto envidioso, malo—. Debemos imaginar que su esfuerzo por cambiar de estatus desencadenó en él tensiones y violencias unidas a los celos, a los miedos sexuales, a las venganzas por el talento desaprovechado, por la explotación sufrida. Este trajín le parece a la propia Delia cosa de hombres. Pero son importantes los momentos en que se da cuenta por primera vez de que ese trabajo de su madre producía dinero para la familia; que el cuerpo de su madre había sido el modelo desnudo del que salió la imagen de la Gitana; que la ruptura entre Caserta y su padre —y el entrometimiento de Amalia— surgió por el uso económico de la imagen de ese cuerpo.

P. 19. ¿Por qué se usa aquí la voz en *off* que prepara el episodio del ascensor? ¿No sería mejor ver a Amalia llamando a Delia en el rellano, y después volver al episodio?

P. 33. La primera réplica de Delia me parece injustificada. Además, siempre tuve en la cabeza la violencia celosa del padre. A estas alturas, sencillamente los motivos de sus celos se hacen más complejos y crece la furia.

P. 34. La figura del padre de Nicola Polledro, abuelo de Antonio, me parece un tanto desdibujada —aunque quizá me equivoque—. Por otra parte, debería quedar bien definida por el papel que tiene. Caserta no vende el bar, sino que presiona a su padre pastelero para que lo venda. Al viejo hay que imaginárselo como «instigado a ello» por Nicola, que entretanto vive como un señor.

P. 38. El tema del cuadro podría mejorarse más allá de mi libro: es el único momento en que el padre de Delia puede oscilar eficazmente entre la jactancia y el talento traicionado.

P. 53. El cambio de ambiente —el balneario en lugar del hotel— no me disgusta. Lo único que temo, como ya le dije, es que se pierda una característica del personaje de Delia: su cuerpo está bloqueado en una especie de inversión programática de la figura sexualmente densa que ella atribuyó a su madre. La escena debe transmitir la sensación del cuerpo de Delia ahogándose entre la repulsión y el deseo, y al mismo tiempo su sufrimiento, o se arriesga a ser un óbolo erótico pagado al espectador.

P. 68. Eliminaría ese «mira, mira, mira...». No me parece un tono propio de Delia.

P. 69. El tema del cuadro —insisto— necesitaría quizá desarrollarse un poco más. El aspecto de la búsqueda de emancipación económica, social y cultural a través de la mitificación del arte podría ser el rasgo «positivo» del padre, que tiene un talento socialmente desventajoso, no cultivado pero ambicioso. No creo que se trate de añadir: quizá solo haya que visualizarlo cuando trabaje con el actor que interprete el personaje.

P. 74. La réplica de Delia es difícil. No debe pensarse como un descubrimiento —lo es para el espectador, no para ella—, sino como el esfuerzo de decirse una verdad conocida que, sin embargo, solo en ese momento está a punto de convertirse en palabra.

Por último: no me disgusta la actualización electoral siempre y cuando sea «paisaje», sonido lejano, detalle no indispensable.

Espero que sea usted clemente conmigo. Sé poco o nada sobre cómo se lee un guion, quizá haya anotado con cierta rudeza cosas que usted ya tenía claras, que estaban presentes en su texto o tienen poco que ver con una narración en imágenes. Si es el caso, tírelo todo a la papelera y conserve únicamente mi admiración por su investigación, por su trabajo. Lo que me importa —y me halaga— de mi libro es que usted se haya alimentado de él para poner en marcha la imaginación y la creatividad, las cuales le pertenecen por completo. Con aprecio,

ELENA FERRANTE

Querido Martone:

Esta última versión me convence aún más que la anterior, pero me resulta difícil explicarle claramente por qué. Solo sé que he conseguido leer su texto con una intensidad y una participación que el mío, de momento, me niega. Cuanto más reinventa usted *El amor molesto*, más lo reconozco, lo veo, siento lo que transmite. Es una sensación sobre la que debo reflexionar. Por ahora, estoy contenta del resultado, por usted y por mí.

En cuanto a la ubicación de Delia en Bolonia, tengo poco que objetar. Roma no tiene papel alguno en los hechos; como mucho le daba a Delia una posición más anónima, de mujer sola, dueña de un pequeño talento que le sirve para mantenerse, dura consigo misma y con los demás en la medida necesaria para proteger su precario equilibrio; pero frágil, ansiosa, en cierto modo infantil cuando las visitas de su madre le imponen una regresión a su ciudad natal. En cambio, Bolonia, por lo que sé, sugiere un punto algo más «artístico» y «alternativo» que en el personaje, al menos en mi idea inicial, no está. Pero si usted cree que esta ciudad le resultará más útil para construir el perfil laboral del personaje y su verosimilitud, me parece estupendo.

Me apasiona más que haya decidido situar la casa de Amalia en uno de los edificios de la Galería. Son edificios que conozco. Me parece una buena elección, que se vuelve aún más prometedora gracias a su sensibilidad para la historia y a las modificaciones antropológicas del espacio. Yo había imaginado un callejón en una zona menos comprometida. Pero me gustó mucho la imagen de Delia asomada a la Galería y asaltada por el estruendo de las voces dialectales.

Las modificaciones que ha introducido en la escena nocturna en el edificio —supongo que inducidas por la elección del lugar— también me convencen, aunque me hubiese encariñado con el movimiento de Delia de arriba hacia abajo —su refugio adolescente está «arriba», algo que en mi cabeza, quizá un tanto mecánicamente, se oponía al «abajo» del semisótano de su infancia: hasta ese refugio condujo Delia a su madre, allí debería subir Caserta; pero ambos encuentros fallan y Delia se ve obligada a ir «hacia abajo», desplazamiento presente en cierto modo en toda la estructura del relato y que usted, me parece, ha sintetizado bien acentuando el traslado del centro a la periferia. Pero son sutilezas; tal como está ahora la escena me parece muy tensa, articulada, eficaz.

En mi opinión, queda el problema del encuentro con la madre en el ascensor. Es un momento importante en el que la relación madre-hija desemboca abiertamente, por primera vez, en los celos y en una corporeidad vergonzosa —vergüenza sintetizada en el libro por un gesto: Delia aparta la mano de su madre, se la lleva al corazón, luego abre la puerta y le pide que salga—. Creo que este es precisamente uno de los casos en que la voz narradora, anticipándose a la pregunta celosa de Delia, atenúa la escena y confunde las ideas en lugar de aclararlas. No sé qué solución puede haber para evitar que al espectador le parezca una visión y no un recuerdo; usted ha resuelto muchísimos problemas, resolverá también este.

En cuanto a la voz en *off,* al leer esta última versión y admirar los resultados, me he convencido de que el relato en primera persona debe de haber sido para usted una jaula molesta —una vez que está, la primera persona no se resigna a convertirse en tercera—. No obstante, lo ha resuelto usted con mucha creatividad, a veces potenciando la mirada de Delia niña, a veces inventando el mecanismo de las gafas. Por ello, más allá de las dificultades vinculadas a la escena del ascensor, me gustaría animarlo a que haga un último esfuerzo para borrar del todo, o casi del todo, la voz del yo narrador.

En mi libro es la voz de una Delia que ya se encuentra fuera de la historia; no pertenece a la mujer que vive sus días napolitanos, sino a la mujer que salió de esos días cambiada y ahora, de nuevo lejos de Nápoles, puede contar el movimiento interno y externo al que se sometió. En cambio, usted, desde el momento en que ha logrado —como le ha ocurrido— construir una Delia a la que es posible ver «dentro» y «fuera» en el preciso momento en que se produce el movimiento —el final, muy hermoso, es la mejor prueba de su óptimo resultado—, ya no necesita una síntesis a posteriori. Por ello, los fragmentos de la voz narradora que quedaron en su texto me parecen superfluos y, en cierto sentido, contradicen su origen. Nacidos como fragmentos de una voz que narra a posteriori, no pueden funcionar como «pensamientos en curso» de una tercera persona que todavía no sabe qué le ocurrirá —la persona que vemos actuar en la pantalla y que ya tiene, entre otras cosas, un mundo interior eficazmente visualizado en paralelo.

Sí, si le es posible, elimine lo que queda de la voz narradora; a estas alturas no debería resultarle difícil. Tal vez, si no encuentra algo mejor, podría conservar solo el comienzo, pero sin ajustes, como estos, exhibiendo articulación literaria.

Quisiera pasar ahora a algunas notas de lectura. Obedeciendo a la necesidad, usted ha ocupado por completo el espacio verbal que mi relato deja vacío: el dialecto. Lo ha hecho con tal naturalidad que, creo, es uno de los elementos que hacen que lea su trabajo con emoción. Imagino, además, que los ruidos de fondo, las réplicas no escritas, contribuirán a crear esa marea dialectal que Delia siente como un signo amenazador, una referencia a la lengua de las obsesiones y las violencias de la infancia —en este sentido, me gusta muchísimo que en la escena 17 evite relacionar directamente a Caserta con el flujo de obscenidades y lo haga surgir de los sonidos de la ciudad; también aprecio mucho la insistencia en el estruendo de voces en la escena de la comida.

En cambio, no me convence demasiado que Delia le cuente a Giovanna —escena 6— «la frase» que también —aunque no únicamente— está en el origen de su bloqueo verbal. Le digo por qué: me parece inoportuno que Delia recurra al dialecto en las primeras escenas de la película, en un ambiente alejado en todos los sentidos de Nápoles, cuando su cadencia y sus frases decididamente dialectales deberían surgir como reacción instintiva —*strunz*, «cabrón», gritará enseguida al joven molesto— o bien como un grado de su aproximación a Amalia; pero sobre todo me parece inoportuno que enseguida oigamos esa frase de sus labios. Esa frase tiene una historia que debemos recorrer en sentido inverso: partiremos de Amalia; oiremos una misteriosa alusión por parte del tío Filippo, la colocaremos claramente en boca de Delia niña, sabremos que ella la había oído pronunciar al viejo Polledro, y solo al final comprenderemos de qué manera la readaptó y oiremos a Delia adulta pronunciarla de forma deliberada.

En resumen, no me convence que Delia mencione la frase al comienzo de la película —más bien no lo haría; la pasaría por alto; o usaría una fórmula genérica, avergonzada, incapaz de tolerar el fastidio por la obscenidad materna—. Tiendo a creer que la frase debe aparecer nítida en boca de Amalia, insoportable para Delia. El resto de la historia nos inducirá a pensar que esas palabras fueron pronunciadas por Amalia, tal vez en un estado de ansiedad y fragilidad mental, como una señal de peligro —Caserta está conmigo; tu padre quiere hacerme más daño, etcétera— o como un desahogo de vieja borracha o como un acto desorientado de reconciliación.

En definitiva: en mi opinión, el espectador debería oír con claridad esas palabras al final de la escena 5, entre otras obscenidades atenuadas que pronuncia Amalia por teléfono, para caer enseguida sobre la expresión turbada de Delia: su primera expresión capaz de indicarnos riqueza interior y conocimiento derivado del sufrimiento. «Mamá, ¿con quién estás?», podría decir Delia después de oír esa frase de Amalia, como una especie de sobresalto de la memoria.

En cuanto a la frase en sí, quisiera señalar de forma cauta —no tengo las ideas claras al respecto— que o bien es real, insoportablemente obscena —y esta no lo es—, o sugiere lo obsceno a través de una indeterminación total. Su frase pertenece al segundo tipo; por ello, me inclinaría por eliminar ese «abajo» que, precisamente porque detalla, puede inducir al espectador a pensar que detalla demasiado poco.

Por último, y siempre sobre este punto, mientras leía he tenido la impresión de que al final de la escena 44, cuando Polledro se levanta y sale, podríamos ya ver al padre y oír la voz de Delia niña que refiere la frase del viejo Polledro como si la hubiese pronunciado Caserta dirigiéndose a Amalia. Luego se podría pasar a Delia que dice: «Y si después estoy enferma…», y seguir con la 12. Es para dar mayor claridad al relato, porque he notado la necesidad de saber directamente cómo utilizó Delia niña las palabras del viejo Caserta. Pero quizá me equivoque. Estoy escribiendo deprisa, sin el tiempo necesario para limar las sugerencias insensatas.

Hay otro tema que me produjo cierta perplejidad: la explotación económica del trabajo del padre de Delia.

Para caracterizar los trapicheos entre los tres hombres, apuntaría a un Caserta que, como se dice en el libro, trafica con «los americanos», pero daría más detalles. Por la forma en que usted ha construido el comienzo de la escena de la bofetada —otra buena solución—, sabemos poco de lo que hacían en realidad esos tres señores; el grito exultante del tío Filippo no nos dice gran cosa. Pero si usted desarrolla las pocas líneas del libro en las que se alude a los «retratos para los americanos», en la escena 4 el tío Filippo podría, por ejemplo, llegar con unas fotos y decir algo así: «Hay que hacer otros cuatro retratos para los americanos. Caserta dice que los quiere enseguida. Te he traído las fotos» —perdone este ridículo bosquejo pseudodialectal—. Así podremos ver con detalle las fotos que el tío Filippo lleva —en el libro hay un atisbo descriptivo—, una última pegada en el borde del caballete y en un rincón el retrato que se acaba de hacer de ella, otros retratos terminados, mezclados con marinas y escenas campestres. Después, en la página 31, Delia podría decir: «Él era quien trapicheaba con los marineros americanos en la galería y conseguía que enseñaran las fotos de familia y los convencía de que mandaran hacer un retrato al óleo de la madre, la novia, la esposa. Explotaba la nostalgia y con eso comíamos todos, tú incluido…». Los tejemanejes de Caserta, al menos en lo que respecta al padre de Delia, consistirían en tal caso en contactar con los marineros y transformarlos en clientes que encargaban retratos al óleo de fotos —sus fotos, las de sus novias, las de sus madres lejanas, etcétera—. El otro mediador, Migliaro, intervendría a continuación para sacar al padre de Delia de un mercado probablemente a la baja y recolocarlo en otro mercado distinto por completo, en expansión, con la expansión pequeñoburguesa de los años cincuenta.

Le sugiero estas cosas porque temo que el punto visualmente más débil de su texto es justo la definición de la actividad de Caserta y el padre de Delia. Si usted alude a esos trapicheos «artísticos» en absoluto improbables con los americanos, obtiene algo concreto —las fotos, los retratos desperdigados por el cuarto— que, me parece, falta por ahora en la irrupción del tío Filippo centrada por completo —por lo demás, de manera muy eficaz, no hay que tocarla— en la Gitana.

No tengo nada más que sugerirle, salvo pequeñas anotaciones que le indicaré a continuación con el número de página. Pero cuidado: me doy cuenta de que me he dejado llevar y se me ha ido la mano. He descubierto que por ciertas características mías poco racionales le he eliminado incluso ese «¿no?» en la réplica de Delia de la página 5: «Tu padre sigue en la comisaría, ¿no?». Quite ese no. Sea clemente, por favor.

P. 13. El diálogo entre las hermanas está mejor, pero quedan cosas que modificaría. En primer lugar el «muchísimos» de Delia; me parece vago y lánguido, lo sustituiría por un número aproximado —pero está la escena en la que Delia revela a la madre su refugio en el ascensor, en el último piso. ¿Cuándo ocurrió? ¿Dos años antes? ¿Tres? Delia puede responder sin contradicciones: «Ya. Dos o tres años»—, o bien dejaría solo el «Ya»; o lo sustituiría por un «Sí, muchos».

Además, me sigue molestando la respuesta de Maria Rosaria, tal vez note un peligro implícito en todas las réplicas en dialecto: el estereotipo que acecha la actuación con cadencia napolitana, quejumbrosa, almibarada, temblorosa, altisonante, de un sentimentalismo exagerado que no comunica sentimientos. Es cierto que, en la realidad, existe una comunicación en napolitano con estas características —y en el texto se oyen aquí y allá sus ecos en el tío Filippo y en la De Riso—; pero no lo recargaría en la escritura con la mímesis peyorativa de la actuación en el teatro, en el cine, etcétera. Haría una Maria Rosaria que trata de contener la emoción diciendo secamente: «Era mamá la que tenía que tomar el tren e ir a verte a Bolonia», un medio reproche, luego el llanto, al que se une con cierto fastidio Wanda.

P. 25. En la réplica de la De Riso, al final de la página, ¿no es mejor «este apartamento» y eliminar «en la galería»?

P. 28. Me vino a la cabeza que en la vieja foto amarillenta, que se enseña después del documento de identidad —y que Delia naturalmente no despliega—, convendría que estuviera también Amalia y pudiéramos ver bien su cara, su peinado. Es necesario que el espectador vincule al documento de identidad una imagen fotográfica bien definida de Amalia, para poder sorprenderlo mejor cuando Delia, después de la pelea con Polledro, examine el documento de identidad y descubra que la foto de carnet —ya antigua— fue retocada. Pero vale cualquier otra invención que nos permita ver a Amalia en una foto antes de llegar a la escena con Polledro y a la sorpresa del documento de identidad.

P. 32. Noto algo artificial en esta réplica importante, pero no sé qué es. Quizá sea ese «medio desnuda» que me parece redundante, sobre todo si, por lo demás, el tono de la actriz y su expresión son los adecuados. Además, se me ha ocurrido que quizá ese sea uno de los puntos en los que a Delia se le escape algo de dialecto, con calma, sin exageraciones, pero como si de repente oyera las voces de entonces. Algo de este estilo: «Hizo bien. No quería que cientos de copias de esa gitana fueran a parar a las ferias de los pueblos...». Pero no quiero exagerar: ¿no me estaré metiendo en su trabajo demasiado sin ton ni son?

P. 54. Quería decirle que es muy hermosa esa anulación de una madre demasiado fuerte echando el aliento en el cristal; y todavía más hermoso es que la madre y Caserta regresen, ya viejos, mientras el cristal se desempaña entre el gentío del comedor camorrista-electoral.

P. 56. Quitaría el «Delia» de la réplica de Polledro al final de la página. Se dirige a ella y basta: está pensando en sus problemas, no quiere establecer un verdadero contacto con esa persona en particular que se llama Delia; de ahí que en la réplica siguiente ella ironice.

P. 57. La réplica de Polledro no me parece clara. Tal vez sea mejor: «Eres tú la que ha venido a la tienda. Yo no he ido a buscarte».

P. 65. ¿No debería Delia marcar un número de teléfono al final de la 48? ¿No hay cierta confusión en el hecho de terminar con un teléfono sonando y empezar con un teléfono sonando?

P. 69. Me gustaría que el padre cediera más y dijera al final de la página: «que pensaba: si me había querido, si no me había querido. Era mentirosa», etcétera.

Más allá de mi libro y casi para contrarrestar esta escena que siento terrible, para este personaje querría un momento anterior «bueno». Por ejemplo, al final de la 4, la niña podría acabar junto al padre, que ahora ha vuelto al caballete, frente a la Gitana, o mientras ya está bosquejando uno de los nuevos retratos que le han encargado. El hombre la sentaría en su regazo, tal vez distraídamente, ella no aceptaría de buena gana ese contacto y él le preguntaría: «¿Qué te ha pasado? ¿Quién te ha hecho llorar?», ella se zafaría, arisca, y diría: «Nadie», y él seguiría pintando. Pero no sé si se puede hacer, dado que ya está la estupenda escena con las ayudantes.

P. 71. La segunda réplica del padre: «Que ella lo besaba», ¿no es floja? ¿No es mejor: «Que se entendía con Caserta»? Y luego la réplica de Delia, tal vez también debe ser más dura: «Sí, era mentira, pero ¿cuánto tardaste en creer a una niña? ¡Si daba los buenos días a otro, para ti ya era una zorra! ¡No tardaste nada en creerme! ¡Nada! Me creíste como yo te creía a ti cuando veía que le pegabas y pensaba: "Si le pega, será porque de veras es una zorra"». O algo por el estilo. En todo caso, es aquí donde Delia puede pasar de nuevo al dialecto.

P. 72. En la tercera réplica del padre es mejor especificar: «Lo hice cuando tenía veinticinco años. Lo vendí...», etcétera.

P. 75: No me gusta la réplica: «Mira». Por el «¿Dónde estás?» se intuye que Delia siente que la espían.

P. 76. En la tercera réplica de Delia eliminaría «asqueroso»; es un comentario redundante, lo que estamos viendo ya es repelente. Además añadiría: «Le he dicho a mi padre...». O bien —en mi opinión, preferible— el «Ven aquí», etcétera, podría ser pronunciado por el viejo Caserta, y Delia adulta, tras haberlo repetido por lo bajo, podría finalmente admitir: «Le conté a mi padre que Caserta había dicho y hecho a Amalia lo que ese viejo me había dicho y hecho a mí».

He terminado, espero haber hecho diligentemente lo que me pidió. Preveo que estas notas mías le llegarán cuando ya haya comenzado el rodaje y no le servirán de nada. Paciencia. De todos modos, me ha gustado mucho concentrarme en su texto e imaginar qué podía servirle; en ciertos momentos fue como poder meter mano otra vez al mío. He quedado contenta con esta implicación, que no esperaba o que fingía no esperar porque la temía. Le ruego que no tenga en cuenta los narcisismos mal controlados, las digresiones soberbias, los entrometimientos inmodestos. Con amistad, con gratitud,

ELENA FERRANTE

Roma, 29 de enero de 1995

Querida Elena:

La película ya está terminada. Falta una parte de la posproducción —montaje de sonido y mezcla, corrección de fotografía de la copia definitiva—, pero en la copia de trabajo que ahora mismo estamos en condiciones de proyectar está sustancialmente todo. *El amor molesto* llegará a los cines en abril.

Le escribí por última vez en agosto, a un mes de iniciar el rodaje; los meses siguientes fueron de tal intensidad que me resulta difícil contarle ahora en una carta las emociones y reflexiones de esta época apasionante y extenuante. Solo puedo intentar decirle lo agradecido que le estoy por haberme dado la posibilidad de hacer esta película, que me gusta de forma incondicional y por completo sea cual sea el resultado que tenga. La suya es la confianza que me haría feliz no haber traicionado.

Su última carta fue para mí valiosísima. La tuve siempre conmigo en los rodajes y me ayudó a enfrentarme definitivamente a las zonas más oscuras, y, además, a limar y perfeccionar el guion. Elena, ¿quiere venir a Roma a ver la película? Conozco su reserva y no pretendo de ningún modo incumplir su deseo de no aparecer. Elija usted el momento y la manera, o, si no quiere, dígame que no, lo entenderé muy bien. Pero sepa que yo, Anna y todos mis colaboradores la hemos querido y respetado y siempre hemos pensado en hacer la película con usted.

La saludo con afecto y espero recibir pronto su respuesta,

MARIO

Querido Mario:

Su invitación me ha complicado mucho la vida. Es inútil que le diga cuánto deseo ver los resultados de su trabajo, es algo que me hace especial ilusión. Pero en la fase en que me encuentro para mí cada día es una apuesta. Estoy trabajando mucho en un nuevo texto —me resulta difícil llamarlo novela: no sé bien qué es— y todas las mañanas me pongo a escribir con la ansiedad de no poder seguir adelante. Sé por experiencia —una pésima experiencia— que un incidente cualquiera puede debilitar la impresión de necesidad de las páginas que estoy escribiendo; y cuando esa impresión se desvanece, el trabajo de meses se va al garete; no me queda más que esperar otra ocasión.

Asistir a la proyección de su película es, obviamente, todo lo contrario a un incidente cualquiera. Aunque en estos meses he intentado pensar en ella como en una operación artística independiente en lo esencial no tanto de *El amor molesto* como del sentimiento que conservo de esta novela, dudo que yo pueda ser una espectadora despreocupada. La idea que me he hecho de usted —de la pasión y la inteligencia con la que se ha sumergido en este trabajo— me impide engañarme. Puedo prever muy bien los efectos de una obra que, imagino, me caerá encima con una energía que será, con mucho, mayor que la que necesité para el libro. En fin, tengo la certeza de que su película me marcará profundamente y que durante un tiempo tendré que volver a enfrentarme conmigo misma, con lo que he hecho hasta ahora, con lo que tengo intención de hacer en el futuro. Por eso, después de muchas dudas, he decidido concentrarme en este nuevo texto mío y tratar de terminarlo sin arriesgarme a interrupciones que podrían ser definitivas.

He tomado la decisión con sufrimiento. El deseo de ser arrollada por su película —de cuyo buen resultado jamás he dudado desde que leí el guion— es casi tan fuerte como el de buscarme un refugio sólido. Naturalmente, no resistiré mucho tiempo y al final no encontraré ya ninguna protección adecuada. Pero estoy segura de que hasta entonces comprenderá no tanto mi reserva —no soy nada reservada— como mis miedos. Con mucho afecto,

ELENA FERRANTE

NOTA. La correspondencia entre Martone y Ferrante en relación con el guion de *El amor molesto* se publicó en *Linea d'ombra*, número doble 106, julio-agosto de 1995.

6

Jerarquías mediáticas

Querido Erbani:

Su carta me ha impresionado por su franca sequedad, cualidad que solo tiene la escritura de las personas sinceras. Si estuviera segura de saber contestar con igual transparencia a las preguntas que quiere hacerme, le diría que adelante, que hagamos la entrevista. Pero yo busco ideas corriendo detrás de las palabras y necesito muchísimas frases —auténticas peroratas, confusísimas— para conseguir una respuesta. Esto no significa que no me gustaría charlar un poco con usted. Precisamente gracias a la limpia exposición que la caracteriza, su carta me ha animado a plantearle a mi vez una pregunta. La pregunta es la siguiente: ¿por qué, a pesar de haber leído mi libro hace un año, a pesar de haberlo apreciado como dice, concibió la idea de ponerse en contacto conmigo justo ahora, tras enterarse de que se hará una película basada en *El amor molesto*?

Si mantuviéramos, digamos, no una entrevista sino una amigable conversación, trataría con usted sobre todo de los motivos por los cuales ha esperado tanto tiempo, y partiría, por ejemplo, de una de sus observaciones. Aunque de una forma menos brutal que mi resumen, usted escribe: su libro me dice algo, pero su nombre no me dice nada.

Pregunta: si mi libro no le hubiese dicho nada y mi nombre le hubiese dicho algo, ¿habría tardado menos en pedirme una entrevista?

No lo tome como una ocurrencia mordaz, no lo es; me limito a aprovechar la escritura sin disimulo para plantear sin disimulo un problema que para mí es muy importante. Quiero preguntarle lo siguiente: desde el punto de vista mediático, ¿un libro es ante todo el nombre de quien lo escribe? ¿La resonancia del autor, o, mejor dicho, el personaje del autor que sale a escena gracias a los medios de comunicación, es un apoyo fundamental para el libro? Para las páginas culturales, ¿no es una noticia el hecho de que se haya publicado un buen libro? ¿O más bien es noticia el que un nombre capaz de decir algo a las redacciones haya firmado un libro cualquiera?

Creo que la buena nueva es siempre esta: se ha publicado un libro que vale la pena leer. También creo que a las lectoras y a los lectores verdaderos no les importa nada quién lo haya escrito. Creo que el máximo deseo de los lectores de un buen libro es que su autor siga trabajando a conciencia y haga otros buenos libros. Creo, en fin, que hasta los autores de los clásicos solo son un montón de letras muertas si se comparan con la vida que arde en sus páginas en cuanto comenzamos a leerlas. Eso es todo. Por utilizar una fórmula, hasta Tolstói es una sombra insignificante si va de paseo con Ana Karénina.

Usted me dirá: qué quiere de mí, es la ley no escrita de los periódicos la que impone procedimientos de este tipo; si uno no es nadie, no le puedo dar espacio; si en Nápoles ni siquiera los perros conocen a la autora de *El amor molesto*, ¿por qué habría que hablar de su libro, entrevistarla en las páginas de un gran periódico? ¿Solo porque ha escrito un libro decente?

Tiene razón: usted ha actuado de la única forma periodísticamente posible hoy. Ha esperado un acontecimiento que justificara un artículo, un titular, sobre un libro que no le disgustó. El acontecimiento llegó al cabo de un año: de ese libro se hace una película, el director tiene un nombre nada irrelevante, ahora es posible pedirle una entrevista a esta señora que ni siquiera tiene fama en el ámbito local. En fin, me ha aclarado con amabilidad, con nitidez, tal vez con melancolía, que es el acontecimiento-película lo que hace que mi libro sea objeto digno de una entrevista.

Bien, no me quejo. Me alegro de que se haga una película basada en *El amor molesto*, espero que eso lleve el libro a otras lectoras, a otros lectores. Pero ¿también debo alegrarme de comprobar que un libro se convierte en reseñable para las páginas culturales solo porque a partir de él se hace una película? ¿Debo alegrarme de que me asciendan a autora entrevistada solo gracias al buen nombre de otro autor, Martone, que hace teatro y cine, sectores exhibidos con más ruido por los medios de comunicación? ¿También debo alegrarme de que sea *El amor molesto*-película el que señale que existe *El amor molesto*-libro? ¿No cree que aceptar jerarquías de este tipo, considerarlas naturales, fomenta la idea de que la literatura, en las clasificaciones de la fruición cultural, ocupa el lugar más bajo? ¿No cree que estaría bien una iniciativa periodística que lo borrara todo y dijera al público: lean los libros, vean las películas, vayan al teatro, escuchen música y constrúyanse sus preferencias sobre la base de las obras y no de la puesta en escena editorial de los diarios, de las revistas, de las televisiones?

Aquí lo dejo y agradezco mucho su amable petición.

NOTA. La carta no está fechada pero probablemente se remonta a 1995. No se envió. Fue escrita como respuesta a la siguiente carta de Francesco Erbani:

Apreciada señora Ferrante:

Hace un año cayó en mis manos su novela. La abrí con curiosidad, leí el comienzo y me quedé sin aliento. Nací en Nápoles a finales de los años cincuenta y estoy más o menos familiarizado con los escritores napolitanos, los de la generación inmediatamente posterior a la guerra, los activos en los años sesenta, los más jóvenes. Pero su nombre no me decía nada. Además, ese comienzo tan ardiente… Leí *El amor molesto* en un par de días, a trechos con avidez, seducido por los colores que, a mi parecer, surgían de la ciudad. Después lo dejé ahí, flotando en la memoria. Hace poco me enteré de que se haría una película de su libro y concebí la idea de ponerme en contacto con usted.

Soy periodista, trabajo en las páginas culturales de *la Repubblica* y me gustaría mucho entrevistarla. Me hablaron de su reticencia; temo su negativa, pero de todos modos tengo la esperanza de que una conversación con usted publicada en un periódico no sería más que una excepción a una regla que admiro.

Si acepta, podría ir a verla, pero si lo prefiere podría enviarle las preguntas por escrito.

Espero confiado su respuesta.

Cordialmente,

FRANCESCO ERBANI

Después, con motivo de la primera publicación de este libro, Erbani escribió a la autora: «Los argumentos que plantea son reales […]; yo tampoco […] soporto ciertos mecanismos espectaculares ni que el trabajo literario se reduzca a mercancía. Tiene usted razón cuando sostiene que, con frecuencia, en los diarios se habla de los libros no por su valor y se pasa por alto a los autores porque "no son nadie". Pero la cuestión es otra: si no le escribí después de haber leído el libro, creo que en el verano de 1993, y no le pedí una entrevista fue por el simple motivo de que en esa época no trabajaba en *la Repubblica*, sino en una agencia de prensa, y allí estaba en la sección de Internacional. Saqué el tema dos años más tarde, en cuanto me fue posible, aprovechando la ocasión de la película de Martone».

7

Sí, no, no lo sé

Hipótesis de entrevista lacónica

Querida Sandra:

Lamento decirte que no consigo responder a las preguntas de Annamaria Guadagni. No es una limitación de las preguntas, que, por el contrario, son buenas y profundas, sino mía. Resignémonos y de ahora en adelante evitemos prometer entrevistas que, de hecho, no concedo. Tal vez con el tiempo aprenda, pero doy por sentado que, con el tiempo, a nadie le quedarán ganas de entrevistarme, así que el problema quedará resuelto de raíz.

La cuestión es que con cada pregunta me dan ganas de reunir las ideas, hurgar en los libros que me gustan, utilizar apuntes antiguos, glosar, divagar, contar, confesar, argumentar. Me gusta hacer todas estas cosas, y, en realidad, las hago, forman la mejor parte de mis días. Pero al final me doy cuenta de que he reunido material ya no para una entrevista, ni para un artículo —tal como me propone, con amabilidad, Annamaria Guadagni—, sino para un relato-ensayo, y, naturalmente, me desanimo. ¿Qué hace un periódico si las respuestas a cada pregunta de la entrevista ocupan al menos diez páginas densas?

Entonces, como soy tozuda, lo guardo todo y trato de encontrar unas cuantas frases impactantes que expresen bien el sentido de las páginas que, entretanto, he ido acumulando. Esas frases no tardan en parecerme muy poco impactantes, a veces hasta fatuas, a veces oraculares, en su mayoría estúpidas. Por lo tanto, lo dejo estar, muy deprimida.

Quizá todas las entrevistas deberían ser de este estilo:

P.: ¿Es un error pensar que la madre de *El amor molesto* y Nápoles forman una unidad?

R.: Creo que no.

P.: ¿Usted huyó de Nápoles?

R.: Sí.

P.: ¿El imperfecto es para usted la verdadera dimensión de la escritura?

R.: Sí.

P.: ¿Confundirse con la propia madre no significa de hecho olvidar la propia identidad de mujer, perderse?

R.: No.

P.: ¿*El amor molesto* es la necesidad de poseer a la madre?

R.: Sí.

P.: ¿Es su mirada deformada la que da la impresión de viajar en una alucinación entre cuerpos irreales?

R.: No lo sé.

P.: ¿No le parece que, una vez en la pantalla, su libro podría generar una película a caballo entre el género de misterio y de terror?

R.: Sí.

P.: ¿Ayudó a Martone con el guion de su película?

R.: No.

P.: ¿Irá a verla?

R.: Sí.

Pero ¿qué haría Annamaria Guadagni con una entrevista así? Además, me basta con releer los síes, los noes, los «no lo sé» para volver al principio. Por ejemplo, ahondando bien, los «no lo sé» podrían revelar que sé bastante o incluso demasiado. Y, a fuerza de argumentar, algún sí podría transformarse en un no. Y los noes, a fuerza de hurgar, podrían convertirse en no lo sé. En suma, querida Sandra: dejémoslo estar; hagamos lo posible para que Annamaria Guadagni me perdone, y perdonadme, Sandro y tú, por cómo complico vuestra vida de editores.

Hasta pronto,

ELENA

NOTA. Carta de marzo de 1995. Reproducimos a continuación las preguntas de la periodista Annamaria Guadagni:

Querida Elena:

Me alegro mucho de que haya aceptado contestar a mis preguntas. Dado que nos hablaremos únicamente a través de la escritura, podemos trabajar también de otra manera; por ejemplo, podría enviarme un artículo suyo que siga un poco el rastro de mis curiosidades. Lo que le parezca, elija usted. Además, le rogaría que me diera alguna información sobre su vida y su profesión actual. Por supuesto, lo que usted considere oportuno; de usted solo se sabe que vive en Grecia. Mire, quizá comenzaría precisamente por ahí, por la distancia, para plantearle mis preguntas.

1. En mi imaginación, la madre suicida de *El amor molesto* se confunde con la ciudad. Una Nápoles gris, vulgar y vital, odiada y querida. ¿Es una impresión equivocada? ¿Huyó usted de Nápoles?

2. La infancia es una fábrica de mentiras que perduran en el imperfecto. El imperfecto es el tiempo de los relatos y las fábulas. ¿Cuánto dura? ¿Infinitamente? ¿Es la dimensión donde se puede ser Amalia pero también su marido, Caserta pero también su hijo Antonio? En resumen: ¿para usted es la dimensión de la escritura?

3. La feminidad se define en la relación madre-hija. Pero la batalla por la identidad es encontrarse separándose de la otra, la madre. Uno de los aspectos más inquietantes de su libro es que parece hacer este recorrido al revés: al principio hay dos mujeres, que a lo largo de la novela terminan por confundirse la una con la otra. Creo que así la hija se pierde, pero ¿está usted de acuerdo? ¿Se pierde o se encuentra?

4. Al final de la novela hay una especie de revelación: los celos del marido de Amalia son los celos de Delia que, por otra parte, descubre o recuerda haberlos desencadenado con una delación infantil. Un lío en el que las fantasías sobre el amante de la madre se confunden con las de una seducción de Delia niña por parte del abuelo de Antonio. Pero ¿cuál es el amor molesto, el motor de todo? ¿La necesidad de poseer a la madre?

5. Los cuerpos de su novela parecen irreales. ¿Se debe a esa mirada un tanto deformada que da la sensación de viajar en una alucinación?

6. Imaginar esta historia en la pantalla de cine evoca célebres intercambios de identidades. *Psicosis* de Alfred Hitchcock o *El quimérico inquilino* de Roman Polanski. Algo a caballo entre el género de misterio y el de terror. ¿Usted qué opina?

7. ¿Ayudó a Martone con el guion? ¿Verá la película?

Le agradecería que mandara un texto de no más de cuatro páginas en cuanto le sea posible. Saldrá en *l'Unità* muy probablemente junto con una entrevista a Martone sobre la película. Me gustaría conocerla.

Muchas gracias por todo. Con mucho afecto,

ANNAMARIA GUADAGNI

8

Los vestidos, los cuerpos

El amor molesto en la pantalla

Querido Mario:

He visto varias veces la película; es muy hermosa, y me ha parecido un trabajo muy importante. Más no puedo decirle, porque mi condición de espectadora muy implicada no me lo permite. Por ello intentaré escribirle no sobre los resultados artísticos que consiguió, sino sobre los sentimientos que su obra suscitó en mí. Aunque dudo que consiga terminar esta carta; tengo ideas muy confusas, temo no saber encontrar un hilo que me satisfaga.

La película, se lo digo enseguida, me ha causado un violentísimo malestar. Para poder llevar a cabo su obra, usted justamente le ha dado al libro una fuerte sacudida que lo ha privado de su vestimenta literaria. Los lugares, las personas y los hechos se muestran en su definición más material y, en mi opinión, en su reconocibilidad desnuda. De la pantalla me asaltó de inmediato, de manera directa, la inquietud que siempre me ha causado Nápoles, sus sonidos, sus palabras. Los personajes de mi relato se han reconvertido casi todos en personas vivas, cuerpos en movimiento en escenarios conocidísimos, individuos a menudo milagrosamente parecidos a los habitantes de mi memoria. Por primera vez vi con claridad el inquietante relato que había contado. Y me sentí muy turbada, me costó un gran esfuerzo no renunciar. En un primer momento no logré entender qué le había pasado en realidad a mi libro, cómo había podido ocurrir que yo, que había escrito la historia, pudiera verla solo entonces, expuesta hasta sus últimas consecuencias. Es evidente que, aunque me lo repetí a menudo, no había tenido en cuenta que si el director es muy bueno, y usted lo es, todo aquello que en la página aparece disfrazado o inventado para que el relato funcione, en la pantalla se vuelve emotivamente irrelevante, casi no se ve; mientras que el núcleo vivo que anima cada detalle se revela con una fuerza demoledora insostenible.

No me malinterprete, no he cambiado de idea: estoy contenta de su trabajo y del de sus colaboradores, contenta y conmovida. Pero también estoy turbada. En el fondo esperaba que de mi libro en la pantalla se viera sobre todo cómo una mujer adulta, Delia, conseguía contarse de qué manera había utilizado su hostilidad infantil hacia su madre en el marco de un juego turbio de machos orientado al uso, al control, a la tutela violenta de un cuerpo de mujer demasiado seductor. Contaba con el hecho de que lo demás quedara en segundo plano y aflorara apenas aquí y allá, entre los movimientos de la trama, como una señal luminosa. En pocas palabras: estaba más o menos preparada para ver a Delia, decidida como el detective de un *thriller*, cruzar una ciudad masculina ingobernable tanto en los comportamientos públicos como en los privados. Pero ella no hace eso, o, mejor dicho, no se limita a hacer eso. Sin duda, usted ha cuidado con arte la investigación femenina entre hombres de movimientos no ordenables, guiados por los peores aspectos del pasado de Nápoles, los no redimibles. Enseña los cuerpos de Caserta, del tío, de Antonio, del padre, diría que también del candidato, en una maraña de odios, complicidades y debilidades, en una red de miserias, sumisiones y poderes jerárquicamente constituidos. Y pone en los ojos de Delia una mirada burlona, agresiva, sexualmente asqueada o distraída, a ratos piadosa. Pero no se detiene ahí. Al contrario, casi enseguida ensombrece los mecanismos de la trama y, con una mirada muy perspicaz, desde las primeras escenas, identifica los momentos decisivos de la relación madre-hija. Eso es lo que me turbó. No sabría explicarle el violento choque emocional que fue para mí la mirada de Delia a su madre amamantando. El movimiento de Amalia entre hijos-trabajo-marido; Licia Maglietta es una madre joven perfecta, de una veracidad desgarradora. A lo largo de toda la película no hay un solo momento en que el imago del cuerpo materno, que Delia ama y rechaza con una obstinada pasión infantil todavía urgente en el duermevela de la adulta, no sea verdadero, verdadero hasta lo insostenible.

Me invadió una penosa incomodidad cuando asistí al despertar de Delia, cuando la madre anciana —qué imagen inquietante la de Angela Luce— le lleva el café y le habla con esa voz cariñosamente fastidiosa, la toca y se sienta a su lado y Delia apenas se mueve, su voz llega lánguida por el sueño, por el afecto y la hostilidad. Pero los momentos más eficaces y más perturbadores los viví al asistir al movimiento alucinado del ascensor: el choque entre los cuerpos, la atracción-repulsión, la madre con el vientre hinchado, la hija con el vientre vacío, todo con esas tonalidades que parecen fotografiar la realidad psíquica más que la física. Lo que para mí resulta verdadero en la película, y por ello difícil de ver, está ahí, en esa obsesión de la hija frente a la madre. Para mí los momentos más fuertes son aquellos en los que usted encuentra excelentes soluciones visuales a la exaltación de los sentimientos de Delia. Me refiero a cómo cuenta la escena del autobús, a cómo la traslada a la alucinación del tranvía, al uso que hace del actor extraordinario que interpreta al tío. Me refiero a la materialidad de las mujeres semidesnudas en la tienda Vossi, a la incomodidad-ostentación con que Delia se cambia de vestido. Me refiero a la Bonaiuto bajo la lluvia en una Nápoles angustiosa, a cómo se desliza su cuerpo hasta el ambiente-gruta de la sauna, hasta la hermosísima escena, tanto por sus valores visuales como por sus valores simbólicos, de la masturbación en el agua —escena muchísimo más deslumbrante que en mi libro: el cambio de ambientación del encuentro sexual entre Delia y Antonio es eficaz, además, también en ese caso, para mí la imagen del actor en la pantalla es asombrosa, arrasa con la invención y se hunde en la realidad que conozco.

Pero la prueba más eficaz de sus óptimos resultados, y la cima más alta de mi turbación, está relacionada con su puesta en escena del juego de los vestidos. Usted hace visible que el hipotético fetichismo de Caserta no tiene valor en sí mismo, sino que en realidad es el motor que permite a Delia «pasar» de la ropa «masculina» con la que llega a Nápoles a la «femenina» que, con un oscuro intercambio, Amalia pensaba llevarle como regalo, hasta el vestido vacío del sótano. Usted demuestra que para Delia los vestidos siempre fueron solo apariencia de cuerpo: el cuerpo de madre, cuerpo por fin llevable, cuerpo muerto y, sin embargo, precisamente por eso, ahora vivo en ella para siempre, impulsada a crecer independiente en el futuro. Y al hacerlo, consigue momentos memorables, para mí la parte en verdad emocionante de la película esta ahí: Delia que busca el olor de su madre en la única prenda que llevaba puesta cuando se ahogó, el sujetador recién estrenado de la tienda de las hermanas Vossi; Delia que, al sacar de la bolsa de basura las prendas de Amalia, con un gesto que me pareció bellísimo, se limpia las manos en los pantalones; Delia que se va poniendo las prendas destinadas a ella, y poco a poco descubre que su madre ya las había usado antes de morir; por no mencionar el vestido rojo que Delia se pone por primera vez en la tienda de las hermanas Vossi.

Llegados a ese punto, en la pantalla estalla una imagen extraordinaria a la que, pese al vuelco que me dio el corazón, le deseo un largo futuro. Ese cuerpo de rojo que lleva a cabo su investigación en una Nápoles a ratos expresionista, devorado por una pasión oscura y molesta, creo que es un momento importante para la iconografía del cuerpo femenino de hoy, síntesis de la mujer en busca de sí misma, un movimiento que para Delia va de la gélida masculinización del cubrirse a la recuperación del cuerpo originario de la madre en el fondo de los infiernos del sótano, a la conciencia de que se ha producido la aceptación del vínculo con Amalia, de que el flujo histórico de madre a hija se ha restablecido y que por fin lo inconfesable ha sido pronunciado.

Adoro su final, ese desvanecimiento del rojo del cuerpo de Delia para hacerlo reaparecer en el cuerpo grande de Amalia; ese intercambio azul-rojo, rojo-azul; ese transcurrir de expresiones de comprensión, de complacencia, de alegría, de aceptación, de dolor en la cara de Delia mientras imagina qué pudo haberle pasado a su madre en la playa; lo que hay de definitivo pero también de sutilmente inquietante cuando en el tren ella —ahora con las prendas definitivamente suyas— se identifica con el nombre de Amalia.

Es en esta explicitación visual de una articulación psíquica más que ardua donde su resultado es para mí excelente, y doloroso en su agudísima reconocibilidad física. Y por ese final quiero felicitarlo: me conmovió mucho, me conmueve mientras lo escribo. Usted ha dado una forma visual y una solución de diálogo muy inteligente a las dos frases que cierran mi relato: «Amalia había sido. Yo era Amalia». El pluscuamperfecto debía cerrar definitivamente la historia única e irrepetible de Amalia. En cambio, el imperfecto tendía a reabrirla, dándole el matiz perturbador de lo inacabado y asignándole a la vez una duración en Delia, que ahora podía acoger conscientemente dentro de sí a su madre y representarla. ¿Y qué camino toma usted? Pone en escena una parte del viaje de regreso en tren de Delia. Desde esa perspectiva visual de alejamiento de Nápoles da una síntesis visionaria del final de la vida de Amalia. Después ofrece un primer plano del documento de identidad de Delia, muestra cómo ella ajusta hábilmente a su fisonomía el peinado antiguo de su madre. Por último incluye la pregunta del muchacho sobre el documento de identidad: «¿Está caducado?», y se las arregla para que Delia se presente al joven con el nombre de Amalia. Con esta habilísima transposición visual de un juego de tiempos verbales no solo ha aumentado la admiración que siento por usted, sino que me ha librado de una serie de prejuicios que tenía a propósito de los límites del relato fílmico.

NOTA. Carta de mayo de 1995, incompleta, no enviada.

9

Escribir a escondidas

Carta a Goffredo Fofi

Querido Fofi:

Lamento tener que decirle que no sé contestar de forma sucinta a las preguntas que me ha hecho llegar. Evidentemente, no he reflexionado lo suficiente sobre muchas de esas cuestiones que me plantea, y encontrar fórmulas exhaustivas me resulta difícil, incluso imposible. Por eso intento esbozar respuestas solo para dialogar con usted fuera de las necesidades periodísticas. Me disculpo de antemano por los pasajes confusos o contradictorios con los que se encontrará

Empiezo por el final, sobre todo porque las preguntas conclusivas que me ha enviado me permiten partir de hechos concretos. No, nunca me he psicoanalizado, aunque en ciertas épocas sentí mucha curiosidad por la experiencia del psicoanálisis. Ni siquiera tengo lo que usted define como una cultura de tipo psicoanalítico, si con eso se refiere a una especie de huella cultural, un punto de vista dominante, una especialización. También me parece excesivo afirmar que poseo una cultura feminista. Por limitaciones sobre todo de carácter, que me ha costado aceptar pero con las que vivo sin demasiados anhelos ni demasiados arrepentimientos, nunca me he expuesto en público, no he tomado partido, no tengo el valor físico que, en general, requieren estas cosas. Por ello, hoy me resulta difícil atribuir-

me una historia personal que no sea por completo privada —unos
criterios de lectura, simpatías librescas— y, por tanto, sin interés.
He crecido por la suma de cosas vistas u oídas, o leídas, o garaba-
teadas, nada más. Dentro de este cuadro tímido, de oyente muda,
puedo decir que me he interesado un poco por el psicoanálisis,
bastante por el feminismo, y que me siento próxima al pensamiento
de la diferencia. Pero también me he dejado entusiasmar por muchas otras cosas que tienen poco que ver ya sea con el psicoanálisis o con el feminismo, así como con la reflexión actual de las
mujeres. Me alegro de que en *El amor molesto* no aparezcan en su
inmediatez.

El tema que usted define como «mantenerse alejado de los medios de comunicación de masas» es más complicado. Creo que en el
fondo, además de los rasgos de carácter a los que ya he aludido, hay
un deseo un tanto neurótico de intangibilidad. Por mi experiencia
en este asunto, el esfuerzo-placer de escribir afecta todos los puntos
del cuerpo. Cuando el libro está terminado, es como si hubieran
hurgado en nosotros con excesiva intimidad y lo único que se quiere es recuperar distancia, reconquistar la integridad. Al publicar descubrí que parte del alivio proviene del hecho de que, en el momento de convertirse en libro impreso, el texto se va a otra parte. Antes
era él el que estaba encima de mí; ahora me tocaría a mí correr tras
él. Pero decidí no hacerlo. Quiero pensar que si mi libro entra en el
circuito de las mercancías, no hay nada que me pueda obligar a seguir su mismo recorrido. Pero quizá también quiero creer, aunque
no siempre, solo en ciertos momentos, que ese «mi» del que le hablo
es, en esencia, una convención, hasta el punto de que quien se dis-
guste o se entusiasme con la historia narrada no podrá, con un salto
lógico errado, disgustarse o entusiasmarse también conmigo. Tal vez

los antiguos mitos sobre la inspiración decían al menos una verdad: cuando hacemos un trabajo creativo otros viven en nuestro interior, en cierta medida nos convertimos en otros. Pero en cuanto dejamos de escribir volvemos a ser los de siempre, la persona que normalmente se es, en las ocupaciones, los pensamientos, el lenguaje. Por eso ahora soy yo de nuevo, estoy aquí, me dedico a mis cosas de todos los días, no tengo nada que ver con el libro o, para decirlo mejor, entré en él, pero ahora ya no puedo entrar. Por otra parte, tampoco el libro puede volver a entrar en mí. De modo que no me queda más que protegerme de sus efectos, y eso intento hacer. Lo escribí para librarme de él, no para ser su prisionera.

Obviamente, hay algo más. De joven, tenía una idea totalizadora de la literatura. Escribir era aspirar a lo máximo, no conformarse con resultados intermedios, entregarse a la página sin medias tintas. Con los años, he luchado contra esta sobrestimación de la escritura literaria con una tenaz subestimación —«hay muchas otras cosas que merecen una dedicación sin límites»— y, una vez alcanzado mi equilibrio —tengo una vida que considero satisfactoria, tanto en el plano privado como en el público—, no deseo volver atrás, quiero mantener firme la que considero una pequeña conquista. Por supuesto, me complace que *El amor molesto* tenga admiradores, me complace que haya inspirado una película importante. Pero no quiero volver a aceptar una idea de la vida en la que el propio éxito se mida por los éxitos de la página escrita.

Después está el problema de mis elecciones creativas, que no estoy en condiciones de explicar con claridad, en especial a quien puede recortar del texto frases o situaciones y sentirse herido. Estoy acostumbrada a escribir como si se tratara de repartir un botín. A un personaje le atribuyo un rasgo de Fulanito, a otro, una frase de Menganito; reproduzco situaciones en las que me encontré de veras con personas que conozco o conocí; me remonto a experiencias «verdaderas», pero no tal como se produjeron en realidad, sino asumiendo como «realmente ocurridas» solo las impresiones o las fantasías nacidas en los años en que esa experiencia fue vivida. Así lo que escribo está lleno de referencias a situaciones y acontecimientos que ocurrieron de veras, pero reorganizados y reinventados como nunca ocurrieron. De modo que cuanto más alejada me mantengo de mi escritura, más se convierte esta en lo que quiere ser: una invención novelesca. Cuanto más me acerco, me meto dentro, lo novelesco se ve más superado por los detalles reales, y el libro deja de ser novela, corre el riesgo de herirme en primer lugar a mí como el relato malvado de una ingrata irrespetuosa. Por ello, quiero que mi novela se aleje lo más posible para que pueda ofrecer su verdad novelesca, pero no con los retazos accidentales de autobiografía que hay en ella.

Sin embargo, los medios de comunicación, en especial cuando conectan foto del autor y libro, aparición mediática del escritor y cubierta de la obra, van justo en la dirección contraria. Borran la distancia entre autor y libro, hacen que uno se imponga sobre el otro, amalgaman al primero con los materiales del segundo y viceversa. Ante estas formas de actuación, siento exactamente eso que usted define muy bien como «timidez privada». He trabajado durante mucho tiempo, lanzándome de cabeza en la materia que quería narrar, para destilar de mis experiencias y de las de otros cuanto de «público» tenía de destilable, cuanto me parecía extraíble de voces, hechos, personas cercanas y lejanas, para construir apariencias y un organismo narrativo con cierta coherencia pública. Ahora que ese organismo, para bien y para mal, tiene su equilibrio autosuficiente, ¿por qué debería encomendarme a los medios de comunicación? ¿Para seguir mezclando su aliento con el mío? Tengo el temor fundado de que los medios de comunicación, a los que por su actual naturaleza les falta un «interés público» real, tenderían con desaliño a devolver privacidad a un objeto que nació precisamente para dotar a la experiencia individual de un significado menos circunscrito.

Quizá este último aspecto de la cuestión merezca discutirse. ¿Hay una manera de tutelar el derecho de un autor a elegir cómo establecer, de una vez para siempre, solo a través de su escritura, qué parte de sí mismo debería hacerse pública? Al mercado editorial le preocupa ante todo saber si el autor es utilizable de modo que pueda convertirse en personaje cautivador para ayudar así al recorrido comercial de su obra. Si se cede, al menos en teoría, se acepta que toda la persona, con todas sus experiencias y sus afectos, se ponga en venta junto con el libro. Pero los nervios de la persona privada son demasiado reactivos. Si quedan al descubierto, solo pueden ofrecer un espectáculo de dolor, o alegría, o malevolencia, o rencor —a veces también de generosidad, pero, guste o no, exagerada—; seguramente no pueden aportar otra cosa a la obra.

Concluyo la cuestión diciéndole, por último, que escribir sabiendo que no debo aparecer genera un espacio de libertad creativa absoluta. Un rincón que, ahora que lo he experimentado, pienso defender. Si me lo quitaran, me sentiría bruscamente empobrecida.

Hablemos ahora de Elsa Morante. No la conocí, nunca he sido capaz de relacionarme con las personas que me causaban emociones intensas. Si me la hubieran presentado, me habría quedado paralizada, me habría vuelto estúpida hasta el punto de no ser capaz de establecer un contacto de cierta consistencia. Me pregunta usted por las semejanzas, algo que me halaga tanto que, la verdad, me expongo a mentirle con tal de afianzar su hipótesis. El problema se me planteó por primera vez cuando *El amor molesto* ganó el premio Procida. ¿Acaso era posible que mi libro guardara aunque solo fuera una débil relación con esa autora? Me puse a buscar en las páginas de Elsa Morante para encontrar al menos una línea capaz de justificarme sobre todo a mí misma, en una carta de agradecimiento, la legitimidad de ese reconocimiento. Busqué sobre todo en *Araceli*, pero busqué mal, pues no encontré nada que me permitiera establecer un contacto exento de inmodestia. Por otra parte, no soy una lectora concienzuda, con buena memoria. Leo muchísimo pero sin ningún orden, y olvido lo que leo. Mejor dicho, conservo un recuerdo distorsionado. En esa ocasión, por las prisas y quizá también por oportunismo, me aferré a una sola frase que aparece en *El chal andaluz*: «Nadie, empezando por las modistas de las madres, va a pensar que una madre tiene cuerpo de mujer». Era una cita fácil que tenía en la cabeza desde hacía años, anotada de varias maneras. Había reflexionado con frecuencia sobre la sensación de ansiedad que me producía la idea encerrada en ese pasaje. En él se decía que las mujeres expertas en vestir cuerpos de mujeres no conseguían, sin embargo, hacer su trabajo cuando se trataba de coser telas sobre el cuerpo de la madre. Me había imaginado tijeras que se negaban a cortar, cintas métricas que mentían sobre las medidas, hilvanados que no sujetaban, tizas que no dejaban marca. El cuerpo de la madre generaba una rebelión de los instrumentos de la modista, un aniquilamiento de las competencias. Vestirse y vestir a otras mujeres era fácil; pero vestir a la madre era perder la guerra contra lo amorfo, era «envolver», otra palabra morantiana.

Este fracaso de las modistas ante el problema de vestir el cuerpo materno me acompañó mucho tiempo junto a una fascinación más antigua de lectora sin rigor, inclinada a fantasear sobre unas pocas líneas y escasamente atenta a los verdaderos significados. Es una fascinación ligada a la lectura de *La isla de Arturo*, que leí por primera vez hará unos veinte años. Me dejó abrumada por motivos de los que entonces me avergoncé. Mientras leía, a lo largo de todo el relato, pensé que el verdadero sexo de Arturo era femenino. Arturo era una muchacha, no podía ser de otro modo. Y por más que Morante escribiera sobre un yo masculino, me resultaba imposible no imaginar que era ella, un enmascaramiento de sí misma, de sus sentimientos, de sus emociones. No se trataba de un «impulso» literario normal. Percibía —y después me ocurrió con todos los personajes masculinos de Morante que profundizan sin pudor en su relación con la madre— una simulación destinada a hacer, literariamente, eso que las modistas no consiguen hacer: sustraer la figura materna —madre muerta-Nunziatina-padre homosexual— a esa envoltura amorfa; aprovecharse del limbo de una adolescencia en masculino —más libre, como en muchas otras cosas— para no envolverla más, para contar eso que, de otro modo, en la experiencia femenina carece de forma.

Por lo demás, también reflexioné mucho sobre el epígrafe tomado de Saba solo para reforzar esta fascinación. Saba escribe: «Y, si me recuerdo en él, me parece bien…». Cualquiera que sea la dirección a la que lleva «Il fanciullo appassionato» ('El niño apasionado') en su incertidumbre, en alguna parte de mí, por lo que se refiere a *La isla de Arturo*, solo sigue valiendo ese verso y ese «en él» puesto ahí, debajo del título, para decir: «Me parece bien que yo pueda acordarme de mí al escribir dentro de él, de Arturo».

Por otra parte, creo, tendrá que llegar el momento en que consigamos escribir de veras «fuera de él», no por presunción ideológica sino porque de veras, como las almas platónicas, nos acordemos de nosotros sin que, por comodidad, por costumbre, por distanciarnos de nosotras mismas, debamos representarnos en él. Imagino que las modistas de las madres llevan tiempo estudiando. Tarde o temprano aprenderemos todas a no envolver, a no envolvernos.

En fin, ¿qué decirle para cerrar este punto? Me gustaría que entre *El amor molesto* y los libros de Morante hubiera un nexo, aunque fuera tenue. Pero debo confesarle que muchos rasgos estilísticos de esta autora me resultan extraños, que me siento incapaz de concebir historias de largo aliento, que hace tiempo que ya no aprecio una vida en la que la Literatura sea más importante que todo lo demás. Por otra parte, hay ciertos bajos fondos del narrar que me atraen. Con los años, por ejemplo, me avergüenzo cada vez menos de cómo me apasionaban las novelitas que corrían por casa, dramones de amoríos y traiciones que, sin embargo, me causaron emociones indelebles, un deseo de tramas no necesariamente sensatas, el goce de pasiones fuertes y un tanto vulgares. Me parece que también habría que poner a trabajar este sótano de la escritura, fondo lleno de placer que durante años reprimí en nombre de la Literatura, porque el ansia de relato creció también ahí, no solo en los clásicos, entonces ¿qué sentido tiene tirar la llave?

En cuanto a Nápoles, hoy me siento atraída, sobre todo, por la Ortese de «La ciudad involuntaria». Si consiguiera seguir escribiendo sobre esa ciudad, trataría de inventar un texto capaz de explorar la dirección indicada en esas páginas, una historia de pequeñas violencias miserables, un precipicio de voces y situaciones, gestos mínimos y terribles. Pero para hacerlo sería necesario volver a vivir allí, algo que me resulta imposible por motivos familiares y de trabajo.

En cualquier caso, con Nápoles las cuentas nunca están saldadas, ni siquiera en la distancia. Viví en otros lugares períodos no breves, pero esa ciudad no es un lugar cualquiera: es una prolongación del cuerpo, una matriz de la percepción, el término de comparación de toda experiencia. Todo aquello que para mí ha sido siempre significativo tiene a Nápoles como escenario y suena en su dialecto.

Pero este énfasis es reciente y fruto de revisitas desde la distancia. Durante mucho tiempo viví la ciudad en la que crecí como un lugar donde en todo momento me sentía en peligro. Era una ciudad de súbitas disputas, de golpes, de lágrimas fáciles, de pequeños conflictos que acababan en insultos, obscenidades irreproducibles y fracturas insalvables, de afectos tan exagerados que resultaban insoportablemente falsos. Mi Nápoles es la Nápoles «vulgar» de gente «situada» pero todavía aterrorizada por la necesidad de tener que volver a buscarse la vida con trabajitos precarios; de una honestidad pomposa, pero, en la práctica, dispuesta a pequeñas ruindades para no quedar mal; ruidosa, chillona, fanfarrona, «laurista», pero al mismo tiempo, por ciertas ramificaciones, estalinista, ahogada en el dialecto más áspero, deslenguada y sensual, todavía sin el decoro pequeñoburgués pero con la pulsión de dotarse al menos de sus signos superficiales, respetable y potencialmente criminal, dispuesta a inmolarse cuando se presenta la ocasión y la necesidad de no parecer más tonto que los demás.

Me sentí distinta de esta Nápoles, la viví con repulsión, hui de allí en cuanto pude, la llevé conmigo como síntesis, un sucedáneo para tener siempre presente que el poder de la vida se ve dañado, humillado por modalidades injustas de la existencia. Pero hace mucho tiempo que la observo al microscopio. Aíslo fragmentos, entro en ellos, descubro cosas buenas que de joven no veía y otras que me parecen aún más miserables que entonces. Aunque estas tampoco me producen ya el antiguo rencor. En el fondo, es una experiencia de ciudad que no se borra ni queriendo y que resulta útil en todas partes. Puedo pasearme por calles y callejuelas quedándome en la cama con los ojos cerrados; cuando regreso tengo momentos iniciales de entusiasmo incontenible; después paso a odiarla en una sola tarde, retrocedo, me quedo muda, noto una sensación de ahogo, un malestar difuso, tengo la sensación de haber captado de jovencita no una fase limitada en el tiempo y el espacio sino las señales de una degeneración que ya se ha propagado, de manera que la ciudad, con sus lamentos del tiempo perdido por recuperar, con las repentinas rememoraciones, solo hace de sirena perversa, utiliza calles, callejuelas, esa cuesta, esa pendiente, la belleza envenenada del golfo, pero sigue siendo un lugar de descomposición, de desarticulación, de pérdida de la cabeza que, con esfuerzo, conseguí hacer funcionar un poco fuera de ella. Sin embargo, ella es mi experiencia, en ella guardo muchos afectos importantes; siento su riqueza humana, las capas complejas de las culturas. He dejado de evitarla.

No sé contestar a las preguntas que me hace sobre Delia y Amalia. No me parece haber establecido de manera consciente un nexo metafórico entre Amalia y Nápoles. En mi libro, de forma deliberada, Nápoles está concebida como presión, como fuerza oscura del mundo que pesa sobre los sujetos, síntesis de lo que llamamos la amenazante realidad de hoy que, a través de la violencia, fagocita todo espacio de mediación y relación civilizada alrededor y dentro de los personajes. Dicho esto, en mi libro, Delia debe simplemente conseguir contarse una historia que conoce de cabo a rabo, que nunca ha reprimido. La historia se ha quedado enredada en ciertos espacios de la ciudad, en el vocerío dialectal a través del que cobró forma. Esta mujer se mete en el laberinto de Nápoles para ir en su busca, ordenarla, arreglar espacios y tiempos, contarse al cabo su propia historia en voz alta. Lo intenta, y al hacerlo comprende que, si lo consigue, conseguirá también por fin sumar a su madre a sí misma, el mundo de ella, los agravios, las fatigas, las pasiones consumadas o imaginadas, las energías inhibidas, las expandidas dentro de los pocos canales accesibles. Eso es todo. Hasta el misterio de la muerte de Amalia se convierte poco a poco en irrelevante para Delia; o mejor dicho, se convierte en parte secundaria de toda su historia y de la de su madre.

Ahora bien, está claro que Nápoles no es un mero telón de fondo. Al escribir me daba cuenta con claridad de que en el relato no había lugar ni gesto que no estuviera marcado por cierta napoletaneidad no redimida, irredimible, de escasa dignidad narrativa, fastidiosa. Por otra parte, el esfuerzo de Delia consistía sobre todo en narrar lo que durante mucho tiempo le había parecido no narrable y me beneficiaba seguir ese camino. Es posible que al final el personaje más escurridizo, más difícil de capturar, más densamente ambiguo, esta Amalia que traga fatigas y palos pero no se doblega, se haya fijado con la carga de napoletaneidad menos delimitable, y, por tanto, resulte una especie de mujer-ciudad zarandeada, engatusada, golpeada, perseguida, humillada, deseada y, no obstante, dotada de una extraordinaria capacidad de resistencia. Si fuera así, me sentiría feliz. Pero no puedo confirmárselo.

Por lo demás, le confieso que no me gusta la narrativa que me dice de forma deliberada cómo es Nápoles hoy, cómo son los jóvenes hoy, en qué se han convertido las mujeres, que la familia está en crisis, los males que padece Italia. Casi siempre tengo la impresión de que estas operaciones son la puesta en escena de lugares comunes mediáticos, la poetización de un artículo de revista ilustrada, de un reportaje de televisión, de una investigación sociológica, de la posición de un partido. De un buen relato espero que me diga sobre el hoy aquello que no puedo saber de ninguna otra fuente más que ese relato, de su manera única de poner en palabras, del sentir que presupone.

Carezco de instrumentos para hablar de la película de Mario Martone, así que guardo silencio. Le escribí, pero después no envié la carta, tuve la sensación de que solo le decía cosas que él ya sabía. Pero puedo hablar del guion, que leí y releí en su momento. En mi libro, la trama de pasado y presente se encomienda toda a la oscilación entre lo dicho y lo no dicho, oscilación decidida con absoluta autonomía dentro del yo narrador. Es decir, en la página, Delia es una primera persona literaria, única fuente de discurso y única fuente de verdad del relato; nadie intervendrá nunca en verdad desde el exterior de su voz narradora. En cambio, en el cine, cuando esa voz narradora aparece, debe contar con su propio cuerpo-objeto expuesto en la pantalla, tiene un exterior que es dominante, por eso siempre es un pálido asomo de la literaria. De modo que me pareció natural que Martone debía proceder en otra dirección y, probablemente, planteándose otras metas.

Por ejemplo, la historia de Delia, una vez encarnada, debía inscribirse dentro de la ciudad real y su dialecto real. En consecuencia, una vez fijada Delia fuera del yo narrador, era obvio que, aun trabajando en sus silencios y en sus medias frases, no se podía hacer otra cosa que representarla desde fuera, en busca de algo que no sabe y que debe descubrir, un recorrido que impone ese exceso de explicación al que usted apunta y que, aun queriendo explotar a fondo los márgenes de ambigüedad posibles, por fuerza debe colocar, mostrar, afirmar, negar, aclarar más que la palabra literaria en primera persona.

En especial cuando leí la última versión del guion, me pareció que Martone había encontrado soluciones inteligentes y creativas. Le doy un solo ejemplo para no extenderme demasiado. En las pocas palabras del final trabajé más o menos de manera consciente en un juego de tiempos verbales: «Amalia había sido. Yo era Amalia». El pluscuamperfecto de la primera frase tendía a considerar definitivamente concluida la historia de Amalia no con su muerte, sino con la transmisión, ya realizada, de la verdad de su experiencia a su hija. El imperfecto de la segunda frase, y la transformación del sujeto de la primera en predicado quería reactivar la vida de Amalia, permitir que se cumpliera en Delia, transformarla en un algo más que, si ya no dice nada de Amalia, ahora sirve a la hija para ser plenamente. A ese «era» no pretendía darle ninguna función patológica. No es, al menos por lo que tenía en mente mientras escribía, una pérdida de identidad. Más bien es también la recuperación del juego infantil de la pequeña Delia en el sótano, cuando jugaba con Antonio y fingía ser Amalia, pero una recuperación que invierte su función. Ese juego le sirve ahora para decirse que un aspecto tremendo de sí misma cuando era niña se ha hecho adulto, ha sido acogido, puede convivir con sus otros momentos de mujer madura. La solución inventada por Martone, la simple respuesta —«Amalia»— al joven que le pregunta cómo se llama, me pareció que era lo mejor que se podía hacer en la película para conservar todas las cosas que intenté poner en esas dos frases. Por esta y otras invenciones estoy muy contenta de que Martone interviniera en *El amor molesto*.

Espero haber sido exhaustiva, dentro de lo posible, y me alegro de haber tenido la ocasión de hablar con cierta libertad. Me gustaría que considerara estas páginas, que me costaron cierto esfuerzo, como una especie de agradecimiento a una persona que, al definirse como mi devoto admirador, me ha alegrado un día entero.

NOTA. Carta no enviada (1995). Goffredo Fofi había remitido a la autora algunas preguntas que reproducimos a continuación:

1. La película de Mario Martone es muy respetuosa con su novela, pero elige distinguir claramente el presente del pasado —los *flashbacks*—, mientras que en la novela todo ocurre en el presente, en la reflexión de Delia. La otra diferencia entre la novela y la película radica en el hecho de que esta última explica mucho, incluso aquello que en la novela no se decía o estaba implícito. La tercera, en fin, es una especie de pudor mayor —¿masculino?— por parte de Martone en aceptar la sexualidad de Delia en el pasado, en aprobar, se diría, la psicología de Delia niña. En esta parte, en la película realizada, Amalia solo es víctima. ¿Qué piensa de estas intervenciones? ¿Atribuye estas diferencias a la distinta sensibilidad de Martone o más bien a la necesidad propia del cine de dar más explicaciones, a su obligación de mostrar?

2. La Nápoles que usted describe con extrema exactitud y decisión —lugares y zonas, además de ambientes humanos, comportamientos— no se ha descrito mucho en el cine. Como tampoco se ha descrito en literatura el paso de los alrededores todavía proletarios, campesinos, a la ciudad de la pequeña burguesía ínfima a la que acaba

perteneciendo la familia de Delia. ¿Qué incidencia tiene esta Nápoles, y en qué considera que ha cambiado con el proceso de renovación actual de la ciudad? ¿Sigue usted ese proceso? ¿Se siente todavía ligada a Nápoles e interesada por Nápoles? ¿Su alejamiento geográfico de la ciudad fue una elección definitiva —como la de Delia— o se debió a otros factores? ¿Volvería hoy a vivir en Nápoles? ¿Y Delia volverá a vivir en Nápoles? Dicho de otro modo, ¿se puede considerar la reconciliación de Delia con Amalia como una reconciliación con una identidad napolitana, fastidiosa, morbosa, pero que, no obstante, debe servir como punto de partida? Y otra vez, dicho de otro modo, ¿Amalia es una madre-Nápoles, puede ser vista como una metáfora de Nápoles?

3. Cuando se publicó la novela, usted ganó el premio Procida-Elsa Morante, y la crítica vio cierta semejanza entre su novela y algunas obras de Morante —sobre todo, *Araceli*—. ¿Acepta esta semejanza? ¿Y qué diferencias ve? —¿Como las que hay entre Delia y Amalia?— ¿Llegó a conocer directamente a Morante? ¿Qué escritoras influyeron en su formación —Anna Maria Ortese, por ejemplo— y en qué?

4. ¿De qué trata su nueva novela, si me permite preguntárselo?

5. ¿Imaginaba a las protagonistas de su novela parecidas a Angela Luce y Anna Bonaiuto? ¿En qué se diferencian de ellas?

6. ¿Cuál es la motivación profunda para mantenerse alejada de los medios de comunicación, y de la sociedad del espectáculo? ¿Una forma de timidez privada? Hoy que se tiende a personalizar al extremo las obras como productos de autores reconocibles, presentes en las páginas de los periódicos o en la pequeña pantalla, como si ese aparecer fuera indispensable, el suyo es un caso realmente anómalo. Sin ánimo de querer convertirlo en demasiado ejemplar, exis-

te la tentación de tomarlo como modelo. ¿Qué piensa de esta posibilidad?

7. ¿Alguna vez se ha psicoanalizado? ¿Tiene una cultura de tipo psicoanalítico? ¿Y de tipo feminista?

Gracias, y un cordial saludo de su devoto admirador,

GOFFREDO FOFI

10

Las operarias

Querida Sandra:

Te debo una explicación. El texto que prometí darte para que lo leyeras no te llegará. He visto que ya te has ocupado de encontrarle un título —*Las operarias* me gusta; en cambio, excluyo *Las trabajadoras*—, pero he cambiado de idea, no me parece que el relato esté todavía listo para leer. En la última semana yo misma no he conseguido leer ni una sola línea sin disgustarme. Necesito tiempo para volver a él con calma y saber qué hacer. En cuanto haya tomado una decisión, te la comunicaré.

Ahora no vayas a pensar que la culpa es tuya, hiciste muy bien en insistir. En todos estos años siempre que me presionaste para que te dejara leer algo, me puse a escribir más motivada, me alegraba de que al menos una persona, o sea, tú, estuviera esperando mi nuevo libro. En esta ocasión tal vez me ha hecho daño contarte por encima el contenido del libro, debo de haber percibido en ti cierta decepción editorial; o quizá me preocupó la longitud del manuscrito, siempre has dicho que los libros demasiado largos, si no son *thrillers* plagados de aventuras, ahuyentan a los lectores. Pero, incluso admitiendo que haya sido así, mi decisión de no mantener la promesa que te hice tiene otros motivos.

Escribí esta historia porque me concierne. Estuve dentro de ella mucho tiempo. Acorté cada vez más la distancia entre la protagonista y yo, ocupé todos sus huecos, y hoy no hay nada de ella que yo no haría. Por eso estoy agotada, y ahora que el relato está terminado debo recuperar el aliento. ¿Cómo? No lo sé, a lo mejor poniéndome a escribir otro libro. O a leer todos los que pueda sobre el tema de esta historia, y así seguir a su lado, de refilón, y hacer como con los pasteles para ver si han alcanzado la cocción adecuada, clavarles un palillo, pinchar el texto para comprobar si está hecho.

Ahora pienso en la escritura como una seducción prolongada, extenuante, placentera. Los relatos que cuentas, las palabras que usas y en las que trabajas, los personajes a los que intentas dar vida solo son instrumentos con los que acorralas esa cosa escurridiza, sin nombre ni forma, que te pertenece solo a ti y que, sin embargo, es una especie de llave que abre todas las puertas, la verdadera razón por la que pasas tanto tiempo de tu vida sentada a una mesa, tecleando, llenando páginas. La pregunta de todo relato es siempre: ¿es esta la historia correcta para entender eso que yace silencioso en lo más hondo de mí, esa cosa viva que, al ser capturada, invade todas las páginas y las dota de alma? La respuesta no queda clara, ni siquiera cuando se llega al final de un relato. ¿Qué pasó en las líneas, entre líneas? Con frecuencia, después de fatigas y placeres, en las páginas no hay nada —hechos, diálogos, golpes de efecto, nada más— y te aterra tu propia desesperación.

A mí me pasa lo siguiente: al principio siempre me cuesta mucho, el relato se resiste a arrancar, ningún comienzo me parece de veras convincente; después la historia se encamina, las partes ya escritas cobran energía y de repente encuentran la manera de acoplarse; entonces escribir es un placer, las horas son un tiempo de intenso gozo, los personajes ya no te dejan, tienen su espacio-tiempo en el que están vivos, cada vez más nítidos, están dentro y fuera de ti, están firmemente en las calles, en las casas, en los lugares donde la historia debe tomar forma; las mil posibilidades de relato se seleccionan solas y las decisiones parecen inevitables, definitivas; la jornada de trabajo empieza releyendo para tomar aliento, y releerse es agradable, es perfeccionar, enriquecer, retocar el pasado para hacer que el futuro del relato cuadre. Después este tiempo placentero toca a su fin. El relato está terminado. Ya no hay que releer el trabajo del día anterior, sino la historia entera. Tienes miedo. Catas aquí y allá, nada está escrito como habías imaginado que lo escribirías. El comienzo es insignificante, el desarrollo te parece tosco, los medios lingüísticos te parecen inadecuados. En ese momento necesitas que acudan en tu ayuda, encontrar el modo de diseñar el terreno en el que apoyar el libro y comprender de qué materia está realmente hecho.

Ahora me encuentro en este punto angustioso. Por eso, si tienes ganas, ayúdame. ¿Qué sabes de novelas que hablan de trabajos femeninos espiados, observados con obsesión por una mirada ociosa, malvada, por momentos feroz? ¿Los hay? Me interesa todo aquello centrado en el cuerpo femenino ocupado en actividades laborales. Si tienes algún título en mente —no importa si se trata de obras maestras o de literatura barata—, escríbeme. Dudo que el trabajo dignifique al hombre y descarto sin lugar a dudas que dignifique a la mujer. Por eso la novela trata de la desgracia de trabajar, del horror implícito en la necesidad de ganarse la vida, expresión en sí misma abominable. Pero no te asustes: te aseguro que, pese a haber utilizado no solo todos los trabajos que conozco a fondo por haberlos hecho yo misma sino también aquellos cuya praxis me es familiar gracias a personas que conozco bien y de las que me fío, no he escrito en modo alguno un estudio sobre la fatiga de las mujeres, sino un relato con grandes tensiones donde pasa de todo. Pero no sé decirte nada sobre el resultado del libro. Ahora que me parece que está terminado debo encontrar motivos para tranquilizarme. Al final, cuando llegue la calma, te diré si la novela se puede leer o no, si está para publicar o irá a engrosar mis ejercicios de escritura. En este último caso lamentaría mucho haberte decepcionado de nuevo. Por otra parte, creo que para quien ama escribir el tiempo que se le dedica nunca puede considerarse perdido. Además, ¿no es de libro en libro como nos acercamos al que queremos realmente hacer? Hasta pronto,

ELENA

NOTA. Carta del 18 de mayo de 1998. La editorial nunca recibió la novela a la que alude.

11

Mentiras que dicen siempre la verdad

Querido Sandro:

Dices que al menos hay que hacer las entrevistas; de acuerdo, tienes razón. Dile a Fofi que me mande las preguntas, las contestaré. Espero haber crecido en estos últimos diez años.

En mi defensa solo te digo lo siguiente: en los juegos para los periódicos se termina siempre mintiendo, y en la raíz de la mentira se encuentra la necesidad de ofrecerse al público de la mejor manera, con pensamientos adecuados al papel, con el maquillaje que imaginamos adecuado.

Pero cuidado: no detesto las mentiras en absoluto, en la vida las considero saludables, y cuando es preciso recurro a ellas para proteger mi persona, los sentimientos, las pulsiones. Pero mentir en los libros me hace sufrir mucho, la ficción literaria me parece hecha expresamente para decir siempre la verdad.

Además, valoro muchísimo la verdad de *Los días del abandono*; no quisiera hablar de ella con docilidad, secundando las expectativas implícitas en las preguntas del entrevistador. Lo ideal para mí sería conseguir con respuestas breves el mismo efecto que la literatura, es decir, urdir mentiras que digan siempre, rigurosamente, la verdad. En fin, veamos de qué soy capaz, me siento bien ejercitada, tiendo a decir mentiras verdaderas incluso cuando escribo una nota de felicitación. En cuanto tengas las preguntas envíamelas.

ELENA

NOTA. Carta de enero de 2002. Entre 2002 y 2003, después de *Los días del abandono*, Elena Ferrante concedió tres entrevistas partiendo de las preguntas que le hicieron llegar a través de la editorial. Las publicamos a continuación.

12

La ciudad sin amor

Respuestas a las preguntas de Goffredo Fofi

FOFI: Nápoles, Turín: dos ambientes muy distintos; si la atmósfera napolitana era convulsa —o así lo recordamos gracias a la película de Martone, que acentuaba sus características—, la turinesa es fría, y encima estival, poco habitada y poco ruidosa. ¿Era necesario destacar más el personaje de la protagonista, en su crisis de abandono y en su aproximación al delirio? De Turín se «ve» poco, solo sirve de fondo. ¿Por qué? El «fantasma» de la señora napolitana abandonada, recuerdo que se convierte en obsesión, ¿es lo que más vincula esta novela con la anterior?

FERRANTE: Olga no es una mujer sola, sino aislada. Quise relatar su aislamiento, era lo que más me interesaba. Deseaba seguir momento a momento la contracción a su alrededor de los espacios reales y metafóricos. Quería que Turín y Nápoles, aunque alejadas y distintas, confluyeran en cuanto lugares sin comunidades, telones de fondo para individuos aturdidos por el dolor. En *El amor molesto*, Delia conseguía encontrar en Nápoles una historia suya, apasionante, y lugares de la ciudad con su propia fuerza cautivadora. Por su parte, Olga, tanto en Nápoles como en otros lugares, hoy solo encuentra nombres cada vez más incapaces de contener calor y sentido. Es ese defecto creciente de las ciudades lo que hace que ella surja del fondo.

FOFI: Al perder fuerza el ambiente, la crisis narrada por la novela se vuelve más invasora y explosiva, acaparadora. Las referencias de la protagonista a *Ana Karénina* y a *La mujer rota* de Simone de Beauvoir indican también el perpetuarse de una situación: ¿el abandono es el abandono, la crisis que sigue es inevitable y vuelve a plantearse más allá del tiempo y las culturas?

FERRANTE: No, no me parece que Olga se mueva en ese orden de ideas. Es combativa, no quiere ser ni Ana Karénina ni una mujer rota. Sobre todo, no quiere ser como la mujer abandonada de Nápoles que la marcó de niña, se siente fruto de otra cultura, de otra historia femenina, piensa que nada es inevitable. Sin duda, hoy experimenta hasta el fondo que el abandono es un torbellino y una anulación, quizá también un indicio del desierto que ha ido creciendo a nuestro alrededor. Pero reacciona, se vuelve a levantar, vive.

FOFI: Olga, mujer de mediana edad, no ha encontrado en la escritura ninguna sublimación, ninguna plenitud. ¿Los sentimientos siguen siendo la clave de toda experiencia humana, en especial, la femenina?

FERRANTE: Para Olga escribir es resistir y entender. La escritura no tiene matices mágicos o místicos, como mucho es necesidad de estilo. Cuando era jovencita pretendía mucho más de la escritura, ahora se sirve de ella solo para poder controlar el problema en el que está metida: ¿se puede seguir viviendo si se pierde el amor? Parece un tema bastante desprestigiado, en realidad es la cuestión más crudamente planteada por las existencias femeninas. La pérdida del amor es una brecha, causa un vacío de sentido. La ciudad sin amor es una ciudad injusta y cruel.

FOFI: ¿En qué medida ha influido en usted el feminismo —italiano, de los años setenta— y ha tenido presente sus conquistas al escribir su novela?

FERRANTE: Sobre el feminismo he leído bastante y con pasión; sin embargo, no tengo ninguna experiencia como militante. Siento mucha simpatía por el pensamiento de la diferencia, pero es algo que tiene más que ver conmigo que con la historia de Delia o de Olga. Un relato va por su camino, es el receptáculo de todo y de lo contrario de todo, funciona únicamente si le permitimos tomar lo que le sirve para buscar su verdad. No creo que se pueda saber más de un texto si se dispone de información sobre las lecturas y los gustos de quien lo ha escrito.

FOFI: Olga parece rechazar toda «trascendencia», toda dimensión no «laica» y terrenal de la existencia, salvo en la dimensión de la alucinación; sin embargo, en la novela se encuentran hilos ocultos, correspondencias extrañas, ecos de presencias, y sobre todo es esencial la relación —que tiene algo de identificación primaria— con un animal, el perro Otto, auténtico chivo expiatorio de la historia. ¿Es una contradicción?

FERRANTE: Olga es rigurosamente laica. Pero la experiencia del abandono la consume en sus convicciones, en su forma de ser, en el registro expresivo, incluso en sus reacciones sentimentales. Ese desgarro deja filtrar fantasías, creencias, emociones y sentimientos enterrados, un primitivismo corporal que, en efecto, teje sus propios hilos, difíciles de manejar, pero sin metas trascendentes. Al final Olga descubre que el dolor ni nos hunde ni nos eleva, y concluye que no hay nada ni arriba ni abajo que pueda consolarla. En cuanto al perro Otto ni quiero ni sé decirle nada, excepto que es el personaje, por así decirlo, que me ha causado más sufrimiento.

FOFI: Esta novela se publica en un momento especial de la historia italiana, dominada por el regreso de una grosería «privada» y utilitaria y una especie de hipocresía pública colectiva, de representación televisiva. Su primera novela apareció hace muchos años, y se presupone que *Los días del abandono* se escribió a lo largo de muchos años. ¿Ha tenido en cuenta el «marco italiano» de estos años? ¿Lo reconoce como marco de la historia de Olga?

FERRANTE: Sí, ese marco del que usted habla asoma, creo, en especial a través de rasgos nuevos que el marido de Olga va revelando poco a poco, a través de algunas de sus alusiones al desencantado realismo político. Pero no creo que la época en la que la historia nace y es concebida se revele por mímesis de los rasgos repugnantes de la contemporaneidad. Ni siquiera una antología detallada de estos tiempos actuales tan vulgares bastaría para hacer un relato. Cuando se escribe, más bien se espera que la peculiaridad del propio tiempo quede enredada en el engranaje mismo del texto: en la actuación de Olga abandonada, por ejemplo, prisionera en su apartamento, aislada en el corazón de la ciudad ausente.

FOFI: ¿La aceptación de Carrano, el vecino músico, por parte de Olga es también la aceptación de una fragilidad común a los hombres y a las mujeres? ¿Qué puede preanunciar en la vida de Olga? La pregunta es tonta, pero necesaria. Gracias.

FERRANTE: Carrano ayuda a Olga a volver a acercarse a los hombres una vez que los sentimientos se han agostado, una vez que la sustracción del amor le ha enseñado la brutalidad desnuda de las relaciones entre los sexos y no solo entre los sexos. Carrano no es un personaje lineal, posee incluso algún rasgo repulsivo, pero Olga lo prefiere al veterinario, por ejemplo, a su fingida amabilidad. Carrano es quien al final la conmueve y le da una nueva perspectiva sentimental. Creo que los hombres que elegimos dicen, como muchas otras cosas importantes, qué tipo de mujeres somos, en qué tipo de mujeres nos estamos convirtiendo.

NOTA. Entrevista publicada en *Il Messaggero* del 24 de enero de 2002, precedida por una introducción de Goffredo Fofi, con el siguiente título: «Ferrante: viaggio al centro del pianeta donna» ('Ferrante: viaje al centro del planeta mujer').

13

Sin distancia de seguridad

Respuestas a las preguntas de Stefania Scateni

SCATENI: *Los días del abandono* describe un momento terrible en la vida de una mujer y lo hace con una sinceridad cruda, especialmente respecto a la protagonista. ¿Cree que su «anonimato» fue una ayuda?

FERRANTE: No lo sé. Siempre he tenido tendencia a separar la vida diaria de la escritura. Para tolerar la existencia mentimos y, sobre todo, nos mentimos. A veces nos contamos bonitas fábulas, a veces nos decimos mentiras mezquinas. Las mentiras nos protegen, atenúan el dolor, nos permiten evitar el espanto de reflexionar en serio, suavizan los horrores de nuestro tiempo, incluso nos salvan de nosotros mismos. Pero nunca hay que mentir cuando se escribe. En la ficción literaria es necesario ser sinceros hasta lo insostenible, so pena de que las páginas sean vacuas. Es probable que separar claramente lo que somos en la vida de lo que somos cuando escribimos ayude a mantener a raya la autocensura.

SCATENI: ¿Por qué ha elegido no ser un personaje público?

FERRANTE: Por un deseo un tanto neurótico de intangibilidad. El esfuerzo de escribir afecta todos los puntos del cuerpo. Cuando el libro está terminado, es como si nos hubieran sometido a un cacheo descarado, y no se desea otra cosa que recuperar la integridad, volver a ser la persona que normalmente se es, en las ocupaciones, en los pensamientos, en el lenguaje, en las relaciones. Por lo demás, pública es la obra; en ella está todo lo que tenemos que decir. ¿A quién le importa hoy de veras la persona que la escribió? Lo esencial es el trabajo realizado.

SCATENI: La suya parece una escritura no destinada a los lectores, una escritura que nace como privada, sin más interlocutor que la página —o el ordenador— o uno mismo. ¿Es así?
FERRANTE: No, no creo. Escribo para que lean mis libros. Pero mientras escribo no es eso lo que importa: solo importa encontrar las energías para ahondar profundamente en la historia que estoy contando. El único momento de mi vida en que no me dejo impresionar por nadie es cuando trato de dar con las palabras para ir más allá de la superficie de un gesto obvio, de una fórmula banal. Ni siquiera me asusta descubrir que es inútil ahondar y que debajo de la superficie no hay nada.

SCATENI: Al leer su libro pensé en la vida que «hace» que uno escriba, que el tiempo del vivir es el del escribir. ¿Por eso escribió dos libros en diez años?
FERRANTE: Debo reconocer con cierta incomodidad que no escribí dos libros en diez años: escribí y reescribí varios. Pero *El amor molesto* y *Los días del abandono* me parecieron los que con más decisión ponían el dedo en algunas de mis llagas todavía infectadas, sin distancia de seguridad. En otros momentos también escribí sobre heridas limpias o felizmente cicatrizadas, y lo hice con la distancia

reglamentaria y con las palabras adecuadas. Pero después descubrí que ese no era mi camino.

SCATENI: Siguiendo con el mismo tema, su escritura es muy concreta, física, como si el cuerpo se hiciera portador de palabras. Es una escritura hecha de gestos, esos gestos cotidianos que la costumbre hace fluidos y que luego se desbordan en el momento de la «enfermedad». En fin, es una escritura femenina. ¿Hay escritoras —y también escritores— a los que se siente cercana?

FERRANTE: Cuando era muy joven aspiraba a escribir exhibiendo un pulso viril. Me parecía que todos los escritores de gran nivel eran varones y, por tanto, que se debía escribir como un verdadero hombre. Después me puse a leer con mucha atención la literatura de las mujeres y abracé la tesis de que debía estudiar y sacar provecho de cada pequeño fragmento en que se reconociera una especificidad literaria femenina. Pero desde hace un tiempo me he quitado de encima preocupaciones teóricas y lecturas y me he puesto a escribir sin preguntarme más qué debía ser: masculina, femenina, de género neutro. Me he limitado a escribir leyendo en cada caso libros que me sirvieran no de agradable sino de buena compañía mientras escribía. Dispongo de una lista considerable, los llamo «libros de estímulo»: *Adele*, de Federigo Tozzi; *El mejor de los esposos*, de Alba de Céspedes; *Lettera all'editore* ('Carta al editor'), de Gianna Manzini; *Mentira y sortilegio* y *La isla de Arturo*, de Elsa Morante, etcétera. Por incongruente que pueda parecer, el libro que más me acompañó cuando trabajaba en *Los días del abandono* es *La princesa de Clèves*, de Madame de La Fayette.

SCATENI: Olga había encontrado un sentido a su existencia en una relación, en el ritual de una relación. Al quedarse sola, debe reconstruirse desde cero, se da cuenta del error y llega a otra relación, con Carrano, armada de mucho desencanto. ¿Qué piensa del amor?

FERRANTE: La necesidad de amor es la experiencia fundamental de nuestra existencia. Por insensato que pueda parecer solo nos sentimos realmente vivos cuando tenemos un dardo en el costado que arrastramos día y noche allá adonde vayamos. La necesidad de amor acaba con todas las otras necesidades y por otra parte motiva todas nuestras acciones. Lea el libro IV de *La Eneida*. La construcción de Cartago se detiene cuando Dido se enamora. Después la ciudad seguiría creciendo poderosa y feliz si Eneas se quedara. Pero él se va, Dido se suicida y Cartago, de potencial ciudad del amor, se transforma en ciudad con una misión de odio. Los individuos y las ciudades sin amor son un peligro para sí mismos y para los demás.

SCATENI: *Los días del abandono* podría incluso parecer una novela «feminista»… ¿Se siente en sintonía con Simone de Beauvoir y su obra *La mujer rota*?

FERRANTE: No, ya no. Utilicé ese libro en la historia de Olga como podría haber utilizado a la Dido abandonada que vaga por la ciudad fuera de sí y se clava la espada de Eneas, uno de los «recuerdos» que él le deja. En realidad, Olga es una mujer de hoy que sabe que no debe reaccionar al abandono rompiéndose. En la vida como en la escritura me interesa el efecto de este saber nuevo: cómo actúa, qué resistencia ofrece, cómo lucha contra las ganas de morir y conquista el tiempo necesario para aprender a soportar el dolor, qué estratagemas o simulaciones pone en práctica para volver a aceptar la vida.

SCATENI: ¿Qué piensa del proyecto de Roberto Faenza de hacer una película basada en *Los días del abandono*? ¿Sigue ese proyecto?

FERRANTE: No, por ahora no. Me encanta el cine pero no sé nada del lenguaje cinematográfico. Espero que su *Los días del abandono* le salga mejor que el mío.

NOTA. La entrevista, precedida de una amplia introducción de Stefania Scateni y acompañada de una reseña de Jacqueline Risset, «Indomita e in frantumi» ('Indómita y hecha trizas'), se publicó en *l'Unità* el 8 de septiembre de 2002 con el título de «Elena Ferrante, la scrittura e la carne» ('Elena Ferrante, la escritura y la carne').

14

Una historia de desestructuración

Respuestas a las preguntas de Jesper Storgaard Jensen

JENSEN: Gracias al éxito alcanzado por *Los días del abandono* usted podría conseguir una notoriedad que muchas personas buscan. ¿Por qué ha elegido no aparecer?

FERRANTE: En *Tótem y tabú* Freud habla de una mujer que se había impuesto no escribir más su propio nombre. Temía que alguien lo utilizara para apoderarse de su personalidad. La mujer empezó por negarse a escribir su nombre y luego, por extensión, dejó de escribir por completo. Yo no estoy en ese punto, escribo y tengo la intención de seguir escribiendo. Pero debo confesar que, cuando leí sobre esa enfermedad, enseguida me pareció sanamente significativa. Lo que elijo colocar fuera de mí no puede y no debe convertirse en un imán que me trague entera. Si así lo quiere, un individuo tiene derecho a mantener separada su persona, incluso su imagen, de los efectos públicos de su actuación. Pero no es solo eso. No creo que el autor deba añadir nunca nada decisivo a su obra: considero el texto un organismo autosuficiente, que contiene en sí mismo, en su factura, todas las preguntas y todas las respuestas. Además, los libros auténticos solo se escriben para ser leídos. El activismo promocional de los autores tiende, en cambio, y cada vez más, a borrar las obras y la necesidad de leerlas. En muchos casos nos resultan mucho más conocidos el nombre de la persona que ha escrito, su imagen, sus opiniones, que sus textos, y eso vale no solo para los contemporáneos sino, por desgracia, también para los clásicos. Por último, tengo una vida tanto privada como pública bastante satisfactoria. No siento la necesidad de nuevos equilibrios. Por el contrario, deseo que el rincón de la escritura siga siendo un lugar oculto, sin vigilancias ni urgencias de ningún tipo.

JENSEN: Al haber elegido el anonimato, ¿no echa de menos el contacto directo con sus lectores?
FERRANTE: Si quieren, los lectores pueden escribir a la editorial. Me hace ilusión. Contesto más o menos puntualmente.

JENSEN: ¿Estaría dispuesta a dar una breve descripción, incluso física, de sí misma?
FERRANTE: No. Permítame que para esta respuesta, un tanto brusca, me refiera a Italo Calvino, que, convencido de que del autor solo valen sus obras, en 1964 escribía a una estudiosa de sus libros: «No doy datos biográficos, o doy unos falsos, o bien trato siempre de cambiarlos de una ocasión a la siguiente. Pregunte lo que quiera saber y se lo diré, pero no le diré nunca la verdad, de eso puede estar segura». Siempre me ha gustado este párrafo y me lo he apropiado, al menos en parte. Podría decirle que soy hermosa y atlética como una estrella de cine, o que desde la adolescencia estoy atada a una silla de ruedas, o que soy una mujer intimidada hasta por su propia sombra, o que adoro las begonias, o que solo escribo de las dos a las cinco de la madrugada, y otras patrañas. El problema está en que, a diferencia de Calvino, detesto responder a una pregunta con una sarta de mentiras.

JENSEN: Seguramente habrá seguido los intentos de algunos representantes de la prensa italiana de desvelar su identidad. ¿Le divierten las teorías que sostienen que usted sería un conocido crítico —Goffredo Fofi—, una escritora napolitana —Fabrizia Ramondino— e incluso un homosexual napolitano?

FERRANTE: Aprecio mucho a los escritores que ha citado y me halaga la idea de que se les pueda atribuir mis libros. La hipótesis gay tampoco me desagrada. Es la prueba de que un texto puede contener más de lo que quien escribe sabe de sí mismo.

JENSEN: ¿Podría contar cómo nació la idea de la trama del libro?

FERRANTE: Seguramente en su origen hay un perro lobo, un perro lobo al que quise mucho. Lo demás fue llegando poco a poco, por acumulación, a lo largo de los años.

JENSEN: En vista de la forma expresiva que plasma con tanta eficacia la sensación de asco y desamor de Olga por sí misma y por el sexo, entre otras cosas, ¿hay en el libro un componente autobiográfico?

FERRANTE: No hay relato que no tenga raíces en el sentimiento de la vida de quien lo escribe. Cuanto más se transmite ese sentimiento a la historia, a los personajes, más conforma la página una verdad de efecto afilado. Al final lo que importa es la cualidad yo diría gráfica de ese efecto, las formas en que la escritura lo consigue o lo potencia.

JENSEN: ¿Cuál es el tema que le interesaba indagar a través de la historia de Olga?

FERRANTE: Quería contar una historia de desestructuración. Quien nos priva del amor arrasa con la construcción cultural en la que hemos trabajado durante toda la vida, nos priva de esa especie de Edén que, hasta ese momento, nos había hecho parecer inocentes y amables. Los seres humanos dan lo peor de sí mismos cuando sus costumbres culturales se destruyen y se encuentran ante la desnudez de sus organismos, sienten su vergüenza. En cierto sentido, la privación del amor es la experiencia común más cercana al mito de la expulsión del paraíso terrenal, es el fin violento de la ilusión de tener un cuerpo celestial, es el descubrimiento de nuestro carácter prescindible y perecedero.

JENSEN: *Los días del abandono* comunica al lector emociones muy fuertes. ¿Cómo consigue una escritura tan «limpia» para poder transmitir estas emociones? ¿Cuál es su método de escritura?

FERRANTE: Trabajo por contraste: claridad en los hechos y baja reacción emotiva alternadas con una especie de tempestad de la sangre, de escritura convulsa. Pero intento evitar demarcaciones entre los dos momentos. Tiendo a hacer que de uno se pase al otro sin solución de continuidad.

JENSEN: En su opinión, ¿hoy es importante ser capaces de comunicar sentimientos fuertes para vender libros, como sostiene, entre otros, Andrea De Carlo?

FERRANTE: Quien escribe busca, en primer lugar, una forma para su mundo. Por supuesto, se trata de un mundo interior, por tanto privado, todavía no público o público solo de forma muy parcial. En este sentido, «publicar un libro» supone decidir que se ofrecerá a los demás aquello que íntimamente nos pertenece, en la forma que consideramos más adecuada. Por el contrario, preguntarse qué quiere el público —sentimientos fuertes, suaves, otra cosa— me parece que va en una dirección por completo distinta. En este segundo caso ya no es mi mundo personalísimo el que busca una dimensión pública a través de la forma literaria, sino que es la dimensión pública del consumo la que se impone a mí y a mi escritura. No digo que esté mal trabajar de esa manera, los caminos de un buen libro son infinitos. Pero no es mi manera de ver el proceso creativo.

JENSEN: ¿Definiría usted *Los días del abandono* como una novela feminista?

FERRANTE: Sí, porque se alimenta del modo femenino de reaccionar al abandono, de Medea y Dido en adelante. No, porque no aspira a contar cuál es la reacción teórica y prácticamente correcta de la mujer contemporánea ante la pérdida del hombre amado ni a tachar de infamia los comportamientos masculinos. Cuando escribo construyo una historia. La fabrico con mi experiencia, mis sentimientos, mis lecturas, mis convicciones, y sobre todo con mis recovecos más secretos e incontrolados, aunque con frecuencia se den de bofetadas con las buenas lecturas y las convicciones justas. Nunca me preocupo por construir un relato que ilustre, demuestre, difunda cierto convencimiento, aunque sea un convencimiento que para mí tenga importancia o la haya tenido.

JENSEN: *Los días del abandono* es la historia de una persona a la que le quitan el amor. Perdóneme la pregunta banal, pero ¿qué representa para usted el amor?

FERRANTE: Una fuerza viva y benéfica tanto para el individuo como para la comunidad. Cuando el amor abandona al individuo y, peor aún, a la colectividad, las acciones de los seres humanos se vuelven mortíferas y tanto las historias como la Historia emprenden el camino de la destrucción sistemática.

JENSEN: Entre su primera novela y esta última han pasado diez años. ¿Se definiría usted como perfeccionista?
FERRANTE: No, solo soy alguien que escribe cuando tiene ganas y publica cuando no se avergüenza demasiado del resultado.

JENSEN: Tras el éxito de *Los días del abandono*, ¿no sintió la tentación de batir de repente el hierro candente y tratar de ultimar un libro en un tiempo breve?
FERRANTE: Un poco de consenso reconforta y enseguida dan ganas de ponerse otra vez a trabajar. Me pasó lo mismo hace diez años. Si los libros que traté de escribir a lo largo del tiempo me hubiesen parecido aptos para su publicación, lo habría hecho, incluso uno cada seis meses. Pero no ocurrió así.

JENSEN: ¿Le complace que algunos la consideren «la más grande escritora italiana desde los tiempos de Elsa Morante»?
FERRANTE: Claro, adoro las obras de Morante. Pero sé bien que se trata de una exageración periodística.

JENSEN: Me resulta curioso que en los dos libros que tal vez hayan cosechado el mayor éxito en Italia este último año —además del suyo, *No te muevas* de Margaret Mazzantini— los hombres protagonistas desempeñen el papel del ruin, del canalla. Son historias en las que los hombres son débiles y las mujeres, fuertes. ¿Qué opina usted?
FERRANTE: Para mí, Mario, el marido de Olga, no es ni ruin ni canalla. Solo es un hombre que ha dejado de amar a la mujer con

la que vive y se encuentra en la imposibilidad de romper ese vínculo sin humillarla, sin hacerle daño. Su comportamiento es el de un ser humano que priva de su amor a otro ser humano. Sabe bien que se trata de una acción horrible, pero como su necesidad de amor ha seguido otros derroteros, no le queda más remedio que llevarla a cabo. Entretanto pierde tiempo, trata de reducir los efectos de la herida que ha causado. Mario es una persona corriente que de pronto descubre que, a menudo, es dolorosamente inevitable hacer daño.

JENSEN: En una sociedad machista como la italiana, ¿el sexo más fuerte es en realidad la mujer por verse obligada a desarrollar dotes especiales y un carácter fuerte para poder sobrevivir o salir adelante? FERRANTE: Descarto que la mujer se haya convertido en el sexo fuerte. Creo, en cambio, que en la realidad nos vemos cada vez más obligadas a someternos a durísimas pruebas para reestructurar nuestra vida privada y entrar en la vida pública. No es una elección, es el efecto de una mutación; es una necesidad. Sustraerse a estas pruebas supondría volver a ser engullidas por la sumisión, renunciar a nosotras mismas y a nuestra especificidad, ser de nuevo absorbidas por lo universal masculino.

JENSEN: Escribió usted un relato breve sobre el tema del conflicto de intereses en el que habla de un personaje negativo de su infancia. Al final del relato hay una referencia evidente a Berlusconi como otro personaje negativo. ¿Qué opina de la clase política dirigente de la Italia de hoy? FERRANTE: Me provoca aversión.

JENSEN: En la cubierta del libro hay un cuadro de un artista danés, Christoffer Eckersberg —*Una mujer desnuda se arregla el cabello frente al espejo*—, y en la novela el protagonista masculino viaja a Dinamarca. ¿Tiene alguna relación con Dinamarca y, de ser así, cuál?

FERRANTE: He estado en Dinamarca pocas veces. Para compensar, de pequeña me gustaban mucho los cuentos de Andersen y de mayor he adorado los relatos de Karen Blixen. Para mí, casi siempre, las relaciones que tengo con los lugares son las que establezco a través de libros que me hablan de ellos.

NOTA. La entrevista apareció en el semanario *Weekendavisen*, el 17 de agosto de 2003, con motivo de la publicación de *Los días del abandono* en Dinamarca. En cuanto al relato mencionado por el entrevistador, véase el texto siguiente.

15

Suspensión de la incredulidad

Querido Sandro:

Escribí con desgana el pequeño relato y esa desgana, en lugar de ocultarla, la introduje directamente en el texto. Temo que te moleste, de modo que trataré de explicarte por qué lo hice.

La verdad es que yo no atribuyo ninguna función determinante al relato político, en especial cuando las libertades de opinión y de prensa siguen estando bien tuteladas y quien escribe algo arriesga, sin duda, pero no la vida ni acabar en la cárcel. La indignación por la mala gestión del gobierno a menudo estimula la imaginación y logra sugerir invectivas memorables, bonitas alegorías, fábulas que satisfacen el sentido estético de mayores e incluso de pequeños. Pero ¿y su efecto político real? A mí me parece, en general, decepcionante: un codazo retóricamente cómplice dado a un público ya orientado, ya conforme y cuya conformidad, además de garantía de éxito, es también una de las tantas protecciones contra desprecios, represalias, insultos, querellas, restricciones laborales y otras desgracias comunes a las que se expone quien se manifiesta poniendo negro sobre blanco opiniones contrarias al adversario.

Para ser más explícita, pero también para justificarme contigo, te indico las preguntas que me hice mientras escribía. En el feroz y sombrío teatro político de hoy, ¿a quién perjudica el carácter alusivo de una historia mínima sobre abuelas y copropietarios como la mía? ¿A santo de qué, cuando los periódicos y las obras de ensayo de las librerías están llenos de fechorías atribuidas con claridad al jefe del gobierno, yo elijo expresar mi «antiberlusconismo» de forma cifrada, y cuento una pequeña historia familiar de hace años? Y aunque me inventara alguna otra parábola más efectiva, mordaz, divertida, grotesca, angustiosa, satírica, ¿tendría hoy sentido político pronunciarse de forma indirecta y hablar en apariencia de otra cosa?

Como verás, precisamente para salir de estas convulsiones autocríticas he intentado escribir el nombre de Silvio Berlusconi al final del relato. Pero cuidado, no lo hice para decir que, en el marco actual de nuestra sociedad civil, un cuento político tiene el deber de salirse de la metáfora —la literatura buena o mala siempre es metáfora—, sino solo para señalar que son necesarias historias capaces de decir de forma más directa, aunque con los medios de la literatura, qué es lo que nos repugna como ciudadanos. En una palabra, deberían convertirse en novela preguntas claras del siguiente tenor: ¿es cierto que Berlusconi puede ser un gran estadista porque es un gran empresario? ¿Cómo llegamos a convencernos de que entre ambas cosas hay un nexo? ¿Fueron las buenas y hermosas obras de este empresario las que nos convencieron? ¿Cuáles son esas obras? ¿Cuál es la benemérita obra que nos ha persuadido de sus capacidades de gran estadista? ¿Es tal vez su pésima televisión, la que hacen sus estimadísimos asalariados? De modo que, ¿puede uno convertirse en gran estadista dedicándose a ser gran empresario de una pésima televisión capaz de convertir en vulgares a todas las demás televisiones y, por simpatía transversal, también al cine, los periódicos, las revistas, la publicidad, la misma literatura de apoyo, toda la Italia de Auditel, entidad que mide audiencias? ¿Es posible? Si la gran obra del empresario Berlusconi es la que tenemos ante nuestros ojos todas las noches, ¿cómo ha podido ocurrir que media Italia haya creído que podía de verdad, como él dice, arreglar el país? Por otra parte, ¿qué Italia quiere arreglar este hombre si gobierna con otro que más bien quiere deshacerse de Italia y en nombre de una zona geográfica buena y purísima que ha bautizado con el nombre de Padania?

Es esa credulidad no de los ciudadanos sino del público lo que me resulta narrativamente interesante. Si fuera capaz de escribir sobre nuestro país berlusconiano sin recurrir a alegorías, parábolas y sátiras, me gustaría encontrar una trama y personajes capaces de representar bien cuál es la mitología en la que se enquistó peligrosamente el símbolo Berlusconi. Digo símbolo porque el hombre desaparecerá, sus problemas personales y de gestión tienen su fuerza, la lucha política lo sacará de un modo u otro de la escena; pero su ascenso de líder máximo dentro de las instituciones democráticas, la construcción de su imagen de Duce económico-político-televisivo elegido de manera democrática, quedará como modelo perfeccionable, repetible.

Un modelo que, por supuesto, tiene una historia —y si un día tienes ganas y tiempo, nos pelearemos un rato tú, Sandra y yo para entender qué papel desempeñó la izquierda en esta transformación de los ciudadanos en público entusiásticamente crédulo—. Para mí, Berlusconi es la expresión más vistosa —por ahora— del tradicional ilusionismo de los políticos, de su capacidad de hacerse pasar, incluso dentro de las instituciones democráticas de las que deberían ser siervos voluntariosos, por divinidades buenas de cierto Olimpo desde donde gobiernan los destinos de los miserables mortales. Para nuestra desgracia y en virtud de una descarada relación propietaria, ese ilusionismo —que ha alimentado democracias y totalitarismos; pienso, entre otras cosas, en la invención del cuerpo del líder, cuerpo de macho, cuerpo del mejor, cuerpo de reliquia de santo, cuerpo de naturaleza celestial— se ha unido con solidez a las ficciones del medio de comunicación de masas hoy más poderoso, la televisión, esa fábrica de personajes y protagonistas, como los llaman los medios, adoptando justamente la terminología de los productos de la imaginación. Y los personajes, los protagonistas de la mitología socialtelevisiva son vividos por el público igual que en las novelas, suspendiendo la incredulidad, es decir, aceptando un pacto según el cual te dispones a creerte todo lo que te van a contar.

El Berlusconi estadista solo es posible gracias a su monopolio tendencioso de los medios que realizan e imponen mejor esta suspensión. De hecho, el gran protagonista —a qué abuso de grandeza nos han acostumbrado los medios de comunicación— ha llevado a cabo la transformación de los ciudadanos en público y, por ahora, es el exponente más desaprensivo de la reducción de la democracia a participación imaginaria dentro de un juego imaginario. Su dinero, sus televisiones, sus investigaciones de mercado prácticamente han demostrado que, de hoy para mañana y gracias a un grupo empresarial de apoyo —no a un partido—, los intereses de un individuo pueden implantarse sobre la satisfacción política de media Italia, clases altas y bajas, haciendo que todo pase por una heroica historia de salvación nacional y, sobre todo, sin extinguir las garantías democráticas.

No es algo agradable, en primer lugar, para los auténticos liberales. Una novela sobre el hoy, que sea apasionante, rica de personajes y acontecimientos, debería ser una novela sobre y contra la suspensión de la incredulidad, he ahí una bonita paradoja sobre la que me gustaría trabajar. Debería contar los peligros políticos de hoy pero también preguntarse si todavía es posible que de un público crédulo puedan salir los suficientes ciudadanos críticos para derrocar a grandes personajes y grandes protagonistas del Olimpo mediático y devolverles la medida de personas entre las personas.

Pero por ahora lee mi pequeño relato; después de tanta cháchara es cuanto tengo que ofrecer de verdad para tu iniciativa. Me disculpo por este desahogo inútil; si no me desahogo con vosotros, ¿con quién lo hago? Un abrazo,

ELENA

Bonita forma

No sé qué escribir, no sé qué escribir. Desganada, solo pienso en Matteo Carraccio, oscuro personaje de hace veinte años. A Carraccio le envié cartas durante años, escritas por mí y firmadas por mi abuela: su nombre, su apellido, su dirección. Ella vivía en Camaldoli.

Carraccio era un cincuentón jovial, siempre un tanto excesivo en la voz, los gestos, la ropa, todo lo que llevaba encima era caro. Mi abuela me contaba sus fechorías por teléfono, yo las ponía negro sobre blanco, pero era inútil.

Se trataba de pequeños agravios, disputas del bloque de pisos en Cappella Cangiani, entre el asfalto y el cemento de la colina de Nápoles, a cuatrocientos metros sobre el nivel del mar. Carraccio no quería que ella usara cierto paso comunitario. Carraccio le sacaba dinero por trabajos que no se hacían. Carraccio sostenía que solo él podía aparcar en el patio y dar fiestas en la terraza de la vivienda de protección oficial. Carraccio reclamaba contribuciones para gastos destinados únicamente al mantenimiento de sus propiedades. Y a pesar de que por aquella época yo andaba agobiada por horribles exámenes universitarios que debía hacer, me veía en la obligación de asistir a las reuniones de la comunidad para alzar la voz en nombre de mi abuela, o a escribir cartas de protesta de una bonita forma inútilmente amenazante.

Una pérdida de tiempo, los grandes poderes y los pequeños no temen las palabras bonitas, ni siquiera las feas. Es más, a menudo hacen con ellas libros para su industria editorial y sacan provecho de las argumentaciones concisas, de los símiles y las metáforas. La propiedad se apropia de las comas, de los puntos, de los suspiros, de las quejas, de los pálidos recuerdos.

Carraccio era dueño de gran parte de los apartamentos del edificio, él mismo ocupaba uno muy espacioso con su familia numerosa. Ingeniero hijo de ingeniero, tenía casas repartidas por toda la colina del Vomero. Cuando hacía buen tiempo salía a la terraza entre arbolillos y flores de todo tipo a charlar con su mujer y sus hijos; cuando llovía estaba nervioso, temía, creo yo, que en alguna parte una vorágine se tragara sus ladrillos. Él nos había vendido el apartamento de dos dormitorios de mi abuela. No quiso cheques, exigió cobrar en efectivo. Nosotros, los nietos, no deberíamos haber aceptado, pero mi abuela le tenía mucho apego a aquella casa, estaba enamorada de ella; por otra parte, todos nos decían que pagar en efectivo era normal, el notario mismo ni se opuso ni se extrañó sino que se limitó a decir: ojo, yo no debo enterarme de lo que hagáis. Recuerdo que crucé Nápoles con un nudo en la garganta por miedo a que me robaran. Pero era joven, y hacer cosas que supusieran cierto riesgo me daba alegría. Menos alegre fue tener que vérmelas con un hombre que no respetaba ninguna regla, a pesar de que fingía respetarlas todas.

Me he tomado una taza de té. Ahora sigo escribiendo, pero no veo la hora de llegar al final y dejar de convertir en metáfora un recuerdo. Harían falta nombres reales, sustantivos sin adjetivos para relatar cómo se desregulariza el reglamento de la convivencia civilizada.

Carraccio, fortalecido por el enorme número de metros cuadrados que poseía, había sido nombrado presidente, secretario y administrador de la comunidad de propietarios. Siempre tenía mayoría en todos los temas y si alguien le llevaba la contraria, se mostraba resentido, decía que era el único a quien le importaba el bienestar del bloque de pisos.

El conflicto más duro con mi pobre abuela estalló por unas plantitas que ella, al no disponer de balcones, tenía en unos soportes de hierro que había mandado fijar expresamente en la pared exterior, debajo de los alféizares. Mi abuela les tenía mucho cariño a aquellas plantas que cuidaba desde hacía años, algunas desde hacía décadas. Pero Carraccio consideró ilegales esos soportes de hierro, le exigió retirarlos y reparar los daños causados en la pared del edificio.

En respuesta a mis cartas de protesta reunió a la comunidad y consiguió que se votara y se aprobara un nuevo artículo del reglamento interno por el que se prohibía de manera taxativa el uso de soportes de hierro para plantas debajo de los alféizares de las ventanas. Lo consiguió no porque tuviera derecho, sino porque tenía la fuerza.

A veces un recuerdo es un temblor de resentimiento. He trabajado toda la tarde para ofrecer el relato de aquello que detesto, pero no estoy satisfecha. Me deprime que la verdad de un atropello parezca un efecto de la retórica.

Cuando empezaron a morirse las plantas, también se marchitó definitivamente mi abuela.

Me tomo otra taza de té, he dejado en la pantalla un largo hueco en blanco, después he empezado desde el principio, siempre sin ganas. He escrito «Silvio Berlu» pulsando las teclas con un solo dedo. Después he añadido «sconi» y he sentido aversión.

NOTA. La carta es de abril de 2002 y se refiere a una iniciativa de Edizioni e/o que pidió a sus autores italianos que escribieran un relato breve sobre el conflicto de intereses. «Bonita forma», que reproducimos aquí con pequeñas correcciones, apareció antes en *Sette*, suplemento del *Corriere della Sera*, el 3 de mayo de 2002, y luego en el número 3 de *Micromega*, de 2002.

16

La *frantumaglia*

Querida Sandra:

Ya estamos otra vez con lo mismo. Creía que después de *Los días del abandono* me había vuelto buena, pero mira lo que he hecho con las preguntas de las chicas de *L'Indice*.

Me da un poco de vergüenza, pero me entró una especie de afán por ordenar, abrí cajones, hojeé libros, y aquí me tienes.

Podría guardarme todas estas páginas, pero me gustó mucho escribirlas y quien escribe con pasión luego siempre tiene la necesidad de contar al menos con un lector. Por eso te mando esta carta interminable y te ruego que la hagas llegar a mis entrevistadoras, pero con la aclaración de que no tengo ningunas ganas de hacer con ellas una síntesis publicable.

Luego, cuando tengas tiempo, si tú también lees este vagabundeo entre las páginas de los dos libros que imagino —que imagino, sí— haber escrito —los reales siguen su propio camino y ya no me pertenecen—, me harás un gran favor.

Y si, además, me escribes para decirme qué opinas, te estaré agradecida.

Aquí tienes la carta.

Querida Giuliana Olivero, querida Camilla Valletti:

Gracias por su propuesta de entrevista. He intentado escribir respuestas claras y tajantes, pero como plantean ustedes temas complejos y lo hacen de forma experta, el resultado me ha parecido inadecuado. Así que dejé estar la hipótesis de la entrevista y me puse a escribir por el puro placer de contestarles.

Torbellinos

Me preguntan ustedes por el dolor en mis dos novelas. Y formulan una hipótesis. Dicen que el sufrimiento de Delia en *El amor molesto* y el de Olga en *Los días del abandono* derivaría de la necesidad de ajustar cuentas, aun siendo mujeres de hoy, con sus propios orígenes, con modelos femeninos arcaicos, con mitos de matriz mediterránea todavía activos dentro de ellas. Puede ser, tendría que pensarlo, pero para ello no puedo partir del léxico que me proponen: «origen» es un término demasiado cargado; y la adjetivación que ustedes usan —«arcaico», «mediterráneo»— tiene un eco que me desconcierta. Prefiero, si me lo permiten, pensar en una palabra de dolor que me viene de la infancia y me ha acompañado en la escritura de ambos libros.

Mi madre me ha dejado un término de su dialecto que usaba para decir cómo se sentía cuando era arrastrada en direcciones opuestas por impresiones contradictorias que la herían. Decía que tenía dentro una *frantumaglia*. La *frantumaglia* —ella pronunciaba *frantummàglia*— la deprimía. A veces le provocaba mareos, le producía un sabor a hierro en la boca. Era la palabra para un malestar que no podía definirse de otro modo, que se refería a una multitud de cosas heterogéneas en la cabeza, detritos en el agua limosa del cerebro. La *frantumaglia* era misteriosa, causaba actos misteriosos, era el origen de todos los sufrimientos no atribuibles a una única razón evidente. Cuando mi madre ya no era joven, la *frantumaglia* la despertaba en plena noche, la empujaba a hablar sola y después a avergonzarse de ello, le sugería alguna melodía indescifrable que cantar sin entusiasmo y que luego no tardaba en apagarse con un suspiro, la impulsaba a salir de casa de repente dejándose el fuego encendido, la salsa quemándose en la cacerola. A menudo también la hacía llorar, y la palabra se me quedó grabada desde la infancia para definir, ante todo, los llantos repentinos y sin motivo consciente: lágrimas de *frantumaglia*.

Ahora es imposible preguntarle a mi madre a qué se refería en realidad con esa palabra. Interpretando a mi manera el sentido que ella le daba, de niña yo creía que la *frantumaglia* hacía que te sintieras mal y, por otra parte, que tarde o temprano quien se sentía mal estaba destinado a convertirse en *frantumaglia*. Ahora bien, qué era de hecho la *frantumaglia*, no lo sabía y no lo sé. Hoy en mi mente hay un catálogo de imágenes que, sin embargo, tienen más que ver con mis problemas que con los de ella. La *frantumaglia* es un paisaje inestable, una masa aérea o acuática de escorias infinitas que se muestra al yo, brutalmente, como su verdadera y única interioridad. La *frantumaglia* es el depósito del tiempo sin el orden de una historia, de un relato. La *frantumaglia* es el efecto de la sensación de pérdida cuando se tiene la certeza de que todo aquello que nos parece estable, duradero, un anclaje para nuestra vida, pronto va a sumarse a ese paisaje de detritos que nos parece ver. La *frantumaglia* es percibir con dolorosísima angustia de qué multitud heterogénea elevamos nuestra voz al vivir y en qué multitud heterogénea esa voz está destinada a perderse. Yo, que a veces padezco la enfermedad de Olga, la protagonista de *Los días del abandono*, me la represento sobre todo como un zumbido *in crescendo* y una desintegración en torbellino de materia viva y materia muerta: un enjambre de abejas aproximándose por encima de las copas inmóviles de los árboles; el remolino súbito en un curso lento de agua. Pero es también la palabra adecuada para aquello que estoy convencida de haber visto cuando era niña —o en cualquier caso durante ese tiempo del todo inventado que de adultos llamamos infancia—, poco antes de que la lengua entrara dentro de mí y me inoculara un lenguaje: una explosión adornada de sonidos, miles y miles de mariposas con alas sonoras. O es solo mi manera de expresar la angustia de la muerte, el terror de que la capacidad de expresarme se bloquee, como si los órganos de fonación se paralizaran, y todo aquello que aprendí a dominar desde el primer año de vida hasta hoy fluctúe por su cuenta, saliendo en gotas o como silbo de un cuerpo convertido más y más en cosa, un saco de cuero que pierde aire y líquidos.

Podría continuar con la lista, es una de las cuatro, tal vez cinco palabras de mi léxico familiar en las que meto todo lo que me sirve. Pero en este caso me resulta útil sobre todo para explicar que, si tuviera que decir qué es el dolor para mis dos personajes, solo diría: es asomarse a la *frantumaglia*. Conservo una página de *El amor molesto* que no utilicé, y que utilizaré aquí para describir ese asomarse. El episodio se refiere a la calidad del pelo negrísimo de Amalia y, naturalmente, lo cuenta Delia durante su investigación napolitana de la muerte de su madre.

Yo tenía el pelo débil de mi padre. Era finísimo y frágil, no tenía volumen ni brillo, se distribuía en la cabeza esparcido a voleo, desobediente, y por eso lo odiaba. Resultaba imposible arreglarlo para conseguir el peinado de mi madre, el moño, la onda esponjada sobre la frente, el rizo rebelde que a veces le rozaba la ceja. Me miraba al espejo rabiosa; Amalia había sido malvada, no me había dado su pelo. Se había quedado para ella la melena vigorosa, había querido que yo nunca llegara a ser tan guapa como ella. Me había hecho con un pelo de inferior calidad, que se pegaba fácilmente al cráneo como una pátina oscura, de un color indeciso que parecía una burla, castaño pero con una débil voluntad de negro, no el brillante azabache de su melena, no la pasta de vidrio oscuro-reluciente sobre el que echaban el aliento cuantos le decían: qué pelo más bonito. A mí nadie me lo decía. Por más que me lo dejara suelto y quisiera llevarlo largo, largo —soñaba— hasta los pies, largo como tal vez no lo llevaba ella, hasta el punto de que no consigo recordarla con la melena suelta; mi pelo seguía siendo un revoloteo nada elegante en el aire, una inflorescencia de la cabeza que no destacaba exuberante entre los peinados bonitos, ni siquiera la sombra de aquella fuerza que concedía a su pelo la energía de una planta rara en primavera. Así, una vez, no sé cómo empezó: yo tenía doce años; quizá buscaba una ocasión para armarme de un motivo incontestable de sufrimiento; quizá solo me sentía irremediablemente fea y estaba cansada de buscar mi belleza; quizá solo quería desafiar a mi madre, gritarle en silencio mi enemistad; el caso es que le robé las tijeras de modista, crucé el pasillo, me encerré en el baño y a tijeretazo limpio me corté el pelo con saña, sin lágrimas, sintiendo una alegría feroz. Surgió en el espejo una extraña, una visitante desconocida de cara menuda, ojos largos y estrechos, la frente pálida, una miseria errante en el musgo de su cráneo. Pensé: soy otra. Y acto seguido pensé: debajo del pelo también mi madre es otra. Otra, pues, y otras, otras, otras. El corazón me latía con fuerza en el pecho, miré los mechones de pelo en el lavabo, en el suelo. Sentí una doble necesidad: primero recogí con cuidado, no quería que mi madre se disgustara al ver tirados los restos de mi pelo; después fui a que me viera para hacerla sufrir, quería decirle: mira, ya no necesito peinarme como tú. Amalia estaba sentada al lado de la Singer, trabajaba. Me oyó, se volvió, qué has hecho, un soplo. Le brillaron los ojos y las ojeras se le tiñeron de violeta. No gritó, no me pegó, descartó los caminos habituales de la madre que castiga. Vio algo que la hirió y la asustó. Se echó a llorar.

Sé por qué hace diez años eliminé esta página del relato. Me pareció que el episodio decía demasiado de aquella relación madre-hija, restaba fuerza a otros momentos importantes; ahora, al releerla, no he cambiado de opinión, el simbolismo del pelo es obvio, muy exagerado, evidentemente solo el pudor me impidió aludir a Sansón y Dalila, a Iris que corta el cabello de la vida de la rubia melena de Dido y a quién sabe qué más entre lo que se agolpa confusamente alrededor del que escribe pidiendo ser utilizado, reutilizado, imitado, citado. Sin embargo, encuentro algunos párrafos que ahora me interesan más que entonces: por ejemplo, la saña con que Delia quiere borrar de su cuerpo la imagen de su madre, como si su evolución como mujer solo fuera posible arrancando de sí a Amalia; y el llanto final de Amalia, ese llanto del que no sabemos dar cuenta plenamente, el llanto fuera de lugar, exagerado. Madre e hija, niña y adulta ven algo, ven que basta con meter la mano en el pelo y todo se remueve como en un terremoto. Delia mira desde la ventana del espejo y, además de su cabeza esquilada, descubre una multitud de otras. Amalia dirige la mirada más allá del pelo estropeado de su hija y entrevé algo que ni siquiera ella misma sabe definir, pero que está ahí y hace que se le salten las lágrimas: mi hija me es hostil, no me extenderé en mi hija, su progreso me rechazará, me desmenuzará. El dolor está en ese movimiento que toca una cuerda profunda: un peinado deseado, un peinado rechazado, el hoy que se puebla de otras, de muchas otras, un gesto que corta los puentes, rompe una cadena, pone en marcha un remolino que desintegra y hace llorar. Mis dos personajes, Delia y Olga, nacieron de este movimiento: mujeres que estiman su yo, lo fortalecen, se hacen aguerridas y luego descubren que basta un corte de pelo para provocar derrumbes y perder cohesión, sentirse un flujo heterogéneo de escombros, todavía útiles e inservibles, envenenados o saneados.

Para comprobar si es cierto, hojeé las dos novelas. Fui a ver cómo construí a Delia, pero releí apenas unas veintitantas páginas. En el caso de Olga fueron suficientes unas cuantas líneas, todavía tengo en la cabeza las palabras para ella. Al final he preferido reflexionar sobre ambas y prescindir de los textos y he descubierto que tienen al menos un rasgo en común: son mujeres que ejercen una vigilancia consciente sobre sí mismas. Las mujeres de las generaciones anteriores estaban muy vigiladas por sus padres, sus hermanos, sus maridos, la comunidad, pero se vigilaban poco a sí mismas y, si lo hacían, lo hacían imitando a quienes las vigilaban, como carceleras de sí mismas. Delia y Olga, por su parte, son fruto de una vigilancia nueva y antiquísima, una vigilancia relacionada con la necesidad de ampliar sus vidas. Trataré de explicar en qué sentido.

La palabra «vigilancia» ha quedado marcada de mala manera por sus usos policiales, pero no es una palabra fea. Lleva en su interior lo contrario del cuerpo aturdido por el sueño, es metáfora hostil a la opacidad, a la muerte. Muestra la vigilia, el estar atento, aunque sin apelar a la mirada, sino al gusto de sentirse viva. Los varones transformaron ese vigilar en actividad de centinela, de guardián, de espía. La vigilancia bien entendida, en cambio, se acerca más a una disposición afectiva de todo el cuerpo, en la que este se expande y germina a lo largo y a lo ancho.

Es una sugestión que viene de lejos, de la que encontré rastros del feo *vigere*, que advertí con sorpresa en el párrafo del pelo antes citado, y se me había olvidado. Pero la mala escritura suele parecerme más densa que la buena. *Vigere*, estar en plenitud de fuerzas, este verbo que indica el extenderse de la vida, está en la raíz de «vigilante», de «vigilia» y —me parece ahora— ilumina de sentido la palabra «vigilancia». Pienso en la vigilancia de la mujer embarazada, de la madre sobre los hijos; el cuerpo siente una ola que se difunde con un amplio alcance, y todos los sentidos están afectuosamente activos. Pienso también en la antiquísima vigilancia femenina sobre todas las actividades que hacen florecer la vida. Y en modo alguno tengo en la cabeza una condición idílica: *vigere* es también imponer, contrastar, expandirse con todas las propias fuerzas. No soy de las que creen que la línea de expansión de la energía vital femenina es mejor que la de la energía vital masculina, solo la considero diferente. Y me gusta que hoy esa diferencia sea cada vez más visible. De modo que, para volver a la especial acepción de «vigilancia» que intento definir, pienso en el hecho relativamente nuevo de la vigilancia de sí mismas, de la propia especificidad. El cuerpo femenino ha aprendido la necesidad de vigilarse, de cuidar la propia expansión, el propio vigor. Sí, vigor. Es un sustantivo que hoy solo nos parece adecuado al cuerpo masculino. Pero sospecho que al principio era sobre todo virtud femenina, que el vigor de la mujer era como el de las plantas, vida invasora, vida trepadora o, por usar un término que causa mala impresión, «vigencia». Me gustan mucho las mujeres vigentes que vigilan y se vigilan precisamente en el sentido que intento describir. Me gusta escribir sobre ellas. Las siento heroínas de nuestro tiempo. A Delia y a Olga las inventé así.

Olga, por ejemplo, que ha ejercido sobre sí misma una vigilancia «masculina», que ha aprendido a autocontrolarse y se ha adiestrado en las reacciones canónicas, sale de la crisis del abandono únicamente en virtud de la vigilancia específica que consigue ejercer sobre sí misma: mantenerse vigilante, es decir, recuperar el deseo de vela, implicar a tal fin a la pequeña Ilaria, confiarle el abrecartas, y advertirle: si ves que me distraigo, si ves que no te oigo, si no te contesto, me pinchas; como si le dijera: hazme daño, utiliza tus malos sentimientos, pero recuérdame la necesidad de vivir.

He aquí la niña armada con el abrecartas, dispuesta a atacar a la madre para devolverla a la vela e impedirle que se pierda, para mí es una imagen importante. En una versión anterior, Olga, encerrada en su apartamento, cada vez más inestable, llegaba a la decisión de armar a su hija y usar su hostilidad de niña después de la enésima alucinación. La mujer napolitana que décadas antes se había ahogado en las aguas del cabo Miseno porque no había tolerado el abandono —«la pobrecilla», como la llamaban en todo el barrio por haberse suicidado como Dido tras la marcha de Eneas— se le había aparecido en la cocina.

Tengo que hacerme un café, el café me quitará la somnolencia. Fui a la cocina, desenrosqué la cafetera, la llené de polvo negro, la enrosqué. Cuidado, me dije: cuidado incluso con la respiración. Cuando fui a encender el fuego, tuve miedo: ¿y si después se te olvida apagarlo? Ese instante puso en orden cronológico todos los gestos que había hecho para preparar la cafetera, gestos hasta ese momento descuidados, desordenados, sin una secuencia. Sospeché que no había puesto agua en la cafetera. No sabes valerte en la vida, no eres de fiar. Desenrosqué la parte superior, me mojé los dedos, había agua. Claro que había agua, todo se ha hecho como es debido. En cambio, me di cuenta de que no había llenado la cafetera de café sino de un polvo negro que quizá fuera té. Me desanimé, no pude remediarlo a tiempo, no encontré las energías. Oí un ruido y vi que la mujer de la piazza Mazzini barría la cocina con mucha concentración. Se detuvo un instante, me enseñó el dedo anular, no llevaba la alianza.

—Lo peor es quitársela —dijo—. La mía no salía, tuve que ir a que me la cortaran. De haber sabido que después me iba a quedar en los huesos, hubiera esperado. Se me habría caído del dedo, mira qué feas se me han puesto las manos, la vida se me ha ido por los dedos.

Me di cuenta de que yo tampoco llevaba anillo, cerré las manos y apreté bien los dedos para notármelos fuertes. La mujer me sonrió, murmuró:

—Ojo, que si alguien te barre los pies, ya no te casas más. Y si no te casas más, mira lo que pasa.

Como para demostrármelo, empezó a barrerse los pies con saña. Comprobé asqueada que con ese movimiento se los desmenuzaba. Sus pies eran de un material friable y a golpes de escoba se desmenuzaban en escamas sangrientas.

Grité: «Ilaria».

Las relaciones de Ilaria y Olga no son buenas, se parecen a las de Delia y Amalia. Pero a diferencia de Amalia, Olga, la mujer de hoy, consigue recorrer un camino que le permite aceptar el amor hostil de Ilaria como un sentimiento vital, utilizable contra la fascinación por la muerte que viene del pasado, de la pobrecilla. Juntas, madre e hija, afirmarán el derecho a la vida fuera, fuera del modelo de las mujeres rotas.

A estas alturas tal vez pueda llegar al corazón de su pregunta. El pasaje que acabo de reproducir y otros no muy distintos que les ahorro iban más o menos explícitamente en la dirección que ustedes señalan. En las primeras versiones del relato, la pobrecilla de Nápoles estaba cargada de señales, una especie de síntesis de la mujer abandonada, de Ariadna en adelante. La alianza eliminada del dedo tras cortarla, la pérdida de las energías vitales, la escoba como condición de sometimiento doméstico y como alusión sexual, la angustia de no casarse o volver a casarse o de no encontrar otros hombres, la reducción a *frantumaglia*: Olga veía en ese fantasma todas las angustias femeninas de la época patriarcal y las reconocía en ella misma. Pero esto enseguida dejó de gustarme. Lo deseché, solo conservé la alusión al cabo Miseno, referencia virgiliana. Lo deseché porque no me parecía el camino narrativo adecuado, temía que hubiese un corte entre el antes —modelos y mitos arcaicos, precisamente— y el después —Olga, la mujer nueva— y que Olga apareciera como la expresión de los destinos progresivos del sexo femenino. Preferí profundizar en la confusión de los tiempos, como en *El amor molesto*, donde lo que Amalia ha sido nunca es distinto de lo que Delia es y solo por eso, al final, Delia puede afirmar como una meta, como el punto alto de su propia expansión vital, el resultado positivo de todo su recorrido: Amalia había sido, yo era Amalia. Quería que el pasado no fuera superado, sino rescatado precisamente por ser depósito de sufrimientos, modos de ser rechazados.

Para entendernos debemos hablar aquí de cómo el dolor modifica la imagen del tiempo. La aparición del sufrimiento anula el tiempo lineal, lo rompe, hace con él frenéticos garabatos. La noche de los tiempos se agazapa en los bordes de la aurora de hoy y de mañana. El dolor nos hunde entre los antepasados unicelulares, entre los murmullos agresivos y aterrados del interior de las cavernas, entre las divinidades femeninas expulsadas a la oscuridad de la tierra, aunque nos mantengamos ancladas —digamos— al ordenador en el que estamos escribiendo. Los sentimientos fuertes son así: hacen estallar la cronología. Una emoción es un salto mortal, una cabriola, una pirueta vertiginosa. Cuando el dolor embarga a Delia y Olga, el pasado deja de ser pasado y el futuro deja de ser futuro, cesa el orden del antes y el después. Escribir sobre ello también tiene este movimiento de la confusión. El yo cuenta con calma, realiza síntesis nítidas, hace fluir despacio los acontecimientos. Pero cuando llega la ola de un sentimiento, la escritura se arquea, se vuelve exaltada, da vueltas afanosamente absorbiéndolo todo, colocando en círculo recuerdos, deseos. Delia y Olga deben calmarse poco a poco para que su yo narrador regrese al curso lento del relato. Regreso de breve duración. El ritmo que ordena los acontecimientos no es más que el momento de acumular energías antes de un nuevo ciclón. Esta imagen me resulta útil: permite pensar en un tiempo del dolor que nos arrolla avanzando en torbellino; pero también en una escritura de las emociones que es sonoridad de la respiración, un viento de los pulmones que, al producir música, hace girar pecios de épocas distintas y así, dando vueltas, pasa.

Delia y Olga nos hablan desde dentro de ese girar vertiginoso. Incluso cuando van más despacio no toman distancia, no contemplan, no se recortan espacios externos de reflexión. Son mujeres que relatan su historia bajo el influjo del vértigo. De modo que no sufren por el conflicto entre lo que ellas querrían ser y lo que fueron sus madres, no son la atormentada meta de una genealogía femenina cronológicamente ordenada que parte del mundo arcaico, de los grandes mitos de la zona mediterránea, para llegar a ellas en cuanto cima visible de progreso. Por el contrario, el dolor se deriva del hecho de que alrededor de ellas, de manera simultánea, en una especie de acronía, se agolpan el pasado de sus antecesoras y el futuro de aquello que tratan de ser, sombras, fantasmas; hasta el punto de que Delia, por ejemplo, después de quitarse las ropas de hoy, puede ponerse el viejo vestido de su madre como prenda resolutiva; y Olga puede reconocer en el espejo, en su cara, como parte constitutiva de ella misma, el perfil de la madre-pobrecilla que se quitó la vida.

La bestia en el cuartito

Paso ahora a su segunda pregunta. Es cierto, no sé trazar una línea clara entre culpa e inocencia, creo que eso se ve bien en mis libros, son conceptos que me confunden. No me convence, por ejemplo, el hacha religiosa que separa a los culpables de los inocentes. Tampoco me convence la distinción entre quien es jurídicamente inocente y quien es jurídicamente culpable; según el código, hay personas inocentes manchadas de negras culpas y personas culpables ante la ley que me inspiraron simpatía, incluso amistad. No, la culpa y la inocencia jurídicas sirven de poca ayuda. Según la verdad judicial, Adriano Sofri fue el instigador de un infame homicidio político, pero su comportamiento de hombre culpable según la justicia demostró su inocencia más allá de toda duda razonable, y que siga encarcelado es abominable. En cambio, si el actual jefe del gobierno —ni siquiera queremos nombrarlo—, tras haber fundado un partido con su dinero y sus televisiones, tras haber entrado en el Parlamento sirviéndose de su dinero y de su empresa, tras haber hecho leyes capaces de librarlo de las leyes gracias a sus innumerables millones y a su poder mediático, en fin, tras haber dedicado la mayor parte de su actividad «política» a fabricar dados trucados para él y sus amigos, tuviera que ser declarado un día jurídicamente inocente, consideraría ese procedimiento hacia la inocencia como su mayor culpa, la culpa de quien hace un uso arrogante del poder económico y político mostrando a los ciudadanos más débiles, entre un chiste soso y el siguiente, cuán pícaramente manipulable es la democracia. En consecuencia, hoy, mientras escribo, la justicia mantiene en la cárcel a un testigo admirable mientras, justo donde debería encarnarse en comportamientos ejemplares, es humillada de un modo fatuo o exhibe moralistas de doble o triple vida. Por lo demás, la clase política que nos gobierna, sin cultura, sin cerebro, sin justicia, vaya ironía, se considera inocente y, con una repugnante sonrisita astuta, declara que las culpas, si las hay, son de otros. Detesto el tono de voz con el que estos poderosos opacos y bravucones manipulan la culpa y la inocencia. No me fío de sus declaraciones de intenciones, de sus peroraciones, de las autodefiniciones orgullosas e inmodestas. Prefiero a las personas que son conscientes de la ambigüedad moral de cada gesto y se esfuerzan con tesón por entender qué hacen realmente de bueno y de malo a ellas mismas y a los demás.

Para mí, el llamado tormento ético comenzó hace unas cuantas décadas, en un trastero. Allí deseé matar y castigarme por ese deseo; ese fue el lugar secreto de un largo conflicto con mi madre. Pero vayamos por orden en la medida de lo posible. Ese cuartito —lo utilicé en unas pocas líneas de *El amor molesto*, lo encontrarán en la página 45— era un lugar sin ventanas, sin luz eléctrica, de la casa napolitana de mi infancia. Servía de trastero y estaba repleto de cosas, a duras penas se podía entrar en él, era pasar delante y me moría de miedo. A veces la puerta estaba entornada y de allí salía un aliento frío con olor a DDT. Sabía bien que se trataba del aliento de una bestia grande, fea como la larva amarillenta de la cigarra, dispuesta a devorarme. Estaba allí dentro, al acecho, entre muebles viejos, sillas desfondadas, cajas, faroles, una máscara antigás, pero yo no se lo contaba a nadie, tal vez por miedo a que no me creyeran. Los peligros del cuartito siempre han sido uno de mis secretos.

La primera vez en que ese cuarto se convirtió para mí en un lugar de capital importancia yo tenía nueve o diez años. Mi hermana pequeña, a la que llamaré Gina, tenía entonces cuatro, era un obstáculo molesto en mis juegos y los de mi otra hermana, que tenía siete. Por más que nos dijéramos que Gina pasaba por el tamiz o debajo del puente —expresiones jergales que significaban: no está en el juego, cree que sí pero en realidad solo está de pasada, no hace falta que esté—, seguía fastidiándonos. Si la echábamos, iba llorando a ver a nuestra madre. Si la amenazábamos, se ponía todavía más quejosa. Si le pegábamos, se tiraba al suelo, chillaba, pataleaba como si le hubiésemos cortado un brazo o una pierna. Preguntaba con frecuencia, ansiosa, con una sonrisita coloquial: ¿yo juego, estoy jugando?

Una vez me exasperé, por eso dije en dialecto: necesitamos una cuerda, en el cuartito hay una. Cuidado, no le dije a Gina: necesitamos una cuerda, en el cuartito hay una, ve a buscarla. Me limité a exponer una necesidad y a indicar el lugar donde, si se quería, se podía cubrir esa necesidad, nada más. Estaba exasperada, quería que mi hermana se muriera. Pensaba que se lo merecía, porque nos molestaba mientras jugábamos y lo hacía desde su nacimiento. Matarla no era un simple deseo, me parecía una necesidad, aunque sabía bien que a las hermanas no se las mata. Por eso me sentí satisfecha de aquella frase que me había salido con naturalidad, la recordaré siempre, es el inicio consciente de mi relación con las palabras: Necesitamos una cuerda, en el cuartito hay una. En apariencia la sintaxis dejaba que la niña decidiera si iba a morir o no entre las fauces de la bestia. Pero yo sabía que iría, porque era inmensa su felicidad de tener por fin una tarea precisa. La frase la incitaba y al mismo tiempo me cubría, ocultaba mis ganas de asesinarla. De hecho, ella actuó enseguida, necesitaba un papel, no podía creer que acabara de conseguir uno al vuelo. A partir de ese momento me quedé sin aliento, suspendida en el tiempo.

Y así, la pequeña se dirige hacia el lugar de los horrores, va a la carrera, tiene muchísimo miedo de que mi otra hermana vaya en su lugar y ella pierda la ocasión. Enana fea, peste con patas. Mi madre tampoco la soporta, a veces le chilla no te aguanto más; por eso si la bestia amarilla se la come, todos contentos. El monstruo aguarda, ahora es una enorme mosca de largas alas transparentes. No ve la hora de llenarse la barriga, pero también está furiosa porque, a su vez, llena el vientre negro del cuartito. Tiene antenas grandes y mueve las mandíbulas sin cesar. En su enorme barriga hay sitio para al menos dos hermanitas del tamaño de la mía, pero bien masticadas, trituradas. La imagen me revuelve el estómago con una ola. Esa ola crece, me produce vértigo y náuseas, me corroe las entrañas. No resisto, decido detener a mi hermana. Echo a correr más veloz que Gina. La adelanto, entro en el cuartito, cierro la puerta a mi espalda. Estoy sudada, ella grita con rabia que quiere entrar, el terror me hiela el oído, la bestia avanza, quién me salvará. Oí la voz de mi madre que decía abre ahora mismo esa puerta, la bestia apartó las zarpas.

Salí. Gina me vio y se puso a gritar con más fuerza, se mordió los nudillos, se tiró al suelo y empezó a patalear. Entonces mi madre perdió la paciencia, en esa época era una mujer muy nerviosa. Intentó tranquilizar a la niña pero no lo consiguió y se enfadó conmigo: ¿por qué me había encerrado ahí dentro, por qué no quería que Gina entrara? Porque, dije estúpidamente, es un juego nuestro y ella no tiene que molestarnos. Me gané una bofetada.

Después pensé mucho en aquella bofetada, con rencor; fui una niña puntillosamente reflexiva. No lograba entenderlo, había impedido que a mi hermana la devorara la bestia aunque, de hecho, se lo mereciera, ¿y mi madre me trataba como si yo fuera la culpable? ¿Culpable de qué? ¿De no querer que la niña estropeara nuestros juegos? De modo que, para ser inocente, ¿debía aceptar de buen grado que mi hermana pequeña hiciera infeliz a las otras dos? ¿Y no servía de nada que hubiese intervenido para salvar de la muerte a la causa de mi infelicidad y la de toda mi familia?

Hizo falta tiempo para ir más allá, hizo falta que los juegos fuesen sustituidos por el soliloquio, un teatro mental plagado de sombras que duró a lo largo de los años en forma de preguntas y respuestas.

¿Acaso no era culpable, culpable de palabras construidas como trampa mortal?

Sí, pero por otra parte, ¿quién me había vuelto culpable?

Ella, la pequeña.

¿Y cómo?

Con su comportamiento de intrusa.

Así pues, ¿ella era la culpable antes de que lo fuera yo?

No, pero no era inocente.

¿Qué debería haber hecho para serlo, mantenerse al margen del juego, no socavar la alianza entre mi otra hermana y yo, existir en otra parte o no existir en absoluto?

Sí, claro que sí.

La inocencia —empecé a convencerme— consiste en no ponerse nunca en la situación de provocar las malas reacciones de los demás. Cosa difícil, pero posible. Por eso me acostumbré a ser silenciosa, pedía disculpas por cualquier cosa, me mordía la lengua, era amable y condescendiente. Sin embargo, a escondidas era mala. No sabía calmarme, evitar que se me encendiera la sangre volviéndome potencialmente una furia, me agitaba, me atormentaba por ello. Yo sabía que era la niña que había sido capaz de encontrar la frase para entregar a la pequeña a la muerte sin acompañarla en persona. Sabía que poseía la capacidad de hacer daño con la palabra sin que se notara, sin ninguna responsabilidad. Me detestaba. En realidad, mi inocencia era un arte de la maniobra: ocultaba la ferocidad tras la máscara del carácter amable y luego la desviaba hacia palabras en apariencia inocuas pero capaces de inducir en las personas que me perjudicaban pensamientos y acciones que podían dañarlas.

No tardé en considerarme una fiera que se hace pasar por mansa; en toda relación humana solo veía cadenas de culpas, una suma infinita de motivos para responder a la maldad con maldad, no veía la inocencia. A menudo reflexionaba sobre la redención. Cuando me sentía abatida y buscaba una imagen menos tenebrosa de mí, ponía en primer lugar que había corrido para impedir que mi hermanita entrase en el cuartito. En realidad, me animaba, tengo buen corazón. Me sentía redimida.

Pero después tendía a complicarlo todo de nuevo. ¿Acaso redimirse no significaba que había una culpa que expiar? ¿Cómo podía la redención borrar el hecho de la culpa? ¿Acaso no es hipócrita, pensaba, inyectarse primero el veneno de la furia y después su antídoto? Entonces ¿por qué había actuado para impedir que Gina cayera en la trampa? ¿Por qué había corrido a morir en su lugar? ¿Era posible, con ese cambio de opinión, borrar el hecho de que había deseado su muerte?

Me torturaba, carcomida por el sentimiento de culpa, en especial cuando mi hermana pequeña, ya mayor, enfurecía a sus maestros, le iba mal en la escuela, complicaba de todas las formas posibles la vida de nuestra familia, contaba mentiras sobre ella misma para sentirse una chica modelo, y después delante de todos nosotros confesaba sus fechorías con intolerable humillación. Yo regresaba al cuartito. Pensaba: ella es así porque la excluí de los juegos, acabará excluida de todo, habría sido mejor dejarla morir. Nunca me había librado de veras de aquel deseo de matarla. Precipitarme para impedir que acabara en las fauces de la bestia no había supuesto cambio alguno. Los malos sentimientos de antes habían vuelto después. ¿Qué había sido entonces aquel momento de abnegación?

En este punto la respuesta fue brutal: aquel momento había sido pura reacción al disgusto físico. La imagen del cuerpo de mi hermana reducido a una pulpa sanguinolenta me había provocado un malestar insoportable. Y la carrera hacia la puerta del cuartito había existido solo para quitarme la repugnancia del cuerpo. Pero, entonces, ¿qué es la redención? ¿Una manera de acallar al propio cuerpo cuando el malestar del cuerpo de otro te ha impulsado a actuar?

Yo ya era adulta y cuanto más odiaba todo oportunismo, más lo descubría en mis gestos, en mis palabras. Por ello, a la larga terminé por apreciar la bofetada de mi madre. Aquel castigo injustificado me pareció la realidad de todos los castigos. Había servido para ajustar las cuentas por el mal ya hecho y restituirme al odio por mi hermana y a la legitimidad del deseo de matarla. Tanto es así que después —lo recuerdo bien— planeé otras maneras menos repugnantes de eliminarla: envenenarla, empujarla por la ventana, ahorcarla, de modo tal que no hubiese reacciones que me incitaran luego a redimirme. ¿Y entonces? ¿Estaba hecha para el mal? ¿O no era mi naturaleza sino los agravios ajenos lo que me inducía al mal y ese mal luego inducía a mi madre a hacerme el agravio y ese agravio reforzaba el deseo de asesinar, en una cadena que jamás se interrumpiría?

Me bloqueé. Solo encontré la salida a los dieciocho años, cuando tragué dos mil años de cristianismo en píldoras kantianas. Me concentré obsesivamente para dotarme de una voluntad que fuera buena en sí misma e inicié una lucha fatigosa para impedir que los objetos externos sometieran mi voluntad a sus exigencias. En esa batalla cotidiana me pareció haber resuelto todos mis problemas morales, y durante un tiempo, mientras duró el esfuerzo, me olvidé del día en que, gracias a una hábil formulación, había enviado a mi hermana pequeña a morir en el cuartito.

Pero el recorrido no es tan ordenado, la escritura hace que lo sea. El camino que lleva del cuartito al cuarto donde ahora escribo es mucho más tortuoso, más ramificado. Aquello que entonces parecía un pasaje secundario después cobró fuerza y se convirtió en principal. Aquella repugnancia, por ejemplo. Y la llegada de mi madre. Más tarde me encerré a menudo en ese cuartito y solo para ponerla a prueba a ella, para ver si se cuidaba de mí, si me amaba más que a ninguna otra, a ningún otro. Por ello, permítanme que regrese a cuando tenía unos diez años, y vuelva a arrancar desde el momento en que me encerré en aquel trastero para impedir que mi hermana entrara en él. ¿De veras había decidido dejarme devorar en su lugar? No lo sé. Conservo emociones distantes, confundidas con sentimientos que llegaron después. Lanzo patadas a la oscuridad, tiro objetos, rompo cosas, un activismo devastador que debe mantener alejada a la bestia amarilla pero también la repulsión. Hago

ruido, grito yo también, contra Gina, contra el miedo, incluso siento algo de placer, porque causando alboroto se pasa la repugnancia,
la furia del cuerpo alivia, el mal que me hago y que temo que me
hagan es un fluido caliente, vivificante. Sobre todo siento que mi
madre me oye y que llegará.

Me gusta que aparezca de repente, y mientras tanto la temo,
a veces es peor que la bestia amarilla, me da mucho miedo cuando
está nerviosa, tengo la impresión de que regresa como un fantasma
de la negrura más negra del trastero. Pero cuando no está nerviosa
es muy amable; por ejemplo, mientras amamantaba a Gina nos per-
mitía estar a su lado. Mi otra hermana y yo nos quedábamos absor-
tas mirando a la pequeña prenderse ávidamente a la carne de mamá,
y chupar sin parar nunca. Esperábamos que se despegara pero no
ocurría, ella seguía prendida hasta quedar agotada. Pero cuando se
dejaba vencer a regañadientes por el sueño y los labios pálidos de
leche soltaban despacio el pezón, nuestra madre nos sonreía con sus
ojos oscuros y de sus pechos instilaba blancas gotas en nuestras bo-
cas, un sabor tibio y dulce que nos aturdía.

Nuestra madre tenía un cuerpo maravilloso y cruel; hacía cosas
portentosas pero nos concedía apenas una mísera degustación; por
lo demás, solo se entregaba a Gina. Yo la acuciaba, la llamaba siempre, pretendía que acudiera enseguida todas las veces que yo quería.
Ella se enojaba, sobre todo si mi llamada era simple capricho. Pero
a mí cada capricho me parecía una necesidad; en el episodio del
cuartito la necesidad me pareció innegable. Cuando mi madre acu-
dió me pareció buena, pensé que ponerme en peligro la atraía hacia
mí más deprisa, de alguna manera más justamente, como si el estar
en peligro me restituyera a ella y ella se restituyera a mí tras una
ausencia culpable. La bofetada no solo me pareció injusta sino que,

tras reflexionar, dotó a la injusticia de raíces profundas, me pareció una respuesta decepcionante a un grito de miedo.

Es ahí, a partir de aquella decepción, cuando el cuartito deja de ser el lugar de una trampa mortal para mi hermana y se convierte en algo más evasivo, un espacio habitado establemente en la memoria solo por mí y mi madre, una especie de lugar de la repetición como en algunos sueños, siempre la misma acción, siempre la misma necesidad.

Pero para que nos entendamos antes debo contarles qué me pasaba en aquellos años. Como el padre de Delia, el mío era muy celoso. Eran unos celos fundados en el simple hecho de que mi madre era guapa. Lo que ponía celoso a mi padre no era que mi madre pudiera traicionarlo con determinado hombre, el vecino, un amigo, un pariente. Si hubiese pensado algo así, la habría matado en el acto, a ella y al probable amante. Los celos de mi padre eran preventivos. Él estaba celoso del placer que otros hombres podían llegar a sentir al mirarla, al estar a su lado, al hablarle, al tocarla, no digo a ella, algo inconcebible, sino rozar por casualidad el dobladillo de su vestido. Estaba celoso de lo eventual, estaba más celoso del poder de mi madre que de los actos que, llegado el caso, hubiera podido realizar. Estaba celoso desde el principio, sin selección, estaba celoso del hecho de que mi madre, siendo un cuerpo vivo, se exponía a la vida. En consecuencia, mi padre no veía en los otros hombres la fuente de toda amenaza, al contrario. Los probables rivales estaban ahí, en la otra orilla, y no les quedaba más remedio que quedarse deslumbrados por el flujo vital del que mi madre era la fuente. En cambio, era el cuerpo de ella, con cada uno de sus gestos, el culpable de ese deslumbramiento. Mi madre tenía la culpa descarnada de ser para los demás fuente de posibles placeres.

Yo creía en esa culpa, era mi secreta convicción sin fecha, desde siempre, todavía hoy regresa en sueños al alba. De niña esperaba que mi padre encerrara a mi madre en casa y ya no la dejara salir. Cada vez que nos visitaban amigos o parientes, deseaba que la obligara a quedarse en un cuarto, sin respirar siquiera. Estaba segura de que ella hacía cosas feísimas por el mero hecho de mostrarse y por eso auguraba que se le prohibiera exhibirse. Pero, de un modo contradictorio, esto no ocurría. Es más, mi padre no podía soportar que ella se afeara, se enfadaba si una frase, una palabra podían interpretarse como que mermaban la hermosura de su mujer, era el primero en estimular el cuidado de su aspecto. Una vez le regaló un pintalabios; con frecuencia yo iba a desenroscar la tapa de la barra para aspirar su excitante aroma. Cuando tenían que salir juntos yo miraba con aprensión a mi madre, la veía rozar con el dedo la pasta del pintalabios y de inmediato la notaba más hermosa de lo que era. Mi padre también la miraba embelesado y nervioso, agresivo y extraviado. Se abandonaba al placer de sentirse usufructuario único de toda esa belleza y, al mismo tiempo, lo carcomía por dentro la ansiedad de tener que exponerla a la avidez del mundo. Yo no lo entendía, me enfadaba en silencio, asustada. Su angustia era mía, estaba con el alma en vilo como él. Sí, yo hubiera querido que fuera más decidido, que no la castigara con furiosas trifulcas tras la culpa de haberse exhibido, sino que sencillamente le prohibiera exhibirse.

Todo esto fue la norma de mi infancia. El momento inusual, en cambio, el más terrible, se producía cuando mi padre no estaba en casa y mi madre decidía salir sola, sin su consentimiento.

Yo la observaba mientras se preparaba con el cuidado habitual. De nada servía confiar que en esas circunstancias decidiera salir desaliñada, fea, en una palabra, menos visible. Mi madre nunca salía de casa sin cuidar cada detalle de su persona y eso me ponía en un estado de ansiedad creciente. Cada uno de sus gestos frente al espejo me parecía un extra: un extra de peligro, un ofrecerse más a la rapacidad de las calles, de los medios públicos, de las tiendas. La seguía de cerca por la casa, estaba enojada con ella, la odiaba. Pensaba: nos la robarán, ella quiere que ocurra, se pone tan guapa para dejarnos y no volver nunca más. Cuando la puerta de casa se cerraba y su cuerpo elegante desaparecía, yo caía presa del pánico, temblaba, no conseguía calmarme.

El tiempo de su ausencia era interminable. Yo imaginaba cosas abominables, y eso que imaginaba me volvía infame a mis propios ojos. Sin embargo, las fantasías se convertían en una realidad insoportable, consideraba a mi madre culpable de delitos confusos pero siempre repugnantes, deseaba que no regresara nunca más. Pero pronto ese deseo se me hacía insoportable, yo misma me daba asco por haberlo concebido, cualquier cosa —me decía— con tal de que regrese. No regresaba. Entonces yo abandonaba los juegos con mis hermanas, y casi de puntillas me iba al cuartito.

Abría la puerta, entraba en la oscuridad, la cerraba sabiendo que solo la voz de mi madre en la casa habría tenido la fuerza mágica de hacerme salir de allí. Me quedaba quieta, aspiraba el olor a DDT, lloraba en silencio. La bestia se movía cauta en la oscuridad pero no me atacaba, se quedaba allí junto con tantas otras siluetas multicolores del horror que me lamían y se retraían. El tiempo se quedaba en suspenso, mi cuerpo perdía sus dimensiones, era como si algo soplara en mi interior y me hinchara, temía explotar, me rozaba la piel y la notaba lisa y tensa como una ampolla.

Soñaba despierta. Me imaginaba que mi madre se había limitado a fingir que salía pero seguía allí dentro y ahora me espiaba para comprobar si la amaba de verdad. Pensaba que así, tan hinchada en la oscuridad, yo ya no le gustaba y me apretaba con las manos, pero me entraban ganas de llorar y cuanto más me apretaba el pecho y la barriga más se me saltaban las lágrimas. Creía que, dondequiera que estuviese, mi madre podía de veras sentir que yo estaba en peligro, y dejaba que el terror creciera como un reclamo, para que a ella la rozara de lejos aquel cuerpo mío dilatado, se sobresaltara, abandonara las cosas repulsivas que estaba haciendo y regresara. Qué fea era aquella tensión desde dentro, un susurro, palabras, la voz misma de mi madre que sopla dentro de mí como un globo.

Hasta que oía sus pasos por la casa. Entonces me cambiaba el humor, me volvía seca y rencorosa. Me resistía a la alegría, no salía, quería oír mi nombre en su voz alarmada, quería que me buscara y no me encontrara. Imaginaba que ella abría la puerta del cuartito y yo tiraba de ella de repente, me atrincheraba allí dentro con ella y se la entregaba a la bestia, que ahora era mi amiga, para que la devorara en un rincón. Pero ella no me buscaba, no me llamaba y mucho menos venía al cuartito a mirar. Entonces yo salía. Daba vueltas a su alrededor, su cuerpo me provocaba una ola de repugnancia, la escudriñaba para identificar las huellas de las culpas que mi padre le habría atribuido si se hubiera enterado de que había salido de casa. Lo hacía temiendo descubrírselas de verdad. Lo hacía esperando identificarlas antes que él, para ayudar a mi madre a borrarlas a tiempo, así, sin que nadie se enterase.

Escribí a menudo sobre esta autorreclusión en el cuartito pero sin buenos resultados. Con los años se ha convertido en un objeto difícil de ordenar en una página clara. Aunque seguramente mis dos libros parten de ahí. De la puerta cerrada, la imaginación del mal, el miedo; ¿por qué me encerraba allí dentro? La respuesta más lineal que he encontrado es esta: el terror que me inspiraba el cuartito mantenía a raya la angustia por la suerte de mi madre. Pero sé que se trata de una respuesta perezosa. Permanecer en la oscuridad, en el lugar más temido de la casa, era quizá una forma de expiación y, a la vez, un grito desesperado de amor. Borraba los espacios del apartamento, borraba la ventana que daba a la calle al final de la cual mi madre se había perdido y por la que debía regresar. Cancelaba mi cuerpo, lo entregaba a las fuerzas de la oscuridad, dejaba que se expandiera hasta convertirse en una película muy tensada. Me inmolaba, me abandonaba al terror para conseguir a cambio su salvación. ¿Era yo entonces la inocente que se sacrifica para redimir a la culpable? ¿O era la culpable que se castiga para devolver la inocencia a la víctima? No lo sé. Con diez años me sentía en un estado insoportable: temía que en cada una de sus salidas mi madre nos traicionara, que abandonara nuestra senda correcta para enfilar la de otros, y esa culpa suya hacía que la detestara, no lograba perdonarle la ligereza con la que hería mi amor, lo hacía insuficiente, lo humillaba, le restaba confianza; por otra parte, yo sentía que ella era incapaz de abandonarnos, se lo notaba en el cuerpo, en los ojos, y haberlo pensado, haberlo imaginado adquiría un peso insostenible.

En conclusión, hoy creo que el grado de nuestra inocencia no deriva de la ausencia de culpa sino de la capacidad de sentir auténtica repugnancia por nuestra pequeña gran culpabilidad cotidiana y recurrente. El sentimiento de lo justo hunde sus raíces en el escalofrío de repulsión que pone los pelos de punta, en la mueca de disgusto que surca el rostro del asesino mientras degüella a su víctima. Las mujeres tienen memoria de esa mueca, de ese escalofrío, saben cuántos espectros alimentan, y desde siempre —creo yo— frecuentan los cuartitos tenebrosos más que los hombres.

Desde el interior de estos cuartitos el orden religioso o legal de la ciudad masculina parece una simplificación, un cerco para rechazar a la multitud heterogénea de fantasmas y mantenerla en la frontera. Y tal vez, para llegar al fondo de su pregunta, precisamente en eso radica la diferencia. Las mujeres todavía entretienen a los espectros, tienen una larga experiencia en las negociaciones secretas y agotadoras con los *revenants* que te muerden al mismo tiempo que te acarician, y no los evitan, saben que son los verdaderos habitantes de esa maraña de venas, sangre, líquidos, carne, que es su cuerpo. Por el contrario, los hombres se retiraron hace tiempo, gobiernan amplios territorios a la luz del sol, a la luz del sol masacran a los inermes, bombardean, humillan, aniquilan, pero por la noche cortan con las cuchillas de los reflectores las marañas demasiado oscuras, y, si se encuentran con sus fantasmas, se asustan y enseguida llaman a un médico, un policía, un abogado, a algún hombre de la providencia que trace una línea de demarcación entre el bien y el mal.

La imagen de la madre

Debo confesarles que, cuando tenía unos dieciséis años y supe algo del tema, el psicoanálisis me dio miedo, y me sigue dando miedo. Sé por qué. Induce a dirigir la mirada muy lejos, más allá de todo orden constituido, y cuando el alcance visual vuelve a ser el de siempre, ya nada es como antes, cualquier otro discurso parece una máscara de palabras utilizada para ocultar la angustia. Naturalmente, es un miedo que me seduce; del discurso psicoanalítico me gusta, sobre todo, el descaro visionario, su poder corrosivo oculto tras la promesa terapéutica. Por lo demás, pertenezco al grupo de los que dudan. ¿Es terapia, es taumaturgia? Nunca me he psicoanalizado.

Pero es raro que uno se salve desde el rellano inestable en lo alto de un edificio lanzándose por el hueco de las escaleras.

Aprecio mucho a Freud, al que leí bastante: creo que sabía más que sus seguidores que el psicoanálisis es el léxico del precipicio. Conozco poco a Jung. Leí con mucha pasión a Melanie Klein. No sé casi nada de Lacan, sé bastante de Luce Irigaray, sigo la confrontación y las guerrillas en Italia entre líneas distintas del pensamiento femenino. Es para mí un misterio en qué medida estas y otras lecturas, así como las intervenciones y discusiones, han influido en mis libros: soy una lectora que olvida rápido cuanto lee. Confío en que las deudas que he contraído sean de escasa importancia, no me gustan los relatos que son la representación deliberada de la teoría del grupo al que se pertenece.

Por otra parte, ¿cómo negar que *El amor molesto* viene también de aquello que, a finales de los ochenta, yo sabía de la investigación y el debate sobre la infancia femenina y el vínculo de las niñas y sus madres? El título mismo del libro, por ejemplo, conserva restos de un pasaje del ensayo de Freud *Sobre la sexualidad femenina* (1931) a propósito de la fase preedípica de la mujer: «En realidad, durante esta fase el padre no es para la niña pequeña mucho más que un rival molesto…». Rival molesto. El que le disputa a la niña el amor de la madre. Por aquel entonces Edizioni e/o me proponía títulos como *El molestatore* ('El acosador'), *Molestie sessuali* ('Acosos sexuales'), y me acordé de esa expresión de Freud, la consideré un buen título: *El rival molesto*. Pero luego me pareció que esa referencia al imago del padre despistaba, de modo que, con una desviación importante para mí, al final elegí *El amor molesto*. Me pareció que se ajustaba al relato de que era molesto el amor, el amor que convierte al padre en rival de la hija, el amor exclusivo por la madre, el amor único, grande, tremendo, originario, la matriz de todos los amores que no puede suprimirse.

Era un tema que me interesaba entonces y que me sigue interesando mucho hoy, las mujeres-analistas, las mujeres-filósofas trabajaron con resultados apasionantes la fase preedípica femenina, y la escritura literaria solo puede beneficiarse. Pero insisto en que no me gusta reproducir y reforzar el léxico de una ortodoxia determinada. Prefiero los relatos que, si son relatos de verdad, se hunden siguiendo el hilo del dolor sin preocuparse por la «forma correcta». Siempre leo acongojada las historias de mujeres, novelas, diarios, relatos de vidas femeninas que tocan oscuros recovecos. Espero que algo que parecía inenarrable aparezca milagrosamente en la página, y los milagros son posibles, a veces ocurren. Pero cuando siento que la historia, ya sea inventada o real, se preocupa por ser «correcta», me aparto dolida, le noto un defecto de profundización que las mujeres sobre todo no deberían permitirse. Es preciso vigilarse, cuidar de la propia e individualísima expansión en las tierras interiores que nos han tocado en suerte, y ahí barrenar buscando más allá del vocabulario acreditado. Mejor equivocarse con la lava incandescente que llevamos dentro, mejor disgustar por eso que asegurarse un buen resultado recurriendo a hallazgos oscuros y fríos.

La teoría psicoanalítica, como todos los objetos de este mundo, es de uso ambivalente. Nombra la realidad psíquica, la legitima, en una palabra, ordena en representaciones universalizantes aquello que en lo individual, más allá de toda sistematización, más allá de todo análisis, sigue siendo puro y específico desorden interior, destellos irreductibles de ectoplasmas, cúmulo de fragmentos sin cronología. Si quien narra recurre perezosamente a ese inventario no tiene esperanza de conseguir un verdadero relato. El psicoanálisis es un estímulo enorme para quienes quieran excavar por dentro, ya no se puede prescindir de él, nos condiciona incluso cuando lo rechazamos, es el mapa para cualquier búsqueda del tesoro entre las sombras de nuestro cuerpo. Pero un mapa no es más que un mapa. Una cruz, un árbol, la isla del Esqueleto no son suficientes para hacer *La isla del tesoro*. Se trata, pues, de estar atento para que el relato, aun partiendo de objetos psíquicos estudiados y nombrados, tenga después suficiente fuerza inventiva para llegar hasta donde no hay una señalización tranquilizadora o tonos de antemano encomiables.

Por lo que a mí respecta, cuando escribo detesto todos los lugares comunes del análisis y les confieso que he descartado muchas páginas tanto de *El amor molesto* como de *Los días del abandono* precisamente porque me parecían de manual. Lo hice a menudo con dolor, porque eso que relataba era mío, me había costado trabajo sacarlo a la superficie y encontrarle una forma, me daba pena desaprovecharlo por no haber sabido sustraerlo al influjo de fórmulas apaciguadoras. He aquí un ejemplo de mi segundo libro; los pasajes no publicados me producen una melancólica satisfacción.

De pronto, tuve delante a dos seres en uno, cuerpos de tiempos distintos ahora superpuestos. Ilaria tiene tres años, tal vez menos. La vi como era ahora, con siete años, amada y odiosa en el vestíbulo de casa, y como había sido apenas cuatro años antes en el salón, muñeca torturadora, dos Ilarias y una sola.

La niña de hace tiempo está tumbada boca abajo en el sofá, pero no extiende las piernas, está de rodillas. Lleva un vestidito rojo, bragas blancas, es verano. Me detengo en el umbral, no nota mi presencia, no me lo parece. Hunde la barbilla en el cojín verde, la mirada empañada en los ojos redondos y abiertos, las mejillas encendidas, el pelo pegado a la frente sudada. Tiene los brazos cruzados, se pierden debajo de la barriga, suben y bajan con esfuerzo, respira trabajosamente. Intuyo que se emplea a fondo con ambas manos sobre el sexo. Se mueve como una araña rojiza, herida, últimos jadeos. Me avergüenzo de ella, sé que los niños se masturban, soy una madre que ha leído lo suyo. Pero me avergüenzo igualmente. ¿Le habrá enseñado la canguro rubia de piel enrojecida? ¿Lo habrá hecho para ganarse el afecto de la niña y que le dijera no te vayas, te quiero, y estar así segura de conservar el trabajo? ¿Se lo habré enseñado yo sin querer, por necesidad de ser amada por esta niña siempre hostil? ¿Y cómo pasó, cuándo? Pequeña máquina de carne rosada, se toca frenética como debo de haber hecho yo a su edad.

Me bastó ese pensamiento. Sí, me bastó ese pensamiento para ver ahora tres niñas, tres Ilarias, pero la más pequeña era yo, me masturbaba fingiendo lavarme, notaba el jabón en los dedos, una impresión que todavía hoy perdura y me gusta, con frecuencia sueño que me lavo las manos y gasto la pastilla de jabón entera, me lavaba durante horas con el movimiento que me había enseñado mi madre.

Miraba y tenía miedo. Éramos tres, Ilaria a los siete años que me miraba fijamente, yo que me parecía a ella pero cuando era como salía en una foto de hace muchos años en una playa. Ilaria a los tres años tumbada en el sofá masturbándose y mojando de saliva el cojín verde. Todas a la vez, pero en ningún tiempo, ya no sabía si la hora era ahora o entonces o un torbellino de viento caliente. Solo sabía que Ilaria con el vestidito rojo había levantado la mirada, me había visto, pero no había dejado de tocarse, al contrario, me había sonreído con una sonrisa infantil que era a la vez una mueca de cansancio. Y pensé: no debo reprenderla. Pero tal vez debí hacerlo, expresar una prohibición como se hizo siempre y gritarle qué miras, para ya, y no te rías, qué tienes detrás de esa mirada y esa sonrisa, te conozco, lo sé todo sobre todo, amada niña, niña malvada, sé que si tuvieras la fuerza y la maldad me retorcerías el cuello y después te follarías mi cadáver. Como por lo demás está soñando hacer ahora, lo he visto en sus ojos. Es un sueño que ya se desvanece y, sin embargo, ella cultivará ese sentimiento mientras viva.

Textos como este me parecían ocasiones fallidas. Recuerdo que mientras escribía el corazón se me aceleraba y esa taquicardia me asustaba empujándome hacia terrenos conocidos, sentía la urgencia de llegar a toda prisa al final y calmarme. Pero esa es precisamente la manera equivocada de narrar. Si el corazón se acelera hay que dejar que se acelere y arriesgarse a que estalle. En la página que acabo de reproducir sé que hay algo tratado de manera superficial, la cola viva de un reptil que sale disparada. Y sé dónde está ese algo: en la mirada que Olga lanza a la pequeña Ilaria mientras esta se masturba. Ahí debí detenerme e impedir que saliera disparada la materia escurridiza. Pero no fui capaz, solté la presa y me refugié en la escritura ilustrativa, en citas crípticas, para alejar la mala sangre.

Este es el peor pecado de quien escribe. Y también el peor pecado de quien reflexiona sobre quien ha escrito. Ustedes me preguntan, por ejemplo, si al narrar sobre las traiciones, tuve presente la traición originaria de las imágenes parentales. Con esa pizca de agitación de quien teme ponerse al descubierto cuando en realidad quiere mantenerse a salvo, me inclino por decirles: sí, claro que la tuve presente. Pero no es verdad, no es verdad con esas palabras, yo no quería que hubiese en ellas la menor alusión a ese tipo de fórmulas, eran hielo para la escritura, me lo decían todo y nada. Por ello aspiraba a ir más allá, olvidarlas, contar sobre todo la historia que conocía bien y de la cual deseaba, como escritora, tocar literalmente el fondo. Cuando se narra, lo único que debe importar es encontrar nuestras palabras en cascada para después inundar todo el territorio identificado con la persistencia devastadora de un mucílago. En cuanto al abandono traté de narrar cuál es la fuerza desestructuradora que aún hoy sigue liberando, incluso en los casos en que la abandonada cuenta con notables instrumentos de defensa, de resistencia, de contraataque. Con frecuencia, me parecía que la narración de la crisis descansaba sobre arenas movedizas, creía que era necesario ofrecer a Olga más historia, más pasado, más razones. Trabajé mucho con ese fin. Pero cuando me di cuenta de que o me arriesgaba a normalizar su tragedia, o confundía a la mujer abandonada con la gélida e indagadora Delia del libro anterior, de la cual, por lo demás, es hermana literaria; sobre todo cuando me di cuenta de que, a fuerza de buscar razones, estaba a punto de volver un tanto académicamente al tema del vínculo con la madre, lo dejé estar. En el pasado, de este recorrido solo rescaté unos pocos rasgos esenciales, lo demás fue a parar a un cajón. Del que ahora recupero para ustedes algunas páginas, aquellas —eliminadas— que relatan el esfuerzo de Olga por comprender la traición de Mario mediante el reexamen de su experiencia erótica, de las ocasiones en que planeó traicionarlo.

Eso de dormir juntos, qué error: una costumbre que sienta las bases de la soledad y prepara el hielo para cuando el otro abra la puerta y se marche.

Pasé toda la noche en la cama a oscuras, asediada por un cortejo de pálidas sombras. Mario que habla, Mario que ríe, Mario con cada uno de sus gestos cautivadores. Enseguida les había caído bien a mis hermanas, a mi madre. A mi padre, no; mi padre se había limitado a dirigirle apenas unas palabras frías. Por un momento llegué a temer que se mostrara hostil sin más, pero se limitó a exhibir una huraña timidez, luego pareció acostumbrarse a él como a un obstáculo fastidioso que hay que esquivar de manera mecánica para no golpearse la frente contra él.

Aquella indiferencia no me disgustó, no quería mucho a mi padre, desde pequeña lo había considerado un intruso que despedía un fuerte olor a pescadería, sórdidamente extraño a los buenos aromas de la familia. Mejor que tuviera poco trato con Mario. Es más, mejor que Mario no tuviera tratos con nadie de mi familia. No me gustaba que mi madre elogiara a menudo, con voz emocionada, sus ojos verdeazulados y se pusiera a contar que eran del mismo color que los de su padre, los de su hermano mayor, los de su abuelo. Los ojos de Mario me gustaban muchísimo, pero me fastidiaba que ella los relacionara con ella misma, con su familia de origen. Yo tenía los ojos del color de la avellana y a veces, cuando veía a Mario mimado por todas las mujeres de la casa, me sentía excluida, temía que partiendo de los ojos él también notara en mí un repugnante extrañamiento respecto de la atractiva descendencia de mi madre. Decidí mantenerlo lejos de mi familia; es más, planeé abandonar pronto aquella casa, era un proyecto que abrigaba desde hacía tiempo, desde que soñaba con dejar en plena noche a toda la familia para irme a vivir con los gitanos de ojos negros.

Mantuvimos nuestra primera relación sexual en casa de sus padres, sin hacer ruido, en su cuarto, que, de tan desordenado, parecía un trastero. Los dos éramos inexpertos. Él no conseguía penetrarme, yo hacía como si tal cosa pero solo notaba dolor. En un momento dado se arrodilló en la cama, me separó las piernas con amabilidad y me examinó el sexo con espíritu de ingeniero, como haciendo cálculos. Después se tendió otra vez sobre mí y volvió a empujar la punta de su sexo contra el mío, ayudándose con la mano y preguntando con un susurro siempre cortés: «¿Te hago daño?». Yo le decía que no y sufría. Cuando por fin consiguió meterse dentro de mí, lo abracé fuerte para que notara mi gratitud. No se había enfadado nunca, no me había echado la culpa. Me di cuenta de que por ello lo amaba de verdad y de que lo amaría toda la vida.

Nos casamos dos años más tarde, con el tiempo adquirimos experiencia suficiente con nuestros genitales. Le enseñé a acariciarme largo rato, él lo hacía con paciente cautela. Ahora que lo pienso, más que su cuerpo de adolescente delgado de piel clarísima, más que su sexo esbelto, erecto con elegancia, amaba su disponibilidad obediente, su sabor doméstico, su olor. Me abandonaba en sus brazos como si fueran una prenda de la primera infancia y yo me hubiera vuelto niña pese a seguir siendo milagrosamente adulta, sin siquiera la molesta obligación de hacer niñerías. Colaboraba con diligencia en su placer, lo acogía dentro de mí, me dejaba sacudir por sus embestidas de pronto feroces. Pero lo que de verdad me ataba a su organismo tenso, ansiosamente deseoso de mí, era la impresión de dulce ahogo que me producía, como si sus embestidas me hubiesen hecho caer dentro de mis propias venas, en la sangre caliente.

Me pasé tres años sin hacer mucho caso a las atenciones de los varones de todas las edades, me parecían gestos indescifrables de sombras en las paredes; solo existía Mario. Después me crucé con el hermano de una conocida, un hombre que trabajaba en un periódico. Se expresaba de un modo cultamente sarcástico, pero en mi presencia se distraía de repente. Saber que yo le gustaba hizo que me agradara, sin embargo, nunca pensé en él como posible amante. En cambio, empecé a desear que me deseara. No hice nada para verlo más a menudo, pero cuando sabía que quizá podía cruzarme con él, cuidaba mi aspecto de un modo especial; después, toparme con él, notar su pasión silenciosa, me producía una alegría mal disimulada. Aceptaba un café y registraba cómo se turbaba si me rozaba apenas la mano o qué satisfecho se sentía si lograba hacerme reír. Una vez trató de besarme, lo rechacé con repugnancia. Dijo que me amaba, que le parecía haber entendido que yo también sentía algo por él. Le dije que no sentía nada y se deprimió, masculló que yo le había tomado el pelo. Siguió insistiendo durante un tiempo, yo seguí poniéndome guapa para él, me desagradaba renunciar a aquel juego. Después él se cansó, se las ingenió para no cruzarse más conmigo, me olvidé de su existencia. Pero a veces regresaba al bar donde había intentado besarme y miraba el espacio donde se había consumado el intento saboreando un melancólico resto de emoción.

Ahora, en la cama, en el vasto lecho conyugal, me decía que si quería comprender por qué Mario me había dejado debía reflexionar sobre el placer de historias mínimas como aquella, sin perspectivas, una complacencia inocua y frívola que alegra el día. Quizá para él también había empezado así, yo debía aceptar ese hecho, comprender la normalidad de su traición analizando la norma de mis seducciones lúdicas. Pero ¿por qué él sí había cruzado la frontera y yo no? Reflexionaba. Hay quien se detiene y quien no, y no se entiende qué nos empuja hacia la pendiente y qué nos frena. A lo largo de los años se multiplicaron las ocasiones de mis coqueteos, se habían convertido en un vicio secreto, los había buscado de forma consciente para repetir la sensación de vida plena que me daban. Al iniciarse me permitían sentir más aprecio por mí misma, padecía menos por mis tareas de madre y esposa sin un trabajo, hacían que me volvieran las ganas de leer, estudiar, retomar la escritura. Sobre todo, me maravillaban de pronto mi aspecto, mi boca, mis ojos, mis pechos, e iba a la peluquería más a menudo, me compraba ropa interior y vestidos nuevos. El tiempo estaba marcado por los encuentros ocasionales con mi pretendiente de turno, hombres que se embelesaban y por eso me embelesaban, jamás buscados, como mucho animados a fuerza de acumular circunstancias, un concierto, la presentación de un libro, una fiesta a la que decidía asistir solo porque sabía que él iría. En esas circunstancias, incluso la sensibilidad estaba como agudizada. Si durante un breve paseo o un recorrido en coche una frase apasionada de él coincidía con el olor a maleza quemada o simplemente a la gasolina del tráfico, el olor a quemado, la gasolina que fluía del surtidor al llenar el depósito del coche me emocionaban incluso cuando el posible amante había acabado en nada, sin concretarse en nada real.

Una sola vez me dejé besar y durante el beso no rechacé la mano que me palpaba la camisa, que buscaba debajo de mi falda. Crucé aquel umbral no por deseo sino porque el hombre me dio pena. Era propietario de una gran librería del centro. Tenía los ojos pícaros y satisfechos de quien siempre hace bromas divertidas a las dependientas y se notaba que las consideraba felices destinatarias de su alegría de jefe. Pero en poco tiempo la pasión por mí lo volvió serio, continuamente intentaba alcanzar una profundidad de sentimientos o pensamientos para la que no tenía ninguna aptitud. Aquella noche me pareció agotado por el deseo sin perspectivas que yo le inspiraba. Estábamos en el coche, en una calle cerca de mi casa, yo temía que Mario volviese del trabajo, que algún vecino me viera. No me sentía bien, me dolía la garganta, tal vez tenía gripe. Me desagradó su lengua áspera en mi boca, me pareció salada, ácida por el tabaco. Me pregunté por qué estaba allí con él, un extraño, por qué estaba pasando lo que estaba pasando, noté todo mi cuerpo vacío, vacío de palabras y afectos. Sin embargo, de modo incongruente, al percibir aquel vacío desalentador, sentí una agradable excitación que me incomodó. Me apresuré a decirle que debía marcharme, abrí la puerta y salí corriendo. Cuando entré, Mario ya estaba en casa, la cena no estaba hecha, me puse a cocinar. En la boca tenía el sabor repelente de aquel hombre, en la nariz su olor a tabaco, y estaba enfadada porque la repugnancia chocaba con la excitación sexual que aún duraba. En cuanto pude fui al cuarto de baño y me quité ese olor a nicotina; Mario no fumaba, yo tampoco. Me cepillé los dientes con mucho dentífrico, varias veces. Me duché, me fui a la cama, pero la excitación no se me pasaba. No me había tumbado del todo cuando Mario me metió una mano debajo del camisón para tocarme el sexo. Tuve una reacción inesperada, me incorporé de un salto, me levanté y lo agredí con duras palabras de desprecio por su falta de respeto. Lo miré a los ojos verdeazulados que, por lo general, me conmovían. Aquel color de familia me produjo una súbita repulsión, como si él perteneciera a la genealogía de mi sangre y esto lo hiciera repugnante. Mario se quedó estupefacto, no lo entendía; yo tampoco. Me equivocaba, lo sabía; sin embargo, tuve la plena certeza de tener razón. Sentía una rabia feroz ante la idea de que hubiese intentado tocarme con aquel gesto invasor, y el hecho de que se tratara de una antigua costumbre, de algo que hacía todas las noches antes de dormirse como una especie de buenas noches, me ponía aún más frenética. No tenía privacidad, pues estaba casada con una especie de control permanente de las emociones. Insoportable, no conseguía calmarme. Me parecía que no tenía ningún derecho a entrometerse, en ese momento estaba convencida de que era justo defender el secreto de las reacciones del cuerpo, mi vida era mi vida.

Mario no dijo nada, se apartó confundido. Como una furia me fui a la cocina a prepararme una tisana. Al día siguiente el librero me llamó; ya no estaba al borde de pensamientos profundos, bromeó y rio con feliz ligereza, parecía convencido de que después de aquel beso, después de haber tocado con sus manos mi camisa, mi panti, todo estaba claro entre nosotros, ahora solo quedaba buscar la manera satisfactoria de dar rienda suelta a nuestra pasión. Se asombró, sonrió incrédulo cuando le dije que no sentía esa necesidad y le comuniqué gélida que su beso no me había gustado, que en realidad no me gustaba nada de él. No me creyó, me persiguió durante días, durante meses. Dejé de buscar ocasiones para cruzarme con él, al final se resignó y no lo vi más.

Pero el anhelo de ser cortejada no tardó en regresar. La historia más negra era reciente; en ella estuvo implicado el marido de una colega de Mario. Ocurrió un año después de nuestra primera crisis conyugal, yo estaba deprimida, me despreciaba por mi mediocridad, los niños me agotaban. Como me paseaba por la casa con un aire fúnebre que me resultaba insoportable sobre todo a mí misma, Mario, quizá para distraerme, quizá para evitar quedarse a solas conmigo, puso en marcha un nutrido programa de cenas a las que invitaba metódicamente a todos sus colegas de la universidad. Cocinaba él, como juego pedía ayuda a los niños, yo me limitaba al papel de dueña de casa, como mucho recogía la mesa con la cabeza vacía, y, a altas horas de la madrugada, sin ganas, metía cacerolas y platos en el lavavajillas.

Todo cambió la noche en que llegó Cecilia. Era una señora de unos cincuenta años, muy culta y elegante; llevaba unos bonitos pendientes de lapislázuli, tenía ojos profundos, una mujer por la que Mario sentía un respeto que lo dejaba sin palabras. Yo solo la conocía a través de los devotos comentarios de mi marido, pero nada más verla sentí una gran emoción. De ella me gustó todo, me conmovió que enseguida se dirigiera a mí con un tono de genuino interés, hasta el punto de que, para mi asombro, empecé a hablarle sin vergüenza de los trabajos que había hecho hacía tiempo, del libro que había escrito, de cómo me había bloqueado sin esperanza.

Su marido llegó más tarde. Era un arquitecto de Ferrara trasladado a Turín, un profesional consumido por mil compromisos. De la edad de Cecilia, era alto, delgadísimo, con una espesa barba rubia que en otros tiempos debía de haber sido pelirroja, de modales expeditivos, de palabras siempre a punto de resultar ofensivas. Ernesto —le dijo su mujer en voz baja en cuanto empezó a reírse demasiado fuerte—, que hay niños durmiendo. Y él recobró la compostura, se dirigió a mí como si me viera por primera vez, puso cara de pensar a quién le importan los niños, sonrió y se disculpó con una pizca de sarcasmo, en dosis suficiente para que yo imaginara un fantasma suyo empeñado en hacer una falsa reverencia de macho que se divierte fingiendo gestos de mujer.

Después, durante un rato, la velada avanzó sin entusiasmo. En presencia de Cecilia, Mario había perdido brillo y todo lo que decía sonaba estúpido o ingenuo, hasta el punto de que eso dio pie a la ironía de Ernesto. En cuanto a mí, solo porque la serena condescendencia de Cecilia me animaba, y quizá por quedar bien con ella y sentir su aprecio, me puse a expresar opiniones que ni siquiera sabía que tenía pero que, gracias a su atractiva manera de conversar, salían dulcemente a la superficie. Una, dos, tres frases y el clima cambió. Ernesto comenzó a interesarse por cada una de mis palabras, reía sacudiendo el pecho angosto, se conmovía hasta las lágrimas si una idea le parecía buena, repetía a menudo a Mario con la clara intención de humillarlo: no sabes lo que dices, tu mujer sí que tiene la cabeza bien amueblada, tú no. Cecilia sonría y murmuraba: Ernesto.

A nuestra cena siguió otra en casa de ellos. Yo no tenía ganas de ir, temía que Ernesto me tomara el pelo con sus cumplidos exagerados. Pero a última hora de la tarde me di una larga ducha y bajo los densos y agresivos alfileres del agua descubrí que tenía ganas de interrumpir el misterioso duelo que se había apoderado de mí. Mientras me secaba el pelo volví a notar de repente las ganas de elegir un vestido, un par de zapatos, una forma nueva de maquillarme. Ernesto apenas se fijó en mi belleza, fue su mujer la que me colmó de cumplidos y yo descubrí que me había arreglado únicamente para esos elogios, los elogios de una mujer fina, con una casa sobriamente amueblada, pero donde todo respondía a su gusto cultivado.

Me pasé la velada hablando en voz baja solo con ella. Su marido se empeñó en humillar a Mario, lo hizo sin tacto, con ferocidad; después, bruscamente, le ofreció una asesoría bien remunerada en relación con un trabajo que estaba haciendo. Brindamos. Por primera vez me fijé en la figura de Ernesto al lado de la de Cecilia. Tuve la impresión de que aquella proximidad les daba la luz adecuada, como ocurría con las prendas que llevaba ella, con los muebles de los que se rodeaba, con los libros de los que hablaba. De pronto me dio por pensar que si Cecilia había estado tantos años con aquel hombre, aquel hombre debía de tener un refinamiento secreto, una manera de adecuarse a la forma de ser de ella. Lo observé mejor, a escondidas. Tenía un porte de una elegancia natural, manos largas, la cara descarnada había conseguido mantener los años a raya. Formaban una pareja que era como los dos platos de una vieja balanza: él, muy vivaz y agresivo, siempre arriba; ella, tolerante, maternalmente vigilante, empujaba hacia abajo.

A partir de aquel momento los dos vinieron a casa con más frecuencia, Ernesto siempre tenía que hablar de trabajo con Mario. Entraba y gritaba algo burlón, me besaba en las mejillas, a veces en el cuello como por culpa de un movimiento mal controlado de los labios, después se olvidaba de mí y con rabia, con resentimiento, discutía solo con mi marido. Yo me quedaba de buena gana charlando con Cecilia, pero no tardé en notar que esa falta de atención de Ernesto, siempre dispuesto a captar la menor señal lanzada por su mujer incluso en medio de la discusión más encendida, me irritaba, me hería, hacía que me sintiera insignificante. Enseguida detesté su indiferencia, temía que me subestimara a ojos de la señora sosegada a la que quería gustar, cuyo aprecio buscaba. Solo me sentía mejor cuando él captaba algo que yo había dicho, interrumpía su discusión con Mario, me miraba intrigado y exclamaba: ahí tienes a una hermosa señora que sabe discurrir.

Decidí reaccionar. Me puse a hojear los diarios en busca de actos públicos a los que Ernesto y su mujer podían asistir. De pronto me resultó indispensable que ese hombre se fijara en mí, destacara mis cualidades, notara que tenía intereses y pensamientos no distintos de los suyos y de los de su mujer. Poco a poco, siguiendo una práctica que conocía bien, empecé a frecuentar los sitios donde los podía encontrar, para ello cuidaba minuciosamente mi aspecto por si se daba esa ocasión. A veces estaban, a veces no. Cuando estaban, él me saludaba con un gesto teatral, me señalaba a su mujer entre el público, gritaba mi nombre en mitad de la intervención de un ponente sin que le preocupara ponerme en un apuro. Por el contrario, si no estaban, me sentaba, escuchaba unas conferencias aburridas, de vez en cuando vigilaba la entrada y el público, al final me marchaba decepcionada.

Un buen día Mario tuvo que asistir con Cecilia a un congreso en el lago de Garda. Me pidió sin mucho entusiasmo que lo acompañara; decidí hacerlo solo cuando me dijo que Cecilia esperaba que yo fuera; Ernesto estaba ocupado, no podría asistir. Me ilusionó aquella petición, conseguimos colocar a los niños, nos fuimos. Mi decisión no tardó en parecerme un error. Mario y Cecilia tenían muchos compromisos, rodeados como estaban de un halo de aprecio. Sobre todo Cecilia era el centro de atención, la observaba, se mostraba siempre afable, tenía una mirada atenta, intervenía con tonos apacibles y autorizados suscitando siempre el consenso. No tardé en sentirme una sombra, una planta de interior.

El segundo día Ernesto se presentó por sorpresa, muy alegre, rejuvenecido por el buen humor. Se había librado de sus compromisos, con todo, comentó que no pensaba pasar un solo minuto en la sala del congreso, ni siquiera para asistir a la ponencia de Cecilia y a la intervención de Mario, y me llevó a pasear, al bar, al restaurante, subrayando: nosotros dos no estamos hechos para estas tonterías. A diferencia de Mario, sentía curiosidad por todo, le divertían las contrariedades, era enemigo del silencio y de los tiempos muertos. En los dos días siguientes sentí un placer intenso al vestirme, maquillarme para él, cruzar las piernas bajo su mirada, notar su brazo debajo del mío. No tardé en comprobar que le gustaba, que no había venido por su mujer sino expresamente por mí. Me entró una sensación de fuerza mucho más violenta que en las pobres aventuras anteriores.

Después de aquella ocasión, las relaciones entre los dos se intensificaron. Cuando nos encontrábamos con conocidos e íbamos de paseo o al cine o a un restaurante, siempre me las arreglaba para estar al lado de Ernesto, me preocupaba cuando yo acababa paseando con Cecilia y lo veía conversar con otras, a menudo agarraba a Mario del brazo y con disimulo lo empujaba hacia él para que me viera y se acordara de mí. En una palabra, maniobraba para captar su atención, cruzar una mirada con él, sentarme a su lado, y el hecho de que él nunca hiciera visiblemente lo mismo y que, por el contrario, riera a carcajada limpia rodeado de señoras muy complacidas, me hacía sufrir. Entonces cuidaba de manera obsesiva mi aspecto, a veces me obligaba a ser descarada. Mario nunca se dio cuenta de nada. Solo Cecilia, a partir de cierto momento, empezó a tratarme con cortés indiferencia y aquello me dolió como si se hubiese producido un malentendido. Una vez tuve la sensación de que me observaba aunque su mirada apuntaba a otro lado; no me observaba con los ojos sino con los pendientes, pupilas debajo de los lóbulos carnosos de las orejas. Está celosa, me dije con sincero pesar y un punto vergonzoso de satisfacción; ¿será posible que una mujer con tanto mundo, tan refinada, esté celosa de mí?

El trabajo con Mario se agotó a fuerza de desavenencias, Ernesto espació las visitas y las llamadas telefónicas, yo volví a caer en el malhumor. No verlo me entristecía. Pensé muchas veces en telefonearlo, buscar encuentros sin Mario y Cecilia, confirmar de algún modo nuestra amistad. Renuncié por prudencia, por pudor, virtudes mías que, por lo demás, detestaba. Pero entonces hubo otro congreso, esta vez en Erice, un encuentro internacional importante. Mario me pidió que lo acompañara, insistió, Cecilia también asistiría, ella también insistió, acepté. Pero cuando me enteré de que Ernesto estaba ocupado y se quedaría en Turín por unos trabajos suyos, encontré un modo cauto de echarme atrás. Mario se marchó, los niños fueron a casa de unos amiguitos que los invitaron a pasar la noche, yo me quedé sola.

Pasé mucho tiempo al lado del teléfono, esperé que oscureciera. ¿Qué había de malo en llamarlo? Era mi amigo, seguramente más amigo mío que de Mario. Y los dos estábamos solos en la ciudad, se trataba de una forma agradable de pasar la velada y punto. Pero me mentía y lo sabía. Sin darme cuenta había superado los límites del juego. Si me hubiera invitado a cenar fuera, habría aceptado. Si hubiese dicho ven a cenar a casa, habría aceptado. Si me hubiese pedido que le cocinara algo, lo habría hecho, nos vemos en mi casa, le habría propuesto. Marqué el número con el corazón palpitante, consciente de estar realizando una acción decisiva para mi vida. Porque si me hubiese besado, lo habría besado. Si hubiese querido hacer el amor, lo habría hecho. Si me hubiese pedido que dejara a Mario y a los niños, no lo habría dudado. Si me hubiese exigido que me fuera con él, cambiara de ciudad, aunque yo tuviera treinta y cuatro años, aunque él me llevara dieciséis, lo habría seguido.

Contestó al segundo timbrazo, la voz nerviosa. Solté alguna frase irónica sobre cómo se sentía, encerrado en casa, solo, en esa Turín aburrida. Me dijo que se sentía bien y que no estaba solo. A último momento Cecilia había decidido no viajar, tenía demasiado trabajo en la universidad, estaban trabajando. Me puse roja de vergüenza, enmudecí. Bruscamente me pasó con Cecilia que insistió para que fuera a cenar con ellos. Dije que no y me odié. Le había revelado a ella, me había revelado a mí misma que quería quitarle el marido. Un deseo más que un propósito, un deseo nacido de la propia admiración que ella me inspiraba. ¿Me habría gustado Ernesto si él no hubiera llevado décadas acostándose con ella todas las noches? Ocupar su lugar, quitarme del mío me parecía ahora una equivocación. ¿Habría fantaseado con aquel hombre maduro si no hubiese sido el marido de aquella mujer distante, tan visiblemente mejor que yo, la mujer en la que hubiese querido convertirme estudiando, escribiendo? Colgué sintiendo un fuerte malestar en el bajo vientre, un deseo de laceraciones.

Ahora, años más tarde, mientras se iniciaba el canto furioso de los pájaros, pensé: si yo fui así, ¿por qué me sorprende Mario? ¿Qué es lo que me destruye? Conozco su trayectoria, sé cómo empezó, cómo continuó. Solo tengo que callar, aceptar, esperar. Pero no me convencía, me dije que no. Furiosa, me levanté de un salto de la cama, subí la persiana con energía para ver el alba. Había una diferencia entre él y yo: yo había soñado con traicionarlo, él lo había hecho; yo ni siquiera sabía si aquellos hombres, apenas rozados, eran sombras de viejos deseos, mentiras que me contaba ahora al alba para imaginar una vida mía independiente de la suya; en cambio, durante años él se había ocultado de veras en la carne de otra. Esa diferencia contaba. Él no había reconocido en mí nada indispensable. Nada en el desfile de apariencias que a sus ojos tuve que representar había podido contenerlo. Yo, por el contrario, llevaba cadenas invisibles que me habían impedido humillarlo, como si la realidad no pudiera aceptar la ofensa imaginada en tantas pequeñas aventuras inconsistentes, sin ofenderme.

Es un pasaje largo, espero que me perdonen por imponérselo. Lo eliminé del libro por muchos motivos que resulta inútil enumerar aquí —por ejemplo, un bovarismo superficial y aburrido que no se ajustaba demasiado a Olga—. Subrayaré solo el motivo que guarda relación con su pregunta: las pequeñas aventuras de Olga, como habrán podido observar, están entrelazadas por la necesidad de su traicionar-ser fiel al hombre que simbólicamente gustó a su madre y que por ello lleva encima una especie de sello parental; y esta estructura, su evidencia, me parecieron un error.

La sugestión que sostenía la larga digresión erótica derivaba, además, de forma consciente, de un par de pasajes de *Sobre la sexualidad femenina*, el ensayo que ya he citado para *El amor molesto*. En él Freud habla de matrimonio al menos en dos ocasiones y lo hace de un modo curioso. En la primera ocasión dice que las mujeres, incluso cuando eligen al marido de acuerdo con el modelo del padre, «en el matrimonio repiten con ese marido su mala relación con la madre». En la segunda ocasión, aduce que «tal vez lo cierto sea que la vinculación a la madre debe por fuerza perecer, precisamente por ser la primera y la más intensa». A semejanza, dice, de lo que se comprueba en los matrimonios de mujeres jóvenes, contraídos en medio del más apasionado enamoramiento. Tanto en este como en aquel caso, la relación amorosa probablemente fracase al chocar con los inevitables desengaños y con la multiplicación de las ocasiones aptas para la agresión. Y concluye: «Los segundos matrimonios resultan por lo general mucho mejores».

Ahora bien, al relatar la sexualidad de Olga y lo que sé de la sexualidad, quería que se intuyeran al menos tres aspectos básicos, todos inspirados en esos pasajes aunque de un modo crítico: primero, que para las mujeres toda relación de amor, matrimonial y de otro tipo, se basa no solo en el mal sino también en el bien, en la reactivación del vínculo primitivo con la madre; segundo, que el matrimonio —primero, segundo o tercero, heterosexual y homosexual— no consigue expulsar de la vida femenina el amor molesto por el imago de la madre, único amor-conflicto que, en todo caso, dura para siempre; tercero, que lo que impide a Olga traicionar a Mario es el hecho de que para ella este se convirtió desde el principio, de manera inadvertida, en un conglomerado de fantasías ligadas a la madre, y eso será sobre todo lo que hará del abandono algo tan devastador.

Las convicciones siguen ahí, obviamente; ya forman parte de mi modo de ver. Pero quise que aunque el relato de Olga acogiera aquí y allá ese modo, lo hiciera de forma silenciosa, sin quedar estrangulado por él. Cuando se le hinca el diente a una historia, hay que ser la única fuente del relato, hay que perderse en él por falta de mapas prediseñados; y si quedan rastros identificables de lo que se ha aprendido a través de los libros, es preciso borrarlos sin indulgencia, suponiendo que sea posible. Porque no siempre es posible, ni está bien: escribir es también la historia de lo que leímos y leemos, de la calidad de nuestras lecturas, y, al final, un buen relato es el que se escribe desde el fondo de nuestra vida, desde el corazón de nuestras relaciones con los demás, desde la cima de los libros que nos gustaron.

Las ciudades

Una mañana —era verano, un verano napolitano muy caluroso, tenía once años— dos chicos apenas mayores que yo, compañeros de juegos y enamorados silenciosos, nos invitaron a mi hermana y a mí a tomar un helado. Nuestra madre nos tenía terminantemente prohibido alejarnos del patio del edificio donde vivíamos. Pero nosotras nos dejamos tentar por el helado, por el posible amor, y decidimos desobedecer. Y una desobediencia llevó a la otra. No nos limitamos a llegar hasta el bar al final de la calle, sino que, embargadas por el gusto de hacernos las mujeres desenfrenadas, fuimos muy lejos, hasta los jardines de la piazza Cavour, hasta el museo.

En un momento dado, el aire se oscureció. Empezó a llover, truenos y relámpagos, el cielo líquido nos cayó encima y corrió en torrentes hacia las alcantarillas. Nuestros acompañantes buscaron refugio, mi hermana y yo no; yo ya imaginaba a mi madre nerviosísima gritando nuestros nombres desde el balcón.

Nos sentimos abandonadas en pleno aguacero y echamos a correr bajo el azote del agua. Llevaba a mi hermana de la mano, le gritaba que se diera prisa, la lluvia nos empapaba, el corazón me latía con fuerza. Fue un largo y agitado momento de confusión. Los chicos nos habían abandonado a nuestro destino, la casa hacia la que corríamos seguramente era un lugar de castigo, podía ocurrirnos de todo. Entonces, por primera vez, me percaté de la ciudad. La noté

sobre los hombros y debajo de los zapatos, huía con nosotras, jadea-
ba con el aliento sucio, lanzaba locos gritos con las bocinas, era extraña y conocida a la vez, limitada e inmensa, peligrosa y excitante,
extraviándome la reconocía.

Conservo esta impresión. Desde entonces toda ciudad existe
solo cuando entra con brusquedad en la sangre que mueve las piernas y ciega los ojos. Me confundí de camino varias veces no porque
no supiera cómo volver a casa, sino porque el espacio conocido
también notaba mi ansiedad y se abría ante mí por itinerarios errados y los itinerarios errados eran también deseo de error, posibilidad
de huir de mi madre, de no regresar jamás a casa sino desvanecerme
malignamente en las calles, en todos mis pensamientos más secretos.

Tuve que detenerme, zarandear a mi hermana para que no esca-
para, volver a aferrar el hilo de la orientación que es un hilo mágico,
unir camino con camino, hacer nudos apretados para que las calles
se acomodaran con calma y yo pudiera encontrar el camino de regreso. De entrada mi madre se conmovió porque estábamos vivas;
después, precisamente porque estábamos vivas, nos castigó a golpes
de cucharón.

A su pregunta sobre las ciudades de Delia y de Olga, quiero
tratar de responder partiendo de esa carrera bajo la lluvia. Enseguida
me marché de Nápoles y tuve que vivir en lugares distintos y lejanos. Rara vez me compenetré con las ciudades donde viví. Ahora
todas no me parecen más que prótesis, pero con efectos divergentes:
o se vuelven materia muerta, extrañas para siempre, o pasan a formar parte de tu cuerpo y las percibes como parte activa de lo que
sientes. Solo en este segundo caso las ciudades cuentan para mí, para
lo bueno y lo malo. En los demás casos son topografías insignifican-
tes. Aunque tengan unos bonitos nombres evocativos y vestigios

fascinantes del pasado, no consigo apasionarme ni siquiera como turista, es escaso mi interés por el turismo con la nariz enterrada en una guía del Touring Club. A partir de esa experiencia de finales de la infancia, para mí el verdadero modelo de implicación metropolitana es esa Nápoles que se cierne sobre mí y me confunde mientras corro bajo el aguacero.

Debo decirles, sin embargo, que el epílogo de aquella carrera también es esencial para mí. Me refiero a calmarse, a recuperar ojos y oídos, ver la ciudad como si la hubiese rediseñado con las angustias y los placeres. Me refiero a recurrir a un hilo que conecta otra vez los lugares desintegrados por las emociones y permite no solo perderse sino también controlar ese perderse.

Hay al respecto un pasaje de Walter Benjamin que me gusta mucho. Desde hace años encuentro en él todo lo que me sirve: el descenso a las Madres de una zona urbana atravesada con ojos de niño, la ciudad-laberinto, el papel del amor, la molesta señorita, también la lluvia que cae sobre la infancia. Me refiero al capítulo que abre *Infancia en Berlín hacia 1900*, titulado «Tiergarten».

Es inútil que ahora nos pongamos a hablar de la mirada de Benjamin, una mirada extraordinaria de globos oculares que son pupila en toda su superficie esférica y por ello ven no solo delante, no solo fuera, no el después que se prepara, sino que ven el delante-atrás, el dentro-fuera, el después en el entonces-ahora, sin un orden progresivo. Les quiero señalar, en cambio, su comienzo maravilloso que dice así: «No saber orientarse en una ciudad no significa mucho. Pero perderse en una ciudad, igual que uno se pierde en un bosque, requiere aprendizaje».

Aprender a perderse en la ciudad, precisamente: oír los nombres de las calles como quien oye crujir las ramas secas, como quien ve reflejada la hora del día en la hondonada de la montaña. Benjamin habla de ello con una escritura anómala, una escritura voraginosa que trata de llegar a lo difícil de decir, a aquello que está en el fondo y apenas se ve. ¿Cuándo se convierte la ciudad en ciudad del extravío? ¿Dónde tiene su origen el laberinto, cuándo aprendemos el arte de perdernos? «Este arte, que aprendí tardíamente —escribe Benjamin—, ha hecho realidad el sueño cuyos primeros rastros fueron laberintos en el papel secante de mis cuadernos. No, no fueron esos los primeros, pues antes de ellos hubo uno que los ha sobrevivido a todos. El camino a ese laberinto, al que no le faltaba su Ariadna, pasaba por el puente de Bendler, cuya suave curvatura se convirtió en mi primera ladera.»

Es bella esta velocidad vertiginosa de la escritura, este remontarse en pocas líneas a las manchas de tinta en el papel secante de la infancia, en busca del laberinto primario. ¿Está la intuición del arte de perderse en la ciudad en esos rastros de tinta? No, la vorágine arrastra hasta el fondo, hay un antes todavía, un antes que viene antes de los garabatos en el papel secante. Hay que remontarse más. El laberinto urbano originario está en la infancia. Es el laberinto que el Benjamin niño atravesaba en forma de parque, el Tiergarten de Berlín, ese rincón misterioso donde «debía de tener su campamento aquella Ariadna junto a la que comprendí por primera vez, y para no olvidarlo nunca, lo que hasta más tarde no conocí como palabra: amor. Sin embargo, en su mismo origen aparece la "señorita" que se posó sobre ella como una sombra fría. Y así ese parque, que parece abierto como ningún otro a los niños, también estaba bloqueado para mí con algo penoso e inextricable».

El laberinto primario se encuentra en el trazado de la mirada infantil que vaga en el misterio fuera de casa, lejos de sus deidades tutelares, y por primera vez se cruza con el amor. Es en todo lo penoso e inextricable donde el Benjamin niño ha experimentado cuando la sombra austera de una señorita se proyectó sobre su Ariadna —por tanto, no hay una ciudad-laberinto sin una Pasífae que da a luz a la Bestia-Minotauro, sin una Ariadna y el amor—, perturbando su aparición. El Benjamin adulto soñará para siempre con ese extraviarse que comenzó al cruzar el puente de Bendler, y buscará el hilo para regresar a aquella experiencia y convertirla en arte que pueda expresarse, comprenderse.

Por supuesto, de la Ariadna de Benjamin no sabemos nada, él no nos habla de ella sino de la infancia de un pequeño Teseo berlinés, es lógico que sea así. Pero para mí es inolvidable esa aparición leve de niña, cubierta de inmediato por la sombra austera de otra mujer, la señorita-madre-monstruo. Si Teseo se detiene ante la incapacidad de orientarse, es la pequeña Ariadna quien conserva el arte de extraviarse, es ella quien posee el hilo capaz de controlar ese perderse. Desde niña me ha gustado mucho este mito. No descarto que aquel día en Nápoles, en medio del temporal, yo pensara en Ariadna; tampoco descarto que pensara en ella años después al describir a Delia que, vagando por la ciudad, se pierde en su infancia. Cuando cursaba el bachillerato elemental yo era una adolescente muy estudiosa y distraída que soñaba a menudo con guiar la mano de Teseo al matar a la Bestia, consanguínea mía, poner a salvo al héroe, abandonar por él la ciudad-prisión y mi fea familia de origen, ir en barco a otra ciudad, descubrir su ingratitud tras su apariencia de buen muchacho cubierto de rizos, y al final conquistar para mí alegrías vengativas y disolutas, la perdición con Dioniso, perdición que a los quince años deseaba más de lo que después la deseé realmente cuando fui adulta.

En los mitos hay siempre algo que revuelve por dentro. Años más tarde, ya mayor y con otra forma de pensar, regresé unos meses a Nápoles; tenía mis problemas, recorrí muchos de los trayectos que hacía de niña, incluido el que había hecho con mi hermana bajo la lluvia. Redescubrí la angustia de aquella carrera jadeante, pero también la agradable impresión de una ciudad mía y de nadie más, enemiga y seductora, de la que había tomado posesión por primera vez precisamente aquel lejano día. Recordé la imagen del laberinto como un espacio cualquiera, un lugar conocido incluso, pero que de pronto se perturba contigo a causa de una fuerte emoción. Conseguí unos libros —entre ellos, esa amplia y seductora mezcolanza que es *Los mitos griegos* de Graves—, quería comprobar si, tomando distancia, el mito me ayudaba a relatar una historia de intolerancia, de fuga, de enamoramiento y abandono; no el abandono experimentado por Olga, ese llegaría mucho después, cuando comprendí que para escribir bien hace falta hacer lo contrario de lo que indican los manuales: acercarse, acortar cada vez más las distancias, borrarlas, sentir en la página las venas palpitantes de los cuerpos vivos.

Me fascinó una variante de la historia de Ariadna. Es la de la muchacha cretense, ya embarazada y agotada por el mareo, a la que Teseo hace desembarcar en Amatunte, pues teme que pierda al hijo. La muchacha acaba de pisar tierra firme cuando un fuerte viento obliga a la flota del héroe a internarse en el mar. Ariadna se desespera, está a punto de parir, sufre por el abandono de su amado. Entonces intervienen las mujeres de Amatunte que, con el fin de consolarla, se turnan para escribirle cartas de amor haciéndose pasar por Teseo. La mentira dura hasta que Ariadna muere al dar a luz.

Durante esos meses en Nápoles, trabajé un tiempo en esta historia. Inventé con detalle una especie de ciudad de la Campania de hoy, una Amatunte que parecía un pueblecito de la costa amalfitana. Era un lugar de amistad y solidaridad femeninas, pero libre en los pensamientos y conflictos. Imaginé una comunidad de mujeres de hoy que le escribían a una Ariadna de hoy, la extranjera abandonada, reconfortantes cartas de amor que luego atribuían al amante traidor. Me atraía mucho la posibilidad de narrar cómo las mujeres sueñan con ser amadas y por eso me dediqué sobre todo a cuatro aspectos: el esfuerzo femenino por entrar en la cabeza, en las palabras de un hombre; la colaboración entre las mujeres —un auténtico y compenetrado trabajo de grupo— para imaginarse una constitución psíquica y léxica masculina; por otra parte, interrogarse para sacar de su interior qué habrían querido que les dijera un hombre enamorado; la búsqueda-confesión de aquello que ellas le habrían dicho a la desesperada Ariadna si, como a algunas ya les estaba ocurriendo entre mil contradicciones, se hubiesen enamorado perdidamente de él.

Recuerdo que me gustaba mucho imaginar el acalorado debate que precedía la redacción de las cartas. Pero cuando me puse a redactarlas de veras todo se complicó; al final me parecieron un trabajo inútil, escribí dos y lo dejé estar. Sin duda, la estructura era débil, las cartas tendían a describir un varón ideal en cuya realidad ninguna Ariadna, desesperada por el abandono, hubiera creído jamás, sobre todo hoy; la ciudad era demasiado perfecta, pese a su vivacidad, la comunidad femenina resultaba empalagosamente llena de buenos sentimientos, por tanto, sin autenticidad. No, de las ciudades con predominio femenino también se puede y se debe escribir solo como ciudades-laberinto, lugares de nuestras emociones complejas y contradictorias, donde la Bestia acecha y es peligroso extraviarse sin antes haber aprendido a hacerlo.

El problema —y aquí amplío un poco el tema de su pregunta— radica en que cuesta imaginar qué tipo de polis podrían construir las mujeres, tratando de hacerla a su imagen y semejanza. ¿Dónde está la imagen-modelo, qué rasgos femeninos reproducirían? Por lo que sé, para las mujeres la ciudad siempre es de los otros, incluso cuando es ciudad natal. Es cierto que desde hace cierto tiempo las representantes de las mujeres participan de manera activa en la gestión de la polis, pero solo con la condición de que no tomen el mando, ahora, enseguida, para tratar de reinventarla de veras. Quien lo intenta no se siente satisfecha, deja a sus espaldas la estela de un discurso amargo o adopta frases ensayadas de la política corriente.

Evidentemente la ciudad femenina se encuentra aún muy lejos y no dispone de palabras verdaderas. Para encontrarlas deberíamos ir más allá de los garabatos de nuestro papel secante, bajar al laberinto de nuestra infancia, adentrarnos en los fragmentos no redimidos de nuestro pasado próximo y remoto. Difícil empresa. En general, las mismas heroínas míticas son solitarias, individualidades sin afiliación, en busca de su pequeña y efímera soberanía, que una vez conseguida se paga con la vergüenza, con la vida. Con frecuencia cometen actos que se apartan del orden masculino, a veces se rebelan contra las leyes de la ciudad natal. Es raro que funden una ciudad propia. Que yo recuerde en este momento, una sola vez una mujer decide diseñar una polis propia, dirigir su construcción, ser *dux femina facti*. Obviamente, se trata de Dido, personaje al que, sin embargo, durante mucho tiempo solo he querido en parte.

Cuando era jovencita su suicidio me irritó. En el bachillerato elemental la historia me había fascinado no por lo que Virgilio contaba ampliamente, sino por aquello a lo que Virgilio apenas aludía: la historia de sangre que la mujer tenía a sus espaldas, su hermano le había matado al marido, la huida de Tiro, la destreza que exhibía en África, la manera en que conseguía la tierra donde fundar una nueva ciudad junto con su hermana. Entonces me gustaban las mujeres que huían. Además, para Dido tenía guardadas ideas domésticas con las que darle cuerpo. Y aquí debo decirles que durante una larga etapa de su vida mi madre trabajó como modista, y para mí esto fue importante. Arreglaba viejos vestidos, hacía con ellos otros nuevos, cosía, descosía, ensanchaba, estrechaba, ocultaba los desgarrones con zurcidos sutiles. Como me crie entre aquel cortar y coser, enseguida me había convencido el modo en que Dido engañó al rey de los getulos. Para burlarse de ella Jarbas le dijo: te daré tanta tierra como pueda abarcar una piel de buey. Poca, muy poca, una ofensa irónica de macho. El rey —estaba segura, por algo era hijo de Amón— debió de pensar que incluso cortando la piel de buey a tiras Dido jamás rodearía el territorio suficiente para construir en él una ciudad. Pero yo había visto a la rubia Dido en la misma postura recogida de mi madre cuando trabajaba; hermosa, el pelo negrísimo bien peinado, las manos hábiles marcadas por las heridas de las agujas y las tijeras, y comprendí que la historia era plausible. Dido pasó inclinada toda la noche —de noche se hacen los trabajos decisivos— convirtiendo la piel de la bestia en finas tiras casi invisibles, cosidas luego de manera que la costura ni siquiera pudiera intuirse, un hilo de Ariadna larguísimo, un ovillo de piel de animal que desenrollar para rodear una vasta porción de tierras africanas y, al mismo tiempo, marcar la frontera de una nueva ciudad. Eso me pareció propio de ella y me emocionó.

Años después, en la universidad, seguía sin gustarme todo de Dido, prefería a la mujer que se había puesto al frente de una gran empresa, la mujer que dirigía la construcción de enormes murallas y la fortaleza de la nueva Cartago. En especial me conmovió que Virgilio la hiciera entrar en escena justo cuando, en el templo dedicado a Juno, el pío Eneas contemplaba un bajorrelieve en el que se representaba a una enfurecida —*furens*— Pentesilea en plena batalla. Siempre me han turbado mucho aquellos relatos que con una escena feliz saben darte una señal imperceptible de futuras descompensaciones, te cortan la respiración con el espectro de una brusca inversión de la suerte. Dido hacía su primera aparición, hermosísima, rodeada de jóvenes pretendientes, serenamente activa, vigilando la marcha de los trabajos en la ciudad, y yo, como estudiante-lectora-traductora que ya sabía lo que ocurriría, a partir de ese momento sufría con cada palabra; me sabía mal que aquella mujer en la plenitud de su vigor se consumiera luego a causa de un amor enloquecido, y de feliz, *lieta* —Virgilio usa *laeta*, el adjetivo apropiado para ella—, se transformara en furiosa como el otro modelo femenino perdedor, Pentesilea *furens*. Me sabía mal por ella y por la ciudad, que se erigía prometedora.

Solo cuando releí los versos de Virgilio para ayudarme a escribir el relato de Olga, de repente Dido me gustó en todos los sentidos. Debo decir que también me gustó Eneas; su fastidiosa piedad de repente ya no me pareció convencional, los hombres bien educados de hoy se le parecen un poco, con esa misma *pietas* insegura y feroz. Esa vez sentí que la evolución de la historia era auténtica y desgarradora, no volvió a aflorar el rechazo que había sentido de jovencita. Pero lo que más me llamó la atención fue el uso que hace Virgilio de la ciudad. Cartago no es telón de fondo, no es paisaje urbano para personajes y hechos. Cartago es aquello que aún no es pero que está a punto de ser, material en construcción, piedra devastada caso por caso por los movimientos internos de los dos personajes. No es casualidad que, incluso antes de que la bella Dido despierte su admiración, Eneas se sienta deslumbrado por la febril actividad de edificación, por cómo se levantan las murallas, la fortaleza, el puerto, el teatro, las columnas. Su primer comentario es un suspiro: qué afortunados, los tirios, sus murallas ya se están levantando. Él pone en esas murallas su sentimiento de refundador. Ellas acogen al mismo tiempo el recuerdo de su patria destruida a sangre y fuego, la esperanza-nostalgia de la ciudad futura y las ganas del nómada de acampar en el centro de la ciudad extranjera que, entre otras cosas, es ciudad-mujer hermosa a la cual poseer.

Las ciudades son eso, piedra que de pronto cobra vida gracias a nuestras emociones, a nuestros deseos, como se aprecia sobre todo en la relación entre Cartago y Dido. La febril actividad de las obras está bajo la dirección de esta mujer huida del horror de Tiro, otra ciudad que para ella había sido una larga injuria, ciudad donde su hermano derramó la sangre del cuñado y los sentimientos se vieron para siempre contaminados por las ansias asesinas. La reina no quiere que Tiro se repita, de modo que con arreglo a la justicia y al derecho organiza la gran obra urbana. Acoge al extranjero exiliado, se ocupa de que en las paredes del templo dedicado a Juno, diosa del matrimonio y la maternidad, el arte plasme los horrores de la guerra y el asesinato, una especie de recuerdo. Además, es una mujer en pleno fulgor, lo dicen los jóvenes que se agolpan en torno a ella. Es evidente que bajo su guía Cartago va camino de completarse entre mil dificultades, no como recinto para la Bestia sino como polis del amor.

Después la pasión estalla, absorbe toda energía, se transforma en amor loco. La ciudad también reacciona enseguida. Lo que comenzó se detiene, los trabajos se interrumpen. Como Dido, las piedras esperan para decidir su destino. Si el amor entre ella y Eneas llegara a producirse convirtiéndose en un acuerdo gozoso y duradero, Cartago recibirá su fuerza, los trabajos se reanudarán, la piedra acogerá el sentimiento positivo de los seres humanos que le están dando forma. Pero Eneas abandona a la mujer. Dido, la mujer feliz, se vuelve furiosa. El pasado se une al futuro, Tiro alcanza virtualmente Cartago, cada calle se convierte en laberinto, un lugar donde perderse sin arte, y la sangre que Dido dejó atrás regresa para manchar la nueva ciudad. Termina el tiempo de lo inacabado. En palabras de Dido agonizante, Cartago es de pronto ilustre ciudad del odio y la venganza, hasta tal punto que la última maldición de la mujer descarta de manera definitiva la hipótesis de una polis justa: «nullus amor populis nec foedera sunto» es su grito atroz.

Esta es la consecuencia de extraviarse en el laberinto urbano sin arte, sin hilo: ni amor, ni pactos. El nexo virgiliano entre amor y constitución de la convivencia civil es muy significativo. Sin duda, las guerras entre Roma y Cartago tuvieron motivos económicos, políticos, y no el abandono de Dido por parte de Eneas, no la sustracción del amor, que solo es una razón poética. Pero ¿por qué «solo»? Yo, como cualquiera que ama la literatura, creo que las razones poéticas dicen más que las razones políticas y económicas; es más, están en el fondo de las razones políticas y económicas. Soy de las que piensan que exiliar el amor de las ciudades es justamente lo que deja el campo libre al atropello económico y político. Mientras no se extienda una cultura del amor —me refiero a solidaridad, respeto, una inclinación a favor de una buena vida para todos, en una palabra, el antídoto contra las furias y contra la tendencia fácil a aniquilar al enemigo—, el realismo de la sangre y el fuego hará que los pactos de convivencia sean cada vez más provisionales, treguas para recobrar el aliento, retomar las armas y avivar del deseo de arrasar con todo.

De modo que ni amor ni pactos entre los pueblos: las dos cosas van juntas. Un verso dice más que mil arduas lecturas. No hay nada de que sorprenderse. El que escribe relatos sabe que las razones poéticas no son polillas con alas transparentes. Tienen carne y sangre, pasiones, sentimientos complejos: la poesía consiste en hurgar en el propio vientre con movimientos que nunca son previsibles. Dido se nutre de sudores y saliva, no es la capa de caramelo en lo alto de la *crème brûlée*. Sabe maldecir a la persona a la que, no obstante, sigue amando; sabe quitarse la vida con un regalo de su amado.

Como decía, de jovencita detestaba ese suicidio. Pensaba que cuando se es mujer a los laberintos hay que ir con el hilo mágico para controlar ese extravío. Y sigo convencida de que el error de toda ciudad nueva está en sus raíces, está en su considerarse ciudad de amor sin posibilidad de laberintos, ni penosa ni intrincada, espacio de placidez, sin furias al acecho. Incluso una posible ciudad femenina, futuro que redime el pasado, se arriesga a no saber enfrentarse hasta el fondo consigo misma. Es un atajo poner entre paréntesis lo tremendo de las mujeres, imaginarnos solo como organismos de buenos sentimientos, hábiles maestras de la gentileza. Quizá resulte útil para infundirnos valor, para crecer políticamente, pero quien hace literatura además de los sentimientos generosos debe visibilizar la hostilidad, la aversión, la furia. Es su deber, debe ahondar en ellas, narrarlas de cerca, sentir que están, con Eneas o sin Eneas, con Teseo o sin Teseo.

No me gusta pensar, como se tiende a hacer a menudo, que las gestas tremendas de las heroínas míticas solo son fruto de una tramposa operación masculina, de un complot patriarcal: al final es como atribuir a las mujeres una falta de humanidad, y eso no sirve. Es necesario, por el contrario, que aprendamos a hablar con orgullo de nuestra complejidad, del modo en que esta impregna nuestra ciudadanía, en la placidez y en la furia. Para hacerlo es necesario aprender el arte de perderse en lo penoso y en lo intrincado, no hay Ariadna que no cultive en alguna parte un amor molesto, el imago de una madre amadísima que, no obstante, trae al mundo muñecas suicidas y minotauros.

Escucharnos, vernos. En los laberintos metropolitanos a veces pedimos impávidamente sepultura para el hermano, a veces colaboramos en el asesinato de nuestro hermanastro para fugarnos con su asesino, en ciertos casos matamos a nuestros hijos, más a menudo lanzamos maldiciones tremendas antes de caer nosotras mismas víctimas de las furias. La historia de la Cartago virgiliana expresa bien hasta qué punto la polis vive de los sentimientos de sus ciudadanas. Expresa también lo que ocurre cuando el amor —hilo para perderse y encontrarse— es desterrado, los alientos se convierten en fuego, el pacto de convivencia civil se disuelve.

Pero basta ya, lo que cuenta es tratar y seguir tratando de coser con aguja e hilo el perímetro de la ciudad. En las tardes invernales, cuando era una estudiante diligente, no me aburría con los versos de la *Eneida*. Era bonito ver a la reina en el trono mientras administraba con equidad la inmensa obra, rara ocasión para tener sueños de fundadora de ciudades. Buscaba finales distintos de aquel en que la veía atravesarse con la espada que Eneas le había regalado. Me imaginaba que echaba a las furias, reencontraba el amor, aprendía el arte de entrar y salir del extravío. De vez en cuando me levantaba e iba a la ventana, los pies helados me impedían seguir estudiando. Cuando me viene a la cabeza, con frecuencia Nápoles es una ciudad fría bajo el temporal.

Prendas femeninas

Sé que corro el riesgo de exagerar, pero para poder hablarles de vestidos y maquillaje como me han pedido deberán soportar que les cuente otra vez algo sobre mi madre.

Su trabajo de modista comenzaba —para mí, como es natural— en las tiendas de tejidos. Me gustaba mucho acompañarla. Miraba embelesada al dependiente —o al dueño si la tienda no tenía empleados—, que se movía con una especie de alegría en el gesto. Bajaba de los estantes las piezas rectangulares de tejido y sin esperar a que tocaran el mostrador las desplegaba en ola hacia mi madre haciendo temblar, saltar, girar velozmente sobre sí mismo el bloque de tela como si estuviera vivo. Él tocaba los tejidos frotando una orilla entre el pulgar y el índice con la vista al frente, como si no dirigir la mirada hacia la tela acentuara la sensibilidad de sus dedos. Yo notaba el olor de la tela nueva, un olor acre, normalmente concentrado en el aire de la tienda, pero que el desenrollarse veloz de la pieza me arrojaba directamente a la cara. Yo estaba al lado de mi madre, mi cabeza le llegaba a la cintura, la tela de su vestido apenas me rozaba. Miraba los tejidos que se acumulaban sobre el mostrador, notaba que ella elegía el adecuado para hacer el hechizo. Era un hechizo que no por conocerlo bien dejaba de fascinarme siempre. La tela nueva que ella estaba a punto de comprar sería marcada por la tiza, las tijeras la cortarían, el suelo se cubriría de retales deshilachados. Con alfileres, con aguja e hilo mi madre les daría una forma, la forma precisa de un cuerpo, ella era capaz de hacer cuerpos de tela. El olor del tejido nuevo se esparciría por última vez, un perfume extraño, salvaje, que después, al aclimatarse a nuestra casa, se perdería.

Siempre ocurría igual. El vestido que ella llevaba ahora y que olía a mi madre lo recordaba muy bien, había sido a su vez tejido en la tienda. Cuando se decidió a comprarlo, con voz cordial le había dicho al dependiente el número de metros necesarios. El dependiente se había lucido con gestos amplios y veloces que hicieron deslizar la tela a lo largo de un breve trecho del borde del mostrador. A aquella danza había seguido un tijeretazo certero, un desgarrón limpio, otra lacerante bocanada de olor acre. Yo era una experta, el arte de los vestidos empezaba por ahí.

En cuanto a su conclusión, el arte concluía en la cama de mis padres. El recuerdo más antiguo que tengo de una prenda recién terminada —el que al menos me parece más antiguo— es de un vestido negro, o quizá azul oscuro, tendido encima de la colcha de color rojo de la cama de matrimonio. Mi madre desplegaba allí los vestidos recién planchados, en casa no había otros lugares adecuados para evitar —como decía ella— que se estropearan. A nosotras nos tenían prohibido entrar en aquel cuarto cuando en él había vestidos listos para entregar. Pero una vez yo entré, no sé decir la fecha, desde luego no era muy pequeña. Sin duda, era una época en la que notaba ráfagas imprevistas en la espalda, presencias detrás de mí incluso cuando en la habitación no había nadie, todas cosas tenebrosas de las que, sin embargo, no me asustaba; al contrario, me alegraba de que ocurrieran, porque así podía contárselas a mis hermanas, que sí les tenían miedo. Abrí la puerta, me asomé al dormitorio. El vestido estaba tendido en mitad de la cama, la cintura estrecha, las mangas desplegadas, la falda dispuesta en trapecio. No pasó nada salvo que un soplo repentino hinchó el vestido, una turgencia breve como si fuera una respiración. Después, un lado del dobladillo de la falda quedó en desorden, levantado apenas. Temí que mi madre me echara la culpa de aquello, como solía hacer con todo. Entonces fui a bajar ese dobladillo. Pero sin motivo lo levanté un poco más y miré debajo. Había un cuerpo desnudo de mujer con las piernas cortadas, las manos cortadas, la cabeza cortada, violáceo pero sin sangre: un cuerpo de una materia desprovista de venas. Me aparté, salí del dormitorio. Me cayó una reprimenda cuando ella descubrió —y gritó, porque ya estaba muy nerviosa— que el vestido estaba en completo desorden.

Siempre he sentido que los vestidos no están vacíos y que, como mucho, son los seres humanos quienes a veces se quedan vacíos en un rincón, desoladamente perdidos. Durante mi infancia me puse los de mi madre. En su interior encontraba mujeres hermosísimas de gran prestigio, pero muertas. Entonces me introducía en ellas, me las embutía bien embutidas y daba vida a sus aventuras. Todas olían como mi madre, imaginaba que yo también olía como ella. No tenían marido, pero sí muchos amantes. Sentía con intensidad sus placeres, sus cuerpos aventureros disolvían el mío. En cuanto la notaba en el pecho, en las piernas, la tela me encendía el vientre, la imaginación. Eran tejidos que conocía bien: habían pasado mucho tiempo entre las manos de mi madre, entre sus dedos, sobre sus piernas.

De pequeña, antes de que mi madre dejara de trabajar de modista, vi nacer esos vestidos. Ella no me enseñó nada de su oficio; en una época determinada me dejó que la ayudara a quitar hilvanes o me adiestró en dar unas puntadas que llamaba sobrehilado y otras que se llamaban vainica. Pero su oficio me quedó en los ojos, los gestos sobre todo, las cosas me embelesaban y me preocupaban, un arrobamiento mezclado con una pizca de temor. No me gustaba que cortaran la tela, el corte me incomodaba, me daban escalofríos los fragmentos de tela deshilachada que iban a parar al suelo, debajo de la mesa. Cuando aprendí la expresión «cortar a alguien un sayo» le impuse aquel sentimiento ambiguo de la infancia. La tela se modelaba a tijeretazos sobre el cuerpo vivo, ¿para cubrirlo? ¿O acaso a tijeretazos era el cuerpo vivo el que quedaba desnudo? Vacilaba entre estas dos fantasías y miraba a mi madre.

Ella sí cortaba a alguien un sayo, y a veces lo hacía como Licia Maglietta en la película de Mario Martone: el cortar y coser iba acompañado por la charla, la sonrisa y la carcajada, por la murmuración y el relato, el placer del relato entre mujeres, historias de otros, historias de clientas y vecinas. Mientras las palabras caían sobre el tejido impregnándolo, se encarnaban en las mujeres que después yo me habría embutido. La señora Caldaro, por ejemplo, la mujer de un abogado. Para probarse su futuro vestido se desvestía dejando en nuestra casa un olor triste a enfermedad. Se lo ponía todavía sin coser, las piezas se sujetaban apenas con alfileres y el hilo blanco del hilván. Mientras tanto iba contando sus cosas y lloraba. Mi madre escuchaba y yo también, y aquellas historias de la señora Caldaro me turbaban, hubiera querido decirle unas palabras de consuelo. En general, las decía mi madre, que intervenía contando a su vez una historia de consuelo, algo similar a la de la señora Caldaro que a ella le habían contado y que había terminado bien. La señora escuchaba pero no se la podía creer, dudaba de que su propia historia tuviera un final feliz, se sentía muy desgraciada y lloraba. Cuando ella se iba y el vestido quedaba desplegado sobre la mesa del comedor, yo lo sentía —así marcado, así atravesado de alfileres, por culpa de las palabras de dolor, por el toque malvado de aquellas— como un cuerpo de mujer extenuado por sus propias vicisitudes, sin cabeza, sin piernas, sin brazos, sin manos.

El vestido de la señora Caldaro era para fiestas y bailes, mi madre lo cosió, lo descosió, lo volvió a coser, puntada tras puntada. Yo temía a la aguja, pero también me gustaba por la armonía de la costura que dejaba atrás como una estela. Mi madre pinchaba la tela con ademán rápido y hábil. Yo la veía concentrada en la silla, inclinada, con el vestido por coser sobre el regazo. A veces, si insistía, me dejaba enhebrar la aguja. Tenía que humedecer una punta del hilo llevándomelo a la boca, luego con la lengua y los labios debía apretar y torcer la parte mojada de saliva, por último debía pasar el hilo preparado por el ojo de la aguja. Conseguirlo al primer intento, mientras mi madre me alababa, era bonito, pero si no lo conseguía también era bonito. Ella tomaba el hilo, volvía a meter la punta entre los labios y me lo devolvía para que lo intentara otra vez. A veces retorcía el hilo húmedo entre el pulgar y el índice para tensarlo y aguzarlo como un alfiler.

Pero lo más importante para mí es el recuerdo del modo desenvuelto con que la mano, los dedos de mi madre pasaban la aguja y el hilo por la tela, tiraban apenas, volvían a hundir la punta de la aguja. Aquel pinchar, pasar, tirar se hacía de un modo tan veloz y experto, avanzaba recto con tal decisión, que todavía hoy me viene a la cabeza cuando estoy ante una operación bien hecha y lamento no recordar el vocabulario que ella utilizaba. Hablaba de embastes, de punto atrás, seguramente de punto de cadeneta, de punto de festón, pero el resto de las palabras se ha desvanecido, no quiso que yo lo conservara, deseaba que aprendiera otra cosa. Así, he guardado sobre todo el recuerdo de su mano, con las uñas que no conseguían crecer, era como si se curvaran hacia delante, y las venas henchidas de azul en el dorso y las yemas ásperas, pinchadas y vueltas a pinchar, casi siempre sin la protección del dedal.

Era aquel coser, mucho más que el cortar, lo que me embelesaba. El arte móvil de aquella mano juntaba pedazos de tela, hacía invisibles los puntos de unión; las piezas de tela recobraban una suave continuidad propia, una compacidad nueva, se transformaban en vestido, forma de cuerpo femenino, piel adherida a la piel, organismo que yacía en su regazo y a veces se deslizaba hasta sus pies, ellos también agitados como las manos, dispuestos a buscar el pedal de la Singer. Era un trajín que a mí me parecía una danza, la mano pasaba la aguja, la boca mordía el hilo, el busto giraba a menudo en la silla, se volvía hacia la máquina para coser, los pies anchos, de huesos poderosos, se apoyaban en el pedal e iniciaban el movimiento de la aguja de la Singer, un movimiento velocísimo asociado a un ruido como de metal que rueda.

Me daba la impresión de que la máquina corría y estaba quieta. La gran rueda de abajo hacía girar a la pequeña de arriba. Rotaba el carrete en el perno, carretes con hilo de color siempre distinto: veía el torbellino del azul, del verde, del rojo, del marrón, del negro, piruetas impulsadas por los pies de mi madre. El hilo se tensaba hacia la cabeza de la máquina, se lanzaba hacia la aguja que, mientras tanto, saltaba velocísima en la lanzadera como un atleta saltando a la cuerda, y desaparecía en la tela dejando atrás un pespunte tupido acompañado por los dedos.

Yo miraba, había un momento que no quería perderme. Era cuando el hilo del carrete se iba reduciendo, cada vez más, cada vez más, se convertía en cobertura ligera y por último se desenrollaba del todo, quedaba el extremo, que salía volando y dejaba el carrete desnudo dando todavía unas vueltas más en el perno hasta que se detenía revelando su verdadero color, sin seducción. Era un momento que me entristecía. Quitaba el carrete del perno como si fuera un cadáver, sentía que a él se le había terminado la vida, había dado cuanto tenía que dar, ya no más alegres torbellinos de color. Ahora, todo el hilo estaba en el vestido de la señora Caldaro, una transmigración de energía, y el vestido estaba a punto para el refuerzo de las costuras bajo la plancha caliente, golpes de calor, caricias febriles antes de ir a tenderse en el dormitorio para formar después cuerpo con el cuerpo de la señora, mujer de un abogado, e impregnarse del olor de su enfermedad, tal vez de su desesperación.

Mi madre pronto dejó de coser vestidos para otras mujeres; se dedicó a hacerlos únicamente para nosotras, sus hijas, para las parientes, para alguna vecina y, sobre todo, para ella. De niña me gustaba cuando me hacía un vestido. Me gustaba cuando me tomaba las medidas; entonces se me acercaba mucho, notaba su olor, su aliento en la cara. Las prendas que me hacía eran siempre prendas que parecían para jugar, incluso las que cosía para ella tenían un halo juguetón. Recuerdo cuando se quitaba la bata raída y se probaba el vestido a medio hacer delante del espejo o se lo hacía poner a alguna vecina para ver mejor si tenía defectos. Cómo me gustaban sus vestidos, el perfume que despedían a cremas, a pintalabios, un olor a confites. Me los probaba a escondidas, me ponía sus sombreros, sus zapatos, y si me descubría, ella no se enfadaba, me dejaba hacer. Es más, me miraba con su sonrisa melancólica, el cuerpo recogido sobre la labor de costura, el aspecto descuidado.

Ya por entonces, para entendernos, en la época del cuartito de la que les he hablado, aquellas prendas de mi madre me transmitían también ansiedad, poseían un veneno propio como la camisa de Neso. Con los años su capacidad para coser comenzó a pesarme. Al principio de la adolescencia detestaba esa habilidad, me avergonzaba pasearme con las prendas que ella me había confeccionado. Hubiera querido ropa normal que me hiciera igual a las demás. En la ropa de mi madre había un exceso, un punto excéntrico que se apreciaba, sobre todo, en los vestidos que cosía para ella.

Copiaba los trajes de las actrices de cine, de las princesas, de las modelos de los creadores de moda. Pero tenía el don de mejorarlos, en su cuerpo era como si estuviesen más cargados de energía. Mi madre jamás se cosió un vestido que no la hiciese parecer una mujer extraordinaria. Cuando estaba en casa se convertía en un hatillo de trapos apoyado en una silla, pero cada vez que salía le daba a su cuerpo la soberbia de la aparición despampanante, el esplendor de la pantalla en los anfiteatros las noches estivales en la playa. Ella, que era una mujer tímida, exhibía en su forma de acicalarse una audacia y una fantasía que me asustaban y me humillaban. Cuanto más odiaba su forma de arreglarse, una vez en la calle, más notaba en el aire la alarma de mi padre, la admiración de los otros hombres, sus comentarios sobrexcitados, su esfuerzo por mostrarse alegres y gustarle, la envidia y la ofensa por cómo sabía ponerse guapa. El efecto que causaba mi madre en un tranvía, en el funicular, por la calle, en las tiendas, en el cine, me incomodaba. Esa forma de arreglarse minuciosamente para salir con su marido o sola, me daba la impresión de que ocultaba una indecencia desesperada y sentía vergüenza y pena por ella. Cuando con los vestidos que se confeccionaba difundía a su alrededor toda la luz de la que era capaz, esa exhibición de sí misma me hacía sufrir, porque así, tan emperifollada, la veía como una niña malcriada, una mujer adulta mortificada por el ridículo. En aquellos vestidos deslumbrantes sentía alternativamente la seducción, la risa y la muerte. Por eso sentía una furia muda, unas ganas de arruinarla con mis propias manos y arruinarme después, para borrarme ese falso aspecto de hija de diva, de descendiente de reina, que ella trataba de darme cosiendo día y noche. La quería con su ropa de estar por casa, esa era mi madre, aunque me alegraba por su belleza de novela. La quería sin ese ardor por la costura. Cuando conseguí librarme de los vestidos que me cosía, me entró como reacción un hambre de desaliño, de abandonar aquel aspecto de hijita bonita en oferta especial.

En la adolescencia fui enemiga de los rasgos femeninos. Maquillarme, las ganas de hacerlo, el deseo de enfundarme un vestido que me sentara bien, la idea misma del «vestido que te sienta bien» me irritaban, me humillaban. Temía que alguien pensara que me vestía así para gustarle y a mis espaldas se riera del esfuerzo al que me había sometido, del tiempo que había dedicado a ese objetivo, y se jactara por ahí diciendo: lo ha hecho por mí. Por eso me ocultaba debajo de blusones, jerséis dos tallas más grandes, vaqueros anchos. Quería desprenderme de la idea del vestido bonito heredada de mi madre, ponerme prendas para todos los días, no ser como ella que solo se ponía ropa de fiesta a pesar de la miseria de su vida de mujer. Yo quería ir vestida *alla sanfrasò*, ella utilizaba esta expresión cuando me veía salir. Era un galicismo del dialecto —*sanfasò, sans façon*— que pronunciaba con repulsión, el término que le servía para decir: no hay que ser así, no se vive así.

A veces me sentía desaliñada, como si estuviera de veras *alla sanfrasò*, y sufría. Con frecuencia me rondaban pese a lo desvaído de los tonos, y entonces sentía que llevaba encima una especie de prenda jamás desechada, un hermoso vestido que se veía bien más allá de los vaqueros y los blusones. Creo que el juego continuo de los vestidos en *El amor molesto* parte de esta sensación. Delia, mujer madura, emancipada, que ciñe su cuerpo bloqueado con vestidos-coraza, se siente como arrollada por la ropa que su madre tenía intención de regalarle, se siente poseída por su turbio origen y deberá descender a los infiernos para encontrar el vestido azul de Amalia y tener el valor de ponérselo. Creo que también la reacción de Olga al disfraz de su hija Ilaria se alimenta de las mismas emociones. Pero resulta difícil decir qué es lo que realmente va a parar a los libros. O algunas veces es demasiado fácil. A Delia le había dado un sueño que conscientemente reunía muchas de las angustias ligadas a los vestidos, al trabajo de modista que hacía mi madre. Este pasaje también es inédito, lo transcribo para ustedes.

Cuando era adolescente tuve un sueño que después no dejó de repetirse. De nada sirve que lo cuente con lujo de detalles, los detalles cambian siempre.

En el sueño me pasaban las cosas más dispares en las situaciones más variopintas, pero llegaba siempre el momento en que me veía delante de un hombre y tenía que desnudarme. Aunque yo no quería, él estaba ahí, no se iba, me miraba divertido, esperaba. Entonces yo intentaba quitarme las prendas con cuidado, pero no había manera, era como si las llevara dibujadas en la piel. El hombre empezaba a reírse, reía a más no poder, yo me enfurecía, me invadía una violenta oleada de celos, sentía que estaba celosa de él, seguramente tenía otra mujer.

En mi esfuerzo por retenerlo complaciéndolo, me agarraba el pecho con las dos manos y lo abría, abría mi propio cuerpo como si fuera una bata. No sentía dolor, solo veía que dentro de mí había una mujer viva y comprendía de pronto que no era más que el traje de otra, una desconocida.

No lo soportaba, mis celos aumentaban. Ahora estaba celosa de aquella mujer que había descubierto en mi interior, intentaba por todos los medios golpearla, agarrarla, quería matarla. Pero entre ella y yo había una distancia insuperable, no conseguía rozarla siquiera, y la carcajada seguía, era una carcajada incontenible. Sin embargo, frente a mí ya no estaba aquel hombre sino mi madre, y no me sorprendía; al contrario, tenía la impresión de que siempre había estado ahí.

Cuando despertaba, aunque conocía bien ese sueño, estaba enfadada, notaba en mí una repulsión y tenía ganas de hacer daño.

El sueño de Delia era inventado en parte y se nota; sin embargo, procedía de aquel tormento real de la adolescencia. ¿Qué era el traje secreto que los hombres me veían puesto? ¿Cómo había llegado a ponérmelo? De haber podido quitármelo, ¿me habría convertido en otra? ¿En qué otra?

Por desgracia, los sueños son difíciles de contar, pues en cuanto los escribes te obligan a inventar, a ordenar, y se vuelven falsos. Sobre todo en las novelas resultan tan exageradamente prácticos para cubrir las necesidades de construcción psicológica del personaje que su artificialidad se hace intolerable. Pero a veces las pesadillas toman la forma adecuada en unas cuantas líneas. De todos los trajes literarios que conozco, el que mejor habla de la condición emotiva que experimenté principalmente de jovencita es el traje de la muy femenina Harey, heroína de *Solaris* de Stanisław Lem: la aparición de una mujer que se ha suicidado por amor, verbo masculino hecho mujer. Les cito un pasaje narrado por Chris, el protagonista.

—Tengo que irme, Harey. Si de veras quieres ir conmigo, te llevo.

—Bueno.

Harey se levantó de un salto.

Abrí el armario y mientras escogía dos trajes de colores, uno para mí y otro para ella, le pregunté:

—¿Por qué estás descalza?

—No sé… Debo de haber dejado los zapatos en alguna parte —respondió con voz vacilante.

Fingí no haberla oído.

—Para ponértelo, tendrás que quitarte el vestido.

—Un traje espacial… ¿por qué?

Trató de quitarse el vestido, pero entonces se puso de manifiesto algo extraño: resultaba imposible quitárselo, no tenía botones. Los botones rojos de la parte delantera eran simples adornos. No había cierres, ni de cremallera ni ningún otro. Harey sonreía, turbada.

Esa sonrisa de Harey me conmueve, cada momento de Harey en ese libro me conmueve. Sin embargo, ese vestido que ella no puede quitarse y, por tanto, no se sabe cómo ha llegado a ponerse, me aterra y me atrae. Un par de líneas después, Chris, el héroe de la novela, empuña una especie de escalpelo y corta el vestido de la mujer empezando por el cuello, así ella puede por fin quitárselo y ponerse el traje espacial «que le quedaba un poco holgado». Pero se trata de las clásicas maneras expeditivas de los hombres, esa intervención quirúrgica resolutiva nunca me entusiasmó. Para mí el traje de Harey oculta otro debajo, idéntico, y después otro y otro más, y no hay intervención externa capaz de resolver el problema. Por lo demás, Lem convierte a Harey en un fantasma que regresa, regresa siempre con una energía incontenible. Y siempre lleva el mismo vestido. Y para desnudarla, Chris tiene que cortarlo una y otra vez. Si el fantasma de Harey regresara mil veces, llevaría siempre el mismo vestido y, a fuerza de cortar, Chris se encontraría en la sala de la estación de Solaris con mil trajes idénticos, es decir, un solo traje femenino que tiene mil reflejos. ¿Qué hacer con un vestido así?

¿Hay que aprender a quitárselo para no morir? ¿Hay que aprender a llevarlo sin morir? ¿Hay que resignarse a la idea de que es el traje de nuestra muerte de mujeres y todo intento de resurrección no hace más que volver a proponérnoslo como un símbolo de nuestra mortificación? Reescribimos según nuestras necesidades los pasajes de los libros que nos sugestionan.

Por ejemplo, siempre a propósito de trajes, seguramente cuando era jovencita puse mi propia interpretación en *El mejor de los esposos*, de Alba de Céspedes. Hablo sobre todo de las primeras ciento cincuenta páginas, que contienen el relato de una relación madre-hija y, más en general, un catálogo de las relaciones entre mujeres que es memorable. Leí aquellas páginas por primera vez cuando tenía dieciséis años. Me gustaron muchísimas cosas, otras no las entendí, otras me incomodaron. Pero lo importante fue la lectura conflictiva a que dio lugar, no conseguí identificarme de veras con la joven Alessandra, la narradora en primera persona. Sin duda, me conmovió mucho la relación entre ella y Eleonora, su madre, pianista a la que un marido vulgar le corta las alas. Sin duda, me reconocí en los momentos en que Alessandra describía su vínculo profundo con la madre. Pero me molestó su aceptación incondicional de la pasión que Eleonora sentía por el músico Hervey; es más, el apoyo de Alessandra me pareció empalagoso e improbable, me indignó. Yo hubiera luchado con todas mis fuerzas contra un hipotético amor extraconyugal de mi madre, incluso la mera sospecha me enfurecía, me ponía mucho más celosa que su amor indudable por mi padre. En una palabra, no entendía, tuve la impresión de saber sobre Eleonora más de lo que podía intuir su hija. Y lo que marcó la diferencia entre yo, lectora, y la narradora en primera persona fueron precisamente las páginas sobre el vestido preparado para el concierto con Hervey. Me parecieron deslumbrantes y todavía hoy me gustan muchísimo, forman parte de un texto que considero de una gran inteligencia literaria.

Veamos, pues, si no les importa, la historia de ese vestido, que tiene un desarrollo articulado. Eleonora posee talento artístico pero, apocada por el papel de esposa de un hombre vulgar, queda reducida a una apariencia desvaída de mujer muy sensible y sin amor. También su madre, la abuela de Alessandra, desperdició su vida: austríaca, actriz de talento, se casó con un artillero italiano y hubo de enterrar en una casa los velos y las plumas de sus trajes de Julieta, de Ofelia, en una palabra, el destino también la llevó a renunciar a su talento. Pero Eleonora, próxima a los cuarenta años, que va de casa en casa para dar clases de piano, recala en una rica mansión donde enseña a una niña llamada Arletta y conoce a su hermano, el misterioso músico Hervey, del que se enamora. El amor le devuelve el talento, las ganas de vivir, la ambición artística, tanto es así que decide dar un concierto con Hervey. Y ahí surge el problema del vestido. ¿Con qué traje tocará Eleonora en el concierto de su liberación en la rica casa de Arletta y Hervey?

Cuando era una lectora adolescente me acongojaba a cada línea. Me gustaba que el amor fuera tan importante en esa novela. Sentía que era verdad, no se puede vivir sin amor. Pero al mismo tiempo percibía algo que no encajaba. Me angustiaban los trajes en el armario de Eleonora, reconocía en ellos algo que sabía. «Todos eran de color neutro —escribía Alba de Céspedes dando voz a Alessandra—, tabaco, gris, dos o tres eran de seda cruda con unos mustios cuellos de encaje blanco, trajes adecuados para una anciana... Los vestidos colgaban flojos de sus perchas. Yo dije en voz baja: "Parecen otras tantas mujeres muertas, mamá".» Ahí está: la imagen de los trajes como mujeres muertas colgadas de las perchas debió de encajar bien con mi sentimiento secreto de los vestidos, la utilicé a menudo, la sigo utilizando. Un par de páginas antes, había otra que introduje enseguida en mi léxico y se refería al cuerpo evanescente de Eleonora enamorada: «estaba muy delgada, parecía que dentro del vestido no hubiera más que un poco de aliento». Qué real era aquel vestido animado únicamente por el aliento cálido. Leía. Leía con avidez para ver cómo acababa aquello. ¿Qué vestido se pondría Eleonora? Ella se irritaba, iba a la cómoda, sacaba una caja grande. Los ojos de Alessandra, su hija, no se despegaban de la madre: «La caja estaba atada con cordeles muy viejos; mamá los rompió de un tirón. Después de levantar la tapa, aparecieron unos velos de color rosa y azul, plumas, cintas de raso. No imaginaba que tuviera semejante tesoro; por eso la miré con asombro y ella dirigió la vista al retrato de su madre. Comprendí que se trataba de los velos de Julieta o de Ofelia, y toqué aquellas sedas con devoción. "¿Cómo podríamos adaptarlos?", me preguntó insegura». Me acongojaba. El vestido de la liberación llegaba por línea materna; gracias a la sabiduría de modista de una ruidosa vecina, Fulvia, el vestuario de la madre actriz de Eleonora se transformaba en traje de concertista, ornamento para aparecer hermosa ante Hervey. Eleonora guardaba los vestidos neutros de su papel de esposa y usaba velos azules para hacerse un vestido de color, de mujer enamorada, de amante. Aquello me preocupaba. No entendía la actitud alegre de Alessandra, la hija. Leía y sentía que las cosas no saldrían bien, me asombraba que aquella muchacha de dieciséis años —mi edad— no sospechase nada. No, yo no era jubilosamente ciega como ella. Percibía la tragedia de Eleonora. Sentía que ese cambio de los vestidos neutros a los de color no mejoraría su condición. Al contrario, cuando Alessandra exclamaba, dirigiéndose a Fulvia, la vecina-modista: «¡Hay que preparar un vestido para mamá con los velos de Ofelia!», yo tenía la certeza de que la tragedia era inminente. El vestido nuevo con las telas viejas del teatro no salvaría a Eleonora. La madre de Alessandra —estaba claro— se suicidaría, seguramente moriría ahogada.

Y, en efecto, así ocurría: Alessandra no entendía, yo sí. La necesidad de ofrecer la propia belleza al hombre amado no me sonaba liberadora, sino siniestra. Exhibiendo su cuerpo semidesnudo a la vista de la hija y la vecina, Eleonora decía: «Cada vez que llego y me mira, tengo ganas de ser hermosa como la mujer de un cuadro». El pasaje seguía así, en boca de Alessandra: «Se levantó, corrió a abrazar a Lydia y luego a Fulvia, y luego a mí, con un breve vuelo se plantó delante del espejo, allí se detuvo y se escrutó. "Ponedme guapa", dijo llevándose las manos al corazón. "Ponedme guapa"».

«Ponedme guapa.» Cuánto lloré por aquellas palabras. La frase se me quedó grabada como un grito no vital sino mortuorio. Ha pasado el tiempo, han cambiado muchas cosas, pero la necesidad que manifiesta la Eleonora de Alba de Céspedes sigue pareciéndome desesperada y, por ello, significativa. Recorramos los pasajes tal como los sentí en esa primera y lejana lectura, como los sigo sintiendo ahora. Eleonora, impulsada por el amor, decide despojarse de los trajes del castigo, del sufrimiento. Pero el único traje alternativo con el que se encuentra es el del teatro que heredó de su madre, el traje del cuerpo femenino valorizado y exhibido. Fulvia, la modista, se lo confecciona y ella lo utiliza para emperifollarse y ofrecerse a un él distraído: un traje de Julieta, un traje de Ofelia, un traje para mortificarse no menos que lo que mortifican los trajes neutros, los trajes de papeles de esposa y madre que anulan. Esto sabía, esto me parecía saber desde siempre. Sabía que no solo los trajes castigados del armario hogareño de Eleonora, sino también los utilizados para exhibirse son vestidos que cuelgan de las perchas como mujeres muertas. A Alessandra le hizo falta todo el libro para comprenderlo. Demasiado tarde: igual que su abuela, igual que su madre, ella también acababa muerta. No sé cómo lo había intuido yo en los trajes de mi madre, en su pasión por ponerse guapa, y esa intuición me atormentaba. No quería ser así.

Pero ¿cómo quería ser? Ya de adulta, cuando me encontraba lejos y pensaba en ella, buscaba el camino para comprender en qué tipo de mujer podía convertirme. Quería ser guapa, pero ¿cómo? ¿Es posible que por fuerza hubiera que elegir entre opacidad y vistosidad? ¿Acaso esos dos caminos no conducen al mismo vestido sojuzgado, el terrible vestido de Harey, el que llevas puesto siempre, de todas formas, y no hay modo de quitarse? Me agitaba en busca de mi propio camino de rebelión, de libertad. ¿Acaso ese camino era, como Alba de Céspedes hacía decir a Alessandra con una metáfora quizá de origen religioso, aprender a llevar no vestidos —esos ya vendrán luego como consecuencia— sino el cuerpo? ¿Y cómo se hacía para llegar al cuerpo más allá de los trajes, el maquillaje, las costumbres impuestas por ese ponerse guapas común a todas?

No he encontrado una respuesta clara. Pero hoy sé que mi madre, tanto en la opacidad de las tareas del hogar, como en la exhibición de su belleza, expresaba una angustia insoportable. Había un solo momento en que me parecía una mujer en tranquila expansión. Era cuando inclinada, con las piernas juntas y levantadas, los pies en el travesaño de su vieja silla, rodeada de retales deshilachados de tela, imaginaba trajes salvadores y avanzaba con aguja e hilo uniendo una y otra vez las piezas de sus tejidos. Esa era la hora de su verdadera belleza.

Nota. La carta a Sandra Ozzola es de junio de 2003. Reproducimos a continuación la carta fechada el 11 de abril de 2003 y las preguntas de Giuliana Olivero y Camilla Valletti que dieron lugar al texto de Ferrante.

Apreciada Elena Ferrante:

Para nosotras sería un verdadero gusto poder reflejar en las páginas de *L'Indice* —en la sección dedicada a narrativa contemporánea provocativamente titulada «La escritura vencida»— una entrevista con usted. Nuestra revista siempre ha seguido de cerca su producción literaria con reseñas y comentarios. En particular, hemos leído con pasión sus novelas, y creemos que su escritura interpreta el universo y el sentir femeninos y hace de ellos el centro de una poética que se coloca más allá y por encima de los convencionalismos literarios.

Le estaríamos muy agradecidas si pudiera contestar a las siguientes preguntas y nos hiciera llegar sus respuestas por correo electrónico a través de Sandra Ozzola.

Con afecto,

Camilla Valletti y Giuliana Olivero

Preguntas:

1. De formas muy diferentes, las protagonistas de sus novelas provienen de modelos femeninos arcaicos, de mitos de origen mediterráneo, de los que se liberan solo en parte. ¿Es el dolor el resultado de esta relación intermitente con los propios orígenes, de esta difícil y nunca resuelta separación de los papeles tradicionales?

2. La culpa y la inocencia. Ninguno de sus personajes puede decir que es inocente pero tampoco del todo culpable. ¿Cómo se explica la culpa en la mujer? ¿Y en el hombre?

3. ¿Cómo se une la traición originaria del padre y de la madre con la cadena de sucesivas traiciones? ¿Qué peso tiene la lectura en clave antropológico-psicoanalítica de las relaciones en sus novelas?

4. Nápoles y Turín: ¿por qué atribuye a los lugares, las ciudades, una densidad casi física, casi repulsiva como si tuvieran un cuerpo que respira, que enferma junto con sus mujeres?

5. ¿Qué relación tienen sus protagonistas con los ritos de los trajes y el maquillaje?

17

Un epílogo

3 de julio de 2003

Querida Elena:

Recibí ayer, aquí en la playa, tu correo electrónico en el que adjuntabas la extensísima respuesta a las preguntas de las redactoras de *L'Indice*. Tu texto me parece sumamente interesante, tanto es así que se me ocurre una idea: ¿no podríamos hacer un libro con él? No digo un ensayo voluminoso, sino una reflexión sobre temas de los que en estos años hemos hablado a menudo, y que, claro está, no nos interesan únicamente a ti y a mí, sino también a muchas otras personas —no solo mujeres— a quienes han gustado tus libros y querrían seguir tu recorrido un poco más a fondo.

Tu voluntad de no aparecer, por completo legítima, merecería quizá una respuesta más general, más allá de las entrevistas en los periódicos. Y no solo para aplacar a quienes formulan hipótesis de lo más rebuscadas sobre tu identidad real, sino también por un sano deseo de tus lectores —y te aseguro que son ya muchísimos— de conocerte mejor.

Podríamos publicar un libro que incluyera, además de este último texto tuyo, otro material que tenemos en el archivo. No sé, se me ocurre, por ejemplo, la correspondencia que intercambiaste con

Martone en la época en que rodó su película basada en *El amor molesto*, o las respuestas a una entrevista de Fofi que nunca llegaron a su destinatario —creo que él hizo una de las suyas—. O un texto breve sobre la historia de una mata de alcaparras que escribiste con motivo del decimoquinto aniversario de la editorial, había una carta de acompañamiento interesante, como son, por lo demás, gran parte de las que has enviado a la editorial. El texto sobre la mata de alcaparras era muy bonito. Si lo publicamos, ¿parecería demasiado autobombo? ¿Qué opinas?

En fin, piénsalo con tu calma de siempre, pero creo que no estaría mal sacar por Navidad «una colección de pensamientos» de Elena Ferrante o algo por el estilo. Si te puede servir de ayuda, no pienses en un auténtico libro, sino en una especie de *cahier* o algo del estilo de *Linea d'ombra* cuando publicó la correspondencia entre Martone y tú. En una palabra, nada que sea especialmente laborioso.

Dime qué opinas en cuanto puedas, si fuera posible antes de tu partida. Si me dijeras que sí, deberíamos empezar a prepararnos.

Un abrazo,

SANDRA

Querida Sandra:

He pensado mucho en tu propuesta, llena de confianza en la buena disposición de los lectores. La he estudiado con seriedad, he mirado todas las cartas antiguas que me mandaste y es cierto, hay material suficiente para hacer un libro. Pero ¿qué clase de libro sería? ¿Una especie de epistolario? ¿Y por qué deberíamos publicar mis cartas? ¿Y por qué solo las cartas que os envié a vosotros por este o aquel motivo editorial y no aquellas a amigos y parientes o las de amor o las de indignación política y cultural, de tal modo que se pueda llegar de veras al fondo de la fatuidad? Y sobre todo, ¿por qué añadir tanto parloteo mío a mis dos novelas?

Por otra parte, debo reconocer que estoy bastante cansada de deciros siempre que no; en estos doce años habéis sido de verdad muy pacientes. Máxime cuando muchos de mis noes, lo sé bien, eran síes, una inclinación convertida en rechazo solo por timidez, por ansiedad. En este caso, creo, sería lo mismo.

En fin, estoy dudosa. Creo que un libro de este tipo podría tener quizá su propia cohesión, pero no su autonomía. Creo que por su naturaleza no puede ser un título independiente. Cuánta razón tienes al definirlo como un libro para las lectoras y los lectores de *El amor molesto* y *Los días del abandono*. Aunque con todas las consecuencias del caso. Es decir, que si decidís publicarlo, desde el punto de vista editorial debéis hacer que se considere un apéndice de esas dos novelas, una especie de epílogo un tanto denso, como hacíais antes al final de vuestras elegantes publicaciones, un epílogo que, por su excesivo tamaño, se convirtió en libro. Así es como yo lo veo. Solo así me quedaría tranquila, dentro de los límites en que soy capaz de quedarme tranquila.

Habrás notado que he pasado de un «yo» a un «vosotros»: me refiero a vosotros como editorial. No es un ardid, es el resultado de un razonamiento. Si este libro que tienes en mente no es mi tercer libro, o por decirlo de forma clara no es mi nuevo libro, sino un apéndice de los dos primeros, para tranquilizarme puedo decirme que la decisión de publicarlo es tuya, el material ya está en manos de la editorial, no me queda más que ser tu cómplice y ayudarte a aclarar formulaciones confusas, eliminar algún adjetivo o línea de más, dar un orden progresivo a un material nacido por casualidad.

Ya me contarás.

ELENA

II
Fichas

2003-2007

1

Después de *La frantumaglia*

Mi querida Elena:

Te comento dos noticias sobre las que nos gustaría tu opinión.

La primera: Silvia Querini, la editora española, quiere publicar tus tres libros juntos, con la definición de «trilogía del desamor». ¿Qué te parece?

La segunda: nos gustaría incluir *La frantumaglia* en nuestra edición de bolsillo pero con un apéndice que actualice el libro hasta después de *La hija oscura*. ¿Estás de acuerdo? He buscado en el archivo: tenemos la entrevista en *la Repubblica* de cuando se publicó *La frantumaglia*, algo sobre la película de Roberto Faenza, las preguntas enviadas por los lectores al programa *Fahrenheit* y, por último, la extensa charla con Luisa Muraro y Marina Terragni. También he encontrado un par de tus textos que no son precisamente de circunstancias. Uno es sobre la película *Gabrielle* de Patrice Chéreau que te impedí enviar a *la Repubblica* por ser demasiado «duro» para un periódico. El otro es el texto sobre *Madame Bovary* que, según creo, se publicó en ese diario, ¿o me equivoco?

Eso es todo por ahora. Te mando el material, espero tu respuesta lo antes posible.

Un abrazo,

SANDRA

Querida Sandra:

He revisado los textos, de acuerdo, pero debes ocuparte tú de los títulos y las notas, en estos momentos no dispongo de mucho tiempo. Quisiera que se viera claramente que se trata de un apéndice. Con el tiempo le he tomado mucho cariño a *La frantumaglia*, hoy lo siento como un libro pleno, con una coherencia propia que no me resultaba clara cuando lo organizasteis.

En cuanto a la propuesta española, si lo he entendido bien, los libros saldrían en un solo volumen y eso me agrada. Tengo más dudas sobre el desamor, tengo que pensarlo. ¿Cómo suena normalmente el término en español? Mis personajes no son de ningún modo «desamorados», no en el sentido que le damos a esta palabra. El amor que Delia, Olga, Leda vivieron de distintas formas, al chocar con la vida, sin duda, se deformó, como después de un desastre, pero conserva una energía poderosa, es amor puesto a prueba, visceral, y, sin embargo, vivo. O al menos así me lo parece. Sí, dadme tiempo para pensarlo. Entretanto, que vaya bien el trabajo, y gracias por la atención, el cuidado, todo.

ELENA

2

La vida en la página

Respuestas a las preguntas de Francesco Erbani

ERBANI ¿Cursó estudios literarios? Si no fueron literarios, ¿de qué tipo?

FERRANTE: Tengo una licenciatura en literatura clásica. Pero los títulos dicen poco o nada sobre lo que en realidad aprendimos por necesidad, por pasión. Ocurre entonces que lo que de verdad nos formó, paradójicamente no nos cataloga.

ERBANI: ¿Tiene un trabajo, además de escribir? ¿Cuál es?

FERRANTE: Estudio, traduzco, enseño. Pero igual que escribir, estudiar, traducir, enseñar no me parecen trabajos. Son más bien formas de estar activos.

ERBANI: ¿Sus allegados saben lo de Elena Ferrante?

FERRANTE: Cuando se escribe de verdad, los vínculos que más riesgos corren son precisamente los más estrechos, los de sangre, de amor, de amistad. Las personas que nos acompañan en la escritura, hasta el punto de aceptar también sus efectos más crueles y devastadores, se cuentan con los dedos de la mano.

ERBANI: ¿Por qué se fue de Nápoles? ¿Huyó de la ciudad?

FERRANTE: Necesitaba trabajar y encontré empleo fuera de Nápoles. Fue una magnífica ocasión para marcharme, mi ciudad natal me parecía un lugar sin posibilidades de redención. Con el tiempo esta idea se reforzó. Sin embargo, una no se libra de Nápoles así como así. Se queda en los gestos, en las palabras, en la voz, incluso cuando pongo un océano de por medio.

ERBANI: Dicen que vivió en Grecia y que ahora está otra vez en Italia. ¿Hay algo de cierto en todo esto?

FERRANTE: Sí, pero para mí Grecia es también una forma sintética de decir que a lo largo de los años cambié con frecuencia de sitio, en general de mala gana, por necesidad. Pero ahora tiendo a hacerme sedentaria. En los últimos tiempos ha habido muchos cambios en mi vida; ya no dependo de los traslados de otros, solo de los míos.

ERBANI: ¿Adopta algún tipo de medida para ocultar su actividad de escritora?

FERRANTE: Yo no oculto mi actividad, mi actividad me oculta a mí. Leo, reflexiono, tomo apuntes, rumio la escritura de otros, produzco la mía y todo eso durante un tiempo cada vez más prolongado de mi jornada. Leer y escribir son actividades de puerta cerrada, que literalmente te apartan de la mirada ajena. El mayor riesgo es que aparten también a los demás de tu mirada.

ERBANI: ¿Escribir en secreto condiciona su trabajo? ¿Influye en algún aspecto de su escritura?

FERRANTE: Mientras se escribe solo para sí mismos la escritura es un acto libre con el que, por utilizar un oxímoron, nos revelamos a escondidas. Los problemas empiezan cuando este acto secreto, este mostrarse a sí mismas furtivamente como las adolescentes cuando escriben su diario, siente la necesidad de convertirse en acción pública. Entonces la pregunta es: de todo lo que escribo en la intimidad, ¿qué se puede ofrecer a la vista del otro? A partir de ese momento no es el secreto lo que condiciona, lo que influye en la escritura, sino su posible publicidad.

ERBANI: Dice que no quiere aceptar «una idea de la vida en la que el propio éxito se mida por los éxitos de la página escrita». Pero ¿cómo es posible separar de forma tan clara la propia vida de las propias páginas escritas?

FERRANTE: De hecho, no se puede, con más razón cuando, por vocación, tiendo a lanzar en las palabras —la mayoría de las veces vanamente— todo mi cuerpo. Con la frase que usted cita quería decir otra cosa. Quería decir que, tras una mala época de mi primera juventud hecha de afán por escribir, desde hace un tiempo trato de no considerar la escritura como la única manera de actuar en el mundo, sino solo como una de las tres, cuatro acciones que dan consistencia a mi vida.

ERBANI: Según usted, el mercado editorial y los medios de comunicación tienden a transformar al escritor en un «personaje cautivador para ayudar así al recorrido comercial de su obra». Y esta deformación es real —la favorecen no solo los periódicos sino los editores y los propios escritores—. Eso no quita que sepamos todo, o casi todo, de la vida de Leopardi, de Tolstói y de Céline y este conocimiento no tiene importancia comercial, pero ayuda a percibir mejor sus obras, aunque sin caer en la ingenuidad de pensar que Leopardi era pesimista debido a su joroba. ¿Por qué sostiene que nada de la historia personal de un autor sirve para leerlo mejor?

FERRANTE: No soy una defensora de la idea de que el autor no es esencial. Solo trato de decidir qué cosas sobre mí deben hacerse públicas y qué otras deben seguir siendo privadas. Creo que en el arte la vida que importa es la que se mantiene milagrosamente viva en las obras. Por eso me gusta mucho la posición de Proust contraria al biografismo positivista y también al anecdotismo al estilo Sainte-Beuve. Me gusta y la defiendo. Ni el color de los calcetines de Leopardi ni su conflicto con la imagen paterna nos ayudan a comprender la fuerza de sus versos. El camino biográfico no nos conduce al genio de una obra, es solo una microhistoria de acompañamiento. O, por decirlo al estilo de Northrop Frye, la explosiva energía imaginativa de *El rey Lear* no se ve afectada en modo alguno por el hecho de que de Shakespeare solo nos queden un par de firmas, un testamento, un certificado de bautismo y el retrato de alguien con aspecto de imbécil. El cuerpo vivo de Shakespeare —imaginación, creatividad, pulsiones, ansias, pero también diría fonación, humores, reacciones nerviosas— actuará siempre desde el interior de *El rey Lear*. Lo demás es curiosidad, publicaciones para jerarquías académicas, guerras y escaramuzas por la visibilidad en el mercado de la cultura.

ERBANI: Usted no quiso entrar en el circuito editorial porque no comparte sus mecanismos. Pero también se ha dicho que algunos motivos de su reserva radican en las coincidencias entre algunos rasgos de *El amor molesto* y su experiencia personal. ¿Cuál de los dos motivos es más cierto?

FERRANTE: Los dos son motivos fundados. Pero no son los únicos, he tratado de enumerar otros más complejos. Pero incluso sumándolos todos, mis libros —espero que esté usted de acuerdo— ni mejoran ni empeoran. Como todos los libros, buenos o malos, grandes o mediocres, siguen siendo lo que son.

ERBANI: ¿No teme, en particular, que vivir oculta pueda deformar la percepción de sus novelas, que pueda, por ejemplo, producir en sus lectores una curiosidad anómala, empujándolos a buscar en el material narrado los motivos de su ausencia de un modo artificial, incluso obsesivo?

FERRANTE: Puede ser. Cuando publiqué mi primer libro no pensé en el efecto que llegaría a tener la ausencia física del autor, si caía en medio de la guerra generalizada por conquistar una imagen física reconocible, unos seguidores. Por otra parte, creo que no hay que confundir al lector verdadero con el seguidor. Creo que el lector verdadero no busca la cara frágil del autor de carne y hueso, que se embellece para la ocasión, sino la fisonomía desnuda que queda en cada palabra eficaz.

ERBANI: Hace poco, en una especie de fábula, escribió usted sobre la arrogancia y la insolencia de un personaje y la comparó con la figura de Silvio Berlusconi. Ahora se propone escribir algo sobre la transformación de los italianos en público. ¿Supone esto un cambio de dirección en su obra?

FERRANTE: No lo sé, espero que no. Digamos que me interesa entender de qué manera el hecho de que la vida se haya convertido en espectáculo está vaciando el concepto de ciudadanía, entre otras cosas. También me llama la atención el modo en que la persona está cada vez más consagrada infelizmente a convertirse en personaje. Y me asusta que un efecto clásico del relato —la suspensión de la incredulidad— se esté transformando en un instrumento de dominio político en el seno mismo de las democracias. Me parece que Berlusconi representa, por ahora de forma más plena que Reagan o Schwarzenegger, el cambio que se está produciendo en la elección democrática de representantes. Pero si tuviera que trabajar narrativamente un tema de este tipo —y es solo una remota posibilidad, producto de la indignación—, lo haría con los medios expresivos con los que he tratado de dotarme durante todos estos años.

NOTA. La entrevista de Francesco Erbani apareció, precedida de una amplia introducción y con algunos cortes por motivos de espacio, en *la Repubblica* del 26 de octubre de 2003, con el título «La scrittrice senza volto. Il caso di Elena Ferrante» ('La escritora sin rostro. El caso de Elena Ferrante').

3

Los días del abandono en la encrucijada

Carta a Roberto Faenza

Apreciado Faenza:

Gracias por haberme enviado su guion para que lo leyera. Reconocí hechos y personajes de mi libro, más o menos reutilizados con fidelidad, y eso me ha gustado. Aunque confieso que tuve alguna dificultad para imaginarme la película, no sé leer este tipo de escritura que elimina la forma literaria y reduce los hechos y los personajes a movimientos desnudos de los cuerpos. Como me ocurrió con *El amor molesto*, primero tuve que asegurarme. Me dije que las acotaciones desaparecerían, los diálogos tendrían el calor de las palabras pensadas y dichas y el relato estaría por completo en la actuación de los cuerpos vivos, en las voces reales, en la fuerte impresión de implicación que da el encuadre. Solo me sentí bastante contenta cuando superé el impacto transformando el guion en escenas.

Lo cual no significa que no tenga algunas dudas, es más, enseguida se las indico.

1. La primera escena me parece muy eficaz. Entre otras cosas, tiene el mérito de evitar que Olga regrese con el pensamiento a la primera crisis conyugal, a los celos que tenía de Gina, al descubrimiento de la atracción entre Mario y Carla. Pero esto plantea un problema. Ya no sabemos que Olga es una mujer capaz de manejar

la relación conyugal con calma, con equilibrio, de forma controlada. Y se debilita la impresión de que ella pueda controlar bien los efectos del abandono, como mujer culta de hoy, distinta de las mujeres rotas de ayer. De modo que esa primera escena y las que siguen inmediatamente están bien, pero se corre el peligro de perder un pasaje esencial. Tal vez habría que tratar de decir de algún otro modo que Olga no es una inexperta, que no pierde la cabeza con facilidad, que sabe enfrentarse a los riesgos de una ruptura sentimental. Porque si esto no se comunica, el personaje se empobrece, la historia se expone a contar por enésima vez y débilmente lo que Virgilio ya contó sobre Dido. Por otra parte, lo que relata *Los días del abandono* es cómo una mujer dotada de una variedad de defensas se ve asaltada por una de las experiencias de desestructuración más insoportables, es arrasada por ella, y sin embargo resiste y, aunque desencantada, salva de la muerte a sus hijos y se salva ella misma.

2. Me parece que se cita demasiadas veces el «vacío de sentido» y en contextos irónicos que atenúan el valor de la expresión. Tal vez no convenga desgastar una fórmula que tiene un papel importante en el libro y el guion. Tras ser abandonada, Olga pasa precisamente por ese vacío de sentido que para el marido no es más que una miserable autojustificación. Debemos notar todo su peso cuando sale de la crisis y descubre que ya no ama a Mario.

3. Es cierto que el personaje de la pobrecilla debe tener un papel importante desde el comienzo. Pero me parece que la alucinación del túnel se produce demasiado pronto, cuando Olga ni siquiera ha comenzado su descenso a los infiernos. Esto contribuye a hacerla frágil desde el principio y reduce la posibilidad de relatar *in crescendo* su crisis. Por otra parte, la solidez inicial de Olga refuerza el

efecto dramático de su hundimiento. Por ello, el recuerdo de la mujer muerta debería abrirse paso en ella con dificultad hasta «salir a la superficie» y actuar como doble.

4. Decía que el guion ha utilizado gran parte del libro. Pero ha dejado fuera algo esencial: el momento en que la mujer entrega a su hija el abrecartas y le pide que la pinche todas las veces que se muestre ausente. Esta petición narra dos cosas importantes: que Olga tiene intención de resistir por todos los medios la inminente pérdida de sí misma, y que, para reaccionar, no le queda otra salida que confiar en esa criaturita de sexo femenino, que la sigue por la casa entre devota y hostil. No he entendido bien por qué se suprime ese pasaje. En mi libro la relación madre-hija es muy importante.

5. El perro: quizá convendría subrayar su intenso vínculo con Mario, con las cosas de Mario. Si se descuida o se realza poco, se corre el riesgo de simplificar la relación de Olga con Otto y de debilitar el drama de la muerte del animal.

6. Carrano: quizá su figura debería ser al principio más inquietante —no agresiva, inquietante; tan inquietante como seductora— y menos almibarada al final. Su activismo de salvador, el simbolismo del metrónomo no me convencen. Preferiría que Carrano conservara su ambigüedad. Reconozco que el personaje le exige, pero de todos modos confiaría mucho más en una figura que al principio resulta fastidiosa, luego es tranquilizadora, después cautivadora, y, sin embargo, no es resolutiva. No es casualidad que la novela cierre con ese «fingí que lo creía», punto de llegada del viaje a los infiernos de Olga.

Como ve, gran parte de mis temores se centran en la marcha *in crescendo* de los días infernales de Olga. Esto no significa que el texto no contenga ya ese viaje tal como está. Solo debe decidir si hacerlo mucho más marcado para conseguir un final que suene como una lúcida y decepcionada liberación.

Gracias por su buen trabajo.

NOTA. El guion al que hace referencia se basa en *Los días del abandono* y la carta, inédita, está fechada el 3 de junio de 2003.

4

La Olga imprevista de Margherita Buy

Respuestas a las preguntas de Angiola Codacci-Pisanelli

CODACCI-PISANELLI: Otro de sus libros ha sido llevado al cine. ¿Qué impresión le causa «ver» sus historias?

FERRANTE: Es difícil decirlo. Las historias se escriben soñándolas despierta. Cuando se convierten en película, de hecho, ya las has «visto». La consecuencia es que la película inspirada en tu libro para ti nunca supone «verla» por primera vez. Quieras o no, debes enfrentarte por segunda vez a la complejidad emotiva y la densidad fantástica de la primera, que es la que de veras te pertenece, para bien o para mal. Por eso trato de ser sabia y cuando voy al cine no lo hago para ver mi libro, sino para ver qué ha visto otro en él.

CODACCI-PISANELLI: ¿Ha visto la película de Faenza? ¿Qué opina?

FERRANTE: La he visto en cinta, sin música, cuando seguían trabajando en ella, y sería injusta con Faenza si expresara una opinión sobre una obra inacabada. Prefiero formarme una opinión fundada en el cine. Sin embargo, aunque la haya visto en esas condiciones, algunos momentos de la película me causaron una impresión francamente favorable. Los aspectos humillantes o violentos de Olga tienen una gran fuerza, atrapan, y los actores son tan buenos que dejan boquiabierto. Debo confesar que nunca habría pensado en Margherita Buy para el papel de Olga; quizá por eso me ha impresionado en especial su genialidad. Las palabras tienen una materialidad distinta de la de las imágenes; los mundos y las figuras que evocan nos parecen precisos; en cambio, y, sin embargo, son dúctiles. Margherita Buy se ha convertido en una Olga imprevista, pero que me gusta.

CODACCI-PISANELLI: ¿Colaboró en el guion de la película de Faenza? ¿Pidió verlo?
FERRANTE: Me hicieron llegar el guion, lo leí, hice algunos apuntes que después envié al director. Nada más.

CODACCI-PISANELLI: En una entrevista Faenza dijo que «humanizó» el personaje del marido. Pero en la novela lo que arrastra a Olga a la tragedia es precisamente su frialdad absoluta.
FERRANTE: Zingaretti es bueno. Representa bien el personaje de un hombre que ya no siente amor por la mujer con la que vive. Se enamoró de otra y no tiene la fuerza o el valor o la crueldad de decirle a su mujer que ya no la ama. En la novela Mario es así, y me parece que en la pantalla también. El problema está en que el relato de Olga es en primera persona y el cine siempre tiene dificultades con la primera persona. La historia de Olga es la de una desestructuración creciente que llega al borde del infanticidio y la locura; después se detiene con brusquedad. En el torbellino de su monólogo el yo arrasa con todo y con todos, en primer lugar con el marido. Probablemente lo que Faenza denomina la humanización de Mario no hace más que señalar la dificultad de mantener juntos en la pantalla el realismo burgués de una crisis conyugal corriente y el viaje en primera persona de una mujer, un viaje tenso, angustioso, al límite.

CODACCI-PISANELLI: ¿Qué relación tuvo con la película anterior basada en *El amor molesto*?
FERRANTE: Martone me mandó varios borradores del guion, mantuvimos una correspondencia interesante. Me invitó a ver la película, pero tras mucho vacilar, decidí no ir. La vi en el cine tiempo después del estreno, y me causó una gran impresión. Por supuesto, no era lo que había «visto» mientras escribía. Pero por momentos me pareció que había potenciado la novela con otros medios, acercándose de un modo impresionante a la realidad que yo había disfrazado o escondido al narrar. Cuando se elige un libro para hacer con él una película, quizá el problema no radique ni en respetar devotamente su estructura ni en forzarla según la inspiración. El verdadero problema para el director es encontrar las soluciones, el lenguaje con el que obtener la verdad de su película a partir de la del libro, y sumarlas sin que una desquicie a la otra y le reste fuerza.

CODACCI-PISANELLI: Una autora «oculta» como usted por fuerza debe servirse de otros para que sus propias historias lleguen al cine. ¿Alguna vez ha pensado en dirigir?
FERRANTE: Llevo toda la vida tratando de aprender a narrar con la palabra escrita. Necesitaría otra para aprender a hacerlo con imágenes.

CODACCI-PISANELLI: En un artículo reciente publicado en *la Repubblica* usted hablaba de madame Bovary. ¿Cuánto de madame Bovary hay en Olga, la protagonista de *Los días del abandono*?
FERRANTE: Bovary y Karénina son, en cierto modo, descendientes de Dido o Medea, pero perdieron la fuerza oscura que impulsa a esas heroínas del mundo antiguo a usar el infanticidio o el suicidio a modo de rebelión, de venganza o de maldición. Más bien viven el

tiempo del abandono como un castigo por sus culpas. En cambio, Olga es una mujer culta de hoy, influida por la lucha contra el patriarcado. Sabe qué le puede pasar y trata de no dejarse destruir por el abandono. La suya es la historia de cómo resiste, de cómo toca fondo y sale a flote, de cómo el abandono la cambia sin destruirla.

CODACCI-PISANELLI: ¿Está trabajando en una nueva novela?
FERRANTE: No. Solo estoy poniendo orden en un antiguo cuento de niñas, muñecas, playa y mar.

CODACCI-PISANELLI: Hace unos meses se reactivó la búsqueda de su verdadera identidad. Un análisis del texto —la misma arma que en Holanda permitió «desenmascarar» a Marke van der Jagt, heterónimo de Arnon Grunberg— llevó a un filólogo a proponer el nombre de Domenico Starnone. ¿Qué efecto le causó? ¿Se dará a conocer algún día? —Por mi parte, me mantengo fiel a uno de los diálogos finales de *Matar un ruiseñor*, cito de memoria: «Creo que empiezo a entender por qué Boo Radley se esconde [en su casa todo el tiempo]: es porque no quiere salir».
FERRANTE: Me doy a conocer cada vez que publico algo, aunque sean las respuestas a esta entrevista que me hace. Me parece suficiente. Por lo demás, no sé qué hay por conocer. Las palabras que se hacen públicas son de todos. Su destino es que uno las atribuya a este o a aquel. Por otra parte, ¿acaso quien lee un libro mío no le hace un hueco a mis palabras en su propio léxico, no se apropia de ellas y, llegado el caso, no las reutiliza? Los libros son de quien los ha escrito solo cuando se cumple su ciclo y ya nadie los lee.

NOTA. La entrevista, firmada por Angiola Codacci-Pisanelli, se publicó con algún recorte por motivos de espacio, en *L'Espresso* del 1 de septiembre de 2005, con el título de «Olga, la mia felice madame Bovary» ('Olga, mi feliz madame Bovary') con motivo de la presentación en el Festival de Venecia de la película *Los días del abandono* de Roberto Faenza.

5

El libro de nadie

Vi *Gabrielle* de Patrice Chéreau y leí «El regreso» de Conrad, cuento en el que se basa la película. Me pregunté qué significa ese «basarse», pero no encontré respuestas convincentes. Tampoco me convenció decir que una película «se inspira» en un libro, y cuando me informaron de que existe un término impronunciable, transducción, adecuado para nombrar con mayor exactitud el paso del libro a la película, no me pareció que la palabra ayudara, señalaba una operación de mudanza y punto. Me dije: mejor volver a «basarse, inspirarse». Si la película *Gabrielle* se basa en el cuento «El regreso», ¿significa eso que la página escrita habla a través de la película como Apolo a través del pecho de la Pitonisa?

No lo sé. El espectador que ve *Gabrielle* y leyó «El regreso» reconoce desde las primeras escenas la fuente literaria. Pero también desde las primeras escenas se da cuenta de que hay muchas diferencias entre la película y el relato. Por ejemplo, no estamos en Londres sino en París. El personaje masculino no se llama Alvan sino Jean. No es difícil entender que un Alvan, inglés adinerado del Londres de finales del siglo XIX, no es exactamente igual a un Jean, francés adinerado del París de comienzos del siglo XX. Pero sobre todo no es irrelevante que un relato en el que hay una esposa que regresa después de haberse marchado y un marido que ya no regresa después de haber tratado desesperadamente de quedarse, al pasar de la página a la película deje de llamarse «El regreso» para llamarse *Gabrielle*.

¿Quién es Gabrielle? En el relato no hay ninguna Gabrielle. En las páginas de Conrad, la esposa, que tras dejar al marido una carta en la que le dice que lo abandona por otro hombre cambia de idea y al cabo de unas horas regresa al hogar conyugal, no tiene nombre; y es significativo que no lo tenga, pues quien haya leído el relato sabe que esa elección del anonimato es importante. Entonces ¿por qué a la esposa sin nombre de Alvan, al convertirse en esposa de Jean, la bautizan como Gabrielle? ¿Por qué una historia de angustias y temores masculinos promete en el título la centralidad del personaje femenino? ¿Qué impulsa a Chéreau a elegir un nombre para la esposa de Alvan-Jean y usarlo nada menos que como título de su película?

En mi opinión, estas preguntas tienen poco que ver con el cine y mucho con la literatura. Nada sé decir sobre psicología de la lectura y nada sobre psicología del espectador. Pero nunca he estado demasiado convencida de que el hilo de la escritura literaria sea un hilo de Ariadna que haya que desenrollar de manera obediente. Es cierto que el lector se agarra a ese hilo y se deja guiar por él. Seguramente, para quien lee la combinación de palabras y frases es tan constrictiva como la que abre una caja fuerte. Pero no hay una manera correcta de concretar la fuerza de un relato escrito, y las instrucciones de uso sirven de poco o de nada. La «lectura correcta» es un invento de los académicos y los críticos. Cada lector saca del libro que lee nada más que «su» libro. Los estantes en los que alineamos los libros que hemos leído son engañosos. En ellos disponemos solo títulos, cubiertas, páginas. Pero los libros realmente leídos son fantasmas evocados por lecturas sin orden. En otros tiempos ese desorden era un hecho puramente privado, como mucho dejaba algún rastro público en las páginas de los lectores profesionales. Hoy las cosas ya no son así. Internet está plagado de lectores que escriben sobre «su» libro. Y los guionistas y directores usan cada vez más los textos literarios como rampa para el lanzamiento de su imaginación. Este material demuestra de forma compacta una sola cosa: que la escritura narrativa hoy sigue siendo la morada más acogedora para el mundo tumultuoso o mudo de los necesitados de historias, tanto aquellos que solo disponen de la capacidad de leer, como aquellos que por oficio sean transductores de la palabra a la imagen. La fuerza por ahora no superada de la literatura radica en su capacidad de construir organismos palpitantes en cuyas venas, como en las del mítico Asclepio, puede abrevar cualquiera sacando la vida o la muerte, otras obras de gran fuerza o débiles y pálidas.

El director y la guionista de *Gabrielle* se nutrieron de «El regreso» de Conrad. Pero, como es natural, su lectura generó otro relato, distinto del original aunque respeta todas sus estaciones e incluso su tono literario. ¿Este relato sigue siendo el de Conrad o es sobre todo el relato de Chéreau? Ni lo uno ni lo otro. Creo que es un relato de nadie, aunque nació gracias a la generosa hospitalidad del texto de Conrad. Chéreau entró en él y encontró en los silencios del personaje de la esposa, en las pocas frases que ella pronuncia, estímulos suficientes para imaginar la lectura de la historia de una mujer rebelde y vencida, desesperada y despiadada, asqueada del marido y del posible amante, una mujer sin amor asfixiada por su papel de esposa. Es decir que, basándose en el relato de Conrad, incluso antes que su película, el director sacó una historia que no está escrita, que no se publicó, que no se puede leer en ninguna parte.

Todos nosotros, como Chéreau, leemos libros de nadie. Yo, por ejemplo, leí hace tiempo un «El regreso» que era todo balbuceos. Los personajes solo se decían frases incompletas: la esposa sin nombre se interrumpía en mitad de una frase, Alvan, su marido, hacía otro tanto, y así se malinterpretaban, no se entendían. Su intento de seguir juntos se servía de la frase truncada, reticente, precisamente porque si las frases se hubiesen dicho completas, la ruptura se habría consumado sin remedio. Después estaban las sensaciones distorsionadas, cada una de ellas era una señal de disolución. En mi opinión, lo que de verdad constituía ese relato eran las frases interrumpidas y los sentidos desviados. El gemido lanzado por su esposa, a Alvan se le antoja que proviene de su propio cuerpo. Cuando él hace ademán de dejar un vaso en la mesa, ya no percibe las dimensiones del mueble, tiene la sensación de que el vaso traspasa la madera, cae en el vacío. Si intenta abrir la puerta, no lo consigue, insiste, ya no recuerda que la cerró con llave. Para mí el relato era esto. Después de ver la película, cuando volví a leerlo, no solo descubrí que las partes del texto que me habían parecido el corazón de la historia ocupaban pocas líneas, sino que además atribuía a Conrad páginas que jamás había leído, que él jamás había escrito y de las que, naturalmente, en la película de Chéreau no había ni rastro.

«El regreso» al que me refiero es, pues, un relato muy distinto de aquel al que se refirió Chéreau. En este último una esposa de finales del siglo XIX tiene un lenguaje explícito, cortante y audaz. Mientras que el marido sigue siendo un burgués de hace cien años, Gabrielle posee una excepcionalidad propia de la mujer de hoy. Si Conrad coloca gran parte del relato en un cuarto lleno de espejos que multiplica a la pareja en una multitud de personas como ellos, Chéreau solo mantiene entre reflejos a su Alvan-Jean, mientras que en el caso de Gabrielle excluye todo símbolo de mediedad. El Alvan de la escritura se siente tan amenazado por el tenebroso enigma femenino que llega a proyectar el despido de las criadas silenciosas para contratar solo hombres, sexo que en su opinión resulta más tranquilizador. En la película de Chéreau, en cambio, hay una criada particularmente libre, particularmente locuaz, con una presencia relevante en la historia. En una palabra, la película es el rastro visible de otro texto, ni escrito por Conrad, ni localizable en las páginas que tenemos a la vista como lectores, ni presente en las que nos parece haber leído en el pasado. Es en este otro texto, inventado por el mundo de Chéreau, por su sensibilidad, por las necesidades de su oficio, por las exigencias de la industria cinematográfica, en el que realmente «se basó» la película.

¿Acaso el texto correcto es el incorrecto? Creo que un juicio de valor es legítimo pero no decisivo. La fuerza de la literatura radica precisamente en esta posibilidad permanente de lectura soñadora, de estímulo fantástico, de punto de partida para otras obras. Imagino que habrá infinidad de otros «lugares» del texto de Conrad, todos habitables, todos generadores de narraciones, que en cada relectura no veo, no veré nunca, por el simple hecho de que me apresuro a ocupar los lugares que me resultan más apropiados. Para mí la lectura es así.

Por eso escucho siempre con mucha curiosidad a las personas que hablan de los libros que me gustan. Siento que reflexionan, precisamente, sobre libros de nadie. Entre el libro que se publica y el libro que los lectores compran hay siempre un tercer libro, un libro en el que al lado de las frases escritas están las que hemos imaginado escribir, al lado de las frases que los lectores leen están las frases que han imaginado leer. Este tercer libro, incomprensible, cambiante es no obstante un libro real. No lo he escrito realmente yo, no lo han leído realmente mis lectores, pero existe. Es el libro que «se hace» en la relación entre vida, escritura y lectura. Los rastros de este objeto se encuentran en las palabras de los escritores que reflexionan sobre sus propios textos, en las discusiones de los lectores apasionados. Pero ese libro se hace evidente sobre todo cuando el lector es un lector privilegiado, alguien que no se limita a leer sino que da forma a su lectura, por ejemplo, con una reseña, un ensayo, un guion, una película. En especial el cine inspirado en la literatura, precisamente porque con un lenguaje diferente produce otro organismo narrativo por completo autónomo, es el que muestra la existencia de ese tercer libro no vendido por los libreros, no localizable en las bibliotecas, y, sin embargo, vivo y activo. En ese libro se basa la película y todo aquello que origina un texto.

Por supuesto, no todos estos libros intermedios dan buenos frutos. De las muchas formas de leer desapruebo la que lima los relatos, la que los normaliza. Las lecturas cinematográficas a menudo corren ese riesgo. El cine hurga más y más distraídamente en la literatura en busca de inspiración, de material en bruto. Aquello que en un texto es anómalo o inquietante, a menudo el relato cinematográfico lo considera un mal y lo elimina o incluso ni siquiera lo nota. Del libro se saca de manera preferente lo que está probado y que se presupone que al público le gustará ver o volver a ver. De modo que no es el saqueo anárquico de una obra literaria por parte de guionistas y directores lo que debe preocupar a quien escribe: una novela se escribe precisamente para que sus lectores se apropien de ella. Ni siquiera es la necesidad de los directores con un gran sentido de la autoría de esconder o renegar por todos los medios del origen literario de su propia obra: no reconocer las propias deudas es un vicio extendido y no menoscaba en absoluto la obra con la que están en deuda, como mucho hiere la vanidad de quien la ha escrito. Más bien es la normalización cinematográfica del texto literario lo que turba. Volviendo a *Gabrielle*, a pesar de que Isabelle Huppert da lo mejor de sí misma y la película de Chéreau nos cautive justo a través de la figura de mujer que ella encarna, sentimos que se ha abusado de la hospitalidad de las palabras de Conrad, que la señora de la pantalla es menos inquietante que la esposa anónima de la página, que la casa tenebrosa que el escritor nos construyó se hace pasar por una cómoda vivienda habitable. Esto, solo esto, debería apenar a quien ama la literatura.

NOTA. Inédito, 10 de octubre de 2005.

6

Hay que ver lo fea que es esta niña

Antes, mucho antes que París, Francia fue para mí Yonville-l'Abbaye, a ocho leguas de Ruán. Recuerdo que me dejé envolver por ese topónimo una tarde, con menos de catorce años, mientras viajaba por las páginas de *Madame Bovary*. Con el paso de los años, poco a poco hasta hoy, se fueron sumando otros miles de nombres de ciudades y pueblos, algunos cerca de Yonville, otros muy lejanos. Pero Francia siguió siendo esencialmente Yonville, como lo descubrí una tarde de hace varias décadas, cuando tuve la sensación de encontrarme a la vez con el oficio de elaborar metáforas y conmigo misma.

Sin duda, me vi reflejada en Berthe Bovary, la hija de Emma y Charles, y sentí una sacudida. Sabía que mis ojos estaban fijos en una página, percibía con nitidez las palabras; sin embargo, tuve la sensación de acercarme a mi madre tal como Berthe trataba de acercarse a Emma para agarrarla, *par le bout, les rubans de son tablier* («para cogerle la punta de las cintas del delantal»). Oí con claridad la voz de madame Bovary que decía cada vez más nerviosa: *Laisse-moi! Laisse-moi! Eh! Laisse-moi donc!* («¡Déjame en paz! ¡Déjame en paz! Pero ¡déjame en paz de una vez!»), y era como la voz de mi madre cuando se ensimismaba en tareas y pensamientos, y yo no quería dejarla, no quería que me dejara. Aquel grito contrariado de mujer arrastrada por sus propios *bouleversements* como una hoja en un día de lluvia hacia la negra boca de la alcantarilla dejó una marca profunda. El golpe llegó enseguida, un codazo. Berthe —yo— *alla tomber au pied de la commode, contre la patère de cuivre, elle s'y coupa la joue, le sang sortit* («fue a caer al pie de la cómoda, contra la moldura de cobre; se hizo un corte en la mejilla y brotó la sangre»).

Leí *Madame Bovary* en mi ciudad natal, Nápoles. La leí con dificultad en el idioma original por imposición de una brillante y gélida profesora. Mi lengua materna, el napolitano, tiene capas de griego, latín, árabe, alemán, castellano, inglés y francés, bastante francés. *Laisse-moi* en napolitano se dice *làssame*, y *le sang* se dice *'o sanghe*. No hay que sorprenderse si la lengua de *Madame Bovary* por momentos me pareció mi propia lengua, la lengua con la que mi madre parecía Emma y decía *laisse-moi*. También decía *le sparadrap* —que pronunciaba *'o sparatràp*—, el esparadrapo que había que poner en el corte que me había hecho —mientras leía y era Berthe— al golpear *contre la patère de cuivre*.

Entonces comprendí, por primera vez, que la geografía, la lengua, la sociedad, la política, toda la historia de un pueblo para mí estaba en los libros que amaba y en los cuales podía entrar como si los estuviera escribiendo. Francia estaba cerca; Yonville no distaba mucho de Nápoles; de la herida manaba sangre; *lo sparatràp*, aplicado oblicuamente en la mejilla, me quedaba tirante y me tensaba la piel. *Madame Bovary* golpeaba con puñetazos fulminantes, dejaba cardenales que no se borran. Toda mi vida desde entonces me quedó la duda de que mi madre, al menos una vez y con las mismas palabras que Emma —las mismas palabras horribles—, pensara al mirarme, como hace Emma con Berthe: *C'est une chose étrange comme cette enfant est laide!* («Qué cosa más rara; ¡hay que ver lo fea que es esta niña!»). *Laide*: parecerle fea a tu propia madre. Rara vez me ha ocurrido leer-oír una frase mejor pensada, mejor escrita, más insoportable. La frase llegó de Francia, me cayó encima y me golpeó en el pecho, me sigue golpeando, peor que el empujón con el que Emma envió —envía— a la pequeña Berthe contra la cómoda, contra la moldura de cobre.

Las palabras entraban y salían de mí: cuando leo un libro nunca pienso en quién lo ha escrito, es como si lo hiciera yo misma. De jovencita, además, no conocía nombres de autores; para mí cada libro se había escrito solo, empezaba y terminaba, me apasionaba o no, me hacía llorar o me hacía reír. El francés llamado Gustave Flaubert llegó después, cuando yo ya sabía bastante sobre Francia, había estado no solo gracias a los libros y no tan bien como en los libros, podía medir la verdadera distancia entre Nápoles y Ruán, entre la novela italiana y la francesa. Leía ahora las cartas de Flaubert, sus otros libros. Cada una de sus frases estaba bien construida, algunas eran mejores que otras, pero para mí ninguna tuvo jamás la fuerza devastadora de aquel pensamiento de madre: *c'est une chose étrange comme cette enfant est laide!* En algunas etapas de mi vida pensé que no podía concebirlo más que un hombre, y además sin hijos, un francés atrabiliario, un oso encerrado en su casa afinando gruñidos, un misógino que creía ser padre y madre solo porque tenía una sobrinita. En otras épocas pensé con rabia, con rencor, que los maestros de la escritura varones saben hacer decir a sus personajes femeninos eso que las mujeres piensan y dicen y viven realmente, pero no se atreven a escribir. Hoy, en cambio, he vuelto a las creencias de mi primera adolescencia. Creo que los autores son amanuenses devotos y solícitos que dibujan en blanco y negro según un orden propio más o menos riguroso, pero la verdadera escritura, la que vale la pena, es obra de los lectores. Aunque la página de Flaubert esté en francés, el *laisse-moi* de Emma, leído en Nápoles, tiene cadencias napolitanas, la moldura de cobre hace brotar de la mejilla de Berthe *'o sanghe*, y Charles Bovary estira la piel de la niña al colocarle *'o sparatràp*. Es mi madre la que pensó, pero en su lengua: hay que ver lo fea que es esta niña. Y creo que lo pensó de veras porque Emma lo piensa de Berthe. Por eso, con los años trato de sacar del francés esa frase y depositarla en alguna parte en una de mis páginas, escribirla yo para sentir su peso, transportarla a la lengua de mi madre, atribuírsela, oírla de sus labios y comprender si es una frase femenina, si una mujer puede pronunciarla de verdad, si yo la he pensado alguna vez para mis hijas, en una palabra, si hay que rechazarla o borrarla o bien acogerla y revalorarla, sustraerla de la página en francés masculino y trasladarla a la lengua de mujer-hija-madre. Este es el trabajo que lleva realmente a Francia y yuxtapone sexos, lenguas, pueblos, tiempos, geografías.

NOTA. Los pasajes centrales de este texto fueron concebidos como respuesta al editor sueco Bromberg, que después de haber adquirido los derechos de *Los días del abandono* y una vez leída la traducción, decidió no publicarla, al considerar moralmente reprobable el comportamiento de Olga, la protagonista de la novela, hacia sus hijos (véase «Ferrante molesta per la Svezia» ('Ferrante molesta a causa de Suecia'), de Cinzia Fiori, *Corriere della Sera,* 21 de octubre de 2003). Más tarde, con motivo del Salón del Libro de París de 2004, Uitgeverij Wereldbibliotheek de Amsterdam publicó el texto en el volumen *Frankrijk, dat ben ik* con algunas modificaciones y el título «Het gewicht van de taal» ('El peso de la lengua'). También apareció en *la Repubblica* el 28 de junio de 2005.

7

Las etapas de una única búsqueda

Respuestas a las preguntas de Francesco Erbani

ERBANI: ¿Cómo está?

FERRANTE: Una entrevista que empieza con un «¿Cómo está?» asusta un poco. ¿Qué quiere que le diga? Si me pongo a ahondar en el «cómo» no acabo nunca. Entonces le contesto: bien, creo, y espero que usted también.

ERBANI: Después de tantos años, ¿sigue convencida de su decisión de permanecer en la sombra?

FERRANTE: «Permanecer en la sombra» no es una expresión que me guste. Huele a complot, a sicarios. Digamos que hace quince años preferí publicar libros sin tener que sentirme obligada a ser escritora de oficio. Hasta ahora no me arrepiento. Escribo y publico solo cuando a mí y a mis editores nos parece que el texto tiene cierta dignidad. Después, el libro sigue su camino y yo me dedico a otra cosa. Eso es todo y no veo por qué debería cambiar mi línea de conducta.

ERBANI: ¿Cómo juzga los interrogantes que se plantean sobre su identidad, la divierten, la molestan, alguna otra cosa?

FERRANTE: Son legítimos, pero restrictivos. A quien le gusta leer, el autor es un simple nombre. De Shakespeare no sabemos nada. Seguimos apreciando los poemas homéricos pese a que lo ignoramos todo de Homero. Y Flaubert, Tolstói o Joyce adquieren peso solo si una persona con talento los transforma en materia de una obra, una biografía, un ensayo brillante, una película, un musical. Por lo demás, son apellidos, es decir, etiquetas. ¿A quién iba a interesar mi pequeña historia personal si podemos prescindir de la de Homero o de la Shakespeare? Quien de veras ama la literatura es como una persona de fe. El creyente sabe muy bien que en el registro civil no hay información alguna sobre el Jesús que para él es realmente importante.

ERBANI: ¿Cuál es la identidad que más le intriga de las que se han sugerido: Starnone, Fofi, Ramondino?

FERRANTE: Ninguna, me parece un juego banal de los medios. Se toma un nombre de escasa consistencia, el mío, y se lo asocia a nombres de más relieve. Nunca pasa lo contrario. A ningún periódico se le ocurriría llenar una página con la hipótesis de que mis libros fueron escritos por un anciano archivista jubilado o una joven empleada de banco recién contratada. ¿Qué quiere que le diga? Lamento que importunen a personas que aprecio.

ERBANI: Cuando se habla de sus novelas, a menudo el problema de su identidad se impone a las cuestiones literarias. ¿Le molesta? ¿Cómo piensa evitarlo?

FERRANTE: Sí, me molesta. Pero también me parece que prueba que a los medios la literatura en sí misma le importa poco o nada. Tomemos sus preguntas. Publiqué un libro, pero usted, aun sabiendo que respondería en términos muy generales, ha centrado toda la entrevista en el tema de la identidad. Hasta ahora, si me permite que se lo diga, no hay nada que se haya referido a *La hija oscura*, su tema o su escritura. Me pregunta cómo pienso evitar que se hable únicamente de quién soy y se dejen de lado los libros. No lo sé. Desde luego usted, perdone que se lo diga, no está haciendo nada para darle la vuelta a la situación y abordar las que llama las cuestiones literarias.

ERBANI: ¿Hay algún elemento de diversión en el misterio Ferrante, algo divertido para usted?

FERRANTE: ¿Lo ve? ¿Qué quiere que le diga? Lo único divertido es esto: tratar de demostrar a los lectores cuál es la jerarquía periodística, importan los misterios, especialmente los irrelevantes, y no la lectura.

ERBANI: ¿Cómo responde a quien insinúa que el misterio Ferrante contribuye a alimentar las ventas de sus libros?

FERRANTE: Respondo que es una tontería. El cine, ese sí que contribuyó a incrementar las ventas de mis libros. El «misterio Ferrante» es un estorbo para los verdaderos lectores. El que lee cuentos solo desea una historia apasionante, densa, a la que alimentar con pasajes dispersos de su propia existencia.

ERBANI: Usted dijo que no quiere darse a conocer, entre otras cosas, para no terminar en el circo mediático que rodea a los escritores. ¿No le parece que es posible darse a conocer y al mismo tiempo sustraerse a los aspectos más espectaculares, llamativos y promocionales del circo mediático?

FERRANTE: Claro. Pero es un equívoco: para mí el problema no es darme a conocer y luego sustraerme, no soy nada reservada. Para mí el problema es no darme a conocer en absoluto. ¿Qué tiene de sorprendente? Hay gran cantidad de libros anónimos, o incluso firmados, que viven, sobreviven o llevan muertos hace tiempo sin que haya aparecido una persona para reivindicarlos. Amo esos libros y amo a los lectores que dicen: a mí qué me importa quién los ha escrito.

ERBANI: ¿Sigue siendo válido uno de los otros motivos de su reserva, es decir, la presencia en sus novelas de partes autobiográficas combinadas y disimuladas de distintas maneras, pero aun así reconocibles?
FERRANTE: Sí. Como todos los que escriben, trabajo con hechos, sentimientos, emociones que me pertenecen muy íntimamente. Pero con el tiempo el problema se ha transformado. Hoy valoro sobre todo conservar la libertad de hurgar a fondo en mis historias, sin autocensuras.

ERBANI: Sus tres novelas parecen tres momentos de una única y gran novela, tres variaciones sobre algunas cuestiones entre las que destaca la relación madre-hija, un tema representado de distinta forma, pero fundamental en los tres. ¿Es una impresión equivocada?
FERRANTE: No, al contrario. Escribí otros libros que al final no publiqué porque me parecían escasamente míos. En cambio, los tres relatos ya publicados me pertenecen, los siento como etapas de una única búsqueda.

ERBANI: En *La hija oscura* hay una familia que tiene toda la pinta de pertenecer a la camorra. ¿Es así?
FERRANTE: Sí, aunque tiendo a narrar actitudes que pueden ajustarse, sin solución de continuidad, a cualquiera de la Campania. De niña conocí una napoletaneidad no camorrista, siempre en riesgo

de convertirse en camorrista, y noté a mi alrededor la naturalidad con que se pasaba esa frontera, como si el salto criminal estuviera en cierto modo preparado, además de por la miseria y la pérdida de un bienestar precario, por la «normalidad cultural».

ERBANI: ¿Cómo vive la atención que en las últimas semanas se ha centrado en Nápoles? En su opinión, ¿se trata de una acentuación mediática o es que, efectivamente, la ciudad ha visto agudizarse la presión criminal?

FERRANTE: Es una acentuación mediática. Los reflectores deberían estar apuntando a Nápoles desde hace décadas. Tiene una larguísima historia de degradación, es una metrópoli que ha anticipado y anticipa los males italianos, quizá los europeos. Por eso nunca deberían perderla de vista. Pero los medios de comunicación viven de lo excepcional: las personas asesinadas, la basura no recogida, un hermosísimo libro de Saviano. La norma de la inhabitabilidad diaria no es noticia. Por eso, cuando pasa lo excepcional, todo calla y todo sigue gangrenándose.

ERBANI: Usted dijo una vez que Nápoles le causa una gran inquietud. Una ciudad violenta, de súbitas disputas, de golpes, una Nápoles vulgar, donde hay gente dispuesta a pequeñas ruindades, ruidosa, fanfarrona. ¿Sigue causándole la misma impresión?

FERRANTE: Sí, no ha cambiado nada, salvo aquello que, por sus características históricas me parecía específico de mi ciudad, de mi región, ahora me parece que se está extendiendo al resto de Italia.

ERBANI: En cuanto pudo usted huyó de esa Nápoles, sin embargo, la llevó consigo como «sucedáneo para tener siempre presente que

el poder de la vida se ve dañado, humillado por modalidades injustas de la existencia». ¿Ha regresado alguna vez? ¿Volvería a vivir allí?
FERRANTE: Regreso de vez en cuando. Vivir allí no lo sé. Lo haría si
me convenciera de que el cambio no es un truco retórico, sino una
auténtica revolución política y cultural.

NOTA. La entrevista de Francesco Erbani se publicó en *la Repubblica*
del 4 de diciembre de 2006 con el título «Io, scrittrice senza volto»
('Yo, escritora sin rostro'). Erbani señalaba en la introducción: «Elena Ferrante recibió las preguntas, algunas no le gustaron pero no las
evitó. He aquí sus respuestas que, por el formato de la entrevista, se
reproducen sin que quien formuló las preguntas pudiera replicar».

8

La temperatura capaz de encender al lector

Diálogo con los oyentes de *Fahrenheit*

¿Por qué sus personajes son mujeres que sufren?

EVA

Querida Eva:

El dolor de Delia, Olga, Leda es fruto de una decepción. Lo que esperaban de la vida —son mujeres que trataron de romper con la tradición de sus madres y abuelas— no llega. Pero llegan antiguos fantasmas, los mismos con los que tuvieron que vérselas las mujeres del pasado. La diferencia está en que ellas no los sufren con pasividad. Luchan y salen adelante. No vencen, sino que llegan a un acuerdo con sus propias expectativas y encuentran nuevos equilibrios. Yo no las siento como mujeres que sufren, sino como mujeres que luchan.

Estoy enamorada de su escritura. No siento curiosidad por su persona porque de usted conozco lo único que me interesa: lo que resuena en nosotros a través de las palabras de sus relatos.

Sé que es usted mujer porque en sus páginas siente, sufre y se tortura una mujer. Un hombre puede, como mucho, comprender esas páginas, pero no escribirlas; ni siquiera ese camaleón de Tolstói, que con Karénina no hizo un mal trabajo.

Me gustaría saber qué lee, qué le gusta leer.

¿Conoce a Paula Fox, autora de *Personajes desesperados*? Es una escritora que me gusta tanto como usted. En sus historias hay un suspense análogo, terrible, muy agradable. La traduce muy bien al italiano un hombre. Fíjese, como mucho usted podría ser un hombre así, atrapado en los ambientes del libro de una mujer que él ha traducido, al estilo Zelig.

Cordialmente,

CRISTIANA

Querida Cristiana:

Agradezco sus palabras de aliento. Me ha llamado la atención su frase: «lo que resuena en nosotros». A mí también me gustan los libros por lo que de ellos resuena en nosotros. Mientras escribía *La hija oscura* leía un antiguo cuento, «Olivia», publicado por Einaudi en 1959 y traducido por Carlo Fruttero. Se trata de un relato anónimo publicado por Hogarth Press de Londres en 1949. Me parece que hay en él páginas con una buena resonancia y se lo recomiendo. En cuanto a *Personajes desesperados* de Paula Fox, le agradezco la comparación, es usted demasiado generosa. *Personajes desesperados* es un libro que adoro por su intensidad narrativa. Por desgracia, me siento muy lejos de su riqueza de sentido.

Apreciada Elena Ferrante:

He leído *Los días del abandono* y yo diría que es usted una mujer, porque así nos sentimos cuando nos abandonan esos seres sin corazón que son los hombres. Por otra parte, también podría ser hombre, porque debe de haber alguno consciente del mal que hace —pienso en el gran Tolstói de *La sonata a Kreutzer*—. En cualquier caso, enhorabuena. Revélenos, si quiere, el enigma de su identidad y si no, paciencia en cualquier caso, el arte es superior.

Atentamente,

MARIATERESA G.

Querida Mariateresa:

Le doy las gracias por haber leído *Los días del abandono*. No creo que el arte, como dice usted, pueda prescindir del artífice. Al contrario, creo que el que escribe, quiera o no, va a parar enteramente a su escritura. El autor está siempre y está en el texto, que por eso tiene todo lo necesario para resolver los enigmas que merecen la pena. Es inútil plantearse los que no la merecen.

Queridos amigos de *Fahrenheit*:

Les escribo para señalarles una circunstancia al menos singular en relación con Leda, la protagonista de la última novela de Elena Ferrante, *La hija oscura* —que todavía no he leído pero que pronto me regalarán—. Pues bien, yo vivo en Nápoles, me llamo Leda, soy licenciada en inglés —enseño y traduzco—, llevo unos años divorciada y tengo dos hijos ya adolescentes. Me ha surgido una duda:

la misteriosa Elena —que según la mitología es hija de Leda—
¿será tal vez alguien que me conoce?

Con aprecio y simpatía,

LEDA

Querida Leda:

¿Qué decirle? El que escarbe un relato espera que las lectoras y
los lectores encuentren motivos para identificarse no solo con los
datos biográficos de los personajes. Cuando haya leído el libro, es-
críbame y dígame si las afinidades con mi Leda han superado el
umbral del nombre. Me haría ilusión, visto que es usted una lectora
que promete cierta gratificación. En unas pocas palabras a modo de
inciso ha hecho una observación para mí importante sobre el nexo
Leda-Elena.

No es casualidad que haya elegido el nombre de Leda. Leda
—lo saben sobre todo los estudiantes de bachillerato y los pinto-
res— es la muchacha a la que Zeus se une adoptando forma de
cisne. Pero si las lectoras y los lectores interesados de *Fahrenheit* van
a ver, por diversión, el tercer libro de la *Biblioteca* de Apolodoro
—se trata de un volumen de Mondadori, Fondazione Lorenzo Va-
lla— descubrirán que, en una versión menos conocida del mito,
Leda se encuentra en el centro de una complicada y moderna historia de maternidad.

La historia es la siguiente: Zeus se habría unido en forma de
cisne no con Leda sino con Némesis, que para huir de él se había
metamorfoseado en oca. «De la unión —sintetiza Apolodoro— Némesis puso un huevo, que un pastor encontró en el bosque y se lo
regaló a Leda; Leda lo guardó en una urna, y a su debido tiempo
nació Elena, a la que ella crió como su hija.» Esta Leda y esta Elena,

su hija-no hija, me sugirieron los nombres de los dos personajes de *La hija oscura*. Si lo lee, ya lo verá.

Apreciada escritora:

El misterio que la rodea no me ayuda a situarla. Necesito visibilidad.

Debería verla. Estar segura de que es una mujer o un hombre. Saber qué edad puede tener. Deducir por su mirada cuál puede haber sido su estilo de vida, en qué clase social puedo colocarla. Sé que Carlo Emilio Gadda viene de una familia burguesa, que fue dominado por su madre y humillado por el carácter autoritario de su padre. Es muy importante tener una descripción de conjunto de la personalidad de un escritor. Cuando leo algo que me fascina, me intereso enseguida por la importancia de la personalidad de quien me ha llamado la atención. La virtualidad me molesta. Aprecio sus textos pero no la oscuridad que la rodea. La oscuridad siempre es oscuridad.

Un cordial saludo.

Agradezco su apreciación. Aunque debo decirle que, en mi opinión, al lector que de veras le gusta leer, también debe gustarle un poco la virtualidad. ¿Qué traza la escritura sino el contorno de un mundo virtual? En cuanto al tema de la oscuridad, ¿acaso hay algo mejor que leer en un cuarto en penumbra, solo con la luz de la mesita de noche encendida? ¿Acaso hay algo mejor que la oscuridad de un teatro o un cine? La personalidad de quien escribe historias está toda en la virtualidad de sus libros. Busque ahí dentro y encontrará los ojos, el sexo, el estilo de vida, la clase social y la voz del id.

De Elena Ferrante he leído *El amor molesto, Los días del abandono, La frantumaglia*.

De las dos novelas, distintas en cuanto a estructura ideativa y composición técnica, me encantó *Los días del abandono*, por su escritura áspera y afilada.

Para Ferrante, descarnar el lenguaje supone descarnar los conceptos. Sin embargo, en sus libros, llegar a lo esencial no supone una simplificación sino que es resultado de un análisis introspectivo pormenorizado que deja libradas a la reflexión las cuestiones de fondo: la soledad, la elaboración del dolor, el amor. En este ejercicio de inagotable y feroz búsqueda de sentido, la escritura esculpe estados de ánimo y sentimientos y exhibe sus contradicciones y su ambigüedad.

Algunas preguntas: ¿qué lee Elena Ferrante? ¿Cuál es su relación con los clásicos, la tragedia griega en particular? ¿Qué piensa de la relación lectura-escuela?

Gracias,

ROBERTA C.

Querida Roberta:

Muchas gracias por sus palabras. En mi adolescencia fui lectora empedernida de los clásicos y escribí bastante sobre ello, por placer y por motivos de estudio. En los trágicos, especialmente en Sófocles, siempre encuentro algo, incluso unas pocas palabras que despiertan mi imaginación. En cuanto a la relación de la escuela con la lectura sé poco o nada. Desde mi observatorio de madre puedo decir que es muy importante la sensibilidad de los maestros. Un maestro que no ama la lectura transmite su desamor aunque se presente ante sus alumnos como lector empedernido.

Apreciada Elena Ferrante:

Soy una lectora apasionada de sus historias, que me parecen exploraciones extraordinarias de nuestra complejidad interior. Tengo esta pequeña curiosidad: ¿el nombre y el apellido que eligió para firmar sus novelas son un homenaje a Elsa Morante? Confieso que, aunque desmintiera esta posibilidad, me gustaría seguir pensando lo mismo. Un cordial saludo y mis mejores deseos para el futuro.

CARLA A.

Adoro los libros de Elsa Morante y, si la complace, siga usted alimentando esa idea. Los nombres y los apellidos son etiquetas. Mi bisabuela, de quien heredé el nombre y que murió hace ya tanto tiempo como para ser un personaje inventado, no se lo tomará a mal.

Apreciada autora Elena Ferrante:

No he leído sus libros. Basándome en las películas que he visto y que me gustaron no solo por su validez sino por los problemas que plantean, imagino que su escritura es importante, agradable y válida.

Rara vez me he encontrado con análisis tan profundos de los sentimientos y del mundo interior de las mujeres. Con frecuencia, se hace caso omiso de nuestro sufrimiento interior con una palabra ofensiva: histeria. Sobre lo que provoca la histeria, silencio absoluto. Le doy las gracias por haber iluminado nuestro subsuelo. Estoy segura de que nos ayudará a crecer y a hacernos respetar. Me reconozco en lo que saca a la superficie. Cuando mis hijos —un varón de cuarenta y ocho años y una mujer de cuarenta y dos— siguieron su camino, yo también empecé a vivir y a apreciar el azul del cielo. Lo mismo ocurrió cuando tomé conciencia de que el amor por mi marido no tenía razón de ser. Igual que Olga, después del dolor y del abismo del sufrimiento, di los primeros pasos hacia la autoestima. Siento que haya decidido no mostrarse. Alguien insinuó que detrás de su anonimato hay un hombre, Goffredo Fofi. Estoy plenamente convencida de que cuando uno puede mirarse a los ojos todo se vuelve más tangible. No obstante, no disminuirá mi aprecio por los temas que usted trata, sea cual sea su aspecto físico. Ahora que *Fahrenheit* ha hecho que me interese por usted, leeré sus textos. En definitiva, es lo que cuenta.

Un cordial saludo.

El cuerpo es lo único que tenemos y no hay que subestimarlo. Las películas que vio son literalmente un «dar cuerpo» a lo que hay en la escritura de los libros. Pero estoy convencida de que en potencia una página tiene más cuerpo que una película. Hay que aplicar todos nuestros recursos físicos de escritores y lectores para que funcione. Escribir y leer suponen un esfuerzo físico. En la escritura-lectura, al componer signos y descifrarlos, hay una participación del cuerpo que solo compite con la escritura-ejecución-escucha de la música.

Apreciados amigos de *Fahrenheit*:

Cuando se publicó *El amor molesto* me dejó deslumbrada. Por el contrario, sufrí una gran decepción al leer *Los días del abandono*, hasta tal punto que, en vista del misterio que rodea a la autora, sospeché que detrás del mismo seudónimo esta vez se ocultaba otra mente, no tan brillante y original. Se trata de un librito con una historia previsible, plano desde el punto de vista lingüístico, obvio en lo estilístico. Tanto es así que no quise comprar la última novela firmada por Elena Ferrante que acaba de publicarse.

Pero tengo una curiosidad. También he visto la película *El amor molesto*, dirigida por Mario Martone. Raras veces he podido reconocer una consonancia estilística tan grande en una adaptación cinematográfica de una novela, una sensibilidad tan cercana entre dos autores distintos. ¿No será que la primera Elena Ferrante es en realidad Mario Martone?

Un cordial saludo,

STELLA

Querida Stella:

La sensibilidad de los lectores, sus gustos y también algún lugar común son los que establecen diferencias y extrañamiento entre los distintos libros que se escriben a lo largo de una vida. Sin querer mezclar la lana con la seda, dígame una cosa: ¿por qué no se pregunta si el Giovanni Verga de las primeras obras es el mismo que el de *Los Malavoglia*, si el autor de *Los Malavoglia* es el mismo que el de *Maestro don Gesualdo*? En cuanto le quite a esos libros la etiqueta Giovanni Verga, ya verá como se le confunden las ideas. Para satisfacer su curiosidad, solo puedo asegurarle una cosa: juzgue como le parezca los tres libros pero, para bien o para mal, son todos obra mía.

Preguntas para Elena Ferrante: ¿qué libros leyó sobre el abandono antes de escribir *Los días*? ¿Por qué se esconde?

Gracias,

CARLOTTA

Querida Carlotta:

Ninguno, si se refiere usted a ensayos. Sin embargo, a lo largo de los años leí muchas obras literarias sobre mujeres abandonadas, de Ariadna a Medea, de Dido a *La mujer rota* de Simone de Beauvoir. Cierto tiempo después de la publicación de mi libro, con bastante retraso, llegó a mis manos un texto difícil pero interesante del filósofo Jean-Luc Nancy. Pero ahora no recuerdo el título exacto ni la editorial.

Gracias, Elena. Con tus libros, en especial el último, has conseguido aclarar y colmar, aunque solo un instante, los vacíos de nuestras vidas de mujeres, madres, hijas y trabajadoras en este tiempo ingrato. A mi compañero también le ha encantado tu libro, que nos ha dado pie para volver a reflexionar sobre aspectos a veces confusos, a veces inconfesables de la existencia.

ELISABETTA

Querida Elisabetta:

Le agradezco ese verbo «colmar», es bonito si se usa para describir un efecto de la lectura. Para mí un libro debe tratar de encauzar material vivo, magmático, por lo que no puede reducirse fácilmente a palabras y a ese género clave para nuestra existencia: la confesión.

Apreciada Elena Ferrante:

Acabo de leer en *la Repubblica* que le molesta la atención que los medios dedican a su identidad porque distrae de sus libros. Pero ¿no cree que es justamente ese misterio lo que favorece su éxito? ¿No cree que si usted estuviera, como todos, dispuesta a hablar de ello, a dejarse ver, el «caso Ferrante» se desinflaría?

CRISTIANO A.

Querido Cristiano:

Yo lo veo así: temo que toda esta fastidiosa insistencia en el «misterio» beneficia poco o nada a los libros y no contribuye en modo alguno a su éxito. Como mucho da notoriedad al nombre de quien los escribió. Para entrar en un libro, un lector debe establecer una relación de confianza con el texto. La atención mediática, cuyo principal objetivo es dar voz y cuerpo a la estrella del momento, ha acostumbrado a los lectores a la idea de que es más importante el productor de obras que las obras mismas. Como si dijéramos: te leo porque me gustas tú, confío en ti, eres mi pequeño dios. Sustraerse a esta fórmula supone, de hecho, rechazar el canal vigente de la confianza y tratar de reconducir la relación con el lector solo a la escritura. En fin, dejando de lado estas consideraciones, no siento que deba comunicarme más que a través de la escritura. No aparecer no me sirve para conseguir lectores, como usted dice, sino para escribir en libertad.

¿Qué piensa Elena Ferrante de temas sociales como la eutanasia? ¿Cuál es su postura en el caso Welby? Y más en general, ¿no cree que para un intelectual, y por tanto también para un escritor, es importante, cuando no un deber, participar en el debate público sobre los grandes temas de la vida civil?

ROBERTA

Querida Roberta:

Creo que cuando seguir con vida es puro dolor o, peor aún, es la negación de cuanto consideramos vida humana, el golpe de gracia —poderosa expresión de generosidad, tomada al pie de la letra— debe sancionarse como un derecho fundamental. Sin embargo, debo decirle que expresarme así, en pocas palabras esquemáticas, sobre un tema tan delicado me parece frívolo. Lo he hecho en esta ocasión, no lo haré más. Seguramente es necesario participar en la vida pública, pero no recurriendo a fórmulas de circunstancias, hoy para un tema, mañana para otro.

Todas sus novelas, incluida la última, se caracterizan por el tema del abandono, la indiferencia, la separación. ¿Se trata de una herida personal? ¿O considera que la incapacidad de estar juntos, de vivir un proyecto común, es un tema fuerte, representativo de nuestro tiempo?

DARIO M.

Querido Dario:

Apoyo la idea de que se debe escribir de aquello que nos ha marcado a fondo, pero buscando en las historias la temperatura capaz de encender a los lectores. Un libro es un éxito y dura si el relato de nuestras heridas más incurables capta una parte de aquello que antes se denominaba ampulosamente el espíritu del tiempo.

Querida Elena Ferrante:

Nos han sugerido que no le preguntáramos por su identidad, pero la tentación de hacerlo es fuerte. Para evitar el problema, le pregunto entonces cuál de sus tres novelas es más autobiográfica. ¿En cuál de sus personajes —quizá el último, tan hermoso, de Leda— se reconoce más?

ALBERTA

Querida Alberta:

Siento a Delia, a Olga y a Leda, personajes de ficción, como mujeres muy distintas entre sí. Pero estoy próxima a las tres, en el sentido de que con ellas mantengo una intensa relación de verdad. Creo que en la ficción se finge mucho menos que en la realidad. En la ficción decimos y reconocemos de nosotros aquello que en la realidad callamos o ignoramos por conveniencia.

Elena Ferrante:

No sé cuántos años tiene, ni dónde vive. Pero ¿puedo preguntarle, según su experiencia, qué está pasando en mi —nuestra— ciudad de Nápoles? ¿A qué se debe esta explosión de violencia? ¿Y cómo se puede poner freno a esta degradación?

ALICE S.

En Nápoles no ocurre nada más ni nada menos que lo que viene sucediendo desde hace décadas: un entramado cada vez más amplio y articulado entre legalidad e ilegalidad. El hecho nuevo no es la explosión de violencia, sino la manera en que la ciudad, con sus problemas añejos, se ve atravesada por el mundo y se está extendiendo por el mundo.

Querida Elena Ferrante:

Qué magnífica oportunidad nos ofrece su editorial de escribirle y oír sus respuestas en la radio. La aprovecho al instante, porque un hilo invisible nos ata a un proyecto narrativo que usted resuelve con palabras, y yo con imágenes. Las moléculas en suspenso, las que dan a los artistas la posibilidad de la percepción, deben de haberse apoyado de la misma manera en nosotras o al menos en ciertos temas.

Hace un tiempo, cuando mi experiencia de madre sustituta pasó a ser un proceso de responsabilidad plena transformando mi solidaridad en compromiso efectivo, sentí la necesidad de narrar. Hacer de madre y no ser madre, sentirse dividida entre voluntad y miedo, sola y sin una categoría en la que colocarme. Miraba a mi alrededor y buscaba en mis recuerdos de infancia y en la relación con mi madre. Buscaba imágenes para dotar de una estructura narrativa —que solo ahora, después de *La hija oscura*, me resulta clara— a las lógicas escenográficas que día a día iban formándose en el papel. Todo arrancó con las fotos, las fotos en blanco y negro tomadas en la playa. Organicé las escenas en la arena. Niñas sentadas en poses de los años cincuenta, Barbies enterradas entre palas y cubos, mamás Barbies grandes y de colores como tótems de plástico, niñas que caminan o tocan pianos de arena. Planos, primeros planos, planes de acción.

Durante un año entero no hice otra cosa: muchos dibujos en las técnicas más variadas, trabajos ilustrativos, gráficamente pasables pero artísticamente embarazosos porque hablaban de mi incomodidad. Producir imágenes como terapia para intentar crecer otra vez. Hijas oscuras sin madres y madres muñecas ocultas en la arena. El otro día abrí la carpeta y comprendí que esos trabajos eran mi forma de enfrentarme al tema de la maternidad y que todas esas muñecas mías —enterradas en la arena, madres o amigas, hermanas— son como los personajes de su libro. La muñeca, Leda, Elena, Nina, Marta, Bianca…

Con infinita admiración,

MIRIAM

Querida Miriam:

No creo que en el plano artístico haya nunca algo embarazoso. Es usted, persona privada, que pasada la fase de la expresión artística se encuentra consigo misma, con su normalidad y, frente a su obra, tiene una impresión de indecencia. La comprendo y la siento cercana. Me interesa mucho su manipulación de las muñecas y la arena. Si quiere, envíeme alguna foto. Sé poco de la simbología de las muñecas, pero me he convencido de que no son únicamente la miniaturización del ser hijas. Las muñecas nos sintetizan como mujeres, en todos los papeles que el patriarcado nos ha asignado. ¿Recuerda las muñecas-monjas de la futura monja de Monza? A mí me interesaba relatar cómo reacciona hoy una mujer culta, «nueva» a las superposiciones simbólicas de larga vida.

Apreciada señora Ferrante:

Le escribo después de leer la entrevista que concedió a *la Repubblica*. De sus obras he leído hasta ahora *Los días del abandono*, y luego decidí ver la película. Como suele ocurrir cuando se pasa de un arte a otro, me dejó insatisfecha. Pese al buen resultado del filme, me sentí huérfana de su escritura.

Como todo el mundo, ignoro su verdadero nombre e incluso su sexo. Y reconozco que me alegro de ello. De este modo, no solo se garantizó usted la libertad de velar por su intimidad sino que consiguió excavar más a fondo en sus historias, como usted ha explicado. Su elección también es una garantía para nosotros, sus lectores, porque nos habla como «autora absoluta» y, con las modificaciones del caso, hace lo mismo que hicieron en su momento Battisti y Mina. Liberada de la carga onerosa de la imagen, a nosotros «solo» nos queda lo que usted escribe. «Solo» en eso debemos concentrarnos. Y ya es mucho en un mundo en el que las imágenes y la notoriedad aplastan contenidos e identidad. Mientras leía *Los días del abandono* —sobre el que hace unos meses hablé con una colega, superviviente del naufragio de su matrimonio por adulterio de él, y, obviamente, con una mujer más joven—, también su escritura me pareció «absoluta». A veces difícil y dura en su forma tensa y analítica, pero siempre y por encima de todo «absoluta».

Si es usted mujer, su emotividad no se transforma en lloriqueo sentimentalista. Si es usted hombre, consiguió entender y describir sin despistar con gazmoñerías sexistas. Para mí, madre de una niña de tres años, esposa a veces agobiada por una rutina estresante, hija Casandra incomprendida, periodista no de carrera, mujer que ha pasado ya de los cuarenta pero en perpetua búsqueda de equilibrio e identidad, fueron especialmente importantes las reflexiones sobre la época en que la protagonista destetaba a sus hijos, sobre el olor de las papillas y la leche que se impregna en las carnes hasta el punto de convertirse en una opresora emanación. Le estoy agradecida por lo que escribió, por muchas razones demasiado largas y aburridas para explicárselas. En realidad, no creo que sea necesario, sea usted hombre o mujer, solo hija o incluso madre/padre [...].

MAFALDA C.

Querida Mafalda:

Le agradezco mucho su carta. Me gusta su reflexión basada en el «si» y el doble género. Creo que habría que hacer lo mismo con los autores de todos los libros. Pero no creo que un autor «absoluto» sea posible. En este mundo no hay nada absoluto, ni siquiera en las profundidades más profundas de nuestra biología. Naturalmente, la diferencia sexual es decisiva, yo sé que mis libros solo pueden ser femeninos. Pero también sé que no es concebible un absoluto femenino —o masculino—. Somos trombas de aire que arrastramos fragmentos con un origen histórico y biológico de lo más variado. Esto, por suerte, nos convierte en aglomerados móviles en equilibrio siempre precario, incoherentes, complejos, no reductibles a un esquema sin dejar fuera mucho, muchísimo. Por eso, los relatos serán más eficaces cuanto más se comporten como parapetos desde los que observar todo aquello que ha quedado fuera.

NOTA. Las cartas aquí reproducidas fueron enviadas a Elena Ferrante por los oyentes de *Fahrenheit*, programa de radio dedicado a los libros emitido por Radio 3. La ocasión fue la Feria Nacional de Pequeñas y Medianas Editoriales, «Más libros, más libres», organizada en Roma en diciembre de 2006. Concita De Gregorio, periodista y escritora, leyó las respuestas de Elena Ferrante durante la transmisión del 7 de diciembre dirigida por Marino Sinibaldi.

El texto de Jean-Luc Nancy al que se refiere Ferrante se titula *L'essere abbandonato* ('El ser abandonado'), publicado por Quodlibet.

9

El vapor erótico del cuerpo materno

Respuestas a las preguntas de Marina Terragni y Luisa Muraro

TERRAGNI y MURARO: La niña de Nina se llama Elena, como usted; ¿es casualidad? La describe como peculiar, sucia, feúcha. En sus novelas se repite esta pareja, una madre guapa, sensual, capaz de despedir un vapor mágico, y una hija desabrida, fría, con «las venas de metal», de la que su madre trata de huir. Como si con la reproducción la fuerza materna se debilitara, se volviera de baja calidad.

FERRANTE: En mi experiencia, la superioridad de la madre es absoluta, sin punto de comparación. O aprendes a aceptarla o enfermas. Debo reconocer que ni siquiera al ser madre he dejado de sentirme hija desabrida. Es más, la madeja de la doble función —la hija sin peso que asume la superioridad de la madre— ha pasado a estar más enredada. Hubo una época en que pensé escribir sobre la futura y hermosísima Elena de Troya como una muchacha feúcha, llena de miedos animales y aplastada por el fulgor de su madre, Leda, amada por Zeus en forma de cisne. Pero el mito es mucho más complejo, cada una de sus variantes es más complicada que la anterior, y no hice nada. En *La hija oscura* quedaron los nombres: Elena y Leda vienen de ahí.

TERRAGNI y MURARO: Dice usted que con su escritura intenta «entender eso que yace silencioso en lo más hondo de mí, esa cosa viva que, al ser capturada, invade todas las páginas y las dota de alma». Para usted, ¿es la relación con la madre la que pide con insistencia ser contada?

FERRANTE: Creo que sí. A lo largo de los años escribí muchas historias, pero al final todas me parecían poco necesarias. Solo con *El amor molesto* tuve por primera vez la impresión de haber rozado algo apasionante.

TERRAGNI y MURARO: Usted cita a Morante: «nadie, empezando por las modistas de las madres, va a pensar que una madre tiene cuerpo de mujer». ¿Qué se descubre al liberar de su envoltura el cuerpo de la madre?

FERRANTE: Un deseo de redención. Es todo lo que no supimos ver y no supimos entender. Pero mis libros no se concentran en eso. He intentado narrar la travesía dolorosa, más o menos infeliz, de la tela, digamos, con la que incluso nosotras mismas, las hijas-modistas, envolvemos el cuerpo de las madres.

TERRAGNI y MURARO: Para el pensamiento de la diferencia, esa infelicidad entre madre e hija, que se encuentra en el fondo de la relación entre mujeres, se convierte en un estímulo, en un potencial. ¿También para usted es una ocasión? En la civilización napolitana, para las mujeres de esa ciudad, en cambio, parece que no es más que infelicidad, una enfermedad mortal de la que los hombres se aprovechan.

FERRANTE: No sé cómo es la madre napolitana. Sé cómo son algunas madres que conocí, que nacieron y se criaron en esa ciudad. Son

mujeres alegres y deslenguadas, víctimas violentas, desesperadamente enamoradas de los varones y de los hijos varones, dispuestas
a defenderlos y a servirlos aunque las machaquen y las martiricen,
pero dispuestas a exigir que *anna fa' l'uommene* —«deben ser hombres»— e incapaces de reconocer, ni siquiera para sí, que de ese modo
los empujan a ser todavía más bestias. Ser hija mujer de esas madres
no ha sido ni es fácil. Su subordinación tan vital, chabacana, dolien-
te, llena de propósitos de insurrección que luego se quedan en nada,
dificulta tanto la identificación como el rechazo desenamorado. Hay
que huir de Nápoles para escapar de ellas. Solo después de haberlo
hecho es posible ver el suplicio de las mujeres, sentir el peso de la
ciudad masculina en sus existencias, experimentar el remordimien-
to por haberlas abandonado y aprender a amarlas, a convertirlas,
como dicen ustedes, en un estímulo para redimir su sexo escondido,
volver a comenzar desde ahí.

TERRAGNI y MURARO: La madre de Leda amenaza constantemente
con marcharse. Leda se marcha de veras, hace realidad el sueño de
su madre. Pero luego regresa a casa, dice que ha tenido suerte por
haber tardado solo tres años en entender, y que el riesgo era no entenderlo nunca. ¿Corren hoy las mujeres este riesgo?
FERRANTE: Para Leda, regresar a casa con sus hijas supone colocar
en el centro de su búsqueda ya no el puro y simple hecho de haberlas parido, sino la plenitud de la maternidad. Primero, con la fuga,
buscó una emancipación y el enfrentamiento en términos igualita-
rios, a tiempo completo, con el mundo masculino. Después, con el
regreso, su vida pública, el trabajo, los pensamientos, los amores se
centran en lo que yo definiría como la prepotencia de la función
materna. Me parece que el riesgo que corre Leda se encuentra por

completo en esta pregunta: ¿puedo yo, mujer de hoy, lograr que mis hijas me amen, amarlas, sin que a la fuerza tenga que sacrificarme a mí misma y por ello detestarme?

TERRAGNI y MURARO: Usted dice que hay más fuerza erótica en la relación de Elena con la muñeca y con la madre que la que experimentará jamás en la vida: ¿quiere decir que las mujeres hacen mal en querer huir de ahí, de esa relación, en creer que se pierden a saber qué, en no disfrutar de ese erotismo?

FERRANTE: Quiero decir que durante toda la vida, en las circunstancias más variadas, el vapor erótico que desprendía el cuerpo materno solo para nosotras será a la vez añoranza y meta. Leda tiene la impresión de ver en la relación entre la niña Elena y su muñeca una especie de miniatura feliz de la relación madre-hija. Pero una miniatura no deja de ser una simplificación. Y las simplificaciones son cegadoras.

TERRAGNI y MURARO: La muñeca que roba Leda parece la guardiana de una maternidad aparentemente perfecta. Pero en su vientre hay un líquido podrido, una lombriz: ¿es la ambivalencia materna que debemos saber aceptar?

FERRANTE: No lo sé. En una primera versión, el relato insistía mucho en la cruda materialidad del embarazo, del parto. Había pasajes muy duros sobre el cuerpo que se rebela, sobre las náuseas, sobre los vómitos matutinos, sobre la hinchazón del vientre, de los pechos, sobre el martirio inicial de la lactancia. Atenué todo eso. Pero estoy convencida de que es necesario narrar también la vertiente oscura del cuerpo grávido acallada para resaltar la parte luminosa, de Madre de Dios. En la historia de Leda hay una mujer embarazada,

Rosaria. Es una camorrista sin refinamiento físico ni siquiera de pensamiento. Para Leda, mujer culta, su maternidad es tosca, carente de interés. Pero quien lea el libro descubrirá página tras página que del mundo de Rosaria se desenrolla un hilo de furia. Tendemos a alejar de nosotros todo aquello que nos impide la coherencia, pero un relato no debe ser coherente, al contrario, precisamente en la incoherencia debe encontrar su alimento.

TERRAGNI y MURARO: «Repulsión» es una palabra que se repite en *La hija oscura*. Hay insectos, la cigarra, las lagartijas, las moscas, la lombriz, que acentúan la náusea de fondo. ¿Qué es lo repelente?
FERRANTE: Para Leda es repelente todo aquello que remite a nuestra naturaleza animal. La relación que tenemos con los insectos, con los seres que se arrastran, con toda la materia viva no humana es contradictoria. Los animales nos asustan, nos repugnan, nos recuerdan —como el embarazo cuando nos modifica de golpe acercándonos mucho a nuestra animalidad— la inestabilidad de las formas asumidas por la vida. Pero luego —mucho más para los varones— los admitimos entre nuestras palabras, los cuidamos como si fueran niños, borramos con amor el espanto y el asco. Estos días intento contar una pequeña historia en cuyo centro está la repulsión-atracción femenina por el mundo animal y, por tanto, por la animalidad de nuestros propios cuerpos. Me gustaría narrar de un modo significativo cómo una mujer se acerca, por necesidad de cuidado, por amor, a lo repelente de la carne, a esas zonas donde se debilita la mediación de la palabra. Nos damos asco, claro, es el asco inducido por los tabúes. Pero también disponemos de la capacidad de llegar muy lejos en los contactos con la materia viva, hasta donde el lenguaje se vuelve reticente y deja un espacio,

encerrado entre la obscenidad y la terminología científica, donde puede pasar de todo.

TERRAGNI y MURARO: Leda le dice a Nina que desde su juventud hasta hoy «el mundo no había mejorado en absoluto, incluso se había vuelto más cruel con las mujeres». ¿Qué quiere decir?

FERRANTE: Creo que el impulso hacia la igualdad nos ha llevado a competir con los hombres pero también entre nosotras, multiplicando la ferocidad de las relaciones mujer-hombre y mujer-mujer. La diferencia sexual, reprimida en nombre de un igualitarismo maquillado, corre el riesgo de que vuelvan a encerrarla en antiguos roles apenas retocados o de que nosotras mismas la borremos por oportunismo. En una palabra, el patriarcado —y lo digo con rabia— me parece más vivo que nunca. Tiene firmemente asido en sus manos el planeta y siempre que puede se ensaña más que antes en convertir a las mujeres en carne de cañón. Esto no significa que las verdades que hemos sacado a la luz no hayan producido cambios. Pero yo escribo relatos y cada vez que las palabras ordenan las cosas con bonita coherencia desconfío y no pierdo de vista las cosas que ignoran la verdad de las palabras y van a la suya. Me parece que estamos en mitad de un combate durísimo y a diario nos arriesgamos a perderlo todo, incluso la sintaxis de la verdad.

TERRAGNI y MURARO: La novela termina con la frase: «Estoy muerta, pero me encuentro bien». ¿Significa «Estoy muerta, pero he renacido, he realizado mi viaje de pasión, he cumplido con todas las estaciones, con todos los ajustes de cuentas»?

FERRANTE: No creo que nunca se puedan cumplir todas las estaciones y los ajustes de cuentas. En cuanto a esa frase final, utilizo morir en el sentido de borrar para siempre algo de una misma. Acción que puede tener por lo menos dos resultados: mutilarse, marcarse irreparablemente, o extirparse una parte viva pero enferma y por ello notar enseguida una sensación de bienestar. Las tres mujeres de mis novelas conocen de distinta manera ambos resultados.

TERRAGNI y MURARO: Sus protagonistas se mueven siempre por cimas peligrosas, viven en líneas divisorias, quedan trituradas, corren el riesgo de venirse abajo —pensemos sobre todo en Olga— para encontrar después una unidad más coherente, más compatible con la vida en la que aprenden a convivir con sus fantasmas; parece un tratamiento de análisis con buen resultado.

FERRANTE: Nunca me he psicoanalizado. Pero sé qué significa quedar destrozada. Lo observé en mi madre, en mí, en muchas mujeres. Me interesa mucho desde el punto de vista narrativo el proceso de desintegración en un cuerpo de mujer. Para mí supone narrar hoy un yo femenino que, de repente, percibe que se desintegra, que pierde la noción del tiempo, que ya no se siente en orden, se nota como un torbellino de residuos, un torbellino de pensamientos-palabras. Luego se detiene con brusquedad y vuelve a comenzar a partir de un nuevo equilibrio que, cuidado, no necesariamente es más avanzado que el anterior y tampoco más estable. Solo sirve para decir: ahora estoy aquí y me siento así.

TERRAGNI y MURARO: ¿Cree que este camino de pasión, este deshacerse en la propia desintegración para restablecerse después, es un paso inevitable en la vida de las mujeres, analizadas o no?

FERRANTE: En las mujeres con las que me he sentido muy próxima, lo es. En algún caso me pareció que ese sentirse literalmente destrozada podría reconducirse a esa especie de desintegración originaria que supone traer al mundo-venir al mundo. Hablo de sentirse madre a costa de expulsar un fragmento vivo del propio cuerpo; hablo de sentirse hija como fragmento de un cuerpo entero e inigualable. Leda es el fruto explícito de esta sugestión.

TERRAGNI y MURARO: En su escritura es como si los fantasmas y la carne, como si lo que ocurre, lo que podría ocurrir y los recuerdos estuvieran en un mismo plano, tuviesen la misma densidad, fueran igual de reales. ¿Esa indistinción es espacio femenino? ¿Es escritura femenina?

FERRANTE: No sé si es escritura femenina. Seguramente, en mi experiencia, la palabra siempre es carnal. El momento en que escribo con mayor placer es cuando siento que la historia no necesita preámbulos, ni siquiera una perspectiva. Existe, está ahí, la veo y la siento, es un mundo de materia viva, de aliento, de calor y frío. Yo misma que escribo estoy con los dedos en las teclas del ordenador, y al mismo tiempo me siento de lleno en ese mundo, y me dejo llevar por su torbellino que todo lo arrastra, sin un antes y sin un después. He de reconocer que, con los años, me siento cada vez más cercana a la idea de que la verdadera escritura es la que nace de ese salir de una misma, de una condición extática. Pero con frecuencia descubro que imaginamos el éxtasis como una desencarnación. El éxtasis de escribir no es sentir el aliento de la palabra que se libera de la carne, sino la carne que forma una unidad con el aliento de las palabras.

TERRAGNI y MURARO: Los medios le atribuyen muchas identidades, la mayoría de ellas de sexo masculino. ¿Reconoce algo no femenino en su escritura?

FERRANTE: Temo haber aprendido a escribir devorando más que nada escritura de hombres y rehaciéndola continuamente. Necesité tiempo para aprender a amar a las mujeres que escribían. Debo reconocer que lo femenino de los varones me atraía más que lo femenino de las mujeres. Madame Bovary o Ana Karénina o incluso las damas del perrito de Chéjov, esas sí me parecían auténticas mujeres. Es probable, claro, que esta manera mía de pasar por la literatura cuando era muy jovencita perdure en rasgos de mi forma de escribir actual, pero no creo que el problema sea ese. Alguna vez habrá que hablar sobre qué significa escribir como mujeres, qué significa ajustar las cuentas de verdad no solo con lo masculino, sino con lo femenino de los varones que nos pertenece y nos habita. Hoy lo prioritario no es nuestra relación con lo masculino, sino esa otra mucho más compleja con lo masculino-femenino y con lo femenino-masculino.

TERRAGNI y MURARO: Usted ha dicho que no aprecia una vida en la que la literatura sea más importante que todo lo demás, y que su afán por narrar se alimentó también de ciertos bajos fondos como las fotonovelas. ¿Qué encontró en esos bajos fondos?

FERRANTE: El gusto de apasionar a los lectores. La fotonovela fue uno de mis primeros placeres de lectora en ciernes. Temo que la obsesión de obtener un relato tenso, incluso cuando cuento una historia pequeña, me viene de ahí. Para mí no es ningún placer escribir si no siento que la página es emocionante. Antes tenía grandes ambiciones literarias y me avergonzaba de ese impulso hacia las técnicas de la novela popular. Hoy me alegro cuando me dicen que he escrito un relato apasionante, por ejemplo, como los de Delly.

TERRAGNI y MURARO: Las mujeres que la leen hablan con frecuencia de literatura irresistible pero «perturbadora». Según usted, ¿qué es lo que resulta perturbador?

FERRANTE: He recibido cartas en las que se me indica este doble efecto. Creo que depende del hecho de que cuando escribo es como si estuviera aniquilando anguilas. No me fijo mucho en lo desagradable de la operación y uso la trama, los personajes, como una red tupida para sacar del fondo de mi experiencia todo aquello que está vivo y se retuerce, incluido aquello que yo misma he alejado de mí todo lo posible porque me parecía insoportable. Tengo que decir que en los primeros borradores siempre hay mucho más de lo que luego decido publicar. Me censura mi propio fastidio. Sin embargo, siento que eso no está bien, y con frecuencia recupero lo que he eliminado. O espero la ocasión para utilizar en otra parte los pasajes que he descartado.

NOTA. La entrevista de Marina Terragni y Luisa Muraro se publicó en *Io Donna* el 27 de enero de 2007, con el título «Parla Elena Ferrante, la scrittrice senza volto. "Così racconto l'amore oscuro della madre"» ('Habla Elena Ferrante, la escritora sin rostro. "Así cuento el amor oscuro de la madre"'). Luisa Muraro escribió además un artículo sobre *La frantumaglia* titulado «Pensare con Elena Ferrante» ('Pensar con Elena Ferrante'), aparecido en *Via Dogana*, n.º 68, marzo de 2004.

III
Cartas

2011-2016

Un libro que acompaña otros libros

Querida Sandra:

Quizá haya que informar a los lectores sobre los motivos por los que hemos decidido reunir unas cuantas entrevistas. Es una exigencia que siento desde que el 23 de septiembre de 2015 me llegó tu correo electrónico sibilino, en el que adjuntabas un archivo enorme y un asunto que rezaba: «Entrevistas. ¿Me dices si lo abres y entiendes algo?». ¿Cuándo os pareció a Elena y a ti que comenzaba a tener sentido una nueva sección de *La frantumaglia*?

En las entrevistas, Elena habla de la importancia del punto de vista ajeno, del diálogo por escrito con periodistas de tantos países distintos para alimentar su reflexión sobre la escritura, eso es algo que tengo claro. Pero ¿cuándo os habéis mirado a los ojos y habéis pensado: estaría bien reunirlas todas y permitir que los lectores puedan verlas en un solo volumen? ¿Al principio no existía la idea de una sección y solo queríais publicar algunas? ¿O es que tal vez no os mirasteis a los ojos?

Saludos,

SIMONA

Querida Simona:

Te contesto yo; quería hacerlo Elena, pero me dice que se extendería demasiado y te aburriría.

Vayamos, pues, a tu preguntita: no nos miramos a los ojos porque hablamos por teléfono. Le adelanté a la autora que en Italia íbamos a reeditar *La frantumaglia* y le sugerí que quizá sería conveniente publicar el texto también en inglés, lengua en la que aparecieron algunos extractos en internet.

Como sabes, le tengo mucho cariño a este libro que, con su variedad de temas y personajes, casi me parece un cuento. De modo que pensé que podíamos enriquecerlo más con una antología de las entrevistas concedidas por Elena a raíz de la publicación de la tetralogía *Dos amigas*. O *Neapolitan Quartet*, como la llaman en inglés.

El problemita era que, como habíamos prometido a los primeros editores a los que les vendimos los derechos que Elena escribiría una entrevista para cada país, la autora se encontró de pronto con que tenía que contestar unas cuarenta entrevistas en todo el mundo. Demasiadas para un apéndice. Pensamos que incorporarte a la discusión sería útil para ver qué se podía hacer y preguntarnos sobre los criterios con los que organizar la sección.

En fin, que repasando las entrevistas se ve que el material es coherente con la estructura de *La frantumaglia* donde, en definitiva, tenemos los veinticinco años de historia de un intento por mostrar que la función de un autor está por completo en la escritura, «nace en ella, se inventa en ella y se agota en ella», como dice Elena. Además, creo que a los lectores les puede resultar interesante comprobar que en los últimos años han aumentado las preguntas sobre la tradición literaria y cultural de la que se nutren las novelas, el papel del pensamiento de las mujeres en la construcción de personajes como

Lenù y Lila, sobre los motivos por los que las dos muchachas abrieron brecha en contextos y culturas muy alejadas de Nápoles y de Italia.

A la autora también le parecieron importantes las observaciones de Michael, pues contribuyen a aclarar el sentido de esta última parte del libro. Michael dice que con esta sección daremos a los lectores una especie de historia interna de los motivos de Elena, de la lucha por darles forma, de los cambios que esos motivos experimentaron con el tiempo. Es así. En sus respuestas se nota el esfuerzo por encontrar las palabras, por explicarse. Es algo que a mí me gusta, por lo demás, a ella también. Al fin y al cabo el proyecto de *La frantumaglia* consistió siempre en dar a todos sus lectores, desde *El amor molesto* hasta hoy, con la tetralogía *Dos amigas*, una escritura que sin demasiados velos, a través de fragmentos varios, apuntes, puntualizaciones, incluso contradicciones, sostuviera las obras de ficción como solo puede hacerlo un libro que acompaña a otros libros.

Saludos,

SANDRA

NOTA. Los redactores mencionados en este intercambio de correos electrónicos son Simona Olivito, de Edizioni e/o, y Michael Reynolds, de Europa Editions.

1

La subordinada brillante

Respuestas a las preguntas de Paolo Di Stefano

DI STEFANO: Elena Ferrante, ¿cómo ha sido la evolución de un tipo de novela psicológico-familiar —*El amor molesto* y *Los días del abandono*— a otra que, como esta, se anuncia como múltiple —la primera de una trilogía o tetralogía— y que por su estilo y su argumento es tan centrífuga y tan centrípeta?

FERRANTE: No siento que esta novela sea muy diferente de las anteriores. Hace unos cuantos años se me ocurrió narrar la intención de una persona anciana de desaparecer —que no significa morir—, sin dejar rastro de su existencia. Me seducía la idea de un relato que mostrara lo difícil que resulta borrarse, al pie de la letra, de la faz de la tierra. Después la historia se fue complicando. Introduje una amiga de la infancia que hiciera de testigo inflexible de cada hecho grande o pequeño de la vida de la otra. Después me di cuenta de que lo que me interesaba era ahondar en las dos vidas femeninas, repletas de afinidades y, sin embargo, divergentes. Y eso fue lo que hice. Se trata, sin duda, de un proyecto complejo, la historia abarca unos sesenta años. Pero Lila y Elena están hechas de la misma materia que nutrió las otras novelas.

DI STEFANO: Las dos amigas cuya infancia se narra, Elena Greco, la narradora en primera persona, y su amiga-enemiga Lila Cerullo, son parecidas y a la vez distintas. En el preciso momento en que parecen distanciarse, se superponen sin cesar. ¿Se trata de una novela sobre la amistad y sobre cómo un encuentro puede determinar una vida, pero también sobre cómo la atracción por el mal ejemplo puede ayudar a desarrollar una identidad?

FERRANTE: En general, quien impone su personalidad, al hacerlo, convierte al otro en opaco. La personalidad más fuerte, más rica, cubre a la más débil, en la vida y tal vez aún más en las novelas. Pero en la relación entre Elena y Lila ocurre que Elena, la subordinada, obtiene de esa subordinación una especie de brillo que desorienta, que deslumbra a Lila. Es un movimiento difícil de narrar, pero me interesó por eso. Digámoslo así: la diversidad de hechos de la vida de Lila y Elena mostrará cómo una saca fuerzas de la otra. Pero cuidado: no solo en el sentido de que se ayudan, sino también en el sentido de que se saquean, se roban sentimientos e inteligencia, se quitan la energía.

DI STEFANO: ¿Cómo influyeron en la elaboración del libro la memoria y el tiempo transcurrido, la distancia temporal y quizá espacial?

FERRANTE: Creo que eso de «poner distancia» entre la experiencia y el relato es un lugar común. Para quien escribe el problema radica con frecuencia en lo contrario, en llenar la distancia; sentir físicamente el choque de la materia por narrar, acercar el pasado de las personas a las que hemos querido, de las vidas como las hemos observado, como nos fueron contadas. Para cobrar forma una historia debe superar muchísimos filtros. Con frecuencia nos ponemos a escribirla demasiado pronto y las páginas salen frías. Únicamente cuando estamos sumergidos en la historia, en cada uno de sus momentos o rincones —a veces hacen falta años—, se deja escribir bien.

DI STEFANO: *La amiga estupenda* es también una historia sobre la violencia de la familia y la sociedad. ¿Narra la novela cómo se consigue —o se conseguía— crecer en la violencia y a pesar de la violencia?

FERRANTE: En general, crecemos parando golpes, devolviéndolos, incluso aceptando recibirlos con estoica generosidad. En el caso de *La amiga estupenda*, el mundo en el que se crían las muchachas tiene algunos rasgos visiblemente violentos y otros ocultamente violentos. A mí me interesan sobre todo estos últimos, aunque no falten de los primeros.

DI STEFANO: En la página 146 hay una hermosa frase, a propósito de Lila: «tomaba los hechos y los expresaba de forma natural, cargados de tensión; reforzaba la realidad mientras la traducía en palabras». Y en la página 261: «La voz engarzada en la escritura me conmocionó [...]. Estaba por completo despojada de los desechos de cuando se habla». ¿Es una declaración de estilo?

FERRANTE: Digamos que, entre los muchos métodos de los que nos servimos para dotar al mundo de un orden narrativo, prefiero aquel en el que la escritura es nítida y honesta, y permite que al leer los hechos, los hechos de la vida corriente, estos resulten extraordinariamente apasionantes.

DI STEFANO: Hay un hilo rojo más sociológico, la Italia de los años del boom, el sueño del bienestar que debe enfrentarse a resistencias arcaicas.

FERRANTE: Sí, y ese hilo llega hasta el presente. Pero reduje al mínimo el fondo histórico. Prefiero que todo se inscriba en los movimientos internos y externos de los personajes. Lila, por ejemplo, quiere hacerse rica ya con siete u ocho años, y arrastra a Elena, la convence de que la riqueza es una meta urgente. De qué manera influye este propósito en las dos amigas, cómo se modifica, las orienta o las confunde me interesa más que los «sociologismos» canónicos.

DI STEFANO: Rara vez cede usted al color dialectal: lo hace en pocas frases, pero en general prefiere la fórmula «lo dijo en dialecto». ¿Nunca sintió la tentación de usar una tonalidad más expresionista?
FERRANTE: De niña, de adolescente, el dialecto de mi ciudad me asustaba. Prefiero que sus ecos se perciban un instante en la lengua italiana, pero como si la amenazara.

DI STEFANO: ¿Ya están listas las siguientes entregas?
FERRANTE: Sí, en un estado muy provisional.

DI STEFANO: Una pregunta obvia, pero obligada: ¿cuánto hay de autobiográfico en la historia de Elena? ¿Y cuánto de sus pasiones literarias hay en las lecturas de Elena?
FERRANTE: Si por autobiografía se refiere a tomar de la propia experiencia para alimentar una historia de ficción, casi todo. Si, por el contrario, me está preguntando si cuento mi historia personal, no, en absoluto. En cuanto a los libros, sí, siempre cito textos que me gustan, personajes que me modelaron. Por ejemplo, Dido, la reina de Cartago, ha sido una figura femenina fundamental en mi adolescencia.

DI STEFANO: ¿La aliteración Elena Ferrante–Elsa Morante —una de sus pasiones— es sugestiva? ¿Es puramente imaginativa la relación Ferrante–Ferri —sus editores—?

FERRANTE: Sí, sin duda.

DI STEFANO: ¿Nunca se ha arrepentido de haber elegido el anonimato? En el fondo, las reseñas hacen más hincapié en el misterio Ferrante que en las cualidades de sus libros. Quiero decir, ¿no ha obtenido resultados opuestos a lo que usted buscaba al enfatizar su hipotética personalidad?

FERRANTE: No, no estoy arrepentida. En mi opinión, deducir la personalidad de quien escribe de las historias que propone, de los personajes que pone en escena, de los paisajes, de los objetos, de entrevistas como esta, es decir, siempre y únicamente de la tonalidad de su escritura es, nada más y nada menos, que una buena forma de leer. Ese «enfatizar» al que usted se refiere, si está basado en las obras, en la energía de las palabras, es un enfatizar honrado. Ahora bien, la enfatización mediática es muy distinta, el predominio del icono del autor sobre su obra. En ese caso, el libro funciona como la camiseta sudada de una estrella del pop, prenda que sin el aura del divo resulta por completo insignificante. Este último tipo de enfatización es el que no me gusta.

DI STEFANO: ¿Le disgusta la sospecha de que su obra es fruto de un trabajo a varias manos?

FERRANTE: Me parece un ejemplo útil para lo que estamos comentando. Estamos acostumbrados a buscar en el autor la coherencia de sus obras, y no a buscar en las obras la coherencia de un autor. Los libros los ha escrito esa señora determinada o ese señor determinado y eso basta para que los consideremos tramos de un recorrido. Hablaremos con toda tranquilidad de los comienzos del autor, de libros logrados y de otros menos logrados. Diremos que ha encontrado enseguida su camino, que ha experimentado con géneros y estilos distintos, encontraremos temas recurrentes, circunstancias, una evolución o una involución. Pongamos por caso que tenemos a mano *Mentira y sortilegio* y *Araceli*, pero no disponemos de una escritora llamada Elsa Morante. En ese caso estamos tan poco acostumbrados a tomar las obras como punto de partida, a buscar en ellas coherencia o disparidades que enseguida nos desconcertamos. Acostumbrados a la supremacía del autor, cuando este no está, o no aparece, terminamos por ver manos distintas no solo al pasar de un libro a otro, sino incluso de una página a otra.

DI STEFANO: En fin, ¿se puede saber quién es usted?
FERRANTE: Elena Ferrante. He publicado seis novelas en veinte años. ¿No le parece bastante?

NOTA. La entrevista de Paolo Di Stefano se publicó en el *Corriere della Sera* (Italia), el 20 de noviembre de 2011 con el título «Ferrante: felice di non esserci» ('Ferrante: feliz de no estar'), con la siguiente introducción:

La amiga estupenda es muy distinta de las novelas anteriores de Elena Ferrante. Se trata de un hermoso *Bildungsroman*, mejor dicho, de dos, mejor dicho, de más de dos. Es la novela de una generación de amigos-enemigos. Las entrevistas a Elena Ferrante deben hacerse por mediación de sus editores, Sandro Ferri y Sandra Ozzolo. De modo que, preguntas por correo electrónico, respuestas por correo electrónico.

2

Miedo a las alturas

Respuestas a las preguntas de Karen Valby

VALBY: Elena, ¿cuáles son sus costumbres cuando escribe y cómo se recupera, sobre todo después de haber descrito los momentos más rabiosos y duros entre las dos amigas?

FERRANTE: No tengo costumbres, escribo cuando tengo ganas. Me cuesta mucho trabajo narrar. Lo que le pasa a los personajes me pasa a mí, sus sentimientos buenos y malos me pertenecen. Así debe ser, de lo contrario, no escribo. Cuando me siento agotada, hago lo más obvio: dejo de escribir, me ocupo de las mil cosas urgentes que he descuidado y sin las cuales la vida no funciona.

VALBY: Entre Elena y Lila existe una amistad rica, sincera, problemática, es el espléndido retrato de una amistad profunda entre mujeres —sentimiento muy poco tratado en literatura—. ¿En qué se ha inspirado? ¿A cuál de sus personajes se siente más próxima y cuál le causa dificultades?

FERRANTE: Tuve una amiga a la que aprecié mucho, partí de esa experiencia. Pero el dato objetivo tiene poca importancia cuando se escribe, como mucho es como recibir un empujón en la calle. Una historia es más bien un precipicio de experiencias muy distintas, acumuladas en el curso de la vida. Ellas son las que alimentan de manera milagrosa las historias y los personajes. Pero hay experiencias difíciles de usar. Nos pertenecen tan íntimamente que son huidizas, incómodas, a veces inenarrables. Estoy a favor de las historias que se alimentan sobre todo de este tipo de experiencias. Elena y Lila están inventadas así y no fue fácil escribirlas. Quiero más a Lila, pero solo porque me obligó a trabajar de firme.

VALBY: ¿Por qué decidió escribir con seudónimo? ¿Por qué eligió firmar con el nombre de Elena? ¿Se ha arrepentido de no haber revelado su identidad? ¿Alguna vez, en un arrebato de rebelión, no sintió ganas de abrir la ventana y gritar: «¡Yo he creado este mundo!»? ¿Qué perdería si tuviera que llevar una vida pública?

FERRANTE: Cualquiera que escriba sabe que lo más complicado es describir las historias y los personajes para que sean no solo verosímiles sino auténticos. Para ello es preciso creer en la historia en la que se trabaja. Le he puesto mi nombre a la narradora para facilitarme el trabajo. De hecho, Elena es el nombre que siento más mío, mi identidad está por completo, sin reticencias, en los libros que escribo. Es divertida su imagen de la ventana. Mi casa está en un piso alto, me dan miedo las alturas, y, de buena gana, procuro no asomarme.

VALBY: ¿Qué opina de las adaptaciones cinematográficas y televisivas?

FERRANTE: De mis libros se han hecho dos películas, lo que despertó mi curiosidad. Ahora se habla de una serie de televisión basada en la tetralogía *Dos amigas*. No me gustan los directores y guionistas que tratan los libros con soberbia, como mera inspiración para su trabajo. Prefiero a los que se sumergen con respeto en el texto literario y obtienen de él estímulos para nuevas maneras de contar con imágenes.

NOTA. La entrevista de Karen Valby se publicó en *Entertainment Weekly* (Estados Unidos), con el título «Elena Ferrante: The Writer Without a Face» ('Elena Ferrante: la escritora sin rostro'), el 5 de septiembre de 2014 en la edición en internet y el 12 de septiembre en la edición en papel.

3

Cada individuo es un campo de batalla

Respuestas a las preguntas de Giulia Calligaro

CALLIGARO: ¿Cómo se consigue una historia así? ¿Qué sabía usted cuando la comenzó?

FERRANTE: Me pasé años pensando en algunos hechos para mí importantes y que hubiera querido narrar, la historia de la niña perdida, por ejemplo. Pero el relato en su conjunto nació escribiendo y no imaginaba que acabaría siendo tan largo. La escritura es la que da a luz a la historia, la que insufla vida en el material inerte guardado en la memoria y lo saca del olvido. Si con el paso de los años no se ha puesto a punto un instrumento expresivo adecuado, la historia no nace, o nace sin verdad.

CALLIGARO: La comparación obsesiva entre Lila y Lena nos enseña que la amistad entre mujeres, aunque afectuosa, es siempre antagónica. ¿Por qué ese miedo a llegar segundas?

FERRANTE: Han dejado sin reglas a la amistad femenina. Ni siquiera le han impuesto las masculinas, y sigue siendo un territorio con códigos frágiles donde amar —la palabra «amistad» se deriva de «amor»— arrastra consigo de todo, sentimientos elevados y pulsiones infames. En consecuencia, he contado la historia de un vínculo muy fuerte que dura toda la vida y que se compone de afecto, pero también de desorden, inestabilidad, incoherencia, subordinación, atropello, malhumores.

CALLIGARO: El amor es el motor del relato. Pero las partes felices son las que el lector vive con más recelo. ¿Qué impide el final feliz?

FERRANTE: La tetralogía *Dos amigas* es un relato concebido de modo que la relación más intensa, más duradera, más feliz y más devastadora sea la que hay entre Lila y Lena. Esa relación dura, mientras las relaciones con los hombres nacen, crecen y se deterioran. Hay momentos en que los vínculos de amor entre mujer y hombre son felices, bastaría con interrumpirlos entonces y tendríamos un final feliz. Pero el final feliz guarda relación con los trucos de la ficción, no con la vida y ni siquiera con el amor, que es un sentimiento ingobernable, cambiante, lleno de sorpresas desagradables ajenas a él.

CALLIGARO: Los hombres son inadecuados. ¿Qué obstaculiza el encuentro entre los sexos? ¿Las luchas por la igualdad han aumentado la distancia?

FERRANTE: Las expectativas femeninas son muy grandes. Se han roto los modelos de comportamiento que permitían a los sexos reconocerse mutuamente, por suerte, y ninguno de los remiendos ha funcionado, ni ha sido posible una redefinición radical satisfactoria para ambas partes. Ahora el mayor riesgo radica en la nostalgia femenina por los «hombres de verdad», como los de antes. Hay que luchar contra todas las formas de violencia masculina, pero no habría que descuidar el deseo femenino de regresión. La multitud de mujeres que adoran la sensibilidad y la energía sexual del peor de los personajes masculinos de la tetralogía *Dos amigas* es un ejemplo de esta tentación.

CALLIGARO: Lila y Lena «interpretan» el duelo entre Naturaleza e Historia. Lena parece «conseguirlo», pero en realidad todos se convierten en aquello que siempre han sido. ¿Acaso nada puede cambiar? ¿Y la mezcla de clases sociales es una ardua empresa?

FERRANTE: El impulso por modificar el propio estado ha de enfrentarse a mil obstáculos. Sobre el condicionamiento genético se puede actuar, pero no se puede pasar por alto. La pertenencia a una clase social se puede disimular, pero no se puede borrar. A fin de cuentas, el individuo no es más que un campo de batalla, en su cuerpo los privilegios y las desventajas luchan ferozmente. Al final cuentan las generaciones en su fluir colectivo. Los esfuerzos de un solo individuo, incluso cuando se suman mérito y suerte, son insatisfactorios.

CALLIGARO: El barrio es el laboratorio donde se revela la fragilidad de la Historia. Usted escribe: «El sueño de progreso sin límites es, en realidad, una pesadilla llena de ferocidad y muerte». ¿Cuál es la alternativa? ¿Es Nápoles un banco de pruebas de los acontecimientos nacionales?

FERRANTE: Para Lila y Lena, Nápoles es la ciudad donde la belleza se transforma en horror, donde en pocos segundos los buenos modales se transforman en violencia, donde cada Saneamiento encubre un Derribo. En Nápoles se aprende pronto y riendo a no fiarse tanto de la Naturaleza como de la Historia. En Nápoles el progreso es siempre progreso de unos pocos en perjuicio de la mayoría. Pero como ve, poco a poco, ya no hablamos de Nápoles sino del mundo. Eso que denominamos progreso ilimitado es el mayor y más cruel derroche de las clases ricas de Occidente. Tal vez las cosas vayan algo mejor cuando antepongamos el cuidado de todo el planeta y de cada uno de sus habitantes.

CALLIGARO: De Nino, amado por Lila y luego por Lena, dice: «Le gusta más caer simpático a los que mandan que batirse por una idea». Luego: «Tiene la peor de las maldades, la de la superficialidad». De Lila dice: «Destacaba entre tantas porque con naturalidad no se doblegaba a ningún adiestramiento, a ningún uso y a ningún fin». Dos seres humanos opuestos. ¿Puede comentarnos algo a este respecto?
FERRANTE: Los rasgos de Nino están hoy más extendidos. Querer gustar a cuantos ejercen algún tipo de poder es una característica del subordinado que quiere salir de la subordinación. Pero también es un rasgo del espectáculo permanente en el que nos hallamos inmersos que, por su naturaleza, nos conduce a la superficialidad. La superficialidad no es sinónimo de estupidez, sino exhibición del propio aspecto, goce de la apariencia, impermeabilidad frente al aguafiestas por excelencia, el dolor ajeno. Los rasgos de Lila, en cambio, me parecen el único camino posible para quien quiere ser parte activa de este mundo sin someterse a él.

CALLIGARO: Ha conseguido usted éxito internacional entre lectores corrientes e intelectuales. Ahora en Estados Unidos la comparan con Elsa Morante. ¿A qué blanco ha apuntado que resulta válido para tantos lectores?
FERRANTE: No sé si he apuntado a algún blanco. Me interesan las historias que me resultan difíciles de contar. Desde siempre el criterio es este: cuanto más me incomoda una historia, más me empecino en contarla.

CALLIGARO: Podría ser la historia del borrarse de Lila. ¿Qué significa para usted borrarse?

FERRANTE: Sustraerse sistemáticamente a las ansias del propio ego hasta convertirlo en un modo de vida.

CALLIGARO: Los lectores no sabemos cómo nos las arreglaremos sin Lila y Lenù. ¿Cómo se las arreglará usted?

FERRANTE: Ha sido bonito y laborioso vivir con ellas durante años. Ahora siento la necesidad de pasar a otra cosa, como ocurre cuando se agota una relación. Con la escritura la norma es sencilla: si no tienes nada que valga la pena escribir, no escribes más.

NOTA. La entrevista de Giulia Calligaro apareció en *Io Donna* (Italia), el 8 de noviembre de 2014, con el título «È ora di dire addio a Elena e Lila» ('Es hora de decir adiós a Elena y Lina').

4

Cómplice pese a la ausencia

Respuestas a las preguntas de Simonetta Fiori

FIORI: La revista estadounidense *Foreign Policy* la ha incluido entre las cien personalidades más influyentes del mundo por su «capacidad de contar historias verdaderas y honradas». ¿Cómo explica usted «la fiebre Ferrante»?

FERRANTE: Estoy contenta sobre todo porque *Foreign Policy* me atribuye con cierta generosidad el mérito de haber demostrado que el poder de la literatura es autónomo. En cuanto al éxito de mis libros, ignoro los motivos, pero no me cabe ninguna duda de que hay que buscarlo en lo que cuentan y en cómo lo cuentan.

FIORI: Hace más de veinte años usted escribía: «Creo que los libros no necesitan en absoluto a sus autores. Si tienen algo que contar, tarde o temprano encontrarán lectores». ¿No considera que se ha ganado esa apuesta y, por tanto, sus libros ya no necesitan del anonimato?

FERRANTE: Mis libros no son anónimos, en la cubierta consta la firma y nunca necesitaron del anonimato. Ocurrió sencillamente que los escribí y después, eludiendo la práctica editorial corriente, los puse a prueba sin patrocinio alguno. Si alguien ha ganado, han sido ellos. Es una victoria que atestigua su autonomía. Se han ganado el derecho a ser apreciados por los lectores solo por ser libros.

FIORI: ¿Su decisión de sustraerse no produce acaso el efecto contrario? El misterio suscita curiosidad, el autor se convierte así en personaje.

FERRANTE: Me temo que estas consideraciones solo se refieren al reducido círculo de quienes trabajan en los medios de comunicación. Esas personas, con las excepciones habituales, suelen estar demasiado ocupadas y o no son lectores o son lectores apresurados. Fuera del círculo mediático el mundo es mucho más amplio y las expectativas son otras. Para entendernos: he dejado un vacío adrede, y usted, quiera o no, por oficio, y prescindiendo de su sensibilidad de persona culta, se siente obligada a llenarlo con una cara, mientras que los lectores lo llenan leyendo.

FIORI: ¿Está realmente convencida de que la vida de un autor no añade nada? Italo Calvino se sustraía a las preguntas personales, pero sabemos mucho de él y de su trabajo editorial.

FERRANTE: Cuando era jovencita, me impresionó mucho una declaración de Calvino. Más o menos venía a decir: pregúntenme por mi vida privada, no les contestaré o mentiré siempre. Aún más radical me pareció después Northrop Frye cuando dijo: los escritores son personas más bien simples, por lo general, ni más sabios ni mejores que cualquier otra. Y añadió: de ellos importa lo que saben hacer bien, encadenar palabras; *El rey Lear* es maravilloso a pesar de que de Shakespeare solo nos queden un par de firmas, unas direcciones, un testamento, un certificado de bautismo y un retrato que representa a un hombre que tiene todo el aspecto de un idiota.

Bueno, yo lo veo exactamente así. Nuestras caras, todas ellas, no nos hacen quedar bien y nuestras vidas no añaden nada a las obras.

FIORI: Si usted revelara su identidad, disminuiría la curiosidad. ¿No cree que insistir en el misterio supone el riesgo de hacerla cómplice?

FERRANTE: ¿Me permite que le conteste con otra pregunta? ¿No cree que si hiciera lo que usted dice me traicionaría a mí misma, mi escritura, el pacto que hice con mis lectores, mis razones que ellos prácticamente apoyaron, incluso el nuevo modo en que terminaron por leer? En cuanto a mi complicidad, mire a su alrededor. ¿No ve la aglomeración que se produce por Navidad para ir a la televisión? ¿Seguiría hablando de complicidad si en este momento yo estuviera en primera fila, frente a una cámara de televisión, o lo consideraría sencillamente normal? No, decir que la ausencia es complicidad es un juego viejo y previsible. En cuanto a la curiosidad morbosa, creo que no es más que la presión del mecanismo mediático dirigida a hacerme aún más cómplice, incoherente.

FIORI: ¿Le pesa vivir en la simulación?

FERRANTE: No simulo nada. Vivo mi vida, y quien forma parte de ella lo sabe todo de mí.

FIORI: Pero ¿cómo hace uno para vivir en la mentira? Usted reivindica el anonimato en parte para proteger su vida. Pero ¿en la vida de una persona qué puede condicionar más que el secreto en torno a su trabajo?

FERRANTE: Para mí escribir no es un trabajo. En cuanto a la mentira, bueno, técnicamente la literatura lo es, es un producto extraordinario de la mente, un mundo autónomo hecho de palabras todas ellas orientadas a decir la verdad de quien escribe. Sumergirse en esta clase de mentira es un placer enorme y una abrumadora responsabilidad. En cuanto a las viles mentiras, vaya, en general no miento a nadie, salvo para evitar un peligro, para protegerme.

FIORI: La tetralogía *Dos amigas* será una serie de televisión, encargada a Francesco Piccolo. ¿Qué espera de ella?
FERRANTE: Espero que los personajes no se simplifiquen y que la narración no se empobrezca ni se tergiverse. Si es que la hay, la colaboración con quien se ocupe del guion será por correo electrónico.

FIORI: El anonimato en una época de exposición total tiene algo de heroico, pero ¿ahora el éxito no la obliga a «dar la cara»?
FERRANTE: Nuestro primer ministro suele usar esa expresión, pero me temo que sirve más para ocultar que para desvelar. Eso hace el protagonismo: oculta, no desvela, maquilla la práctica democrática. Pero sería bonito que ahora, no dentro de unos meses o años, pudiéramos valorar con claridad qué nos espera para evitar desastres. Sin embargo, no someten a nuestro examen unas obras, sino unas caras que, por su naturaleza, alejadas del clamor televisivo son todas como las de ese Shakespeare de Frye, ya sea que hayan escrito *El rey Lear* o que nos hayan colado la reforma laboral con la Jobs Act. Yo, con éxito o sin él, sé bastante de la mía para decidir que me la reservo.

FIORI: Su amiga la editora Sandra Ferri está convencida de que si se descubriese su identidad, usted ya no podría seguir escribiendo.
FERRANTE: A mi amiga Sandra le digo un montón de cosas, todas ciertas. Debo aclarar que hablaba de publicar, no de escribir. Y qui-

siera añadir que algo ha cambiado. Al comienzo me pesaba la angustia de lo que narraba. Luego no tardó en sumarse la pequeña polémica contra toda forma de protagonismo. Hoy lo que más temo es la pérdida del espacio creativo por completo anómalo que me parece haber descubierto. No es un detalle menor escribir sabiendo que se puede orquestar para los lectores no solo una historia, personajes, sentimientos, paisajes, sino la propia figura de autora, la figura más auténtica porque se crea solo mediante la escritura, mediante la pura exploración técnica de una posibilidad. Por eso o sigo siendo Ferrante o no publico más.

NOTA. La entrevista de Simonetta Fiori se publicó en *la Repubblica* (Italia), el 5 de diciembre de 2014 con el título «Elena Ferrante: "Se scoprite chi sono mollo tutto"» ('Elena Ferrante: "Si descubren quién soy, lo dejo todo"'), con la siguiente introducción:

A los editores:

Debe de haber habido un malentendido. «Dar la cara» era, en resumidas cuentas, un hipotético artículo sobre el primer ministro. O sea, política que tenía poco o nada que ver con mis decisiones de autora ausente. Pero qué le vamos a hacer, debo decir que al final fue para mí un gusto contestar a sus preguntas.

Gracias,

ELENA FERRANTE

De los malentendidos pueden surgir muchas cosas, incluso una entrevista singular. En un primer momento debía ser un artículo escrito por Ferrante sobre el tema sugerido por ella misma: «Dar la cara». En vista del misterio de su identidad, amplificado por el éxito mundial, la idea nos pareció oportuna e inequívoca. Sin embargo, después Ferrante no pudo escribir su artículo, y surgió así la fórmula de la entrevista que heredó su perspectiva: presencia/ausencia de un autor en la sociedad del espectáculo, los motivos de una ausencia defendida con tenacidad durante veinte años. Preguntas y respuestas escritas, sin posibilidad de diálogo. Un pacto aceptado de buena gana que, hoy lo descubrimos, se basó en un malentendido. Bienvenidas sean las interpretaciones erradas. Solo queda alguna duda sobre las convicciones de la autora. ¿Será cierto que a las lectoras no les importa su identidad? ¿La biografía de un autor es de verdad tan irrelevante? Quizá las cosas son un poco más complicadas, pero a una gran escritora se le permite todo, incluso dar respuestas tajantes.

5

Nunca bajes la guardia

Respuestas a las preguntas de Rachel Donadio

DONADIO: Pese a que insiste en el anonimato, se ha creado un público —en su mayoría femenino— primero en Italia, luego también en Estados Unidos y otros países. ¿Qué opina de la acogida reservada a sus libros en Estados Unidos y del creciente número de lectores que la siguen, sobre todo después de la reseña de James Wood en *The New Yorker* de enero de 2013?

FERRANTE: Valoré mucho la reseña de James Wood. La atención que la crítica ha dedicado a mis obras no solo ha favorecido su difusión sino que me ha ayudado, digamos, a leerlas. Quien escribe, precisamente porque escribe, está condenado a no ser jamás un verdadero lector de sus historias. El recuerdo de la primera vez que se pone por escrito una historia le impedirá para siempre leer su texto como un lector corriente. Los críticos ayudan a leer no solo a los lectores sino sobre todo al autor. Su función resulta fundamental cuando se trata de ayudar a que los mundos literarios se trasladen. Nunca me planteé el problema de cómo serían recibidas fuera de Italia las mujeres de mis relatos; en primer lugar, escribía para mí y, si publicaba, lo hacía delegando en mi libro la tarea de encontrar lectores. Ahora que sé que gracias a Europa Editions, a Ann Goldstein, a Wood y a tantos otros reseñadores, escritores, artistas y lectores corrientes ha resultado que esas historias tienen un corazón no solo italiano, estoy sorprendida y feliz a la vez.

DONADIO: ¿Cree que en Italia sus libros han recibido la atención que merecen?

FERRANTE: No hago giras de promoción, ni en mi país ni en ningún otro. En Italia mi primera novela, *El amor molesto*, se vendió enseguida, gracias al boca a boca entre los lectores que descubrieron y apreciaron la escritura, y a los reseñadores, que hablaron de ella elogiosamente. Después la leyó el director de cine Mario Martone, que hizo con ella una película memorable. Eso ayudó aún más al libro, pero desplazó la atención de los medios a mi persona. Por este motivo no publiqué nada más durante diez años, cuando, con mucha angustia, decidí que apareciera *Los días del abandono*. El libro tuvo muchísimos lectores, fue un éxito, aunque no faltaron las resistencias, ya surgidas, por lo demás, con la Delia de *El amor molesto*. La difusión de la novela y la película basada en ella concentraron aún más la atención de los medios en la ausencia de la autora. Entonces decidí separar de manera definitiva mi vida privada de la vida pública de mis libros. Puedo decir con cierto orgullo que en mi país, al menos hasta ahora, son más conocidos los títulos de mis novelas que mi nombre. Me parece un buen resultado.

DONADIO: ¿Cómo se situaría dentro de la tradición literaria italiana?

FERRANTE: Soy una narradora. Desde siempre estoy interesada en contar historias. Incluso hoy en día Italia tiene una tradición narrativa débil. Abundan las bellas y magníficas páginas muy elaboradas, pero no el flujo del relato que, a pesar de su densidad, te arrastra.

Elsa Morante es un modelo seductor. Trato de aprender de sus libros, pero la encuentro insuperable.

DONADIO: El primer episodio de la cuarta y última novela de la tetralogía, *La niña perdida*, recuerda a algunas escenas de *La hija oscura*, un libro cuya protagonista, Leda, describe su amor por el eco de los nombres: Nani, Nina, Nennella, Elena, Lenù, etcétera. ¿Qué sentido tienen estos ecos? ¿Acaso ve a sus personajes como distintas variantes de una misma mujer?

FERRANTE: Las mujeres de mis historias son todas el eco de mujeres reales que, por sus sufrimientos y su combatividad, influyeron en mi imaginación: mi madre, una amiga, conocidas cuyas historias he seguido de cerca. En general, mezclo sus experiencias con las mías y de esa amalgama nacen Delia, Amalia, Olga, Leda, Nina, Elena, Lenù. Pero el eco que usted ha notado deriva quizá de una oscilación interior de los personajes, en la que trabajo desde siempre. Mis mujeres son fuertes, cultas, conscientes de sí mismas y de sus derechos, justas, pero al mismo tiempo expuestas a repentinos quebrantos, a subordinaciones de todo tipo, a malos sentimientos. Es una oscilación que he experimentado, que conozco bien y que domina también mi forma de escribir.

DONADIO: Por sus libros se puede deducir que es usted madre. Sea o no cierto, ¿puede decirnos de qué modo la experiencia de la maternidad —vivida u observada— ha influido en su escritura?

FERRANTE: Los papeles de hija y madre son fundamentales en mis libros, a veces pienso que no he escrito sobre otra cosa. Cada una de mis inquietudes ha ido a depositarse allí. Concebir, deformarse, sentirse habitada por algo cada vez más vivo que hace que te sientas mal y te da bienestar, te exalta y te amenaza es una experiencia relacionada con lo tremendo, ese sentimiento antiquísimo de los mortales cuando se presentaba ante ellos un dios, el mismo sentimiento que debió de experimentar María cuando, ensimismada en la lectura, se le apareció el ángel. En cuanto a la escritura, en mi caso ya existía antes de los hijos, ya era una pasión muy fuerte, y a menudo entró en conflicto con el amor por ellos, sobre todo con las obligaciones y los placeres del cuidado. Por lo demás, escribir también está relacionado con la reproducción de la vida y con emociones contradictorias y abrumadoras. Pero el hilo de la escritura —incluso con la angustia de que no sabrás reanudarlo más, de que por él ya no pasará más vida— puede cortarse, si se quiere, por necesidad, por otras urgencias. Y de los libros puedes y debes separarte. En cambio, el cordón umbilical nunca termina de cortarse. Los hijos serán siempre un nudo ineludible de amor, terrores, satisfacciones, preocupación.

DONADIO: En sus obras hay muchas, muchísimas citas clásicas, a partir de los nombres de Elena y Leda. ¿De dónde viene su interés por el mundo clásico y qué peso tiene en su trabajo?

FERRANTE: Cursé estudios clásicos. Usted reconoce la huella en las obras que he publicado, es algo que me alegra. Pero yo la percibo poco, reconozco más mi formación en cuentos que escribí a modo de ejercicio y que, por suerte, jamás han visto la luz. Debo decirle que nunca he sentido el mundo clásico como mundo antiguo. Al contrario, noto su cercanía y de los clásicos griegos y latinos creo haber aprendido muchísimas cosas útiles sobre cómo se combinan las palabras. De jovencita quería apropiarme de ese mundo y practicaba haciendo traducciones que tendían a borrar los tonos elevados a los que me había acostumbrado la escuela. Mientras tanto imaginaba el golfo lleno de sirenas que hablaban en griego, como en un bonito relato de Giuseppe Tomasi di Lampedusa. Nápoles es una ciudad en la que el mundo griego, latino, Oriente y la Europa medieval, moderna, contemporánea, e incluso Estados Unidos, se encuentran codo con codo, cercanos, en primer lugar en el dialecto y luego en la estratificación histórica de la ciudad.

DONADIO: ¿Cómo nació la tetralogía? ¿Tenía en mente desde el principio los cuatro libros como obras separadas o bien empezó a escribir *La amiga estupenda* sin saber cómo acabaría la historia?

FERRANTE: Hará unos seis años me puse a escribir la historia de una difícil amistad femenina que venía directamente del interior de un libro al que le tengo mucho cariño, *La hija oscura*. Creía que me las arreglaría con cien o ciento cincuenta páginas. Pero la escritura, hizo aflorar —diría que con extrema naturalidad— recuerdos que guardaba de personas y ambientes de la infancia, relatos, experiencias, fantasías, hasta tal punto que la historia continuó durante años. De modo que el relato está concebido y escrito como único. La división en cuatro gruesos volúmenes es casual, se decidió cuando me di cuenta de que la historia de Lila y Lenù difícilmente cabría en un solo libro. Siempre supe el final y conocía bien algunos episodios centrales —la boda de Lila, el adulterio en Ischia, el trabajo en la fábrica, la niña perdida—, pero todo lo demás fue un regalo sorprendente y exigente del placer de narrar.

DONADIO: La tercera novela de la tetralogía es más cinematográfica. ¿Ha trabajado para el cine?

FERRANTE: No. Pero me encanta el cine desde que era niña.

DONADIO: ¿Cómo comenzó a escribir novelas? ¿Cuál de sus libros ha sido el punto de inflexión en su escritura y por qué?

FERRANTE: Descubrí de niña que me gustaba contar historias, lo hacía verbalmente, con cierto éxito. Alrededor de los trece años empecé a escribir cuentos, pero solo después de los veinte la escritura pasó a ser una constante, una costumbre, un ejercicio narrativo permanente. *El amor molesto* fue importante, tuve la impresión de haber encontrado el tono justo. *Los días del abandono* me lo confirmó después de mucho pensar, y me dio confianza. *La amiga estupenda* me parece hoy mi libro más arduo y, a la vez, el más feliz, escribirlo fue como tener la posibilidad de vivir por segunda vez. Pero todavía hoy el más atrevido, el más temerario de mis libros, me sigue pareciendo *La hija oscura*. De no haber pasado por él con tanta ansiedad, no habría escrito *La amiga estupenda*.

DONADIO: ¿En qué orden escribió sus siete novelas? ¿Coincide con el de su publicación?

FERRANTE: Como ya le he dicho, considero las cuatro entregas de *La amiga estupenda* como un único relato. De manera que las novelas que he publicado son cuatro, la última en cuatro volúmenes, todas ellas escritas en el orden de publicación. Pero fueron madurando a lo largo de años en que escribí de forma privada. Es como si las hubiese encontrado ordenando laboriosamente incontables fragmentos narrativos.

DONADIO: ¿Nos puede describir su proceso de escritura? Ha declarado al *Financial Times* que se gana la vida con su trabajo de siempre, «que no es escribir». ¿Cuánto tiempo consigue dedicar a la escritura? ¿Puede decirnos de qué trabajo se trata?

FERRANTE: No considero que escribir sea un trabajo. Un trabajo tiene horarios, se empieza, se acaba. Yo escribo sin parar, en todas partes, a cualquier hora del día y de la noche. En cambio, eso que llamo mi trabajo es ordenado, tranquilo y cuando es necesario se aparta y me deja tiempo libre. En general, me ha costado mucho escribir. Limaba una línea tras otra, no avanzaba si las páginas ya escritas no me parecían perfectas, y como nunca me parecían perfectas, ni siquiera intentaba buscar un editor. En realidad, los libros que después publiqué nacieron todos con sorprendente facilidad, incluso *La amiga estupenda* que me llevó años.

DONADIO: ¿Y qué me dice del proceso de revisión? ¿Edizioni e/o le propone muchas correcciones cuando envía los manuscritos?

FERRANTE: El proceso de revisión es muy cuidadoso, pero leve y de gran cortesía. Soy yo la que acepto todas las dudas, las sumo a las mías y escribo, reescribo, corrijo, borro, añado, hasta el día antes de que el manuscrito vaya a imprenta.

DONADIO: Respeto plenamente su decisión y estoy segura de que estará harta de esta pregunta, pero se la tengo que hacer. ¿En qué momento de su vida de escritora y con qué finalidad tomó la decisión de permanecer en el anonimato? ¿Deseaba dar preferencia al relato y no al narrador como en la literatura épica? ¿O fue quizá una decisión dictada por el deseo de proteger a su familia y a sus seres queridos? ¿O simplemente lo hizo para evitar a los medios de comunicación, como ha declarado en varias ocasiones?

FERRANTE: Si me permite, no he elegido el anonimato, los libros están firmados. Más bien he elegido la ausencia. Sentía el peso de exponerme en público, quería separarme del relato terminado, deseaba que los libros se sostuvieran sin mi patrocinio. Esta decisión desencadenó enseguida una polémica con los medios, con su lógica que tiende a inventar protagonistas ignorando la calidad de las obras, hasta el punto de que parece natural que los libros malos o mediocres del que posee una fama mediática merecen mayor atención tal vez que los libros de calidad del que no es nadie. Sin embargo, lo que hoy me importa más es tutelar un espacio creativo que me parece lleno de posibilidades incluso de tipo técnico. La ausencia estructural del autor actúa sobre la escritura de un modo que deseo seguir explorando.

DONADIO: ¿Ahora que disfruta de cierto éxito es posible que cambie de idea sobre el anonimato y revele su identidad? Algunas estrellas de Hollywood dicen que la fama puede traer consigo mucha soledad. Pero también el éxito literario en el anonimato debe de ser un tanto solitario...

FERRANTE: No me siento sola en absoluto. Estoy contenta de que mis historias se hayan ido y tengan lectores en Italia y en varias partes del mundo. Sigo con afecto su recorrido, pero de lejos. Son libros que escribí para exhibir mi escritura, no para exhibirme yo. Tengo mi vida, que por ahora es bastante plena.

DONADIO: Para muchos, sobre todo en Italia, su anonimato oculta una identidad masculina. ¿Qué opina? ¿Qué le diría a Domenico Starnone, el escritor napolitano que en más ocasiones se ha declarado cansado de que le pregunten si es Elena Ferrante?

FERRANTE: Que tiene razón y que me siento culpable. Lo tengo en gran estima y estoy segura de que comprende mis motivos. Mi identidad, mi sexo se encuentran en mis libros. Cuanto florece en torno a mi escritura es una prueba más del carácter de los italianos de principios del siglo XXI.

DONADIO: ¿Puede decirnos algo sobre la situación italiana de hoy?

FERRANTE: Italia es un país extraordinario convertido en ordinario por la permanente confusión entre legalidad e ilegalidad, entre bien común e interés privado. Esta confusión, que se oculta detrás de todo tipo de protagonismos charlatanes, recorre por igual a las organizaciones criminales, los partidos políticos, los aparatos del Estado, todas las clases sociales. Eso hace muy difícil ser un buen italiano, es decir, distinto de los modelos construidos por los periódicos y las televisiones. Sin embargo, hay italianos buenos, excelentes, en todos los ámbitos de la vida cívica, aunque casi nunca se vean en la televisión. Son la prueba de que si Italia consigue seguir teniendo, pese a todo, magníficos ciudadanos, es realmente un país extraordinario.

DONADIO: Además de ser un material espléndido en el que inspirarse, ¿qué representa para usted la ciudad de Nápoles? ¿Qué la hace única?

FERRANTE: Nápoles es mi ciudad, la ciudad donde aprendí deprisa, antes de los veinte años, lo mejor y lo peor de Italia y del mundo. Aconsejo a todos que vengan a vivir aquí, aunque sea unas semanas. Es un aprendizaje asombroso en todos los sentidos.

DONADIO: Es famosa la declaración de Flaubert: «Madame Bovary, c'est moi». ¿Cuál de sus libros y cuál de sus protagonistas siente más próximos a su experiencia y su sensibilidad? ¿Por qué?

FERRANTE: Todos mis libros extraen su verdad de mi experiencia. Pero Lenù y Lila juntas son las que mejor me sintetizan, y no por las experiencias individuales de sus vidas, ni por su concreción como personas, sino por ese movimiento que caracteriza su relación, por la autodisciplina de una de ellas que continua y bruscamente se despedaza contra la inspiración desordenada de la otra.

DONADIO: ¿Qué es lo más importante con lo que le gustaría que se quedaran sus lectores tras leer sus obras?
FERRANTE: Con esto: aunque continuamente sintamos la tentación de bajar la guardia —por amor, por cansancio, por simpatía o amabilidad—, nosotras, las mujeres, no deberíamos hacerlo. Podemos perder de un momento a otro todas nuestras conquistas.

DONADIO: ¿Le gustaría añadir algo más?
FERRANTE: No.

NOTA. La entrevista de Rachel Donadio se publicó en *The New York Times* (Estados Unidos) el 9 de diciembre de 2014, con el título «Writing Has Always Been a Great Struggle For Me. Q&A: Elena Ferrante» ('Escribir siempre ha sido para mí una lucha. Preguntas y respuestas: Elena Ferrante') con esta introducción:

La autora, conocida con el seudónimo de Elena Ferrante, ha contestado por correo electrónico a las preguntas que le enviamos a través de su histórica editora italiana, Sandra Ozzola Ferri. A continuación reproducimos la transcripción de la entrevista.

6

Mujeres que escriben

Respuestas a las preguntas de Sandra, Sandro y Eva

SANDRA: ¿Qué le pasa a la realidad cuando entra en una novela? ¿Cómo nacen tus libros?

FERRANTE: No sé decirlo con exactitud. Creo que nadie sabe realmente cómo empieza a cobrar forma un relato. Cuando está terminado intentas explicar cómo ha sido, pero todo esfuerzo, al menos por lo que a mí respecta, es insuficiente. En mi experiencia hay un antes, formado por fragmentos del recuerdo, y un después, en el que nace el relato. Pero debo reconocer que el antes y el después solo me sirven para contestar ahora a tu pregunta de forma ordenada.

SANDRO: ¿A qué te refieres con fragmentos del recuerdo?

FERRANTE: Me refiero a un material heterogéneo difícil de definir. ¿Sabes cuando tienes en la cabeza unas cuantas notas de una melodía pero no sabes qué es y si las tarareas acaban convirtiéndose en una canción distinta de la que te persigue? ¿O cuando te acuerdas de la esquina de una calle y no te viene a la cabeza dónde está? Para poner una etiqueta a estos fragmentos uso una palabra que usaba mi madre: *frantumaglia*. Son pedazos y pedacitos, con una procedencia difícil de identificar, que hacen ruido en la cabeza y a veces incluso causan malestar.

EVA: ¿Y cada uno de ellos podría ser el origen de un relato?

FERRANTE: Sí y no. Se pueden aislar e identificar: lugares de la infancia, personas de la familia, compañeros de colegio, voces ofensivas o tiernas, momentos de gran tensión. Una vez que has puesto un poco de orden empiezas a narrar. Pero casi siempre hay algo que no funciona. Es como si de las astillas de esa narración posible se desarrollaran fuerzas iguales y contrarias: la necesidad de salir a la luz y, al mismo tiempo, hundirse cada vez más en las profundidades. Tomemos *El amor molesto*. Durante años tuve en la cabeza sucesos de la periferia napolitana donde nací y crecí; tuve en la cabeza gritos chabacanos, violencias familiares a las que asistí de niña, objetos domésticos, calles. A Delia, la protagonista, la alimenté con esos recuerdos. En cambio, la figura de la madre, Amalia, se asomaba y se apartaba enseguida, casi no estaba. Es más, cuando en mi imaginación el cuerpo de Delia rozaba el de su madre, me avergonzaba de mí misma y seguía adelante. A lo largo de los años con esos materiales dispersos escribí muchos cuentos breves, largos y larguísimos, todos insatisfactorios a mi modo de ver, ninguno tenía que ver con la figura materna. Entonces, de golpe, muchos fragmentos se perdieron mientras otros se unieron para centrarse en el fondo oscuro de la relación madre-hija. Así, en un par de meses, nació *El amor molesto*.

SANDRO: ¿Y *Los días del abandono*?

FERRANTE: Su certificado de nacimiento está aún más desvaído. Durante años tuve en la cabeza una mujer que por la noche cierra la puerta de su casa, y por la mañana al ir a abrirla se da cuenta de que no puede. A veces veía a sus hijos enfermos, a veces, un perro envenenado. Después todo se organizó con naturalidad alrededor de una experiencia mía que me parecía inenarrable: la humillación del abandono. Ahora bien, cómo pasé de la *frantumaglia* que llevé en la cabeza durante años a una súbita selección de los fragmentos que se unieron en un relato que pareciera convincente, se me escapa, no sé ofrecer una organización sincera. Temo que con esto ocurra como con los sueños. Mientras los estás contando, sabes que los traicionas.

EVA: ¿Escribes tus sueños?

FERRANTE: Las raras veces que me parece recordarlos, sí. Lo hago desde que era adolescente. Es un ejercicio que aconsejo a todo el mundo. Someter una experiencia onírica a la lógica de la vigilia es una prueba extrema de escritura. Un sueño tiene el mérito de demostrar con claridad que reproducirlo exactamente es una batalla perdida. Pero poner en palabras la verdad de un gesto, de un sentimiento, de un flujo de acontecimientos, sin domesticarla, también es una operación que no resulta tan sencilla como se cree.

SANDRA: ¿A qué te refieres con domesticar la verdad?

FERRANTE: Adentrarse por caminos expresivos trillados.

SANDRA: ¿En qué sentido?

FERRANTE: Traicionar nuestro relato por pereza, por sumisión, por conveniencia, por miedo, porque nos resulta fácil reducirlo a representaciones comprobadas, de gran consumo, y por tanto de efecto asegurado.

SANDRA: Creo que es un aspecto en el que merece la pena profundizar. James Wood y otros críticos aprecian la sinceridad, incluso la brutalidad de tu escritura. ¿Qué es la sinceridad en la literatura?

FERRANTE: Por lo que a mí respecta es el tormento y a la vez el motor de toda búsqueda literaria. Se trabaja la vida entera tratando de dotarse de los instrumentos expresivos adecuados. En general, la cuestión más urgente para un escritor parece que es ¿de qué experiencias que conozco sé que puedo ser la voz, qué me siento en condiciones de narrar? Pero no es así. Es más urgente preguntarse: ¿cuál es la palabra, el ritmo de la frase, el tono del período adecuados a las cosas que sé? Parecen preguntas formales, de estilo, a fin de cuentas, secundarias. Sin embargo, estoy convencida de que sin las palabras adecuadas, sin una larga práctica en combinarlas, no sale nada vivo, nada auténtico. No basta con decir como se suele hacer hoy cada vez más: son hechos que ocurrieron de veras, es mi vida real, los nombres y apellidos son reales, describo justamente los lugares donde se produjeron los acontecimientos. Una escritura inadecuada puede hacer que las verdades biográficas más veraces se vuelvan falsas. La verdad literaria no se basa en ningún pacto autobiográfico, periodístico o jurídico. No es la verdad del biógrafo o del periodista o de un atestado de la policía o de la sentencia de un tribunal, ni siquiera es lo verosímil de una narración construida con competencia profesional. La verdad literaria es la verdad que emana solo de la palabra bien usada, y se agota en todo y para todo en las palabras que la formulan. La verdad literaria es directamente proporcional a la energía que se logra imprimir a la frase. Y cuando funciona no hay estereotipo, lugar común, bagaje desgastado de la literatura popular que se le resista. Consigue reanimar, revivir, someterlo todo a sus necesidades.

SANDRA: ¿Cómo se consigue esa verdad?
FERRANTE: A buen seguro es fruto de una habilidad siempre mejorable. Pero en su mayor parte esa energía sencillamente se manifies-

ta, ocurre, y no sabes decir cómo ha sido, no sabes decir cuánto durará, tiemblas al pensar que se termine de golpe y te deje en la estacada. Además, quien escribe, si es sincero consigo mismo, debe reconocer que nunca sabe si ha puesto a punto la escritura correcta y ha sabido sacar el máximo partido de ella. Para entendernos: aquel que ponga la escritura en el centro de su vida acaba por encontrarse en la situación de Dencombe de *La edad madura* de Henry James, que, moribundo, en la cumbre de su éxito, espera tener una segunda oportunidad para ponerse a prueba y comprobar si puede hacerlo mejor de lo que ya lo ha hecho; o tiene siempre en la punta de la lengua la exclamación desesperada de Bergotte de Proust ante el fragmento de muro amarillo de Vermeer: «Así es como debería haber escrito yo».

EVA: ¿Cuándo fue la primera vez que tuviste la impresión de haber escrito con esta verdad?
FERRANTE: Tarde, con *El amor molesto*. Si esa impresión no hubiese durado, no lo habría publicado.

EVA: Has dicho que trabajaste ese material durante mucho tiempo y sin éxito.
FERRANTE: Sí, pero eso no significa que *El amor molesto* fuera fruto de un esfuerzo prolongado. Todo lo contrario. El esfuerzo recayó por completo en los textos insatisfactorios de los años que lo precedieron. Eran páginas trabajadas con obsesión, seguramente verosímiles, o mejor dicho, con una verdad confeccionada a la medida de los relatos más o menos bien hechos sobre Nápoles, la periferia, la miseria, los varones celosos, etcétera. Después, de golpe, la escritura adquirió el tono adecuado, o al menos eso me pareció. Me di cuen-

ta desde el primer párrafo, y esa escritura desplegó en la página una historia que hasta ese momento nunca había intentado; es más, ni siquiera había tratado de concebirla: una historia de amor por la madre, un amor íntimo, carnal, mezclado con una repulsión igual de carnal. Fue rezumando de golpe desde el fondo de la memoria y no tuve que buscar las palabras, sino que fueron las palabras las que parecían hacer aflorar mis sentimientos más secretos. Decidí publicar *El amor molesto* no tanto por lo que contaba y que todavía me incomodaba y me asustaba, sino porque por primera vez me pareció que podía decir: es así como debo escribir.

SANDRA: Detengámonos en la escritura de *El amor molesto*. Tú misma hablas de ella como de una conquista sorprendente, y señalas una discontinuidad entre lo que escribías antes para ti, y que no te parecía digno de publicar, y este libro, nacido en un par de meses y sin el esfuerzo de los textos anteriores. ¿Un escritor tiene entonces varios tipos de escritura? Te lo pregunto porque no son pocos los reseñadores y escritores italianos que, ya sea por desconcierto real o impulsados por peores sentimientos, atribuyen tus libros a distintos autores.

FERRANTE: Evidentemente, en un escenario en el que la formación filológica ha desaparecido casi por completo, en el que ya no existe crítica estilística, la decisión de no estar presente como autora genera malos humores y fantasías de este tipo. Los expertos fijan el recuadro vacío donde debería estar la imagen del autor y no poseen los instrumentos técnicos, o simplemente, una verdadera pasión y sensibilidad de lector para llenar el hueco con las obras. Y por eso se llega a olvidar una cosa obvia, es decir, que todo uso individual de la escritura tiene su propia historia y las discontinuidades resultan muy a menudo vistosas, tan vistosas que, en ocasiones, empañan los rasgos de continuidad. Para entendernos: solo la etiqueta del nombre o una rigurosa investigación filológica permiten dar por descontado que el autor de *Dublineses* es el mismo que escribió *Ulises* o *Finnegans Wake*. Y podría seguir enumerando intervalos aparentes entre obras que han salido inequívocamente de la misma pluma. En fin, el bagaje cultural de todo estudiante de bachillerato debería permitirle saber que un escritor se pasa la vida sometiendo su escritura a urgencias expresivas siempre nuevas y que una nota más alta o más baja no significan que la cantante haya cambiado. Pero, sin duda, no es así. Hace tiempo que se ha impuesto la convicción de que para escribir un relato basta con estar medianamente alfabetizado; son pocos los que recuerdan que escribir supone, en primer lugar, un esfuerzo por dotarse de una destreza flexible dispuesta a afrontar las pruebas más variadas, cuyo resultado, por supuesto, es incierto.

SANDRA: ¿De modo que no hay varias escrituras sino una sola pluma que, con esfuerzo, pone a punto su instrumento y, caso por caso, lo pone a prueba para ver cuáles son sus posibilidades?
FERRANTE: Diría que sí. La escritura de *El amor molesto* fue para mí un pequeño milagro que llegó después de años de ejercicio. Con ese libro, por ejemplo, creo que logré una escritura firme, lúcida, controlada y, sin embargo, expuesta sin solución de continuidad a imprevistos abandonos. Pero la satisfacción no duró, se atenuó, se desvaneció pronto. Ese éxito me pareció ocasional, y tardé diez años en separar la escritura de ese libro específico y convertirla en un instrumento autónomo, utilizable fuera de esa ocasión, como una buena y sólida cadena que consigue subir el cubo con el agua que hay en el fondo del pozo. Trabajé mucho, pero solo con *Los días del abandono* tuve la impresión de haber conseguido un texto publicable.

SANDRO: ¿Cuándo te parece publicable un libro?

FERRANTE: Cuando cuenta una historia que durante mucho tiempo, sin darme cuenta, estuve desechando porque me parecía que no era capaz de contarla, porque contarla me parecía inconveniente. También en el caso de *Los días del abandono* la escritura esbozó y liberó el relato en poco tiempo, durante un verano. O mejor dicho, así fue en las dos primeras partes. Luego, de golpe, empecé a equivocarme. Se perdió el tono que me parecía adecuado; la última parte la escribí y la reescribí durante todo el otoño. Fueron momentos de gran ansiedad. No resulta muy difícil convencerse de que ya no sabes cómo narrar una historia. Experimentas una fuerte sensación de regresión, estás segura de haber perdido el relato para siempre. Eso fue lo que me pasó con la última parte de *Los días del abandono*. No sabía cómo sacar de su crisis a Olga con la misma verdad con que había narrado su hundimiento. La pluma era la misma, la escritura era la misma, la misma selección del léxico, la misma sintaxis, la misma puntuación; sin embargo, el tono se había vuelto falso. Conozco una impresión parecida: cuando la autoridad de otra persona me parece tan fuerte que pierdo confianza en mí misma, se me vacía la cabeza, ya no sé ser yo misma. Durante meses tuve la sensación de que las páginas anteriores me habían salido como nunca pensé que podría escribirlas, y ahora ya no me sentía a la altura de mi propio trabajo. Te gusta más perderte que encontrarte, me decía con amargura. Después todo volvió a ponerse en marcha. Pero incluso hoy no me atrevo a releer el libro, temo que en la última parte solo estén los rasgos de la buena parte escrita y nada más.

EVA: Ese afán por publicar un libro de la más alta calidad que una se sienta capaz de producir, ¿te parece un rasgo femenino? Me explico mejor: ¿has publicado poco por miedo a no estar al nivel de la escritura de los hombres? Y añado: ¿ser mujer supone un mayor esfuerzo para conseguir textos que la tradición masculina no pueda subestimar precisamente por ser «femeninos»? Dicho de otro modo: ¿existe una diferencia de fondo entre la escritura de las mujeres y la de los hombres?

FERRANTE: Te contesto con mi experiencia. De niña, tendría doce o trece años, estaba plenamente convencida de que un buen libro por fuerza debía estar protagonizado por un hombre, y me deprimía. Esta fase pasó al cabo de un par de años; a los quince, empecé a colocar en el centro de los relatos a muchachas muy valientes en graves dificultades. Pero me quedó —es más, diría que se consolidó en mí— la idea de que los grandes, los grandísimos narradores eran hombres y que había que aprender a narrar como ellos. A esa edad devoraba libros y, es inútil que vaya con rodeos, mis modelos eran masculinos. De ese modo incluso cuando escribía historias sobre muchachas intentaba hacerlo atribuyendo a la protagonista una riqueza de experiencias, una libertad, una determinación que intentaban reflejar las de las grandes novelas escritas por hombres. Para entendernos: no quería escribir como madame de La Fayette o como Jane Austen o las hermanas Brontë —entonces sabía poquísimo sobre literatura contemporánea— sino como Defoe o Fielding o Flaubert o Tolstói o Dostoievski o incluso como Victor Hugo. Mientras que los modelos ofrecidos por las narradoras eran escasos y, por lo general, me parecían tenues, los de los narradores eran muchísimos y casi siempre deslumbrantes. Para no extenderme más, esa fase duró mucho, hasta pasados los veinte años, y dejó huellas profundas. En mi opinión, la tradición narrativa masculina ofrecía una riqueza de estructuras que me parecía ausente de la narrativa femenina.

EVA: ¿De modo que crees que la narrativa femenina es de constitución débil?

FERRANTE: No, al contrario, estoy hablando de mis ansias adolescentes. Después cambié muchas de mis opiniones de entonces. Sin duda, y por razones históricas, la escritura femenina tiene una tradición menos densa y variada que la masculina, pero con cimas muy altas y también un extraordinario valor fundacional, las obras de Jane Austen, por ejemplo. Por otra parte, en el siglo XX se produjo un cambio radical para las mujeres. El pensamiento feminista, las prácticas feministas liberaron energías, pusieron en marcha una transformación más radical y profunda que las muchas habidas en el siglo anterior. De modo que no sabría reconocerme sin luchas de mujeres, ensayos de mujeres, literatura de mujeres; ellas me hicieron adulta. Mi experiencia como narradora, tanto la inédita como la publicada, tuvo lugar después de los veinte años y ha sido en su totalidad un intento por narrar con una escritura adecuada mi sexo y su diferencia. Pero desde hace tiempo creo que, si debemos cultivar nuestra tradición narrativa, jamás debemos renunciar a todo el bagaje que tenemos a nuestras espaldas. Precisamente por ser mujeres debemos demostrar que sabemos construir mundos tan amplios, poderosos y ricos como los creados por los narradores. De manera que debemos estar bien equipadas, debemos hurgar en lo más hondo de nuestra diferencia y con instrumentos avanzados. En especial, no debemos renunciar a la máxima libertad. Toda narradora, como en muchos otros campos, no debe apuntar únicamente a ser la mejor entre las narradoras, sino la mejor entre cuantos cultivan la literatura con gran habilidad, sean hombres o mujeres. Para ello debemos eludir toda obediencia ideológica, toda puesta en escena de pensamiento o línea adecuada, todo canon. Quien escribe solo debe preocuparse por narrar del mejor modo posible lo que sabe y siente, lo bello, lo feo, lo contradictorio, sin obedecer a ninguna prescripción, ni siquiera a las que provienen del campo al que siente pertenecer. La escritura requiere la máxima ambición, la máxima falta de prejuicios y una desobediencia deliberada.

SANDRA: ¿En cuál de tus libros has tenido la impresión de ponerte a ti misma en juego con esas mismas características que acabas de enumerar?

FERRANTE: En el libro que más ha hecho que me sienta culpable, *La hija oscura*. Llevé a la protagonista mucho más allá de lo que pensaba poder soportar mientras lo escribía. Leda dice: «Las cosas más difíciles de contar son las que nosotros mismos no llegamos a comprender». Es el lema —¿puedo llamarlo así?— en el que se basan todos mis libros. La escritura siempre debe enfilar el camino más difícil; en mis historias el yo narrador nunca es una voz que monologa, sino que escribe, y la mujer que escribe en la ficción debe ponerse en una situación ardua, organizar en forma de texto aquello que sabe y que, sin embargo, no está nada claro en su mente. Eso les pasa a Delia, a Olga, a Leda y a Elena. Pero Delia, Olga, Elena hacen su recorrido y llegan al final del relato magulladas pero a salvo. En cambio, Leda pone a punto una escritura que la lleva a contar cosas insoportables como hija, como madre y como amiga de otra mujer. Y, sobre todo, debe rendir cuentas de un gesto temerario —el corazón del relato— cuyo sentido no solo se le escapa sino que seguramente no se puede descifrar si ella permanece dentro de su escritura. Ahí me exigí más de lo que quizá podía dar: una historia apasionante que se escribe sin que quien la escribe, por la naturaleza misma de lo que relata, pueda comprender su sentido, incluso porque si así fuera, podría morir. De las novelas que he publicado *La hija oscura* es a la que estoy más dolorosamente unida.

EVA: Insistes mucho en la relevancia de la escritura, has hablado de ella como de una cadena que sube el cubo con agua del fondo de un pozo. ¿Qué características atribuyes a tu forma de escribir?

FERRANTE: Con seguridad solo sé esto: tengo la impresión de que trabajo bien cuando consigo partir de un tono seco, de mujer fuerte, lúcida, culta, como son las mujeres de clase media, contemporáneas nuestras. Necesito la sequedad inicial, fórmulas sintéticas, claras, sin afectaciones ni alardes de bonita forma. Solo cuando gracias a este tono el relato empieza a crecer con seguridad, comienzo a esperar acongojada el momento en que podré sustituir la serie de eslabones pulidos, casi silenciosos, por una serie de eslabones herrumbrados, chirriantes y un ritmo inconexo, agitado, con el riesgo creciente de caer en el quebranto absoluto. El momento en que cambio de registro por primera vez es emocionante y angustioso a la vez. Siento que me encanta romper la coraza de la buena cultura y los buenos modales de mi personaje, poner en crisis la imagen que tiene de sí misma, su determinación, y desvelar otra alma más tosca, hacer que se vuelva ruidosa, tal vez chabacana. Por eso trabajo mucho para que la fractura entre los dos tonos resulte sorprendente y para que la vuelta a la narración distendida se produzca con naturalidad. Ahora bien, mientras que la fractura me sale con facilidad, es más, espero ese momento y me sumerjo en él con satisfacción, temo mucho el momento de la recomposición. Tengo miedo de que el yo narrador no sepa calmarse. Pero sobre todo ahora que los lectores saben que su calma es fingida, que durará poco, que el orden narrativo volverá a trastocarse cada vez con mayor decisión y placer, necesito cierta habilidad para que esa calma sea plausible.

SANDRA: Los comienzos de tus novelas han sido alabados con frecuencia, sobre todo por la crítica anglosajona. ¿Están relacionados con esa alternancia entre narración plana y fracturas imprevistas?
FERRANTE: Creo que sí. Desde las primeras líneas me esfuerzo por conseguir un tono calmado pero con súbitas modulaciones. Lo hago siempre desde *El amor molesto*, a menos que haya una especie de prólogo —como en *La hija oscura* y la tetralogía *Dos amigas*—, que por su naturaleza tiene un tono más apagado. Pero en todos los casos, cuando se va al principio del relato propiamente dicho, tiendo a usar una oración amplia de corte gélido pero que al mismo tiempo muestre un magma de un calor insoportable. Quiero que los lectores sepan desde las primeras líneas a qué se van a enfrentar.

SANDRO: ¿Te preocupan mucho los lectores? ¿Crees que es importante apasionarlos, desafiarlos, ponerlos en aprietos?
FERRANTE: Si publico un libro, lo hago para que lo lean, es lo único que me interesa. De modo que echo mano de todas las estrategias que conozco para captar la atención, estimular la curiosidad, hacer que la página sea lo más densa posible y resulte lo más fácil posible volverla. Pero no creo que al lector haya que complacerlo como un consumidor cualquiera, porque no lo es. La literatura que complace los gustos del lector es una literatura degradada. Paradójica-

mente, mi objetivo es decepcionar las expectativas habituales y generar otras nuevas.

SANDRO: Desde sus orígenes la novela apunta a mantener bien alta la tensión narrativa. Luego, en el siglo XX, pareció que todo cambiaba. En tu opinión, ¿qué tradición sigue la literatura del siglo XXI?
FERRANTE: Considero la tradición literaria como un gran y único depósito al que acude quien quiere escribir y de donde elige lo que le sirve, sin impedimentos. Me parece que hoy es justo lo que necesitamos. Hoy, más que en el pasado, un narrador ambicioso tiene el deber de dotarse de una cultura literaria muy amplia. Vivimos en tiempos de grandes cambios y resultados imprevisibles, conviene pertrecharse. Hay que ser como Diderot, autor de *La religiosa* y *Jacques el fatalista y su amo*, capaz de reutilizar tanto a Fielding como a Sterne. Quiero decir que la gran búsqueda del siglo XX, después de sus saludables violaciones, puede y debe unirse a la gran novela de los orígenes e incluso a los hábiles mecanismos de la literatura de género. Sin olvidar nunca que un relato está vivo de verdad no porque el autor sea fotogénico o porque los reseñadores hablen bien de él o porque el marketing lo haga apetecible, sino porque en un determinado número de páginas densas jamás se olvida de los lectores, dado que son ellos quienes se ocupan de encender la mecha de las palabras. Yo no renuncio a nada que pueda dar placer al lector, ni siquiera a aquello que se considera viejo, trillado, vulgar. Como decía, lo que hace que todo sea nuevo y refinado es la verdad literaria. De un texto breve, largo o inmenso cuentan su riqueza, su complejidad, la fascinación de su trama narrativa. Si una novela tiene estas cualidades —y no hay truco de marketing capaz de dotarlas realmente de ellas—, no necesita nada más, puede seguir su

camino y arrastrar a los lectores incluso, si fuera necesario, hacia la antinovela.

SANDRO: Creo que este es un punto importante y me gustaría que volvieras a retomarlo: solo cuenta la calidad de la escritura, que lo rescata todo. Muchas reseñas estadounidenses parecen relacionar de forma directa tu forma de escribir, su sinceridad, su honradez, con tu voluntad de mantenerte alejada de la escena pública. Como queriendo decir: cuanto menos se aparece, mejor se escribe.

FERRANTE: Veinte años son muchos, y los motivos de la decisión que tomé en 1990, cuando nos enfrentamos por primera vez a mi necesidad de mantenerme alejada del ritual que acompaña la publicación de un libro, se han modificado. Entonces me asustaba la posibilidad de tener que salir de mi cascarón, prevalecía la timidez, el deseo de intangibilidad. Después se acentuó la hostilidad hacia los medios, que prestan una atención escasa a los libros en sí, por no hablar de su tendencia a dar importancia a un texto sobre todo si el autor cuenta ya con una reputación consolidada. Es sorprendente, por ejemplo, que los escritores y poetas italianos más apreciados sean también conocidos académicos o bien ocupen puestos importantes en las editoriales o en otros campos de prestigio. Es como si la literatura no estuviera en condiciones de exhibir la seriedad de sus intenciones a través de los textos, sino que tuviera necesidad de ofrecer credenciales «externas» para probar la calidad de las obras. Si salimos del ámbito universitario o editorial, algo parecido ocurre con la contribución literaria de políticos, periodistas, cantantes, actores, directores de cine, presentadores de televisión, etcétera. También en este caso las obras no encuentran en sí mismas la autorización para existir, sino que necesitan el salvoconducto de un trabajo realizado en otros sectores. «Me he dedicado con éxito a esto y a esto otro, he conseguido un público, por lo tanto he escrito y publicado una novela.» El sistema mediático otorga una gran importancia a este nexo. No cuenta el libro, sino el aura de quien lo escribe. Si el aura existe y los medios la potencian, el sector editorial está encantado de abrir sus puertas de par en par, y el mercado está encantadísimo de acogerte. Si no existe, pero el libro se vende milagrosamente, los medios se inventan el autor-personaje activando un mecanismo en el que quien escribe ya no vende solo su obra, sino su propia persona, su imagen.

SANDRA: Decías que tus motivos para mantenerte en la sombra han cambiado un poco.

FERRANTE: Todavía sigo interesada en manifestarme contra el protagonismo impuesto obsesivamente por los medios. La exigencia de protagonismo no solo limita aún más el papel de las obras en todos los sectores posibles de la actividad humana; ahora es lo que impera. Da la impresión de que nada puede funcionar sin sus correspondientes protagonistas mediáticos. Sin embargo, no hay producto que no sea fruto de una tradición, de diversas competencias, de una especie de inteligencia colectiva que el protagonista —el protagonista, cuidado: no el individuo, no la persona, cuya función es fundamental— relega ilegítimamente a la sombra. No obstante, debo señalar algo que para mí nunca ha perdido importancia, en esta mi larga experiencia de mantenerme ausente: el espacio creativo que ha abierto. Aquí me gustaría referirme otra vez a la escritura en sí. Saber que, una vez terminado, el libro caminará solo sin mi persona física, saber que nada del individuo concreto, definido, que soy yo, aparecerá jamás al lado del volumen impreso como si fuese un perrito del que me siento dueña, me ha mostrado aspectos de la escritura obvios, sin duda, pero en los que nunca había pensado. He tenido la impresión de haber desvinculado las palabras de mí misma.

EVA: ¿Quieres decir que sentías que te autocensurabas?
FERRANTE: No, la autocensura no tiene nada que ver. Durante mucho tiempo escribí sin intención de publicar o de dar a leer a otros lo que escribía y fue una práctica importante contra la autocensura. Para mí es más bien un problema del potencial de la escritura. Keats decía que para él el poeta lo es todo y no es nada: no es él mismo, no tiene un yo, no tiene identidad, es lo menos poético que existe. En general, esa carta suya se lee como una enunciación de camaleonismo estético. Sin embargo, yo veo un desvío en el que el autor se separa osadamente de su escritura como si dijera: la escritura lo es todo y yo no soy nada, diríjanse a ella y no a mí. Es una postura rompedora. Keats saca al poeta de su propio arte, lo define no poético, le niega identidad fuera de la escritura. Y me parece importante recordarlo hoy. Sustraer al escritor —tal como lo entienden los medios— del resultado de su escritura evidencia una especie de nuevo espacio creativo que exige atención técnica. A partir de *Los días del abandono* me pareció entender que el vacío que se creaba, desde el punto de vista de los medios, con mi ausencia se llenaba, no obstante, escribiendo.

EVA: ¿Podrías explicarte mejor?
FERRANTE: Intentaré decirlo partiendo del punto de vista de los lectores, que resumió bien Meghan O'Rourke en *The Guardian*. O'Rourke identificó con claridad los efectos de esta experiencia de escritura. «Nuestra relación con ella —subrayó al hablar de la que se establece entre quien lee y una autora que elige separarse de forma

radical de su propio libro— es como la que mantenemos con un personaje de ficción. Creemos conocerla, pero lo que conocemos son sus oraciones, las formas de su pensamiento, el camino de su imaginación.» Parece poco, pero yo creo que es muchísimo. Hoy se considera del todo natural que el autor sea un determinado individuo que, inevitablemente, está fuera del texto y que, si queremos saber más sobre lo que leemos, debemos dirigirnos a ese individuo, saberlo todo de su vida más o menos banal para comprender mejor sus obras. Sin embargo, basta con quitarle al público esa individualidad y entonces ocurre lo que Meghan O'Rourke subraya. Nos damos cuenta de que el texto lleva dentro más de lo que imaginamos. El texto se ha apropiado de la persona que escribe, y si quieres buscarla, está ahí, se manifiesta como ni siquiera esa persona se conoce de verdad. Cuando nos ofrecemos al público como puro y simple acto de escribir —lo único que de veras cuenta en literatura—, nos convertimos en parte inextricable de la narración o de los versos, en parte de la ficción. Sobre esto he trabajado a lo largo de los años cada vez con mayor conciencia, sobre todo en *La amiga estupenda*. La verdad de Elena Greco, muy distinta de mí, depende de la verdad con la que mi escritura la crea y, por tanto, de la verdad con que consigo poner a punto mi escritura.

SANDRO: ¿Quieres decir que mientras los medios se apresuran a llenar de cotilleos el vacío que dejas, los lectores lo colman de modo más justo leyendo y encontrando en el texto lo que sirve?

FERRANTE: Sí. Pero también quiero decir que, si esto es verdad, la tarea de quien escribe se enriquece aún más. Si hay un vacío —en los ritos sociales, en los mediáticos— que, por convención llamo Elena Ferrante, yo, Elena Ferrante, puedo y debo esmerarme —estoy obligada por mi curiosidad de narradora, por el afán de ponerme a prueba— para que ese vacío se llene en el texto. ¿Cómo? Dando al lector los elementos para que me distinga de la narradora en primera persona a la que llamo Elena Greco y que, no obstante, me sienta verdadera y presente justo en aquello que consigo contar sobre Elena y Lila, justo en las formas en que combino palabras para que ellas estén vivas y sean auténticas. La autora, que fuera del texto no existe, dentro del texto se ofrece, se añade conscientemente a la historia, esmerándose para ser más verdadera de lo que conseguiría ser en las fotos de un suplemento dominical, en la presentación en una librería, en un festival de literatura, en algún programa televisivo, en el espectáculo de los premios literarios. El lector apasionado merece que lo pongan en condiciones de extraer de cada palabra o violación gramatical o desviación sintáctica del texto también la fisionomía de la autora, tal como ocurre con los personajes, con un paisaje, con un sentimiento, con una acción lenta o exaltada. De ese modo, la escritura se hace todavía más central tanto para quien la produce —hay que ofrecerse al lector con la máxima honradez—, como para quien la disfruta. Me parece que es mucho más que firmar ejemplares en una librería manchándolos con frases de circunstancias.

SANDRA: Decías que la tetralogía *Dos amigas* es la novela en la que trabajaste de modo más consciente las posibilidades ofrecidas por el espacio creativo que habías generado.

FERRANTE: Sí. Pero antes está la experiencia de *La hija oscura*. Si en las dos primeras novelas que publiqué casi me espantaba reconocerme en la escritura —sobre todo en el uso de ese doble registro al que me he referido—, en esta tercera novela temí haber llegado demasiado lejos, como si no consiguiera dirigir el mundo de Leda según la práctica de las dos primeras historias. Me di cuenta tarde de que el acto de robar la muñeca, y la fascinación que sobre Leda ejerce la madre de la niña a quien le roba la muñeca, técnicamente no tenían vuelta atrás. Esos dos elementos —el fondo oscuro de la relación madre-hija y una amistad en ciernes igual de oscura— me llevaban cada vez más lejos en la exploración de la complicada relación entre mujeres. La escritura ponía en juego cosas inenarrables, tanto es así que, al día siguiente, yo misma las borraba porque aunque las consideraba importantes me parecía que habían ido a parar a una red verbal que no conseguía sostenerlas. Si Leda no lograba encontrarle sentido a ese acto —y eso la enredaba cada vez más: ella, una adulta, que le roba la muñeca a una niña—, yo me ahogaba con ella mientras escribía y no conseguía sacarme del abismo ni a mí ni a ella, como sí había hecho con Delia y con Olga. Al final, el relato llegó a su fin y, con gran ansiedad, lo publiqué. Pero seguí dándole vueltas unos cuantos años más, sentía que debía volver a él. No es casualidad que, cuando llegué a la tetralogía *Dos amigas*, volviera a empezar con dos muñecas y una intensa amistad femenina captada en sus inicios. Me parecía que allí había algo que debía articularse de nuevo.

Eva: Pasemos, pues, a la tetralogía *Dos amigas*. La relación entre Lila y Elena no parece inventada, ni siquiera parece narrada según las técnicas habituales, da la impresión de fluir directamente del inconsciente.

Ferrante: Digamos que la tetralogía *Dos amigas* no debe, como los demás relatos, abrirse camino entre la *frantumaglia*, esa maraña de materiales incoherentes. Desde el principio tuve la impresión, para mí por completo nueva, de que todas las cosas ya estaban en su sitio. Tal vez ello se debió al vínculo con *La hija oscura*. Allí, por ejemplo, la figura de Nina, la joven madre que desentona en el ambiente de la camorra donde está metida y que por eso mismo fascina a Leda, ocupa un lugar central en la historia. Los primeros bloques narrativos que me vinieron a la cabeza seguramente fueron la pérdida de las dos muñecas y la pérdida de la niña. Pero creo que es inútil hacer aquí una lista de los nexos más o menos conscientes que veo entre mis libros. Solo quiero decir que esa impresión de orden, derivada seguramente de varias ideas anteriores para la historia, era nueva para mí. No sé, el tema mismo de la amistad femenina tal vez tenga que ver, al menos en algunos aspectos, con una amiga mía de la que hablé hace tiempo en el *Corriere della Sera*, unos años después de su muerte, ahí está el primer rastro escrito de la amistad entre Lila y Lenù. Después dispongo de una pequeña galería privada —relatos, por suerte inéditos— de muchachas y mujeres ingobernables, reprimidas en vano por sus hombres, por su ambiente, audaces, y sin embargo exhaustas, siempre a un paso de perderse en su *frantumaglia* mental, y que confluyen en la figura de Amalia, la madre de *El amor molesto*. Pues sí: pensándolo bien, Amalia tiene muchos rasgos de Lila, incluso padece su mismo desbordamiento, esa sensación de perder los límites.

EVA: ¿Cómo explicas que a los lectores les resulte fácil reconocerse tanto en Elena como en Lila, pese a ser de naturalezas tan distintas? ¿Guarda relación con la divergencia que existe entre ambas? Las dos son sumamente complejas; sin embargo, mientras Elena tiende a la máxima verosimilitud, Lila tiene una especie de verdad superior, parece hecha de un material más misterioso, elaborada con mayor profundidad y con un valor a veces simbólico.

FERRANTE: La divergencia que hay entre Elena y Lila influye en unas cuantas decisiones narrativas que, sin embargo, pueden atribuirse a la condición femenina cambiante que se encuentra en el centro de la narración. Pensemos en el papel de la lectura y el estudio. Elena es muy disciplinada, en cada caso concreto consigue con diligencia los instrumentos que necesita, habla de su trayectoria de intelectual con medido orgullo, muestra cómo se ocupa del mundo con intensidad y al mismo tiempo hace notar cómo Lila se queda rezagada, es más, insiste mucho en cómo la ha dejado atrás. Pero de vez en cuando su relato se rompe y Lila aparece mucho más activa que Elena, sobre todo más ferozmente —también diría más vilmente, más visceralmente— implicada. Para después retirarse de veras, dejar el campo libre a su amiga, seguir siendo víctima de lo que más la aterra: desbordarse, desaparecer. Lo que tú llamas divergencia es una oscilación connatural de la relación entre los dos personajes y de la propia estructura del relato de Lenù. Esa divergencia es la que ofrece sobre todo a las lectoras —pero creo que también a los lectores— la posibilidad de sentir que son a la vez Lila y Lenù. Si las dos marcharan al mismo paso, una sería el doble de la otra, se manifestarían por turnos como voz secreta, imagen en el espejo u otra cosa. Pero no es así. El paso se rompe desde el comienzo, y quien genera la divergencia no es solo Lila, sino también Lenù. Cuando el paso de Lila se vuelve insostenible, quien lee se aferra a Lenù. Pero si Lenù se extravía, el lector se pone en manos de Lila.

SANDRA: Has mencionado la desaparición, se trata de uno de tus temas recurrentes.

FERRANTE: Creo que sí; bueno, estoy segura. Tiene que ver con que te echen atrás, pero también con el echarse atrás. Es un sentimiento que conozco a fondo, creo que todas las mujeres lo conocen. Cada vez que surge una parte de ti que no encaja con la idea canónica de lo femenino, sientes que esa parte te causa incomodidad a ti y a los demás, que te conviene hacerla desaparecer a toda prisa. O bien, si tienes una naturaleza combativa como Amalia, como Lila, si no eres de las que se calman, si te niegas a ser doblegada, surge la violencia. La violencia tiene un lenguaje propio que es significativo, al menos en italiano: partir la cara, hacer una cara nueva. ¿Lo ves? Son expresiones que remiten a la manipulación forzada de la identidad, a la anulación. O eres como digo yo, o te cambio a golpes hasta matarte.

EVA: Pero también nos anulamos, nos borramos. Quizá Amalia se suicidó. Y a Lila no la encuentran más. ¿Por qué? ¿Es una rendición? FERRANTE: Hay muchos motivos para desaparecer. La desaparición de Amalia, de Lila, sí, tal vez sea una rendición. Pero creo que también es signo de su irreductibilidad. No estoy segura. Mientras escribo tengo la impresión de saber mucho de mis personajes, pero después descubro que sé mucho menos de lo que saben mis lectores. Lo extraordinario de la palabra escrita radica en que puede prescindir de tu presencia y, en muchos aspectos, incluso del propósito con que la usaste. La voz forma parte de tu cuerpo, necesita de la presencia, hablas, dialogas, te corriges, ofreces ulteriores explicaciones. En cambio, la escritura, una vez fijada en un soporte, es autónoma, precisa de un lector, no de ti. Por decirlo de alguna manera, tú dejas tu acto de escritura y te vas. El lector, si lo desea, tiene en cuenta la forma en que has combinado las palabras. Amalia, por ejemplo, está filtrada a través de la escritura de Delia, y el lector debe desenredar la madeja de la hija, si quiere tratar de desenredar la madeja de la madre. Todavía más complicada es la inserción de Lila en el relato de Lenù: la trama, el tejido narrativo de su amistad es muy elaborado. Sí, tal vez la relación Delia-Amalia esté en el origen de la relación Lenù-Lila. Los libros se deslizan los unos dentro de los otros sin que tú, que los escribes, te des cuenta, una experiencia de escritura alimenta a la nueva y le da fuerza. Por ejemplo, en *Los días del abandono*, resulta esencial un personaje de la infancia de Olga, una mujer desquiciada, apodada «la pobrecilla». Pues bien, justo ahora me doy cuenta de que la pobrecilla se reencarna en Melina, personaje de la tetralogía *Dos amigas*. A fin de cuentas, es esta continuidad inconsciente entre muchas experiencias de escritura, publicadas o inéditas, lo que probablemente en el caso de la tetralogía *Dos amigas* me ha dado la impresión de tener entre manos una historia sencilla. A diferencia de los otros libros, derivados de una brusca selección de muchas esquirlas que tenía en la cabeza, me pareció que todo estaba listo y que sabía qué iba a hacer.

SANDRO: ¿Cuál es tu relación con la trama? Y en *Dos amigas*, ¿cuánto se modificó sobre la marcha?

FERRANTE: La trama sirve para apasionarme y para apasionar a quien me lee. Pero precisamente por eso es el hilo de la escritura el que se ocupa de urdirla. En gran parte nace mientras escribo, siempre. Por ejemplo, sé que Olga se quedará encerrada en su casa, sin teléfono, con su hijo enfermo, su hija y el perro envenenado. Pero no sé qué pasará en el momento en que la situación arranca. Es la escritura la que me arrastra —y debe arrastrarme de veras, en el sentido de que debe implicarme, inquietarme— desde el momento en que la puerta no se abre hasta el momento en que se abre como si jamás hubiese estado cerrada. Como es lógico, me planteo algunas hipótesis de desarrollo, antes de escribir y mientras escribo, pero me las guardo en la cabeza y son confusas, y están dispuestas a desaparecer a medida que avanza el relato. Por ejemplo, algunas de ellas pierden peso por el puro y simple hecho de que no resisto y se la cuento a una amiga. El relato oral enseguida lo quema todo: por notable que pueda resultar el desarrollo que tenía en mente, a partir de ese momento me parece que ya no merece la pena seguir empeñándose en la escritura. En el caso de Lila y Lenù, por el contrario, la trama se fue articulando con naturalidad; rara vez cambié de rumbo.

SANDRA: Algunas de tus novelas tienen un desarrollo de *thriller* pero después se convierten en historias de amor o en otra cosa.

FERRANTE: Naturalmente, la trama implica géneros literarios, y aquí la cosa se complica. Me sirvo de tramas, sí, pero, lo reconozco, no consigo respetar las reglas de los géneros; el lector que me leyera convencido de que le estoy dando un *thriller* o una historia de amor o una novela de formación seguro que se llevaría una decepción. Solo me interesa el hilo de los hechos y por eso esquivo todas las jaulas con sus reglas fijas. En *Dos amigas* la trama atravesó todas las zonas de ese tipo pero sin empantanarse; es más, avanzando sin descanso ni cambios de idea. Y eso que no fue durante meses, sino años. Lo que nacía escribiendo resistió, a grandes rasgos, hasta la publicación.

SANDRO: No obstante, la tetralogía *Dos amigas* es una obra muy compleja, cualquier cosa menos fácil de concebir y escribir.

FERRANTE: Tal vez, pero insisto: al principio no la sentí así. Hace seis años, cuando me puse a escribir, sabía con claridad qué iba a contar: una amistad que comienza con el juego pérfido de las muñecas y finaliza con la pérdida de una hija. Tenía en la cabeza un relato de una extensión similar a la de *El amor molesto* o *La hija oscura*. De modo que no hubo una fase en la que buscara el núcleo de la narración. En cuanto me puse a escribir, me pareció que la escritura fluía sin contratiempos.

EVA: ¿Qué distingue una escritura que fluye sin contratiempos de la que no lo hace?

FERRANTE: La atención que presto a cada palabra, a cada frase. Tengo relatos no publicados en los que el cuidado formal fue muy grande, no conseguía continuar si cada línea escrita no me parecía perfecta. Cuando eso ocurre, la página es hermosa, pero la narración es falsa. Quiero insistir en este punto, es algo que conozco bien: el relato avanza, me gusta, a grandes rasgos lo termino. Pero de hecho lo que me da placer no es narrar. El placer —lo descubro pronto— está todo en la obsesión de decir las cosas bien, limar las frases maniáticamente. Diría más, al menos por lo que a mí respecta, cuanta más atención se presta a la frase, con más dificultad fluye el relato. El estado de gracia comienza cuando la escritura solo presta atención a no perder el relato. Con la tetralogía *Dos amigas* esto me ocurrió enseguida, y duró. Pasaron meses, el relato fluía veloz, yo ni siquiera intentaba releer lo que había escrito. Por primera vez en mi experiencia la memoria y la imaginación me facilitaban una cantidad cada vez más considerable de material que, en lugar de abarrotar la historia confundiéndome, se acomodaban en ella en una especie de multitud tranquila que respondía a las necesidades crecientes de la narración.

EVA: ¿En este estado de gracia la escritura sale sin correcciones ni nuevas versiones?

FERRANTE: No, la escritura no, pero el relato sí. Y esto ocurre cuando en la cabeza tienes un clamor y sigues escribiendo como al dictado, incluso cuando estás haciendo la compra, incluso cuando estás comiendo, incluso cuando estás durmiendo. De modo que el relato —mientras quiere fluir— no necesita reorganización. En las mil seiscientas páginas de la tetralogía *Dos amigas* nunca sentí la necesidad de reestructurar acontecimientos, personajes, sentimientos, giros, cambios drásticos. Sin embargo, yo misma me asombro, dado que la historia es tan extensa, con tantos personajes que se desarrollan a lo largo de un largo período de tiempo, en ningún momento recurrí a apuntes, cronologías, esquemas de ningún tipo. Pero he de decir que no es un caso excepcional, siempre he detestado el trabajo preparatorio. Si trato de hacerlo, se me pasan las ganas de escribir, tengo la sensación de que ya no podré sorprender o apasionar. De modo que todo pasa en mi cabeza y, en esencia, justo mientras escribo. Después llega el momento en que me parece que necesito recuperar el aliento. Entonces me detengo, releo, y trabajo con gusto en la calidad de la escritura. Pero mientras que en los libros anteriores me ocurría, no sé, al cabo de tres o cuatro páginas, máximo diez, en la tetralogía *Dos amigas* me ocurrió al cabo de cincuenta o incluso de cien páginas escritas sin releer nunca.

EVA: Da la impresión de que atribuyes un valor ambiguo al cuidado formal, es decir, que puede ser positivo o negativo para el relato.
FERRANTE: Sí. Al menos en mi experiencia, la forma bonita puede convertirse en una obsesión que oculta problemas más complejos: el relato no funciona, no consigo encontrar la senda adecuada, pierdo confianza en mi capacidad de contar una historia. Lo opuesto es el momento en que la escritura parece cuidarse únicamente de sacar adelante la historia. Es ahí donde radica por completo la alegría de escribir. Estoy segura de que la narración ha arrancado y ahora se trata de que fluya cada vez mejor.

SANDRA: ¿Qué haces en este segundo caso?

FERRANTE: Releo de vez en cuando, e intervengo sobre todo para borrar o añadir. Pero esta primera lectura está muy alejada del cuidado meticuloso del texto, que llega solo cuando el relato está terminado. A partir de ese momento habrá varios borradores y correcciones, otras versiones, nuevos añadidos, hasta pocas horas antes de que el libro vaya a imprenta. En esa fase me vuelvo sensible a cada detalle de la vida cotidiana. Veo un efecto de la luz y tomo nota. Veo una plantita en un prado y trato de no olvidarla. Hago listas de palabras, me apunto frases que oigo en la calle. Trabajo muchísimo, incluso sobre las galeradas, y hasta el último momento cualquier cosa puede acabar en el relato, convertirse en una tesela del paisaje, el segundo término de un símil, una metáfora, un nuevo diálogo, el adjetivo no banal y a la vez no excéntrico que estaba buscando. En cambio, la primera lectura no es más que un reconocimiento. Tomo posesión de lo que he escrito, me deshago de redundancias, adorno lo que me parece apenas esbozado, o sobre todo enfilo caminos que el propio texto me sugiere ahora.

SANDRA: ¿Quieres decir que hay una fase en la que la existencia del texto determina ulteriormente el relato, la que lo enriquece?

FERRANTE: En esencia, sí. Es un alivio tener unas cuantas páginas cuando antes no había nada. Aunque no sea más que en su pura y simple combinación de signos, las palabras, las frases son materia sobre la que se puede actuar con toda la habilidad de que se es capaz. Los lugares son lugares, las personas son personas, lo que hacen o dejan de hacer está ahí, ocurre. Y al recorrerlo otra vez, todo esto exige perfeccionarse, quiere ser cada vez más vivo y verdadero. Comienzo, pues, a leer reescribiendo. Y este leer reescribiendo es bonito. Debo decir que me parece que la habilidad siempre entra en escena durante esta primera lectura-escritura. Es como una segunda oleada, pero menos jadeante, menos ansiosa, y, sin embargo, si las páginas no me decepcionan, todavía más apasionante que la primera.

SANDRA: Volvamos a la tetralogía *Dos amigas*. ¿En comparación con las experiencias anteriores, qué hubo de nuevo?

FERRANTE: Pues unas cuantas novedades. Primero, en ningún momento de mi experiencia anterior había pensado escribir una historia tan extensa. Segundo, no imaginé que podría reflejar en la vida de los personajes, de un modo tan articulado, una época histórica tan amplia y tan plagada de cambios. Tercero, por una manía personal, siempre había descartado dejar espacio al ascenso social, a la conquista de un punto de vista cultural y político, a la inestabilidad de las convicciones adquiridas, al peso de los orígenes de clase, un peso que no solo no desaparece sino que ni siquiera se aligera. Me parecía que mis temas e incluso mis capacidades eran de otra naturaleza. Sin embargo, de hecho la historia no quería terminar: el tiempo histórico impregnó con naturalidad los gestos, los pensamientos y las decisiones vitales de los personajes pero sin pretender nunca instalarse en el exterior como un fondo detallado; descubrí que mi aversión a la política y la sociología ocultaba el placer —sí, he dicho bien, el placer— de narrar una especie de extrañamiento-inclusión femenina.

EVA: ¿Extrañamiento e inclusión en relación con qué?

FERRANTE: Tenía la sensación de que Elena y Lila eran extrañas, ajenas a la Historia con todo su bagaje político, social, económico, cultural, y, sin embargo, estaban incluidas en ella, casi inadvertidamente, en cada palabra, en cada gesto. Me pareció que ese extrañamiento-inclusión se salía del esquema, me resultaba difícil de narrar, de modo que, como de costumbre, decidí hacerlo. Quería que el tiempo histórico fuera un telón de fondo poco definido pero que a la vez surgiera de los cambios que se producían en sus vidas, de las incertidumbres, las decisiones, los gestos, el lenguaje. Por supuesto, hubiera bastado una impresión, por leve que fuera, de que el tono era falso para bloquearme. Pero la escritura siguió fluyendo y casi siempre tuve la certeza —con razón o sin ella— de que el tono se sostenía y daba a los pequeños hechos de la tetralogía *Dos amigas* esa verdad que, si te sale, hace que los grandes hechos resulten menos trillados.

SANDRA: ¿Y la novedad de la amistad femenina? Hoy todo el mundo reconoce que antes de la tetralogía *Dos amigas* no había una tradición literaria en la que inspirarse. Por lo demás, tú misma, en tus libros anteriores, habías hablado de mujeres solas, sin amigas a las que recurrir. Aunque Leda, cuando está en la playa, y como tú bien hiciste notar, trata de establecer una relación de amistad con Nina, a fin de cuentas, se marcha de vacaciones en completa soledad, como si no tuviera amigas.

FERRANTE: Tienes razón. Delia, Olga y Leda se enfrentaban a su aventura sin recurrir nunca a otras mujeres en busca de ayuda o apoyo. Solo Leda termina por romper su aislamiento y establecer una relación de afinidad con otra mujer. Pero entretanto comete un acto que, en esencia, hace que su necesidad de amistad no tenga ningún futuro. En cambio, Elena nunca está realmente sola, su vida está estrechamente ligada a la de su amiga de la infancia.

SANDRA: Pero, pensándolo bien, cuando era niña, Lila hace algo igual de serio y luego carga con esa decisión infantil el resto de su vida.

FERRANTE: Es cierto. Pero antes de referirme a la novedad de las dos protagonistas y su amistad, deja que subraye un par de características que se mantienen idénticas de un libro al otro. Las cuatro historias están narradas en primera persona, pero, como ya he comentado, en ninguno de los relatos imaginé al yo narrador como una voz. Delia, Olga, Leda, Elena escriben, han escrito o están escribiendo. Quiero insistir en esto: las cuatro protagonistas son imaginadas no como primeras, sino como terceras personas que han dejado o están dejando un testimonio escrito de lo que vivieron. En los momentos de crisis, con mucha frecuencia las mujeres tratamos de calmarnos escribiendo. Se trata de escritura privada cuyo objetivo es controlar el desasosiego, escribimos cartas, diarios. Yo siempre he partido de este supuesto, mujeres que escriben sobre sí mismas para entenderse. Pero ese supuesto se vuelve explícito, es más, se convierte en parte esencial del desarrollo narrativo solo en la tetralogía *Dos amigas*.

SANDRO: ¿Por qué ese empeño en subrayar ese punto?

FERRANTE: Para decir que siempre me ha dado una impresión de verdad pensar que mis figuras femeninas se expresasen a través de su forma de plasmarse por escrito. Italo Svevo consideraba que el autor, incluso antes que el lector, debía creer en la historia que estaba contando. Yo, más que en la historia, debo creer en cómo, no sé, Olga o Leda están escribiendo su experiencia; lo que me apasiona es sobre todo la verdad de su escritura. Y ahora voy a la segunda constante que he mencionado. En las cuatro novelas la que narra conserva una característica de fondo encomendada por completo a la escritura.

Olga, Leda, Lenù parecen saber con todo detalle qué deben contar. Pero sin darse cuenta, cuanto más avanza la historia, se vuelven más indecisas, más reticentes, menos fiables. Ese es el rasgo en el que más he trabajado todos estos años: conseguir un yo femenino que en el léxico, la estructura de las frases, la oscilación de registros expresivos, revelara la solidez de las intenciones, un pensar y sentir sinceros que, al mismo tiempo, tuviera pensamientos, sentimientos y acciones reprobables. Naturalmente, para mí lo más importante era que no hubiese hipocresía: mi narradora debía ser sincera consigo misma tanto en un caso como en el otro, debía considerarse honrada tanto en la calma como en la furia, la envidia, etcétera.

SANDRA: Elena es la que exhibe estas características de un modo más explícito.

FERRANTE: Sí, no podía ser de otro modo. En las primeras páginas, Lenù se propone impedir que su amiga Lila desaparezca. ¿Cómo? Escribiendo. Quiere fijar en un relato detallado cuanto sabe de ella, como para convencerla de que es imposible borrarse. Al comienzo Elena parece estar en una posición de fuerza, se expresa como si fuera realmente capaz de plasmar a su amiga en la escritura y así aferrarla para llevarla de vuelta a casa. En realidad, cuanto más avanza el relato, menos conseguirá fijar a Lila.

EVA: ¿Por qué? ¿Acaso Lenù descubre que ni siquiera con la escritura podrá doblegar a su amiga?

FERRANTE: Aquí llegamos a la característica fundamental de la escritura de Lenù. Es imaginada como dependiente de la de Lila. Sabemos poco de lo que Lila escribe, pero sabemos mucho de cómo y hasta qué punto Lenù la utiliza. Las páginas de la tetralogía *Dos amigas* están pensadas como el punto de llegada de una larga influencia ejercida por Lila de dos modos distintos: primero, a través de lo que ella escribió y que Lenù consiguió leer; segundo, a través de la escritura de la que Lenù en varias ocasiones la considera capaz y a la cual intenta adecuarse con una permanente sensación de insatisfacción. En cualquier caso, como escritora Lenù está destinada a cuestionarse sin cesar. El éxito le demuestra que es buena, pero ella se siente insuficiente, tanto es así que Lila se escapa cada vez más de un relato que la fije con plenitud.

SANDRA: Pero si de hecho la escritura de Lenù es la tuya, ¿no exhibes de forma deliberada tu insuficiencia?

FERRANTE: No lo sé. Seguramente desde *El amor molesto* he orquestado una escritura insatisfecha consigo misma, y la escritura de Lenù no solo declara y cuenta esta insatisfacción, sino que plantea que hay una escritura más potente, más eficaz, que Lila conoce desde siempre y practica, pero que a ella le está vedada. El mecanismo, repito, es el siguiente: Lenù es escritora; el texto que leemos es suyo; la escritura de Lenù nace, como muchas otras cosas de su experiencia, de una especie de competición secreta con Lila; de hecho, Lila tiene desde siempre su propia escritura que no imita a nadie y que tal vez sea inimitable, y que ejerce sobre Lenù la función de acicate; por tanto, el texto que leemos conserva seguramente rastros de ese acicate; en resumidas cuentas, la escritura de Lila se inscribe en la escritura de Elena, haya o no intervenido directamente en el texto. Esto en síntesis. Pero como es natural, se trata de una ficción que forma parte de las muchas otras ficciones que componen la historia. Mi acto de escritura, que es el más impalpable, el menos reducible, lo inventa todo.

EVA: ¿Cuando hablas de la escritura inalcanzable de Lila te refieres simbólicamente a una escritura ideal, a una escritura a la que aspiras mientras escribes?

FERRANTE: Tal vez sí, para Lenù seguramente es así. Siempre me ha llamado la atención la forma en que los escritores dan vueltas alrededor de su escritura y al final esquivan el tema y empiezan a hablar de los rituales que emplean para ponerse a trabajar, pero nada dicen de cómo se hace la escritura. Yo no les voy a la zaga y, aunque desde siempre reflexiono sobre la escritura, es más, he tratado de colocar en el centro la autosuficiencia de la escritura exiliándome de mis libros, de todos modos tengo poco que decir. Por ello intento volver a mi experiencia y a Keats, a la carta que le escribió a Woodhouse, que ya he citado. Keats decía que la poesía no está en la persona del poeta, sino en el hacerse de los versos, en la facultad del lenguaje que se materializa en la escritura. Creo que ya he mencionado el hecho de que para mí el relato funciona de veras cuando tienes en la cabeza el ruido constante de la *frantumaglia* que prevaleció sobre todo y ahora presiona con constancia para convertirse en relato. Tú como individuo, tú como persona, no existes en ese momento, solo eres ese ruido y esa escritura, y por eso escribes, sigues escribiendo hasta cuando dejas de hacerlo, hasta cuando te ocupas de lo cotidiano, incluso cuando duermes. El acto de la escritura es el paso continuado de esa *frantumaglia* de sonidos, emociones y cosas a la palabra y la frase, al relato de Delia, Olga, Leda, Lenù. Es una elección y una necesidad, un flujo, como agua corriente, y al mismo tiempo el resultado del estudio, de la adquisición de técnicas, destrezas, un placer y un esfuerzo antinatural del cerebro y del cuerpo entero. Al final lo que se detiene en la página es un organismo inmaterial muy heterogéneo, hecho de mí que escribo y de Lenù, digamos, y de las muchas personas y cosas sobre las que ella cuenta y de la forma en que lo cuenta ella y en que lo cuento yo, así como de la tradición literaria en la que me inspiro, de la que he aprendido, y de todo aquello que convierte a quien escribe en tesela de una inteligencia creativa colectiva —la lengua como se habla en el ambiente en que nacimos y nos criamos, las historias orales que nos contaron, la ética que hemos adquirido, etcétera—; en suma: el fragmento de una larguísima historia que reduce de manera radical nuestra función de «autores» tal como la entendemos hoy. ¿Es posible hacer de ese organismo inmaterial un objeto concretamente narrable, es decir, emplear técnicas capaces de sugerirlo al lector como se hace con el viento, con el calor, con un sentimiento, con los acontecimientos que componen la trama? Creo que controlar esa ruidosa y permanente fragmentación en la cabeza, explorar esa transformación en palabra que dura mientras dura el relato es la ambición secreta de cuantos se dedican por completo a escribir. En mi opinión, cuando Keats decía que el poeta no tiene identidad se refería a que la única identidad que cuenta es la del organismo inmaterial que respira en la obra y que se libera para el lector; desde luego, no es eso que después te atribuyes cuando dices: soy una autora, he escrito este libro.

SANDRA: Una última pregunta. La escritura de Lila está muy presente en el relato y desde la niñez ejerce una influencia en Elena. ¿Cuáles son las características de la escritura de Lila?
FERRANTE: Nunca sabremos si los escasos textos de Lila tienen de verdad el poder que Elena les atribuye. Lo que sabemos es más bien de qué manera terminan por generar una especie de modelo que Elena se esfuerza por seguir durante toda su vida. De ese modelo ella

nos dice algo, pero no es eso lo que cuenta. Lo que cuenta es que, sin Lila, Elena no existiría como escritora. Quienes escribimos extraemos nuestros textos de una escritura ideal que se mantiene siempre delante de nosotros, inalcanzable. Es un fantasma de la mente, es inalcanzable. En consecuencia, el único rastro que queda de cómo escribe Lila es la escritura de Lenù.

NOTA. Una versión corregida de esta entrevista —una larga conversación con Sandra Ozzola, Sandro Ferri y Eva Ferri— se publicó en la primavera de 2015 en *The Paris Review* (Estados Unidos), con el título «The Art of Fiction No. 228: Elena Ferrante» ('El arte de la ficción n.º 228: Elena Ferrante'). La que publicamos aquí es una versión en muchos aspectos menos estructurada y más amplia. El texto de *The Paris Review* llevaba esta introducción:

Para esta larga conversación nos reunimos con Elena Ferrante en la ciudad donde se ambienta la tetralogía *Dos amigas*. Era por la tarde, llovía y hacía calor. Nuestro plan original era visitar el barrio de Lila y Lenù, y luego recorrer el paseo marítimo de Nápoles, pero Elena cambió de idea. Nos dijo que los lugares imaginarios se visitan en los libros, que si los vemos en la realidad, es difícil reconocerlos, son decepcionantes, parecen falsos. Intentamos dar una vuelta por el paseo marítimo, pero en vista del mal tiempo, nos refugiamos en el vestíbulo del hotel Royal, justo enfrente de Castel dell'Ovo.

Desde allí, al abrigo de la lluvia, de vez en cuando podíamos echar un vistazo al paseo e imaginar a los personajes que durante tanto tiempo ocuparon nuestra imaginación y nuestros corazones. Éramos tres entrevistadores, los editores Sandro y Sandra y nuestra hija Eva, en una palabra, los Ferri al completo. No había una necesidad especial de reunirnos en Nápoles, pero Elena, que estaba de paso para resolver algunos asuntos familiares, nos había invitado y aprovechamos la ocasión para celebrar el final de la tetralogía *Dos amigas*. La charla se prolongó hasta bien entrada la noche y continuó al día siguiente durante el almuerzo —almejas—, y después en Roma, en nuestra casa —té e infusiones—. Al final, los tres teníamos nuestros cuadernos repletos de notas. Las comparamos, reorganizamos el material según las indicaciones de Elena, tratando de componer nuestras visiones y no traicionar la verdad de la conversación. Este es el resultado.

7

Las personas excesivas

Respuestas a las preguntas de Gudmund Skjeldal

SKJELDAL: Al parecer la gente pide la baja por enfermedad para poder leer sus novelas. Van por ahí con la cabeza en las nubes, como drogadas: ¿conseguiré leer un rato a Ferrante mientras hago cola o voy al lavabo? Se olvidan de los hijos, de su mujer. ¿Se da cuenta del efecto que tiene sobre sus lectores? ¿No le dan ganas de conocerlos, de hacer giras, de recorrer festivales como los demás autores?

FERRANTE: Me alegro de que mis libros establezcan una relación intensa y duradera con los lectores. Creo que es la prueba de que les he dado lo necesario y que en verdad ya no me necesitan. Si ahora los acompañara por todo el mundo, me sentiría como esas madres que no dejan a sus hijos ni a sol ni a sombra, incluso cuando son adultos, hablan siempre por ellos y los alaban en público de un modo bochornoso.

SKJELDAL: En Noruega acaba de publicarse el segundo volumen de la tetralogía *Dos amigas* y no consigo decidirme si esperar a que salga la espléndida traducción de Kristin Sørsdal en marzo del año que viene o comprar las dos últimas entregas en inglés. ¿Sigue el trabajo de sus traductores? ¿Tienen manera de contactar con usted, como suelen hacer los traductores con los autores?

FERRANTE: Los traductores escriben y yo contesto. A veces sus preguntas me llevan mucho tiempo. Me gusta ayudarlos a encontrar soluciones.

SKJELDAL: Cuando le hablé a mi hijo de nueve años del libro que estaba leyendo se sorprendió de su decisión de no darse a conocer; según él, todos quieren ser famosos. ¿Qué le dicen sus hijas? ¿Comprenden su decisión?

FERRANTE: Entre mis hijas y yo hay un antiguo pacto: hago lo que quiero, excepto cosas que puedan avergonzarlas. No sé si he respetado siempre nuestro acuerdo. Seguro que apreciaron y aprecian que haya logrado mantener a raya las ganas de protagonismo y el afán de éxito. Para los hijos los padres siempre somos molestos. Pero aquellos que se hacen notar demasiado lo son de un modo intolerable.

SKJELDAL: La tetralogía habla de dos chicas —después mujeres—, Lila y Elena. ¿Me equivoco al pensar que ellas no habrían entendido su decisión de mantener el anonimato? Sueñan con huir de Nápoles, hacerse ricas y famosas y, posiblemente, ser libres.

FERRANTE: Elena habría dicho que envidiaba mi decisión y luego habría seguido su camino. Lila la habría considerado insuficiente y me habría pedido que renunciara también a escribir estas respuestas. En cuanto a mí, hace tiempo que me he desembarazado de mi deseo de fama. Pero aprecio mucho la fama que Lila y su amiga están conquistando en la cabeza de los lectores.

SKJELDAL: La tetralogía *Dos amigas* está impregnada de una clara vena feminista, se aprecia en la lucha de las dos mujeres contra la tradición, en lo vejadas que se sienten por los hombres. Sin embargo, sus libros me han hecho reflexionar sobre mis amistades masculinas, mi implicación y sobre la competencia entre nosotros. Me identifico mucho más con las dos protagonistas de lo que puedo identificarme con las figuras masculinas de estas novelas. ¿Hubo algún cambio importante en la cultura machista de la Nápoles de los años cincuenta y sesenta en comparación con la de la actualidad?

FERRANTE: Los hombres han cambiado mucho, en Nápoles y en el mundo, como por lo demás hemos cambiado nosotras. Pero habría que reflexionar sobre la profundidad de esos cambios. En no pocos de los personajes masculinos y femeninos de mi libro los cambios son superficiales y el retroceso siempre es posible. El problema radica en que los cambios reales son a largo plazo, mientras que la vida nos embiste enseguida, ahora mismo, con todas sus contradicciones.

SKJELDAL: Las dinámicas de la amistad entre Elena y Lila están magistralmente descritas: su relación estrecha pero competitiva, su inclinación a la dependencia recíproca y a la separación. En mis lecturas anteriores no había encontrado nada parecido. ¿Para estas amistades se ha inspirado en temas recurrentes o ha querido sondear nuevos terrenos literarios?

FERRANTE: Estoy convencida de que la realidad de los hechos, a la que en general apelamos como si fuera simple y lineal, es una maraña inextricable y que la literatura tiene el deber de entrar en esa maraña sin esquematismos de conveniencia. Explorar la desordenada amistad femenina ha supuesto aprender a dejar de lado toda idealización literaria y toda tentación edificante.

SKJELDAL: En una entrevista he leído que la novela más importante para usted ha sido *Mentira y sortilegio* de Elsa Morante. ¿Puede explicarnos por qué?

FERRANTE: Gracias a ese libro descubrí que una historia por completo femenina —hecha de deseos, ideas y sentimientos de mujer— podía resultar apasionante y, al mismo tiempo, tener una gran dignidad literaria.

SKJELDAL: Resulta tentador interpretar la importancia que en sus novelas se atribuye a los amigos y hermanos en el desarrollo de una persona como una rebelión contra todas las figuras de padres que encontramos en la literatura —véase, por ejemplo, la obra del noruego Karl Ove Knausgård—. Aunque no se diga abiertamente, ¿puede considerarse un correctivo de la psicología freudiana?

FERRANTE: No lo sé. Las figuras parentales son imprescindibles y en mis libros tienen un papel importante, sobre todo las madres. Pero los hermanos y amigos no son menos determinantes. ¿Cómo creamos sus imágenes? Es difícil decirlo. Los hermanos y amigos nos parecen extraordinariamente afines; sin embargo, siguen siendo el Otro nunca reducible a nosotros, nunca del todo fiable, y por ello a veces peligroso, traicionero. Constituyen un pequeño mundo donde competimos sin los grandes riesgos a los que nos expondremos cuando crucemos la frontera y acabemos entre los extraños del mundo grande. A veces recurrimos a ellos para recobrar el aliento, para sentirnos comprendidos. Pero, con más frecuencia, para dar rienda suelta sin pudor alguno a nuestras frustraciones y a nuestras furias, como si ellos fueran la causa principal de nuestra interminable decepción.

SKJELDAL: Pero ¿usted entiende a Lila? ¿La que se casa demasiado joven sin ninguna necesidad, que es buena y mala a la vez, que absorbe energía de todas partes y que, a la vez, para Elena es la que da color a todo? ¿Quizá en el caso de Lila usted pensó en una persona menos corriente, puede que nietzscheana, dada la manera en que personaliza la fuerza dionisíaca en el mundo, mientras que en el caso de Elena imaginó a una mujer más racional?

FERRANTE: Siempre me han fascinado las personas excesivas en todas sus manifestaciones. Lila tiene muchos rasgos de una amiga mía que murió hace unos años. No tenía nada de dionisíaco. Era más bien de esas personas que sienten curiosidad por todo y que sin esfuerzo aparente lo hacen todo bien, pero luego se aburren y con entusiasmo se dedican a otra cosa. Intenté describir la efervescente estela de obras incompletas que dejan tras de sí estas inteligencias multiformes que escapan a toda definición.

SKJELDAL: Si yo fuera guionista creo que me encantaría poder trabajar en estas cuatro novelas. En realidad, de algunos de sus libros anteriores ya se hicieron películas. ¿Piensa usted en términos de escenas o prefiere concentrarse en las frases bien escritas? Siempre y cuando sea posible separar estos dos aspectos.

FERRANTE: Shklovski decía que no sabemos qué es el arte pero en compensación lo reglamentamos con sumo cuidado. Se fijan fronteras, se establecen reglas. Una de ellas dice que los maleficios del cine y la televisión perjudican el cincel de las frases, envenenan la literatura. Sin embargo, el que escribe, justamente en nombre de la literatura, tiene el deber de experimentar con todos los lenguajes y, si resulta útil, violarlos todos. Nunca he trabajado para el cine o la televisión, pero desde hace tiempo soy una espectadora asidua y cuando escribo recurro a películas y a cuadros, así como a todo lo que yace en los grandes depósitos de la tradición artística. La literatura se empobrece si levanta muros divisorios.

SKJELDAL: Si me permite, quisiera confesarle que encuentro un poco irritante la lista detallada de personajes al comienzo de cada libro: producen un efecto sorprendente, como si fueran los personajes o actores de una comedia. ¿El lector necesita realmente esta ayuda en un texto que, por lo demás, es cristalino?

FERRANTE: La lista detallada de personajes se debe al hecho de que, aunque los cuatro volúmenes forman parte de una sola historia, se publicaron a intervalos de un año. La lista debía servir de recordatorio para el lector. Pero ahora que toda la historia está disponible de la primera a la última página, ya no es necesaria y en una probable edición definitiva se eliminará.

SKJELDAL: Con frecuencia, tal vez demasiada, se dice que la novela ha muerto. Knausgård, por ejemplo, consiguió embelesar al mundo entero presentando la realidad pura y dura. En cambio, usted, con su *Bildungsroman* en cuatro volúmenes, ha demostrado que la novela no está muerta sino todo lo contrario. Y su obra es tan convincente que creo que ya no sentiré necesidad de leer ensayos sobre Italia. ¿La novela es el único género literario que le interesa?

FERRANTE: Me dedico mucho a escritos autobiográficos, escritos privados, diarios, crónicas. La tradición italiana está llena de ellos. Me interesan sobre todo las páginas en las que no se imitan las formas de expresarse de los cultos, o aún más aquellas en las que, llevados por la emoción, los cultos acumulan fórmulas elaboradas. Busco allí una verdad de la escritura que todavía está por estudiar, por aprender. Debo decir que no me interesa el destino de la novela. Me interesa, creo, una escritura de la verdad. Cosa ardua y cada vez más rara, pero también la única capaz de demostrar, como en mi opinión hace Knausgård, que la novela no está muerta.

SKJELDAL: Me quedé muy impresionado cuando en el primer volumen de la tetralogía leí que algunos niños napolitanos no ven el mar hasta la adolescencia. Me vino a la cabeza lo que Martin Scorsese dijo de Little Italy en Manhattan: que de niño nunca salió del barrio. ¿Su niñez también quedó confinada en algunas calles de Nápoles?
FERRANTE: Nací en una ciudad de mar, pero descubrí el mar tarde y no se convirtió en parte de mí hasta mi edad adulta. Es difícil de explicar, pero con frecuencia entre las zonas pobres y las ricas hay distancias inabarcables. Para mí y para mis compañeras dejar las calles pobres que conocíamos desde nuestro nacimiento e ir a las desconocidas con hermosos edificios, el paseo marítimo y una bonita vista del golfo era una aventura plagada de riesgos. Un poco como ocurre hoy a gran escala: si los pobres se abalanzan hacia las fronteras del bienestar, la gente acomodada se asusta y se vuelve violenta.

SKJELDAL: La infancia descrita en el primer volumen y también en el segundo está cargada de violencia. En un momento dado se habla del Vesubio. En otro momento Elena dice que la violencia es algo que los napolitanos llevan en la sangre. Y en otro, declara que el conflicto de clases se utiliza para explicar la alta tasa de violencia de la ciudad. En su opinión, ¿de dónde nace toda esa violencia? ¿Cómo puede salir de ella el sur de Italia?
FERRANTE: La violencia es un rasgo esencial tanto en los animales como en nosotros, los humanos. Siempre acecha en todas partes,

incluso en vuestro maravilloso país. El problema es cómo controlarla. Nápoles es uno de los muchos lugares del mundo donde los factores que empujan a la violencia están todos presentes y sin gobierno: desigualdades económicas intolerables, pobreza que suministra mano de obra a organizaciones criminales poderosísimas, corrupción institucional, una falta de organización de la vida colectiva sumamente culpable. Pero también es una ciudad de una belleza clamorosa, con grandes tradiciones de cultura elitista y de cultura popular. Todo ello hace que las llagas infectadas de su cuerpo sean más visibles y más insoportables. Lo que podríamos ser en este planeta, y lo que, por desgracia, somos se ve en Nápoles mejor que en ninguna otra parte.

SKJELDAL: Según muchos poetas, al menos noruegos, el corazón humano no cambia nunca. Me pregunto si mis hijos, y tal vez también los suyos, pueden llegar a comprender la educación que recibieron Elena y Lila: dan por sentada la libertad casi tanto como el aire que respiran. ¿Me equivoco?

FERRANTE: Es probable que el corazón humano no cambie nunca, pero ya no estoy tan segura; las biotecnologías crean más y más milagros nuevos, asombrosos y angustiantes. Sin duda, las circunstancias en las que laten nuestros corazones cambian sin cesar. Es eso lo que en definitiva genera historias, siempre las mismas y siempre distintas. Como nosotros, nuestros hijos deberán tener en cuenta las pequeñas y grandes sacudidas que subvertirán lo que hoy les parece estable y definitivo. Y, como nosotros, aprenderán a su propia costa que nada, ni siquiera el bien o el mal, nos es dado para siempre y que debemos reconquistar continuamente nuestros derechos fundamentales.

SKJELDAL: El escultor noruego Gustav Vigeland ha dicho que lo único que le da descanso es un nuevo proyecto. ¿A usted le pasa lo mismo después de la tetralogía *Dos amigas*? ¿Tiene ya un nuevo proyecto?

FERRANTE: Tengo muchos proyectos, siempre ha sido así. Lo que no sé es si alguno de ellos conseguirá imponerse para convertirse en libro.

NOTA. La entrevista de Gudmund Skjeldal se publicó en *Bergens Tidende & Aftenposten* (Noruega) con el título «Den briljante Ferrante» ('La brillante Ferrante'), el 1 de mayo de 2015 en su versión *online* y el 2 de mayo en la de papel.

8

Trece letras

Respuestas a las preguntas de Isabel Lucas

LUCAS: Es imposible no elaborar historias en torno a su biografía. Si es mujer o no, si es italiana o no, si es madre, etcétera. La novela que ha construido y que se está construyendo sobre su vida avanza al mismo paso que sus novelas, que las ficciones que usted crea. Muchos lectores tratan de encontrar indicios de la escritora, y es como si hubiera dos niveles de lectura: los que provienen de la ficción, y los que usted sugiere respecto de la creadora de esa ficción. Usted sigue siendo un misterio a pesar de algunos detalles que va dando en las entrevistas concedidas en los últimos años. Me gustaría que analizara esta idea: la biografía novelada y Elena Ferrante que trabaja en la ficción de sí misma.

FERRANTE: Mi experimento quiere llamar la atención sobre la unidad originaria de autor y texto y sobre la autosuficiencia del lector, que puede extraer de esa unidad cuanto le hace falta. Yo no invento mi biografía, no me oculto, no creo misterios. Estoy sistemáticamente en mis novelas y en estas respuestas a sus preguntas. La escritura es el único espacio en el que el lector debería buscar y encontrar al autor.

LUCAS: En una entrevista sobre los motivos de su anonimato contestó que «escribir sabiendo que no debo aparecer genera un espacio de libertad creativa absoluta». ¿Cree que su escritura sería distinta de no haber decidido no revelar quién es?

FERRANTE: Estoy segura. Hacer que la propia persona recorra el mundo junto con el libro siguiendo el rito de la industria cultural es algo muy distinto a encerrarse en el texto y no salir de él más que gracias a la capacidad imaginativa de los lectores.

LUCAS: El nombre de Elena Ferrante comienza y termina en las páginas de cada uno de sus libros. Su nombre va ligado a su escritura, le ha dado una identidad. Se ha escrito mucho sobre usted. Me gustaría que se describiera. ¿Quién es Elena Ferrante escritora? ¿Cómo la definiría?

FERRANTE: ¿Elena Ferrante? Trece letras, ni una más ni una menos. Su definición está toda ahí.

LUCAS: En su caso es imposible no distinguir entre autor y obra. Siempre ha querido que el autor se mantuviera discreto, casi invisible, mientras que su obra recorría poco a poco su camino hasta hacer posible dejar de hablar del autor. ¿Cómo asistió a este proceso y cómo lo vivió?

FERRANTE: El camino de mis obras es el mismo que el mío. Los lectores se conforman con eso, es más, algunos me escriben para rogarme que no desvele nunca otros aspectos más privados y por ello menos interesantes. Son los medios los que, por definición, no se conforman con las obras y quieren caras, personajes, protagonistas extravagantes. Pero de lo que quieren los medios se puede prescindir con tranquilidad.

LUCAS: En la tetralogía *Dos amigas* Lenù persigue una forma honrada de escritura. ¿Qué significa para usted la honradez en literatura?

FERRANTE: Decir la verdad como solo se lo puede permitir la ficción literaria.

LUCAS: ¿Cómo y cuándo se impone la escritura?
FERRANTE: ¿Cómo? Con dulzura. ¿Cuándo? Cuando dejas de notar la fatiga de encontrar las palabras.

LUCAS: ¿Dónde empieza todo? ¿En una idea, una imagen, una persona, un lugar?
FERRANTE: No lo sé. Al principio se trata de relámpagos, impactos, palabras que surgen mostrando imágenes apenas definidas. Es poco, pero de todos modos hay que ponerlo a prueba. A veces escribo mucho, pero sin satisfacción, las palabras siguen siendo las toscas de todos los días. Solo cuando la escritura se tensa como un sedal y luego comienza a fluir veloz sé que el cebo es bueno y empiezo a confiar en que sacaré algo significativo.

LUCAS: En una entrevista se define como narradora de historias, algo que, en cierto modo, se opone a la forma italiana de escribir.
FERRANTE: Cuando digo que soy una narradora de historias me remonto a una tradición italianísima en la que escritura y relato forman una unidad y es «hermosa» porque dispone de la energía para formar un mundo, no porque encadene metáforas. Nuestra literatura está llena de posibilidades, algunas aún por descubrir, basta con leer sus textos y el que quiera escribir seguro que encuentra lo que necesita. En todo caso, el problema es el culto a la página bonita, un rasgo recurrente contra el que he peleado mucho en mis propios textos. Hoy elimino las páginas demasiado elaboradas, pertenezco a quienes prefieren el borrador a la copia pasada en limpio.

LUCAS: Sus historias tienen una geografía muy determinante, como si solo pudieran ocurrir allí. ¿Hasta qué punto el espacio determina su escritura?

FERRANTE: Una historia tiene un tiempo y ese tiempo ha de contar con un espacio exacto en el que transcurrir linealmente o surgir de pronto en el presente del pasado, arrastrando tradiciones, formas de usar la lengua, gestos, sentimientos, razones y sinrazones. Sin un espacio diseñado con precisión que ofrezca, no obstante, amplios márgenes de indeterminación para la imaginación del lector, la historia se arriesga a perder concreción y carecer de agarre.

LUCAS: Nápoles es un lugar emblemático, casi uno de los personajes principales. ¿Qué relación tiene con Nápoles, o cómo la ciudad llegó a ser tan determinante en su escritura?

FERRANTE: Nápoles es mi ciudad, y no sé prescindir de ella pese a que la detesto. Vivo en otra parte, pero vuelvo a menudo, porque solo allí tengo la impresión de redimirme y volver a escribir con convicción.

LUCAS: Sus personajes femeninos casi siempre son mujeres en situaciones límite que viven momentos de pasión o abandono, decepcionadas, marcadas por un pasado del que no consiguen librarse. ¿De dónde provienen esas voces?

FERRANTE: De mí, de las experiencias que fueron importantes para mí. Y de lo que pude averiguar y ver de la vida de las demás mujeres y me hirió, me indignó, me deprimió, me alegró.

LUCAS: Fueron esos personajes femeninos los que permitieron que cayera el velo y que pensáramos que usted podía ser mujer. Se consideraba imposible que un escritor se aproximara tanto a lo femenino, expresara incluso tanta alarma por la condición de muchas mujeres. Otros críticos la han definido como una escritora feminista. ¿Cuál es su postura al respecto?

FERRANTE: El feminismo ha sido muy importante para mí. He aprendido a hurgar en mi interior gracias a la práctica de la autoconciencia, y fue el pensamiento femenino el que me saneó la mirada. Además, gracias al enfrentamiento entre mujeres, en ocasiones duro, creo que entendí que para escribir no hace falta distanciar los hechos, sino acortar las distancias hasta lo insoportable. No obstante, no escribo para plasmar una ideología; escribo para contar sin mistificaciones lo que sé.

LUCAS: ¿Cuáles son sus costumbres cuando escribe?

FERRANTE: Lo único importante es la urgencia. Si no siento la urgencia de escribir, no hay rito propiciatorio capaz de ayudarme. Prefiero hacer otra cosa, siempre hay algo mejor que hacer.

LUCAS: Usted presta mucha atención a los ambientes. ¿Puede describirnos el lugar donde escribe normalmente?

FERRANTE: No tengo un lugar específico, me instalo donde me pilla. Pero en general prefiero espacios muy pequeños, o rincones ocultos en un ambiente grande.

LUCAS: ¿Cuáles son los autores que han influido e influyen en usted?

FERRANTE: Con frecuencia los escritores se atribuyen unos antepasados literarios de gran relieve cuyo eco en sus obras de hecho es endeble. Es mejor no mencionar nombres excelentes porque solo indican el grado de nuestra soberbia. Prefiero enunciar un método:

dado que nos vemos más influenciados de lo que los especialistas dicen por los grandes libros que por su lectura, es preferible leer los textos, sean grandes o pequeños, para buscar las páginas que ahora y aquí nos ayudan a salirnos de lo obvio.

LUCAS: ¿Lee lo que se escribe sobre sus libros?

FERRANTE: Sí, todo lo que mi editorial me envía. Pero lo hago con deliberado retraso, cuando mis libros se han alejado lo suficiente y puedo aceptar que, para bien o para mal, estén dentro de las palabras de los demás.

LUCAS: Fue finalista del premio Strega, el principal galardón literario italiano. ¿Qué supuso para usted?

FERRANTE: Nada.

LUCAS: ¿Puede decirnos quién es Elena Ferrante cuando escribe, la persona que ha hecho posible sus libros?

FERRANTE: Una persona que se ocupa de la vida diaria llevando siempre en el bolso un libro y una libreta.

LUCAS: Usted ha escrito: «¿Es esta la historia correcta para entender eso que yace silencioso en lo más hondo de mí, esa cosa viva que, al ser capturada, invade todas las páginas y las dota de alma?». ¿La historia nace de un enfrentamiento con el mundo exterior?

FERRANTE: Quizá «historia correcta» es una expresión a la que me llevó la pereza. En realidad nunca tengo en mente una historia completa hasta el punto de poder valorar si es correcta o no. Necesito trabajarla durante mucho tiempo y ver dónde me lleva. El enfrentamiento con el mundo, como usted dice, se produce en esta fase, y de hecho es un cuerpo a cuerpo con sus palabras. Debo encontrar un hueco, tener la impresión de que la vida diaria me permitirá dar a las frases un extra de sentido. Si eso no es así, me retiro. Tengo los cajones llenos de intentos fallidos.

NOTA. La entrevista de Isabel Lucas apareció el 17 de julio de 2015 en *Publico* (Portugal), con el título «Elena Ferrante? Treze letras, nem mais nem menos» ('¿Elena Ferrante? Trece letras, ni más ni menos').

9

Narrar lo que escapa a la narración

Respuestas a las preguntas de Yasemin Çongar

ÇONGAR: La carta que mandó a su editor en 1991 explica su decisión de permanecer «ausente» de la vida de sus libros desde el momento en que se publican. Sin embargo, en muchos de los artículos publicados estos días se habla de sus obras —incluso en mi reciente ensayo sobre la tetralogía *Dos amigas*— y también, inevitablemente, de esa «ausencia». En ocasiones, el debate sobre su identidad puede ensombrecer la reflexión sobre su trabajo. ¿Alguna vez se siente incómoda ante las conjeturas sobre su identidad? ¿Cree que su decisión de permanecer ausente ha producido, como efecto rebote, que esa «presencia» sea aún más fuerte y que se hable de su identidad en detrimento de sus obras?

FERRANTE: Durante casi veinte años, en Italia y el extranjero, mis libros tuvieron su público y una buena acogida de la crítica, prescindiendo de mi ausencia, de la que la gente se percató poco a poco y sin un especial ensañamiento mediático. Ha sido la difusión también internacional de la tetralogía *Dos amigas*, su éxito, lo que ha despertado el interés de los periódicos, sobre todo los italianos. Y los medios, al dirigirse al público de la tetralogía, ponen mi identidad en el punto de mira. En resumen: basta con echar una mirada a la historia editorial de mis obras para darse cuenta de que no es la ausencia de quien las escribe lo que genera su éxito, sino que es su éxito lo que coloca en el centro el tema de la ausencia, y esto, francamente, no me parece sorprendente. Lo sorprendente es que quienes descubrieron los libros más tarde, a veces como consecuencia de la atención mediática, al menos aquí en Italia, los reciben con una desconfianza inicial, cuando no con hostilidad, como si mi ausencia fuera un comportamiento ofensivo o culpable.

ÇONGAR: En su opinión, ¿qué se oculta detrás de esa «desconfianza inicial»? ¿Cómo hace para que no la afecte?

FERRANTE: Es una desconfianza inducida por el cotilleo mediático sobre la ausencia de la autora. Lo único que puedo hacer es seguir con mi pequeña batalla para colocar la obra en el centro. Lo importante del escritor es que esté por completo en sus obras y forme una unidad con el texto.

ÇONGAR: En las entrevistas y los ensayos se presenta como mujer y madre. En sus novelas también se nota una fuerte «voz femenina», hasta el punto de hacerme pensar que solo una mujer y madre ha podido describir de un modo tan sincero las dificultades de la condición femenina y la maternidad, aunque con esto contradiga mi propia convicción de que un buen escritor puede identificarse con cualquiera. «Madame Bovary, c'est moi!» ¿O me equivoco? Si usted fuera hombre, ¿habría podido describir a las mujeres con semejante franqueza? ¿Puede decirnos qué autores varones considera que han retratado personajes femeninos con la misma autenticidad que usted? ¿Los hay?

FERRANTE: Estoy de acuerdo con usted. Un excelente escritor, ya sea hombre o mujer, sabe imitar los dos sexos con la misma eficacia.

Pero es un error reducir un relato a la pura y simple mímesis, a la pericia técnica con la que se representa la experiencia del otro sexo. El verdadero núcleo de todo relato es su verdad literaria, y esa verdad está o no está; y si no está, no hay habilidad técnica capaz de dártela. Usted me pregunta por autores varones que escriben con autenticidad sobre mujeres. No sé cuál indicarle. Hay algunos que lo hacen con verosimilitud, algo muy distinto de la autenticidad. Tan distinto que, cuando la verosimilitud está bien orquestada, corre el riesgo de imponerse de tal modo que hará que la verdad de las escrituras femeninas no sea auténtica. Y eso está mal. Y es el motivo por el que ya no basta con la pura y simple autenticidad de la escritura femenina; que yo, mujer, escriba, no es suficiente, mi escritura debe tener una fuerza literaria adecuada.

ÇONGAR: ¿Podría explicar más en detalle la diferencia entre verosimilitud y autenticidad en literatura? ¿En qué casos y por qué no basta con «la pura y simple autenticidad»?
FERRANTE: Conseguir un efecto de similitud con lo verdadero es cuestión de habilidad técnica. Pero en literatura la autenticidad arrasa con trucos y efectos. Lo verdadero arrasa con la falsa apariencia de verdad y eso suele desorientar. Preferimos el efecto de verdad antes que la irrupción de lo auténtico en la esfera simbólica.

ÇONGAR: ¿En qué autoras y en qué obras encuentra la fuerza literaria adecuada a la que alude en su respuesta?
FERRANTE: Jane Austen, Virginia Woolf, Elsa Morante, Clarice Lispector, Alice Munro. Podría seguir; es una lista larga y que, al fin, contiene una asombrosa variedad de escrituras femeninas de los clásicos hasta la fecha. Pero cuesta que la reconozcan. Por ejemplo,

todavía se compara a las mujeres que escriben entre ellas. Puedes ser mejor que otras escritoras célebres, pero no puedes ser mejor que los escritores célebres. También es muy raro que los grandes escritores declaren haber tenido grandes escritoras como modelo.

ÇONGAR: En una entrevista reciente en *The Paris Review* usted habla del esfuerzo consciente por resistirse a «domesticar la verdad» mientras escribe, y la define como «adentrarse por senderos expresivos trillados». El argumento de la tetralogía *Dos amigas* es, en cierto sentido, el más doméstico y común que pueda haber. Es la historia de un barrio, de una familia, de una amistad, del crecimiento, la maduración, etcétera. Además, su estilo es cualquier cosa menos marcadamente experimental. Teniendo esto en cuenta, ¿cómo consigue evitar que «su historia quede reducida a clichés», qué hay en sus libros que abre caminos expresivos todavía no usados? ¿Qué hace que su voz sea tan nueva? ¿Cuál es la indómita verdad de sus novelas? FERRANTE: No sé qué resultados he conseguido como escritora, pero sé a qué aspiro cuando escribo. Para mí no es esencial que nunca se haya contado la historia. Las historias que se ofrecen a los lectores como nuevas siempre pueden reducirse con facilidad a un núcleo antiguo. Ni siquiera me interesa revitalizar un cuento manido con inyecciones de estilo bonito, como si escribir fuera enriquecer constantemente el relato. Además, no busco desestructurar el tiempo o el espacio, cuando este recurso es más una prueba de pericia que una necesidad narrativa. Yo narro experiencias comunes, heridas comunes, y mi mayor tormento —aunque no el único— es encontrar un tono de la escritura capaz de quitar capa tras capa la gasa que venda la herida y llegar a la narración verdadera de la llaga. Cuanto más oculta me parece la llaga —por mil estereotipos, por falsedades que los propios personajes han improvisado para protegerse, en otras palabras, cuanto más refractaria parece al relato—, más insisto yo. No me interesa la escritura bella; me interesa escribir. Y lo hago echando mano de cuanto me ofrece la tradición, doblegándolo a mis fines. Lo importante no es la novedad, sino la verdad que nosotros mismos por prudencia, por conformismo, ocultamos dentro de formas armónicas o, por qué no, dentro de ejercicios experimentales.

ÇONGAR: Nápoles, obviamente, es fundamental en las cuatro novelas. Ya se trate del viejo barrio de Elena y Lila o de la playa de Ischia o de zonas más ricas de Nápoles en cada página siempre hay un fuerte sentido de la ambientación. Sin embargo, usted consigue este efecto sin necesidad de largas descripciones, sin sentimentalizar las imágenes de la ciudad. ¿Cómo consigue dar una viveza casi cinematográfica a los lugares? ¿Por qué a mí, lectora turca, no solo me parece estar viendo lugares que nunca he visto, sino que casi siento que me pertenecen, como si yo también proviniera de ese barrio? ¿Qué anima ese lugar? ¿Qué lo hace respirar en sus páginas?

FERRANTE: Si ocurre eso, es gracias a los filtros que uso. La presencia de la ciudad no se da nunca en sí misma; no lo creo posible a menos que se produzcan etiquetas, puras ilustraciones. Más bien apunto a los efectos percibidos o imaginados por Lenù y, a través de su relato, por Lila. Es una capa doble que convierte al barrio no en el fondo de la historia, no en unos bastidores lejanos, sino en un mundo aprendido, un mundo percibido, un mundo imaginado.

ÇONGAR: Con frecuencia, en sus entrevistas rinde homenaje a las obras femeninas y a la lucha de las mujeres por el papel que desempeñaron en su maduración personal. Muchos críticos, James Wood, entre otros, entienden la suya como una *écriture féminine* en el sentido en que la entendían Cixous, Irigaray, Kristeva y otras. Cuando escribe, ¿quiere contribuir a la causa y la lucha feministas? ¿Cree que sus novelas tienen una función o una misión feminista? ¿Es posible no sucumbir a las ideologías políticas o a las convenciones sociales cuando se escribe sobre la desigualdad y el sufrimiento causados por la estructura clasista y patriarcal de la sociedad?

FERRANTE: El paso por las culturas feministas es una parte indispensable de mi experiencia, de mi forma de estar en el mundo, pero para mí narrar no supone hacer de mi relato la pieza de una batalla político-cultural, incluso justa. Temo la linealidad de las militancias, tienen un pésimo efecto en la literatura. Yo escribo sobre los puntos de incoherencia. Cuanto mayor es la intensidad con la que un momento de mi experiencia se retuerce dentro de fórmulas que incluso me guían en mi vida diaria, más justo y urgente me parece trasladarlo al relato.

ÇONGAR: Para usted el ritmo, el tono de cada frase son importantes casi tanto o quizá más que lo que se narra. ¿Por qué? ¿Le cuesta encontrar el tono adecuado, el lenguaje adecuado para su historia? ¿Cuándo se da cuenta de que los ha conseguido? ¿En qué autores ha encontrado el ritmo y el tono perfectos?

FERRANTE: La búsqueda del tono adecuado es para mí la síntesis de todo experimentalismo posible. Creo que siempre ha sido el resorte de toda escritura literaria, pero en el siglo pasado se convirtió en una obsesión. ¿Cuál es el abracadabra que me acerca a la cosa, a su verdad? ¿Cómo debo actuar para descifrar el mundo, convertir en legible lo ilegible, qué estrategias debo emplear no ya para encontrar la distancia adecuada sino para acortarla lo más posible? La «búsqueda del tono» es la fórmula que uso para sintetizar la larga pugna de la escritura del siglo XX entre lo descifrable y lo indescifrable del otro. En la tetralogía *Dos amigas* la síntesis viene dada por el choque entre mantenerse dentro de los bordes y desbordarse.

ÇONGAR: La amistad entre Elena y Lila se describe de un modo exhaustivo y se presenta a los ojos del lector como extraordinariamente real. Además, el conflicto entre ambas mujeres se percibe como el conflicto interior de cada uno. En los contrastes entre las dos amigas se identifican las distintas pulsiones que llevamos dentro. «Tú eres mi amiga estupenda», frase pronunciada por Lila, da título al primer libro de la serie. Se la dice a Elena para animarla a seguir estudiando. Sin embargo, el «yo» del libro es Elena, y a través de su narración vemos a Lila como «mi —su— amiga estupenda». ¿Por qué ha colocado en el centro de los cuatro libros la amistad entre estos dos personajes tan distintos pero igualmente eficaces? ¿Qué función cumplen esas comparaciones constantes entre ambas?

FERRANTE: Quería narrar una amistad que dura toda una vida y quería contarla en toda su complejidad. Pero, como suelo hacer, también quería contarla de manera que la voz narradora se guardara claramente una parte del relato, como si no consiguiera llegar hasta el fondo o como si sus páginas fuesen el borrador de una historia que jamás llegará a la versión definitiva porque es la otra, la que no narra sino que es narrada, la que tiene la fuerza de llevarla plenamente a cabo. Cuando escribo tengo dos objetivos: narrar todo lo que sé y entretanto dejar entrar en la historia todo aquello que no sé, que no entiendo. En la tetralogía *Dos amigas* se persigue obsesivamente este segundo objetivo. Creo que la fuerza del relato, si existe, está en lo que llega a la página no a pesar de quien la escribe sino de lo que está escrito.

ÇONGAR: Es famosa la pregunta de Italo Calvino: «¿Qué parte del yo que da forma a los personajes es en realidad un yo al que los personajes han dado forma?». ¿Cuánto de Elena Ferrante quedó plasmado por Lila y Elena?

FERRANTE: Todo. Mientras escribes no eres más que lo que escribes; el nido está ahí y te contiene, se entrelaza contigo. Lo demás, lo que eres fuera de la escritura, es un canalón invisible.

ÇONGAR: Los temas recurrentes en sus novelas, los elementos comunes a los personajes y a los lugares sobre los que escribe han convencido a muchos de que sus obras son autobiográficas. ¿Hasta qué punto es verdad?

FERRANTE: Utilizo mucho mi experiencia pero solo si consigo volcarla en una trama sin perder la verdad.

ÇONGAR: Karl Ove Knausgård, el autor noruego cuya obra en seis volúmenes *Mi lucha* cosechó un gran éxito y ha sido comparada con la tetralogía *Dos amigas*, afirmó en el segundo libro que había decidido escribir una novela autobiográfica en un momento de crisis, cuando comprendió que «el núcleo de toda narrativa, sea verdadera o falsa, es la verosimilitud, y la distancia que mantiene con la realidad es constante». ¿Le molesta la distancia entre la verosimilitud narrativa y la realidad cuando lee obras literarias? ¿Cómo supera esa distancia cuando escribe?

FERRANTE: Solo me pasa cuando el objetivo de quien escribe es la verosimilitud pura y simple. Lo verosímil es lo real que desde hace tiempo ha encontrado una simbolización tranquilizadora. Sin embargo, quien escribe tiene el deber de relatar lo que escapa al relato, lo que escapa al orden narrativo. Debemos alejarnos todo lo posible de la verosimilitud y, por el contrario, acortar la distancia con el núcleo verdadero de nuestra experiencia.

ÇONGAR: Roberto Saviano y otros propusieron públicamente su candidatura para el premio Strega y ahora se encuentra entre los finalistas. Sandro Ferri, su editor, dice que usted se alegraría si ganara, pero añade que este premio también forma parte del *establishment* del que usted ha decidido excluirse. En su opinión, ¿cómo influye en la palabra escrita el reconocimiento, o su falta, por parte del *establishment*: jurados de premios, críticos, teóricos de la literatura, académicos? ¿Ser reconocidos o ignorados por ellos puede obstaculizar la libertad que es esencial para la escritura?

FERRANTE: Mis libros pertenecen a quienes los leen. Siento un gran respeto por todos los lectores, y no cambia nada que sean jurados de premios, académicos, periodistas, presentadores de radio o televisión. Un libro publicado tiene su recorrido, lo esencial es que lo haga sin mí. O mejor dicho, sin la parte de mí que ha quedado estrictamente fuera de las sus páginas.

ÇONGAR: En sus obras, la vida interior de sus personajes es muy nítida, sobre todo por lo que se refiere a los personajes femeninos. ¿Qué relación hay entre la *frantumaglia* —por usar la palabra que empleaba su madre— y la interioridad? ¿Y la primera cómo explica la segunda?

FERRANTE: La *frantumaglia* es esa parte de nosotros que huye de la reducción a palabras o a otras formas, y que en momentos de crisis remite a sí misma, disuelve el orden dentro del cual nos parecía encontrarnos firmemente instalados. En el fondo, toda interioridad es un magma que choca contra el autocontrol, y es ese magma lo que debemos intentar narrar si queremos que la página tenga energía.

ÇONGAR: ¿Cuando escribe se encuentra en un estado de *frantumaglia*? ¿O por el contrario se trata de un proceso más disciplinado, planificado, calculado? ¿Cambia de un libro a otro?

FERRANTE: Debo partir de un orden, debo sentirme a salvo. Pero también sé que para mí cada libro se vuelve digno de ser escrito únicamente cuando el orden que me ha permitido comenzar se rompe y la escritura corre poniéndome ante todo a mí misma en peligro.

ÇONGAR: ¿Qué pasará ahora? ¿Está trabajando en una nueva novela? ¿Qué vendrá después de la tetralogía *Dos amigas*?

FERRANTE: Escribo, pero pasará algún tiempo antes de que me convenza de publicar algo más.

NOTA. La entrevista de la periodista turca Yasemin Çongar apareció el 20 de julio de 2015 en la sección cultural *K24* del diario digital *T24*, con el título «Yazarın görevi metinden kaçanı anlatabilmektir» ('La tarea del escritor es explicar lo que huye del texto').

10

La verdad de Nápoles

Respuestas a las preguntas de Árni Matthíasson

MATTHÍASSON: ¿Qué la llevó a escribir? ¿Fue el deseo de emular a uno o a varios de sus autores favoritos, o quería dar voz a su necesidad de expresarse?

FERRANTE: Escribo porque siento deseos de contar. Por supuesto, la escritura se nutre del placer de leer y de las ganas de comprender cómo se hace para procurar ese placer. Todo lo que he conseguido aprender ha sido a fuerza de leer y releer libros. No sé cuántas veces he leído *Los miserables* sin saber absolutamente nada de Victor Hugo.

MATTHÍASSON: Su primera novela, *El amor molesto*, se publicó en 1992. ¿Para usted ese momento fue el inicio de su carrera de escritora o su intención solo era llegar a publicar esa historia?

FERRANTE: Jamás he pensado en una carrera de escritora. Sí, escribía, pero trabajaba en otra cosa. No sentí la publicación de ese libro como un inicio. Seguí escribiendo y no volví a publicar otro libro hasta diez años después. La verdad es que nunca estoy segura de haber escrito algo que merezca la pena publicarse.

MATTHÍASSON: Para un periodista escribir sobre una obra con el autor ausente, sin haber visto su foto o su biografía, puede ser un gran problema. No me quejo, entiéndalo, pero creo que con demasiada frecuencia al hablar de sus libros su ausencia se convierte en una parte primordial del discurso y se deja en segundo plano la historia en sí. Usted ha declarado que prefiere que sus libros hablen por sí solos; ¿cree que se insiste demasiado en su anonimato?

FERRANTE: No es mi ausencia la que genera interés por mis libros, sino que es el interés por mis libros lo que genera atención mediática respecto a mi ausencia. En fin, temo que mis decisiones son más un problema de los periodistas —por lo demás es su trabajo— que del público. En mi opinión, a los lectores les interesan el libro y la energía que irradia. Si no hay una foto en la cubierta, ¡paciencia! En realidad quien lee encuentra en la escritura mi verdadera imagen de autora. Si el libro no funciona, ¿por qué debería el lector ocuparse de su autora? Y si funciona, ¿acaso de la escritura no sale también, como el genio de la lámpara de Aladino, la autora? Si de veras nos gusta leer, el libro lo es todo y está antes que todo. ¿Qué soy fuera de mis libros? Una señora parecida a tantas otras. Así que dejad en paz a los autores. Si merece la pena, amad lo que escriben. Ese es el sentido de mi pequeña polémica.

MATTHÍASSON: Hace poco declaró que la Nápoles descrita en sus novelas es un lugar imaginario. ¿Quiere decir que la ciudad de su juventud ha cambiado con el tiempo o que se modifica sin cesar por una especie de reelaboración del pasado?

FERRANTE: La Nápoles de la que hablo forma parte de mí, la conozco a fondo. Sé los nombres de las calles, los colores de los edificios, las tiendas, las voces dialectales. Pero todo fragmento de la realidad que entre en una historia debe contar con la verdad literaria, que es una verdad distinta de la de los mapas de Google.

Matthíasson: En los últimos años se ha hablado mucho del papel de las mujeres en las artes, de cómo suelen ser relegadas a un segundo plano, de cómo deben levantar la voz para que las oigan... Pensemos, por ejemplo, en Björk, que hace poco declaró: «Tú tienes que decir cinco veces lo que un hombre dice una sola vez». Tengo la impresión de que eso mismo ocurre mucho más en el mundo literario, donde es más fácil que te publiquen si eres hombre y donde se reseñan y premian con más frecuencia las obras de los autores varones. Sin embargo, las mujeres leen mucho más que los hombres. ¿Todo esto influyó de algún modo en usted cuando empezó a escribir?

Y digo más: muchos investigadores sostienen que los hombres leen libros escritos por hombres, mientras que a las mujeres no les importa si la obra la ha escrito un autor o una autora. Es sobre todo la idea de una protagonista femenina lo que turba a los lectores varones, y en la tetralogía *Dos amigas* usted pone a las mujeres en el centro de todo. ¿La decisión de centrarse en las mujeres fue una elección o estaba implícita en la idea originaria?

Ferrante: ¿Qué puedo decirle? Quería contar una amistad entre mujeres; por tanto, era inevitable que el centro del relato lo ocuparan dos mujeres. En cuanto al hecho de que el público es ahora en su mayoría femenino, sí, es verdad, pero eso no ha mejorado la situación de las mujeres que escriben. Aunque desde hace tiempo existe una fuerte tradición literaria femenina de calidad, a los libros escritos por mujeres les cuesta imponerse. O mejor dicho, la crítica los recibe por sus méritos solo en el caso de libros de mujeres y para mujeres, es decir, como textos no comparables con la poderosa y milenaria tradición masculina. Además, en el sentir general la gran literatura sigue siendo, a veces para las propias mujeres, la que hacen los hombres. Si se excluyen unos pocos espíritus finos, los hombres no leen libros de mujeres, como si esas lecturas mermaran su potencia viril. Se trata de un tema que afecta la producción femenina de todos los campos. Hay hombres cultos, con amplitud de miras, que tratan el pensamiento femenino con amable ironía, como un subproducto únicamente apto para pasar el tiempo entre mujeres.

MATTHÍASSON: La saga *Dos amigas* se desarrolla en cuatro novelas. ¿Ya tenía en mente los cuatro libros o la historia fue madurando poco a poco?

FERRANTE: Durante mucho tiempo pensé que la historia podía caber en un solo volumen. En general, cuando empiezo a escribir, nunca sé cuántas páginas necesitaré. Trabajo sin preocuparme de que el primer borrador salga en cascada; al contrario, me alegra, quiere decir que la historia avanza con comodidad, eso es lo que cuenta. Después pienso: eliminaré casi la mitad de lo que escribo, pero paciencia. Es algo a lo que estoy acostumbrada, lo hago de buena gana, cuando la historia ha tomado la forma adecuada y solo se trata de trabajar con hacha y bisturí. Pero en el caso de la tetralogía *Dos amigas* de poco sirvió quitar lo superfluo y lo que no había quedado redondo. En un momento dado, muy a mi pesar, tuve que renunciar al volumen único y aceptar la idea de que el relato, pese a lo compacto, se publicara en cuatro tomos voluminosos.

MATTHÍASSON: La han definido como la autora italiana más importante de su generación. ¿Influye eso de alguna manera en su escritura?

FERRANTE: En general, en el juego de las páginas culturales, todo juicio halagador va seguido inmediatamente de un vapuleo y viceversa. Hace más de veinte años que renuncié al afán de éxito y a la angustia del fracaso. Escribo como quiero y si tengo ganas. Y solo publico cuando me parece que el libro puede buscar su camino por sí solo. De lo contrario, lo guardo en un cajón.

MATTHÍASSON: ¿A qué otros autores italianos lee? ¿Cuál nos recomendaría que leyéramos?

FERRANTE: Indicaré expresamente nombres de mujeres muy diferentes entre sí por sus intereses, temáticas, modos de expresión y formación cultural: Simona Vinci, Michela Murgia, Silvia Avallone, Valeria Parrella, Viola Di Grado. Podría seguir, pero de poco sirve confeccionar listas. Los libros hay que leerlos.

NOTA. La entrevista de Árni Matthíasson apareció el 16 de agosto de 2015 en el diario *Morgunblaðið* (Islandia) con el título «Skrifað af ástríðu» ('Escrito con pasión').

11

El reloj

Respuestas a las preguntas de la revista de arte *Frieze*

FRIEZE: ¿Qué imágenes la acompañan en el espacio donde trabaja? FERRANTE: La reproducción de un cuadro de Matisse —ventana abierta, una mujer sentada a la mesa que lee con un niño—, una mesa de la ilustradora Mara Cerri, una piedra redonda de pequeñas dimensiones que representa a la perfección un mochuelo, un abanico pintado de principios del siglo XIX guardado en una vitrina de época y un tapón metálico de un tono rojo desteñido que encontré en la calle a los doce años y que he conseguido conservar desde entonces.

FRIEZE: ¿Cuál fue para usted la primera obra artística realmente importante? FERRANTE: Sin duda al comienzo de la adolescencia me cautivó *Siete obras de misericordia* de Caravaggio; ahí comenzó mi culto por este artista que me dura hasta hoy. Pero un poco en broma y un poco en serio, desde siempre considero que la primera obra artística realmente importante para mí fue el reloj que de niña me dibujaba una amiga en la muñeca dándome un mordisco. Era un juego. Sus dientes me dejaban en la piel un círculo en el que yo fingía consultar la hora hasta que el círculo se desvanecía. O no fingía: de verdad me parecía un reloj precioso.

FRIEZE: Si pudiera vivir con una sola obra de arte, ¿cuál elegiría?

FERRANTE: No lo sé, es difícil dar una respuesta tajante que sea cierta. Digamos que tal vez elegiría la carpeta donde guardo todas las Anunciaciones que he logrado encontrar. Es decir, más bien un objeto único que una única obra. Desde mi adolescencia me interesa cómo se ha imaginado el instante en que María se ve obligada a dejar el libro que está leyendo. Cuando vuelva a abrirlo, será su hijo quien le dirá cómo leer.

FRIEZE: ¿Qué título prefiere en las obras de arte?

FERRANTE: «Sin título.» Me gustaría titular así un libro, no sé si ya se ha hecho. También me gusta mucho «The Artist Is Present». Admiro la transformación que Marina Abramovič ha impuesto a esta fórmula. El artista está presente, pero como cuerpo-obra.

FRIEZE: ¿Qué materias le gustaría saber?

FERRANTE: Matemáticas, física, astronomía, pero para entender dónde estamos en el universo y si conseguiremos aclararnos las ideas antes de extinguirnos como género humano.

FRIEZE: ¿Qué le gustaría cambiar?

FERRANTE: La cantidad de tiempo que he dedicado a escribir. Habría necesitado más.

FRIEZE: ¿Qué le gustaría que no cambiara?

FERRANTE: El deseo de narrar.

FRIEZE: ¿Qué haría si no se dedicara a lo que hace?

FERRANTE: Sería modista.

FRIEZE: ¿Qué música escucha?
FERRANTE: Conozco un número exorbitante de canciones. Pero no tengo una educación musical seria. A veces los libros me impulsaron a escuchar a los grandes músicos. Por ejemplo, tras leer la novela *La sonata a Kreutzer* de Tolstói me pasé una buena temporada escuchando solo a Beethoven. De igual modo, cuando leí hace poco las cartas que intercambiaron Arnold Schönberg y Thomas Mann a propósito de *Doktor Faustus*, me dediqué a escuchar como una loca todo lo que encontré de Schönberg. Pero eso exige fuerza de voluntad; musicalmente sigo siendo una inculta.

FRIEZE: ¿Qué está leyendo?
FERRANTE: Estoy leyendo *Stasis. La guerra civil como paradigma político*, de Giorgio Agamben. En este libro se reúnen los dos seminarios que en 2001 dictó el filósofo italiano en la Universidad de Princeton. En el segundo seminario, Agamben trabaja sobre el famoso grabado en el frontispicio de la primera edición de *El leviatán*, de Thomas Hobbes. Siempre me han fascinado quienes se sirven de imágenes para hacer historia, filosofía, literatura. Hace poco he terminado de leer *Triptych. Three Studies After Francis Bacon*, de Jonathan Littell.

FRIEZE: ¿Qué le gusta?
FERRANTE: Pertenezco al grupo de los que se sienten atraídos por todo aquello que está encerrado en un marco, en parte porque me ayuda a imaginar lo que ha quedado fuera.

NOTA. La entrevista apareció el 20 de agosto de 2015 en la revista de arte *Frieze* (Inglaterra) con el título «Questionnaire: Elena Ferrante».

12

El huertecito propio y el mundo

Respuestas a las preguntas de Ruth Joos

JOOS: ¿Cuál es el misterio de los comienzos de sus libros? La primera vez que leí uno de ellos me quedé boquiabierta. ¿Se trata de un elemento especial de su escritura, algo a lo que presta particular atención? ¿O esas primeras frases se escriben solas?

FERRANTE: En general, necesito un comienzo que me dé la impresión de haber enfilado el camino correcto. Rara vez llega enseguida, pero ocurre. Casi siempre escribo y reescribo durante mucho tiempo. Al cabo de varios intentos también puede pasar que tenga la sensación de haber encontrado el inicio que necesitaba y entonces sigo adelante. Pero después caigo en la cuenta de que me he desviado del camino, que me cuesta seguir. La energía con la que el relato comienza a fluir decide si el inicio es bueno o no.

JOOS: La autora irlandesa Anne Enright me dijo una vez que la primera página es de capital importancia. «Lea a todos los clásicos —me dijo—; ahí está todo, desde el principio.» ¿Está de acuerdo? ¿Puede ser paralizante para usted la importancia de esa primera frase?

FERRANTE: No sé si está todo en el principio. Sin duda, busco las primeras palabras como la fórmula mágica que abre la única puerta auténtica al relato. A menudo las primeras frases se encuentran al final de un largo trayecto de escritura. Entonces hay que tener la fuerza de descartarlo todo menos esas pocas palabras y seguir el viaje desde ahí. De lo contrario los lectores tendrán la impresión de que la verdad y la fuerza de la historia se manifiestan demasiado tarde.

JOOS: ¿Coincide con nosotros en que sus primeras novelas fueron necesarias para poder elaborar esa perspectiva más amplia, esa narratividad más pormenorizada de la tetralogía *Dos amigas*? ¿Como si *Los días del abandono* y *La hija oscura* debieran escribirse antes para poder escribir después algo con un ritmo más lento, algo menos directo, más épico?

FERRANTE: A lo largo de los años he escrito mucho más de lo que he publicado y por eso me resulta difícil contestar. Debería pensar en todo lo que guardo en un cajón como parte de una cadena que conduce necesariamente a los cuatro volúmenes de la saga *Dos amigas*, eslabón a eslabón. En realidad, la tetralogía fue una sorpresa también para mí; no me creía capaz de completar una historia tan larga, con un alcance tan amplio. Pero, por lo demás, no creo que me haya alejado mucho del tono y de los objetivos de las novelas anteriores.

JOOS: En esas novelas, ¿Elena y Lila pueden interpretarse como un solo personaje, como dos aspectos de una única persona? ¿Todo escritor consta de dos mitades?

FERRANTE: Si constáramos solo de dos mitades, la vida individual sería sencilla, pero el yo es una multitud, en su interior se agitan gran cantidad de fragmentos heterogéneos. Especialmente el yo femenino, con su larguísima historia de opresión y represión, cuando se rebela tiende a romperse y recomponerse y a romperse otra vez de forma siempre imprevista. Los relatos se alimentan de esta *frantumaglia* que anida bajo una apariencia unitaria y que constituye una especie de desorden de partida, de opacidad por iluminar. Las historias, los personajes vienen de ahí. De jovencita leía a Dostoievski y pensaba que todos los personajes, los más puros y los más abominables, de hecho eran sus voces secretas, astillas ocultas labradas con arte. Todo se había volcado en sus obras, sin filtros, con extrema audacia.

JOOS: ¿Qué opina de la relación entre lo particular y lo universal? ¿Le sorprende el hecho de que la ambientación de sus relatos —Nápoles, las distintas clases sociales, el paisaje, el lenguaje— no dificulte la comprensión ni siquiera lejos de Italia?
FERRANTE: Se trata de un antiguo tema difícil de desenmarañar. No creo que tenga que ver con la habilidad técnica de quien escribe, sino con la fuerza de la autenticidad. Si la simbolización va más allá de una hábil verosimilitud y arrastra consigo pura y simple verdad, tal vez se consigue transformar el propio huertecito privado en un jardín abierto a todos. Pero nada asegura que ocurra. El deber de quien escribe es dar forma, sin autocensura, a realidades que conoce bien, como si fuera su único testigo posible.

JOOS: Como lectora, rara vez he sentido algo tan íntimo como al leer *La hija oscura*: casi produce incomodidad leerlo, toca algo rayano en lo indecible. Es como si el corazón palpitante de su obra se encontrara precisamente en esa novela. ¿Qué opina?
FERRANTE: Le tengo muchísimo cariño a *La hija oscura*, me costó mucho escribir esa novela. Un relato debe ir más allá de tu propia

capacidad de escribirlo, a cada línea debes tener miedo de no poder más. Todos los libros que he publicado nacieron así, pero *La hija oscura* me dejó la misma sensación que cuando nadamos hasta la extenuación y luego nos damos cuenta de que nos hemos alejado demasiado de la orilla.

JOOS: ¿Alguna vez tuvo miedo de no poder alcanzar nunca más ese mismo grado de intensidad?

FERRANTE: Sí, pero sin angustia. Escribir, probando y volviendo a probar, siempre ha formado parte de mi vida privada, y ya me va bien así. Pero nadie me obliga a publicar. Si un libro no sale como yo quiero, no lo publico. Y si ningún libro me sale como yo quiero, no publico más.

JOOS: No falta mucho para que se cumplan veinticinco años de su debut literario. ¿Qué sensación le produce? ¿Y el hecho de que hayan traducido sus obras a tantos idiomas?

FERRANTE: Me alegro por mis libros. Todavía gozan de buena salud y viajan por el mundo. Han tenido suerte.

JOOS: ¿Cuándo se dio cuenta de que era escritora? ¿Cuándo empezó a sentirse escritora?

FERRANTE: Me di cuenta pronto, de jovencita, que me gustaba contar historias. Pero con toda franqueza le digo que si por escritora se refiere a quien desempeña un papel que la define en el plano laboral y social, nunca me he sentido ni me siento escritora. He escrito y escribo siempre que puedo, pero desde hace mucho tiempo hago otros trabajos.

JOOS: ¿Cree que escribir sobre personajes femeninos desde una perspectiva femenina requiere coraje? Y si no es así, en su opinión, ¿por qué hasta ahora se ha hecho raramente y con tan poco cuidado?

FERRANTE: No sé si hace falta coraje. Sin duda, hay que asomarse más allá del género femenino, es decir, más allá de la imagen que los hombres nos han endilgado y que las mujeres se atribuyen como si se tratara de su verdadera naturaleza. Hay que asomarse más allá de la gran tradición literaria masculina, tarea ardua pero hoy más fácil que hace un siglo; contamos con una tradición femenina de calidad que ya ha alcanzado cotas muy altas. Pero sobre todo hay que asomarse más allá de la nueva imagen de mujer construida en la lucha diaria con el patriarcado, fundamental en el plano social, cultural, político, pero arriesgada en la literatura. Quien escribe debe narrar lo que verdaderamente sabe o cree saber, incluso contra construcciones ideológicas de las que es partidario.

JOOS: ¿Se da cuenta del hecho de que con frecuencia pone a sus lectores frente a una verdad incómoda?

FERRANTE: Las verdades incómodas son la sal de la literatura. No garantizan un buen resultado, pero de ahí sacan fuerza y sabor las palabras.

JOOS: ¿Sabe que algunos lectores sienten aversión por lo que usted escribe sobre las mujeres, las madres y las hijas y sobre sus relaciones, mientras que otros tienen la sensación de que usted los conoce profundamente?

FERRANTE: Un libro debe llevar al lector a ajustar las cuentas consigo mismo y con el mundo. Después puede acabar en un estante o en el cubo de la basura.

JOOS: ¿A veces no tiene miedo del hecho de que sus lectores se sientan muy cercanos a sus obras, como si dijera para ellos lo indecible?

FERRANTE: Si fuera verdad, me sentiría feliz y al mismo tiempo angustiada. Decir lo indecible es el deber de la literatura y, a la vez, una pesada responsabilidad. Pero les ocurre a pocos y no creo que sea mi caso. Yo solo trato de ofrecer un testimonio veraz de lo que he visto en mí misma y en los demás.

JOOS: ¿Tiene idea de cuánto perdemos leyendo sus novelas en una lengua distinta de la original? ¿Le cuesta «abandonarlas» a otra lengua?

FERRANTE: Al principio creía poder ejercer un control sobre las traducciones. Pero es imposible. Los libros se van y solo hay que confiar en que, dentro de los límites de lo posible, las demás lenguas sean anfitrionas sensibles y generosas.

JOOS: ¿Qué función cumple el dialecto en sus novelas? ¿Y los distintos registros?

FERRANTE: Para mí el dialecto es el depósito de las experiencias primarias. El italiano las extrae de ahí y las dispone en la página buscando los registros expresivos adecuados. Pero mis personajes siempre tienen la impresión de que el napolitano es hostil y guarda secretos que jamás podrán entrar del todo en el italiano.

JOOS: ¿Qué hay de especial en el dialecto napolitano? ¿Qué se puede decir en ese dialecto que no se pueda decir en italiano?

FERRANTE: Mi conquista del italiano ha sido ardua, he sentido el napolitano como una garra que me sujetaba. Las cosas fueron cambiando con el tiempo, pero en mi cabeza siguen siendo dos lenguas enemigas, y el napolitano sabe decir de mí, de mis amigas, de nuestras experiencias, muchas cosas de las que me avergüenzo, o que me gustan, pero que son mucho más de lo que puede trasladarse al italiano.

JOOS: Un tema recurrente en sus novelas es el de las fronteras y su superación: dentro y fuera de la ciudad, dentro y fuera del yo, dentro y fuera de la maternidad, del matrimonio; fronteras que desaparecen…

FERRANTE: Las fronteras nos permiten sentirnos estables. Al primer indicio de conflicto, a la menor amenaza, las cerramos. La frontera sirve para convertirnos en una unidad, para atenuar las fuerzas centrífugas que acechan y minan nuestra identidad. Pero se trata de pura apariencia. Una historia empieza cuando nuestras fronteras van cayendo una tras otra.

JOOS: ¿Qué valor tiene la superación de las fronteras?

FERRANTE: El valor fundamental que tienen los límites. El de tranquilizarnos dentro de un perímetro, para luego mirar críticamente dentro y más allá. Hasta que intentamos asomar la nariz fuera para superarlo.

JOOS: ¿Las mujeres son más conscientes de esa superación?

FERRANTE: La historia de las mujeres de los últimos cien años se basa en esa arriesgadísima «superación de los límites» impuestos por las culturas patriarcales. Los resultados son extraordinarios en todos los campos. Pero la fuerza con la que quieren devolvernos a las antiguas fronteras no es menos extraordinaria. Se manifiesta como violencia pura y simple, bruta, sanguinaria. Pero también como bondadosa ironía de los hombres cultos que minimizan nuestras conquistas o las degradan.

JOOS: Traspasar las fronteras puede suponer la desaparición, otro tema principal en su obra. ¿Cuál es su significado, su valor? Es uno de los temas más interesantes de la obra de Siri Hustvedt, por poner un ejemplo; en sus libros también hay madres que desaparecen.

FERRANTE: Mi primera novela, *El amor molesto*, era el relato de una desaparición. La desaparición de las mujeres no debe interpretarse únicamente como un derrumbe de la combatividad frente a la violencia del mundo, sino también como rechazo categórico. En italiano hay una expresión intraducible en su doble significado: «io non ci sto». Tomada al pie de la letra, significa: «yo no estoy aquí, en este lugar, frente a lo que me proponéis que acepte». En su sentido corriente significa, en cambio, «no estoy de acuerdo, no quiero». El rechazo supone ausentarse de los juegos de quien aplasta a los débiles.

JOOS: En su opinión, ¿es normal que nosotros como lectores tengamos la sensación de conocerla? ¿Se siente cómoda con esta situación?

FERRANTE: Los autores, en cuanto autores, habitan en sus libros. Ahí se muestran con la máxima verdad. Y los buenos lectores lo saben desde siempre.

NOTA. La entrevista de Ruth Joos apareció en el periódico *De Standaard* (Bélgica), el 21 de agosto de 2015 con el título «Ongemakkelijke waarheden zijn het zout van de literatuur» ('Las verdades incómodas son la sal de la literatura').

13

El magma bajo las convenciones

Respuestas a las preguntas de Elissa Schappell

SCHAPPELL: Usted se crio en Nápoles, donde están ambientados muchos de sus libros. ¿Cuáles son los elementos de la ciudad que la inspiran?

FERRANTE: Nápoles es un espacio que contiene todas mis experiencias de formación de la infancia, la adolescencia y la primera juventud. Muchas de las historias de personas que conozco y a quienes he querido ocurrieron en esa ciudad y con las palabras de esa ciudad. Dado que escribo de lo que sé pero que guardo desordenadamente —solo consigo extraer el relato, inventarlo, a partir de una opacidad mía—, las raíces de mis libros suelen ser casi siempre napolitanas, aunque su punto de partida esté situado en la actualidad y en ciudades diferentes.

SCHAPPELL: Cuando comenzó a escribir la tetralogía *Dos amigas*, ¿tenía en mente toda la historia?

FERRANTE: No. Solo conocía las etapas fundamentales del relato; además, las tenía como en una nebulosa. Pero eso me pasa con todos mis libros.

SCHAPPELL: ¿Ya había decidido que serían cuatro libros? Si no fue así, ¿cuándo lo supo?

FERRANTE: Hace seis o siete años, cuando me puse a trabajar en esta historia, estaba convencida de que me las arreglaría con un solo libro voluminoso. Cuando llegué al relato de la boda de Lila, comprendí que iba a necesitar un número de páginas exorbitante. Pero nunca pensé en novelas independientes. Aunque ocupe cuatro volúmenes, para mí *Dos amigas* es una historia compacta, una única y larguísima novela.

SCHAPPELL: Normalmente ¿tiene clara la forma que dará a la historia?

FERRANTE: Nunca he sabido con precisión qué forma tomaría la historia. Lo que siempre tengo claro en la cabeza es que la escritura jamás debe perder de vista el objetivo de la verdad. Es el impulso hacia la verdad, y no hacia algo que se le parezca, lo que define el trabajo página tras página. Si me ocurre que en algunos pasajes el tono se vuelve falso, es decir, demasiado estudiado, demasiado nítido, demasiado disciplinado, demasiado bien dicho, me veo obligada a detenerme y comprobar dónde empecé a equivocarme. Si no lo consigo, lo descarto todo.

SCHAPPELL: ¿Hubo alguno de los volúmenes de *Dos amigas* que le costara más escribir? ¿Hay alguno al que se sienta más unida, del que esté más orgullosa?

FERRANTE: *Dos amigas*, en sus cuatro etapas, fue para mí un esfuerzo satisfactorio. Tal vez, por los temas que contiene, el más difícil de escribir fue el tercer volumen. Y, siempre por cuestiones temáticas, el segundo fue el más fácil. Pero al primero y al cuarto me dediqué sin darme tregua, mezclando a diario placer y dolor, opacidad y nitidez. Por eso les tengo tanto cariño.

SCHAPPELL: El hecho de que Lena, una escritora, cuente la historia y que esta historia rompa con los estereotipos sobre las relaciones femeninas —la amistad es para siempre, es estable, lineal— es algo radical. ¿Por qué ha querido ahondar de ese modo en el tema?

FERRANTE: Lena es un personaje complejo, oscuro para sí mismo. Se asigna la tarea de retener a Lila en la red del relato contra la voluntad de su amiga. Parece que lo hace por amor, pero ¿es así? Siempre me ha atraído que el filtro por el que pasa la historia sea una persona con una conciencia limitada e insuficiente de los hechos que narra, aunque no se sienta en absoluto de ese modo. Mis libros son así: la narradora debe vérselas en todo momento con una historia, con personas y con hechos que no domina, que no se dejan contar. Me gustan las historias en las que el esfuerzo de convertir la experiencia en relato socava progresivamente la audacia del escritor, su convicción de que dispone de los medios expresivos adecuados, las mismas convenciones que al principio parecen darle seguridad.

SCHAPPELL: La decisión de sentarse a escribir y crear personajes que no respetan las reglas de la sociedad elegante, ¿es consciente o, como dice Grace Paley: «No es que una decida oponerse a la autoridad. Pero al escribir sencillamente ocurre»?

FERRANTE: Reflexiono mucho sobre lo que me gustaría hacer con la escritura. Desde siempre leo muchísimo para tomar de la tradición —me refiero también a la tradición italiana, que es extraordinariamente rica y variada— lo que me sirve. Pero después escribo y ya está, escribo sin preocuparme de lo que es trivial o fino, conveniente o inconveniente, obediente o rebelde. El problema es uno solo: narrar del modo más eficaz.

SCHAPPELL: Uno de los aspectos más extraordinarios de sus novelas es la sagacidad con la que consigue captar la complejidad de la amistad entre mujeres, sin caer nunca en clichés ni sentimentalismos. La descripción de la relación entre Lila y Lena es despiadadamente honesta, tal vez incluso brutal, sin embargo, para una lectora —o al menos para mí— no solo es acertada sino liberadora.

FERRANTE: En general, archivamos nuestras experiencias sirviéndonos de palabras gastadas, estilizaciones ya listas que nos dan seguridad, una sensación de normalidad coloquial. Pero de esta manera, consciente o inconscientemente, rechazamos todo aquello que, para ser dicho con todas las letras, nos obliga al esfuerzo y al tormento de buscar palabras. La escritura honesta debe esforzarse por encontrar palabras para esa parte de nuestra experiencia que permanece agazapada y muda. Una buena historia —o, por decirlo de otro modo, el tipo de historia que prefiero— por una parte cuenta una experiencia —por ejemplo, la amistad— según las convenciones, haciéndola así reconocible y apasionante; por otra, muestra el magma que fluye debajo de los pilares de las convenciones. El destino de un relato que tiende a la verdad forzando las estilizaciones corrientes dependerá de hasta qué punto el lector esté dispuesto a enfrentarse a sí mismo.

SCHAPPELL: *¿Dos amigas* se inspira en una amistad real?

FERRANTE: Digamos que proviene de lo que sé de una larga, compleja y tormentosa amistad.

SCHAPPELL: Sabiendo hasta qué punto las amistades entre mujeres pueden ser insidiosas y estar cargadas de tensiones, en su opinión, ¿por qué leemos tan pocos libros que describen con franqueza la intensidad de estas relaciones?

FERRANTE: Con frecuencia, lo que no logramos decirnos coincide con lo que no queremos decirnos, tanto es así que si en un libro se nos ofrece un ejemplo, nos molestamos, nos irritamos incluso. Son cosas que sabemos pero nos molesta leerlas. Sin embargo, también ocurre lo contrario. Nos entusiasmamos cuando algunos fragmentos de la realidad se vuelven expresables.

SCHAPPELL: En sus obras es recurrente el tema del abandono; hay en ellas hombres y mujeres que abandonan a sus amantes, a sus cónyuges; madres que abandonan a sus hijos; mujeres que abandonan amistades, sueños. ¿Por qué este tema le toca fibras tan profundas?
FERRANTE: El abandono es una herida invisible que difícilmente cicatriza. Me atrae desde el punto de vista narrativo porque sintetiza bien la precariedad de aquello que, en general, consideramos constante, «natural». El abandono corroe las certezas con las cuales creíamos vivir a salvo. No solo somos abandonadas, también puede ocurrir que no soportemos la pérdida; nosotras mismas abandonamos, perdemos la solidez que nos habíamos garantizado gracias a la dulce costumbre de confiar en otros o en otras. Entonces, para salir de la situación, hay que encontrar un nuevo equilibrio, también teniendo en cuenta algo que desconocíamos: que cuanto tenemos nos puede dejar y llevarse incluso nuestras ganas de vivir.

SCHAPPELL: En sus novelas encontramos una forma de feminismo en el cual «lo personal es político». ¿Se considera usted feminista? ¿Cómo describiría las diferencias entre el feminismo estadounidense y el italiano?
FERRANTE: Debo mucho a ese famoso eslogan que cita. De ese lema aprendí que la historia individual más íntima, la más ajena a la esfe-

ra pública, está marcada por la política, es decir, por eso tan complicado, dominante, no esquematizable, que es el poder y su gestión.
Son pocas palabras pero por su feliz capacidad de síntesis nunca
habría que olvidarlas. Dicen de qué estamos hechas, a qué subordinación estamos expuestas, con qué mirada meditadamente desobediente debemos mirar y mirarnos. Pero «lo personal es político» es
también una sugerencia importante para la literatura. Debería estar
entre las nociones fundamentales de cuantos quieran narrar.

En cuanto a la definición de feminista, no sé. He apreciado y
aprecio el feminismo por el pensamiento complejo que ha sabido
producir en Estados Unidos e Italia, así como en muchas partes del
mundo. Crecí con la idea de que si no me dejaba absorber todo lo
posible por el mundo de los hombres con grandes capacidades, si no
aprendía de su excelencia cultural, si no superaba brillantemente
todas las pruebas a las que el mundo me sometía, habría sido como
no existir. Después leí libros que potenciaban la diferencia femenina
y me volvieron la cabeza del revés. Comprendí que debía hacer justo lo contrario: debía partir de mí misma y de la relación con las
otras —esta también es una fórmula fundamental— si de verdad
quería darme forma a mí misma. Hoy leo todo lo que viene de las
mujeres. Me ayuda a observar con mirada crítica el mundo, a mí
misma, a las otras. Pero también me enciende la imaginación, me
impulsa a reflexionar sobre la ficción de la literatura. Citaré a algunas mujeres a las que debo mucho: Firestone, Lonzi, Irigaray, Muraro, Cavarero, Gagliasso, Haraway, Butler, Braidotti. En fin, soy
una lectora apasionada del pensamiento feminista y suelo unir también posturas alejadas. Sin embargo, no me considero militante,
creo que soy incapaz de militancias. Nuestras cabezas están repletas
de materiales muy heterogéneos, fragmentos de tiempos e intencio-

nes distintos conviven y entran en conflicto sin cesar. Como escritora prefiero enfrentarme a esa sobreabundancia, antes que sentirme a salvo dentro de una esquematización que, como tal, conduce siempre a descartar temas auténticos porque son molestos. Miro a mi alrededor. Comparo lo que yo era, en qué me he convertido, en qué se han convertido mis amigas y amigos, la claridad y las confusiones, los fracasos, las fugas hacia delante. Las chicas como mis hijas parecen convencidas de que la condición de libertad que han heredado forma parte del estado natural de las cosas y no que es el resultado provisional de un largo enfrentamiento que sigue ahí, en el que todavía se puede perder todo. En cuanto al mundo masculino, tengo conocidos muy cultos, muy reflexivos, que tienden a ignorar o redimensionar con amable ironía el trabajo de las mujeres de tipo filosófico, literario, de otro tipo. Pero también hay mujeres jóvenes muy aguerridas, hombres que tratan de informarse, de entender entre mil contradicciones. En fin, las guerras culturales son largas, contradictorias, y mientras se están haciendo es difícil decir qué sirve y qué no. Prefiero pensar que estoy dentro de una madeja enmarañada, las madejas enmarañadas me atraen. Creo que es necesario relatar la maraña de las existencias y de las generaciones. De nada sirve buscar el cabo de la madeja, la literatura se hace con la maraña.

SCHAPPELL: Esto me lleva a preguntarle por su sexo. Sé que a estas alturas le resultará insoportable, pero se me ocurre sacar el tema porque he notado que quienes se preguntan más a menudo, casi con obsesión, sobre si es usted hombre o mujer, son los hombres. A ellos les parece inconcebible que en sus libros una mujer pueda ofrecer descripciones del sexo y la violencia de forma tan seria e imparcial. Muchos creen que usted no solo es hombre, sino que —en vista de su producción— detrás de usted se oculta un grupo de hombres. Un comité. Un poco como ocurrió con la Biblia...

FERRANTE: ¿Alguna vez, en los últimos tiempos, ha oído usted comentar a propósito de libros firmados por hombres que son libros escritos por una mujer o un grupo de mujeres? La convicción más extendida es que, gracias a su exorbitante poder, el género masculino puede imitar, incluyéndolo, al género femenino, mientras que el género femenino no puede imitar nada porque su «debilidad» lo traiciona enseguida, no puede fingir la fuerza masculina. La cuestión es que incluso el sector editorial y los demás medios están convencidos de este lugar común; ambos tienden a encerrar a las mujeres que escriben en una especie de gineceo literario. Hay buenas escritoras, hay escritoras menos buenas, hay escritoras geniales, pero no deben salir del perímetro reservado a las personas de sexo femenino y deben dedicarse a los temas y usar los tonos que la tradición masculina considera propios del género femenino. Por ejemplo, es bastante común explicar el trabajo literario de las escritoras en función de su dependencia de la literatura masculina, pero es rarísimo que se señale en el trabajo de un escritor la influencia de una escritora. No lo hacen los críticos, tampoco lo hacen los escritores. En consecuencia, cuando el trabajo literario de alguna mujer no respeta las competencias, las temáticas y los tonos que la autoridad asigna al género al que las mujeres han sido relegadas, enseguida se buscan ascendencias masculinas. Para colmo, si en la cubierta no aparece la foto de una mujer, es el no va más; se trata, sin duda, de un hombre o de un equipo entero de viriles entusiastas del arte de escribir. ¿Y si se tratara de una tradición de escritoras cada vez más expertas y eficaces que, hartas del gineceo literario, se han tomado una licencia de los estereotipos de género? ¿Cuándo pasará a formar parte del sentido común que sabemos pensar, sabemos narrar, sabemos escribir igual o mejor que los hombres?

SCHAPPELL: La rabia que destilan sus libros me parece muy femenina, así como su capacidad de inmortalizar la forma instintiva de vivir el cuerpo y el erotismo, especialmente en las amistades entre chicas. Como yo también soy escritora, me ofende la idea de que solo cuenten las historias de guerra escritas por hombres escondidos en las trincheras. Las batallas domésticas, contra el sexismo, contra la violencia física, la misoginia, los enfrentamientos entre mujeres son igual de sanguinarios, si no más. ¿Considera un insulto la obsesión por su género?

FERRANTE: La vida diaria de las mujeres está sometida a todo tipo de abusos. Sin embargo, está muy extendida la convicción de que la vida conflictiva y violenta de las mujeres dentro de los ambientes domésticos y en las experiencias vitales más comunes no se puede expresar a menos que se haga dentro de los esquemas que el mundo masculino define como femeninos. Si te sales de su invención milenaria, quiere decir que no eres mujer.

SCHAPPELL: Las chicas crecen leyendo libros escritos por hombres. En mi opinión, por eso nos hemos acostumbrado al sonido de las voces masculinas en nuestra cabeza, y no nos resulta difícil imaginar la vida de los vaqueros, de los capitanes y de los piratas de la literatura masculina, mientras que los hombres se niegan a entrar en la mente de una mujer, y menos si se trata de una mujer enfadada. ¿Está de acuerdo?

FERRANTE: Sí, pero considero que la colonización masculina de nuestro imaginario —en sí una desgracia hasta que estuvimos en condiciones de dar forma a nuestra diferencia— se ha convertido hoy en fortaleza. Nosotras conocemos a fondo el orden simbólico masculino; en general, ellos no saben nada del nuestro, en especial sobre cómo se ha ido reestructurando con los embates del mundo. Para colmo ni siquiera sienten curiosidad, es más, nos reconocen solo si aceptamos su forma de verse y de vernos.

SCHAPPELL: ¿Qué novelas o ensayos influyeron más en usted como escritora?

FERRANTE: El manifiesto de Donna Haraway que leí con culpable retraso, y un antiguo libro de Adriana Cavarero, *Tu che mi guardi, tu che mi racconti* ('Tú que me miras, tú que me cuentas'). Para mí la novela fundamental es *Mentira y sortilegio*, de Elsa Morante.

SCHAPPELL: ¿Alguna vez escribe en contra de ciertos géneros de escritura o de ciertos autores?

FERRANTE: Me intrigan las formas de escribir alejadas de la mía. Dedico especial atención a los libros que no sabría escribir jamás. Cuando siento un texto como extraño, me pongo a estudiarlo para entender cómo está construido y qué puedo aprender de él. Nunca se me ha pasado por la cabeza polemizar con otros escritores o escritoras.

SCHAPPELL: ¿Alguna vez decide intencionadamente ir en contra de las convenciones o las expectativas?

FERRANTE: Presto atención a todos los sistemas de convenciones y expectativas, en especial, a las convenciones literarias y a las expectativas que estas generan en los lectores. Pero tarde o temprano, mi parte obediente acaba enfrentándose a la desobediente. En el último momento gana siempre la segunda.

SCHAPPELL: ¿Cuál es el espacio donde trabaja?

FERRANTE: Donde me pilla. Lo esencial es que sea un rincón, es decir, un espacio de dimensiones minúsculas.

SCHAPPELL: ¿Y qué hace cuando la escritura no avanza?

FERRANTE: Dejo de escribir, espero.

SCHAPPELL: ¿Cómo se relaja?

FERRANTE: Me dedico a las aburridas tareas domésticas.

SCHAPPELL: ¿Alguna vez ha abandonado algún libro? ¿Por qué?

FERRANTE: He abandonado muchos libros, y algunos cuando ya estaban terminados. El motivo es siempre el mismo: descarto todo aquello que, pese a tener páginas cuidadas, me parece carente de verdad.

SCHAPPELL: Desde la primera página me quedé impresionada por el tono y el estilo, descarnados, sin efectos especiales, por el lenguaje que nunca busca llamar la atención. ¿El registro que utiliza es espartano y controlado desde el primer momento o en los primeros borradores es más caótico y emotivo?

FERRANTE: Yo escribo sobre mujeres de clase media, cultas, capaces de autogobernarse. Están dotadas de los instrumentos adecuados para reflexionar sobre sí mismas. El lenguaje llano y distante que uso es el de ellas. Después, algo se rompe y estas mujeres se desbordan y se desborda también la lengua con la cual intentan narrarse. A partir de ese momento, el problema —problema sobre todo mío mientras escribo— es reencontrar por etapas la lengua fría y con ella una forma de autogobierno que les impida perderse en la depresión, en la autodenigración o en un sentimiento de venganza peligroso para ellas y para los demás.

SCHAPPELL: La amistad entre mujeres puede ser muy insidiosa; a diferencia de los hombres, las mujeres se lo cuentan todo. La intimidad es nuestra moneda de cambio, y por eso se nos da de maravilla desentrañarnos mutuamente. ¿Qué la ha llevado a adentrarse en este mundo tan rico?

FERRANTE: La amistad es un crisol de buenos y malos sentimientos en permanente ebullición. Por eso hay un refrán que dice: de los amigos me guarde Dios, que de los enemigos me guardo yo. Nos señala que, a fin de cuentas, el enemigo es fruto de una simplificación de la complejidad humana; en la enemistad la relación está clara, sé que debo protegerme, que debo atacar. Solo Dios sabe qué tiene en la cabeza un amigo. La confianza absoluta, los afectos fuertes ocultan el rencor, el engaño, la traición. Tal vez por eso a lo largo del tiempo la amistad masculina ha elaborado un código muy riguroso. El respeto devoto de sus leyes internas y las consecuencias sin paliativos de sus posibles violaciones tienen una larga tradición narrativa. En cambio, nuestra amistad es un territorio desconocido, incluso para nosotras mismas, un lugar sin reglas fijas. Ahí puede ocurrir de todo y lo contrario de todo, nada está seguro. Su exploración narrativa avanza con dificultad, es un desafío, una empresa ardua. A cada paso se corre el riesgo de que la honestidad del relato quede empañada por los buenos sentimientos, el cálculo hipócrita y las ideologías que, con frecuencia, potencian de un modo empalagoso la hermandad entre mujeres.

SCHAPPELL: Imagino que estará cansada de esta pregunta y me avergüenzo de formularla, pero se trata de una pregunta que oigo a menudo: ¿por qué una autora —en especial si es famosa como usted y tan apreciada por la crítica— elige el anonimato?

FERRANTE: No he elegido el anonimato. Mis libros están firmados. Lo que he hecho es sustraerme a los ritos con los que los escritores se ven más o menos obligados a sostener sus obras, a apoyarlas presentándose con su propia imagen. Ha ido bien, por ahora. Los libros muestran cada vez más su autonomía y por eso no veo por qué debería cambiar mi posición en este aspecto. Sería una incoherencia deplorable.

SCHAPPELL: Uno de los temas de sus novelas es el borrarse, el borrarse una misma y el borrado por parte de determinada cultura. ¿Qué le interesa de esta forma de desaparición?

FERRANTE: Siempre me han fascinado las personas que, frente a un mundo tan lleno de horrores que resulta insoportable, comprueban que la condición humana es inmodificable, que la naturaleza es un artefacto monstruoso, que en un ciclo continuo la humanidad produce inhumanidad incluso cuando la mueven buenos propósitos, y entonces se apartan. El problema no es lo que otros te hacen. El problema es asistir impotentes a las cosas horrendas que les ocurren a la mayoría de los seres humanos más débiles. Es una exposición cotidiana a lo intolerable y nada, ni las utopías políticas, ni las religiosas, ni las cientificistas, consiguen calmarte. Con cada generación estamos obligados a efectuar la misma y deprimente constatación del horror y vernos impotentes. De ese modo das un paso atrás o un paso adelante. No hablo de suicidio. Hablo de no participación, de la sustracción de uno mismo. Para expresar que no estamos de acuerdo en italiano decimos: «io non ci sto». Cuando esta expresión —que literalmente significa «no estoy aquí»— llega al fondo de lo insoportable, a mí me parece una frase densa, cargada de sentido, sobre la que se puede escribir mucho.

SCHAPPELL: Es curioso que usted misma haya elegido mantener el secreto de su identidad y, en cierto modo, se haya borrado. Se trata de una agradable referencia al deseo de Lila de desaparecer. ¿Podría escribir con la misma honestidad si fuera un personaje público? ¿El anonimato le da una sensación de libertad o no cambia nada?

FERRANTE: No, quien escribe y publica hace cualquier cosa menos borrarse. Tengo mi vida privada y desde el punto de vista público estoy bien representada por mis libros. Mi decisión fue otra. Hace veinticinco años sencillamente decidí deshacerme de una vez y para siempre del ansia de notoriedad y del afán de entrar en el círculo de quienes tienen éxito, de quienes creen haber ganado a saber qué. Para mí fue un paso importante. Gracias a ese paso, creo que hoy me he ganado un espacio propio de libertad donde me siento activa y presente. Renunciar a él me causaría un gran dolor.

SCHAPPELL: ¿Qué indicaciones le daría al lector que la busca con desesperación en sus libros, aparte de mandarlo a paseo?

FERRANTE: Por lo que sé, los lectores no se desesperan en absoluto. Recibo cartas que me apoyan en mi pequeña batalla a favor de que mis obras sean el centro de todo. Evidentemente, a quienes aman la literatura les bastan los libros.

NOTA. La entrevista de Elissa Schappell se publicó en la web de *Vanity Fair* (Estados Unidos) en dos partes. La primera apareció el 27 de agosto de 2015 con el título «The Mysterious, Anonymous Author Elena Ferrante on the Conclusion of Her Neapolitan Novels» ('La misteriosa y anónima autora Elena Ferrante al finalizar su tetralogía *Dos amigas*'); la segunda, el 28 de agosto, con el título «Elena Ferrante Explains Why, for the Last Time, You Don't Need to Know Her Name» ('Elena Ferrante explica por última vez por qué no hace falta saber cómo se llama').

14

Insatisfacción sistemática

Respuestas a las preguntas de Andrea Aguilar

AGUILAR: ¿Cuánto tardó en escribir la tetralogía *Dos amigas*? El creciente éxito de sus libros, ¿ha influido de algún modo en usted? ¿Lee las reseñas de sus obras o lo que se publica sobre usted?

FERRANTE: Suelo leer con atención todo lo que se escribe sobre mis novelas, pero solo cuando me parece que el libro ya se ha alejado lo bastante. En este último caso no ha sido posible. La tetralogía *Dos amigas* es para mí una sola novela muy larga, muy compacta. Pero su publicación en cuatro volúmenes —uno al año— ha hecho que mientras yo estaba terminando la historia, ya me llegaran reseñas del primer volumen y cartas de los lectores. Ha sido como perfeccionar y ultimar un texto mientras está generando en los lectores opiniones y expectativas de distinta naturaleza. Se trata de una experiencia sobre la cual aún debo reflexionar.

AGUILAR: ¿Hasta qué punto se identifica con las dificultades que su personaje Lena afronta como escritora? Tras la publicación de su primera novela, Lena se esfuerza por volver a escribir y es como si al día siguiente de aparecer sus libros ella perdiera su talento. Sigue una descripción de las inseguridades que debe vencer, de lo perdida que se siente cuando busca el argumento de un nuevo libro. ¿Usted también se siente así? ¿Cómo empezó a escribir la tetralogía?

FERRANTE: Siempre he escrito muchísimo. Concibo la escritura como un arte que precisa de una práctica continua. Ejercitarme para adquirir competencia es algo que nunca me ha angustiado. Sin embargo, me sigue angustiando publicar. De hecho me decido a publicar entre mil incertidumbres y solo si el relato me parece lleno de verdad. Cuando llega la verdad literaria, si es que llega, sé reconocerla. Y si llega, lo hace cuando he agotado todos mis recursos de escritura y ya he dejado de esperarla.

AGUILAR: Hablando con Lila, Lena le explica que se siente obligada a enlazar cada hecho con el anterior para que al final todo adquiera coherencia. ¿Le ocurrió lo mismo al escribir la tetralogía? La fuerza de la historia de estas dos mujeres es extraordinaria, pero también están rodeadas de muchos otros personajes y tienen como fondo las transformaciones históricas de Italia. ¿Cómo trabajó la trama? La novela comienza con la desaparición de Lila y el deseo de Lena de escribir nace en forma de venganza, como si Lila no quisiera dejar rastro alguno, pero Lena no quisiera permitírselo. ¿Tenía ya claro lo que les pasaría a Lila y Lena?

FERRANTE: Nunca escribo desarrollando de modo diligente un esquema. En general, de una historia conozco de manera bastante sumaria el destino final y algunas estaciones intermedias importantes, pero de los incontables apeaderos no sé nada, y los identifico mientras escribo. Si no fuera así —si lo supiera todo de episodios y personajes—, me aburriría y lo dejaría. Algo que, por otra parte, me sucede muy a menudo. Trabajo durante mucho tiempo cuidando el armazón del relato y la escritura. Luego me doy cuenta de que estoy dando una especie de falso testimonio, y lo dejo. En eso me veo muy lejos de Lena. La obsesión por que todo se sostenga con coherencia y belleza, me parece un pecado capital contra la verdad.

AGUILAR: Volvamos a las dificultades de Lena con la escritura: leí en *Paris Review* lo que dice sobre que tuvo que dejar pasar diez años para separar su escritura de *El amor molesto*. Me preguntaba si, en su opinión, las mujeres son más críticas, más realistas y más severas con su propio trabajo.

FERRANTE: No lo sé. Pero creo que si una escritora quiere rendir al máximo, debe imponerse una especie de insatisfacción sistemática. Nos enfrentamos a gigantes. La tradición literaria masculina tiene una gran riqueza de obras maravillosas y una forma propia de plantear todas las posibilidades. Quien quiera escribir debe conocerla a fondo y aprender a replantearla doblegándola según las necesidades. Como mujeres la batalla con la materia bruta de nuestra experiencia exige ante todo competencia. Además, debemos luchar contra la sumisión y buscar nuestra propia genealogía literaria con descaro, es más, con soberbia.

AGUILAR: A partir del tercer volumen y también luego en el cuarto, Lena hace varias giras para promocionar sus libros, ofrece entrevistas —una de ellas, según Lila, con consecuencias trágicas— y se afirma cada vez más como personaje público. El cara a cara con sus lectores parece ayudarla a afinar su voz pública y sus opiniones. «Todas las noches improvisaba con éxito partiendo de mi experiencia», escribe Lena. ¿Puede decirse que usted se enfrenta de esa misma manera a la escritura?

FERRANTE: No. La escritura es diferente de cualquier exhibición pública. En estas respuestas escritas, por ejemplo, yo soy una escritora que se dirige a los lectores bajo el estímulo de sus preguntas, también escritas. No improviso respuestas como en otros intercambios, no estoy frente al público. Guardo para mí una gran parte de mi individualidad que, en cambio, con formas de comunicación distintas exhibiría sin problema. Para mí escribir es una actividad que contempla una única confrontación posible: la lectura.

AGUILAR: Las reseñas del libro de Lenù, como se cuenta en el tercer volumen, no siempre son positivas. Menciona además las giras promocionales que hace su personaje. ¿Intenta ironizar sobre la condición de los autores de hoy? ¿Por qué ha decidido escribir extensamente sobre la vida pública de Lenù en cuanto autora? ¿Al hacerlo ha tenido una confirmación más de su posición en este aspecto?

FERRANTE: No ironizo sobre la condición del escritor en la actualidad. Me limito a contar el efecto que esa condición tiene en mis dos protagonistas: Lenù la vive debatiéndose entre la adhesión y el desaliento. Lila, que la rechaza a través de su amiga, o bien la padece, o trata de utilizarla, o la desestructura.

AGUILAR: ¿Alguna vez se ha planteado incluir en la historia pasajes de los libros de Lena? Los lectores los conocen solo a través de los recuerdos de Elena, lo mismo ocurre con los textos de Lila. En sus novelas parece que hubiera una especie de rechazo a los hechos en favor de la memoria y el sentimiento. ¿Cree que esos elementos refuerzan la historia y, en cierto modo, la hacen más realista? Dada la marcada subjetividad de la historia, ¿podemos decir que el enigma implícito es si la belleza y las espléndidas cualidades que Lena ve en Lila están únicamente en los ojos del observador?

FERRANTE: Descarté casi de entrada incluir fragmentos de los libros de Lena, y de los cuadernos de Lila. A efectos del relato, su cualidad objetiva tiene poca importancia. Lo que importa es que Lena, a pesar del éxito, sienta sus obras como una pálida sombra de las que Lila habría escrito; es más, que ella misma se perciba de ese modo. La fuerza de los relatos no está en imitar de modo verosímil a personas y hechos, sino en captar la confusión de las existencias, cómo se hacen y deshacen las creencias, cómo chocan esquirlas de procedencia diversa en el mundo y en nuestras cabezas.

AGUILAR: En *La niña perdida*, la ciudad de Nápoles adquiere un peso creciente, se la describe y estudia. ¿Cuál es la mayor dificultad cuando se intenta escribir sobre Nápoles? A medida que avanza este cuarto volumen Lila parece encarnar la ciudad. ¿Es algo que se propuso?

FERRANTE: Sí, pero es una idea que descarté, no quería que Lila fuera reducible a nada. Lo que deseaba es que la dispersión continua de todos los personajes, de la infancia a la vejez, acabara derramándose sobre la topografía del barrio y de toda la ciudad. Nápoles es difícil de explicar porque no es lineal, los opuestos terminan confluyendo y difuminándose, su belleza maravillosa se vuelve fea, su exquisita cultura se torna trivial, su famosa cordialidad se transforma en violencia.

AGUILAR: Cuando Lena recuerda sus presentaciones en las giras promocionales, parece darse cuenta de que ha usado las vidas de los demás. Le pasa lo mismo cuando escribe el libro sobre el barrio de su infancia. ¿Cree que escribir ficción acarrea siempre un sentimiento de culpa?

FERRANTE: Sin duda alguna. Escribir —y no solo ficción— es siempre una apropiación indebida. Nuestra singularidad como autores es una pequeña nota al margen. Todo el resto lo tomamos del depósito de quienes escribieron antes que nosotros, de las vidas y los sentimientos más íntimos de los demás. Sin la autorización de nada ni de nadie.

AGUILAR: ¿Cuáles son sus escritoras preferidas? ¿Y los personajes femeninos que la han fascinado?
FERRANTE: La lista sería interminable, prefiero ahorrársela. Sí quisiera subrayar que a lo largo del siglo XX la tradición de las mujeres escritoras se fortaleció extraordinariamente, y no solo en Occidente. Creo que mi generación es la primera que ha dejado de pensar que para escribir grandes libros hacía falta ser hombre. Hoy podemos pensar con serenidad que es posible salir del gineceo literario en el que se tiende a encerrarnos y que podemos buscar la comparación.

AGUILAR: ¿A qué personaje masculino de la tetralogía *Dos amigas* se siente más próxima?
FERRANTE: Al de Alfonso, el compañero de pupitre de Lena.

AGUILAR: En su opinión, ¿qué tiene tan de especial la amistad entre mujeres? Se trata de un tema que apenas ha sido tratado en la literatura. ¿Tiene alguna idea del porqué?
FERRANTE: La amistad masculina cuenta con una larga tradición literaria y un código de comportamiento muy elaborado. En cambio, la amistad femenina cuenta con un mapa aproximado que no ha comenzado a precisarse hasta hace poco. Existe el riesgo de que el atajo del lugar común edificante se imponga al esfuerzo de otros trayectos más arduos.

AGUILAR: Lena manifiesta un progresivo distanciamiento del feminismo —personificado en cierto modo por su ex cuñada—. ¿Qué opina del feminismo?

FERRANTE: Sin el feminismo aún estaría como cuando era una chiquilla: sobrecargada con una cultura y subcultura masculina que asumía como pensamiento propio y libre. El feminismo me ha ayudado a crecer. Aunque hoy veo y siento que las nuevas generaciones se burlan de él. No saben que nuestras conquistas son muy recientes y, por tanto, frágiles. Lo han aprendido en sus propias carnes todas las mujeres sobre las que he escrito en mis libros.

AGUILAR: En el último volumen de la tetralogía *Dos amigas* Lena recorre las décadas a toda velocidad, el ritmo parece cambiar. Es como si a medida que se acerca al presente, le resultara más difícil narrar la historia. ¿Le ha sido difícil terminar la novela? ¿Sigue pensando en sus personajes?

FERRANTE: Todavía es pronto para sentirme distante. Mejor dicho, es como si todavía estuviese escribiendo. Por su naturaleza volátil, resulta difícil hablar del presente. Si lo he contado, lo he hecho imaginándolo como un precipicio, agua evaporada de una cascada. Sin embargo, el volumen que más me costó escribir no fue el cuarto sino el tercero.

AGUILAR: Las protagonistas de sus libros siempre son escritoras. ¿Por qué? Otro tema recurrente es el de la maternidad: ¿es difícil escribir abiertamente sobre ella?

FERRANTE: Las mujeres escriben mucho, y no por oficio, sino por necesidad. Recurren a la escritura sobre todo en momentos de crisis, y lo hacen para entenderse a sí mismas. Hay muchas cosas de nosotras que no se han contado hasta el fondo o que no se han contado, y lo acabamos descubriendo cuando la vida de cada día se enmaraña y sentimos la necesidad de poner orden. La maternidad, precisamente, me parece una de esas experiencias solo nuestras, cuya verdad literaria está aún por explorar.

AGUILAR: Recorre sus obras una especie de eco de destino fatal propio de la tragedia clásica. ¿Hasta qué punto han influido en usted las obras griegas?

FERRANTE: Cursé estudios clásicos y de joven traduje mucho, por placer, tanto del griego como del latín. Quería aprender a escribir y me parecía un ejercicio extraordinario. Después no tenía tiempo suficiente y lo dejé. Dice que se nota esa formación en mis libros y la creo con gusto, pero he de decir que siempre he pensado en mis mujeres como encerradas en recintos histórico culturales, y no atrapadas por el destino.

AGUILAR: ¿Está trabajando en un nuevo libro?

FERRANTE: Sí, es raro que pase largos períodos sin escribir. Terminar un libro, sin embargo, no es algo que me suceda a menudo. Y cuando sucede, publicar no me entusiasma. Escribir me pone de buen humor; publicar, no.

NOTA. La entrevista de Andrea Aguilar apareció en el suplemento *Babelia* de *El País*, el 11 de noviembre de 2015 con el título «Elena Ferrante: "Escribir es una apropiación indebida"».

15

Las mujeres que traspasan fronteras

Respuestas a las preguntas de Liz Jobey

JOBEY: ¿Cuándo comenzó a escribir?
FERRANTE: Al final de la adolescencia.

JOBEY: Ha declarado que durante mucho tiempo escribió sin intención de publicar y mucho menos de dar a leer sus obras a nadie. Al principio, ¿qué función cumplía para usted la escritura?
FERRANTE: Escribía para aprender a escribir. Me parecía que tenía cosas que contar pero a cada intento, según el humor, llegaba a la conclusión de que o no tenía talento, o no tenía las habilidades técnicas adecuadas. En general, prefería esta segunda hipótesis, la primera me espantaba.

JOBEY: Sus obras tratan el tema de la vida de las mujeres y cómo interactúan con los hombres en privado y en público. ¿Era esa su intención cuando decidió publicar, hablar a las mujeres de la experiencia femenina?
FERRANTE: No, no tenía nada programado, ahora tampoco. Decidí publicar *El amor molesto* solo porque me parecía haber escrito un libro que podía separar definitivamente de mí sin arrepentirme después.

JOBEY: Entre su primer libro, *El amor molesto*, y el segundo, *Los días del abandono*, pasaron diez años. ¿Hay un motivo preciso que explique ese lapso?

FERRANTE: En realidad no hubo ningún lapso. En esos diez años escribí muchísimo, pero nada de lo que pudiera fiarme. Eran relatos muy elaborados, muy estudiados, pero sin verdad.

JOBEY: En sus libros hay muy pocas figuras masculinas positivas; casi todas están ausentes o son débiles, engreídas o prepotentes. ¿Esos hombres son un reflejo de la sociedad en la que usted creció, o bien reflejan el desequilibrio de poder entre hombres y mujeres en la sociedad en general? ¿Dicho desequilibrio ha mejorado o ha cambiado de algún modo en los últimos años?

FERRANTE: Me crie en un mundo donde parecía normal que los hombres —padres, hermanos, novios— tuvieran derecho a pegarte para corregirte, para educarte como mujer, en una palabra, porque querían tu bien. Por suerte hoy han cambiado muchas cosas, pero sigo pensando que los hombres de verdad fiables son una minoría. Tal vez se deba a que el ambiente en el que me formé era especialmente atrasado. O tal vez se deba —y yo creo más en esta segunda posibilidad— a que el poder masculino, ya sea que se ejerza de forma bruta o con amabilidad, aún quiere subordinarnos. Son demasiadas las mujeres humilladas a diario, no solo en el plano simbólico. Y en la realidad, demasiadas son castigadas por su insubordinación incluso con la muerte.

JOBEY: Sus novelas parecen caracterizarse por los límites —emotivos, geográficos, sociales— y por lo que ocurre cuando se traspasan o se derriban. ¿Se trata de algo que se refiere en especial a las mujeres de determinada edad y clase o se puede aplicar a todas las mujeres? FERRANTE: Alrededor de las mujeres siempre se trazan límites, y hablo de las mujeres en general. No habría nada malo si se tratara de una autorregulación; los límites son importantes. El problema está en que esos límites no solo los ponen otros sino nosotras mismas, y si no los respetamos, nos sentimos culpables. La transgresión masculina de los límites no supone automáticamente un juicio negativo, por lo general, es signo de curiosidad, de audacia. Todavía hoy desorienta la transgresión femenina de los límites, especialmente si no se realiza bajo la guía o el mando de los hombres; es pérdida de feminidad, exceso, perversión, enfermedad.

JOBEY: Para describir el derrumbamiento emotivo usted se refiere al desbordamiento de los personajes. ¿Se trata de un sentimiento que reconoce en usted misma y en otros?
FERRANTE: Lo he visto en mi madre, en mí, y en no pocas amigas. Experimentamos demasiados vínculos que estrangulan deseos y ambiciones. El mundo contemporáneo nos somete a presiones que a veces no logramos soportar.

JOBEY: Las voces narradoras femeninas de sus novelas consideran que la maternidad es difícil. Se sienten disminuidas por ella hasta el punto de querer sustraerse y cuando lo hacen, se sienten libres. ¿Cree que las mujeres serían más fuertes si no tuvieran hijos, si no tuvieran que llevar el peso físico y emotivo de la maternidad?
FERRANTE: No es ese el punto. El punto es cómo nos contamos la maternidad y el cuidado de los hijos. Si seguimos hablando de forma idílica, como en los manuales del estilo «Seré madre», al rozar

los aspectos frustrantes de esa experiencia nos seguiremos sintiendo solas y culpables. Hoy, el deber de una mujer que escribe no es detenerse en los placeres del cuerpo grávido, del parto, del cuidado de los hijos, sino llegar con la verdad hasta el fondo más oscuro.

JOBEY: Tanto por la trama como por los personajes, la tetralogía muestra semejanzas con sus tres novelas anteriores. ¿Puede decirse que en cierta manera intenta narrar la misma historia?

FERRANTE: No la misma historia pero, sin duda, los momentos cruciales de un malestar. Las heridas de la existencia son incurables y escribes y vuelves a escribir sobre ellas con la esperanza de que tarde o temprano consigas construir una historia que las refleje definitivamente.

JOBEY: ¿Debemos deducir, como hacen los lectores, que esta es su historia, o se trata de una falta de imaginación, el síntoma de la tendencia moderna de buscar siempre al autor?

FERRANTE: Los cuatro volúmenes de *Dos amigas* son mi historia, sin duda, pero solo en el sentido de que he sido yo quien le ha dado forma de novela y usado mis experiencias vitales para alimentar de verdad la invención literaria. Si hubiese querido contar cosas mías, habría establecido otro tipo de pacto con el lector, le habría indicado que se trataba de una autobiografía. No he elegido el camino autobiográfico ni lo elegiré más adelante, porque estoy convencida de que la ficción, si se trabaja bien, está más cargada de verdad.

JOBEY: ¿Puede explicarnos por qué ha decidido ocultar su identidad y mantenerse «ausente», como dice usted, en la publicación y la promoción de sus libros?

FERRANTE: Considero que hoy es un error no tutelar la escritura garantizándole un espacio autónomo, alejado de las lógicas de los medios y del mercado. Mi pequeña batalla cultural se dirige sobre todo a los lectores. Creo que al autor no hay que buscarlo en la persona física de quien escribe, ni en su vida privada, sino en los libros que llevan su firma. Fuera de los textos y de sus estrategias expresivas solo hay cotilleos. Devolvamos auténtico protagonismo al libro y después, si se tercia, hablaremos de los posibles usos de los cotilleos con fines promocionales.

JOBEY: ¿Cree que la fama siempre es perjudicial para la obra de un autor y para el trabajo de las personas creativas en general?
FERRANTE: No lo sé. Creo simplemente que hoy es un error dejar que la propia persona sea más conocida que la propia obra.

JOBEY: ¿Sus familiares y amigos saben que usted es autora de sus novelas? ¿Cree que hay quien se disgustaría o le haría la vida difícil si se desvelara su identidad de autora de sus novelas?
FERRANTE: Al principio tenía miedo de hacer sufrir a las personas que quiero. Ahora no, ya no siento la necesidad de proteger a quienes amo. Saben que escribir es mi vida y me dejan en mi rinconcito. El único pacto es que no haga nada de lo que ellos puedan avergonzarse.

JOBEY: ¿Cómo trabaja con Ann Goldstein, traductora al inglés de sus obras? ¿Hablan por teléfono, se escriben por correo electrónico? ¿Está en condiciones de evaluar si la voz de las traducciones es su «verdadera» voz?
FERRANTE: Me fío por completo de ella. Creo que ha hecho todo lo posible por acoger mi italiano en su inglés con las mejores intenciones.

JOBEY: En relación con *Los días del abandono* ha declarado que teme que algunas partes «solo tengan la apariencia de la buena escritura». ¿Cuál cree que es la diferencia entre la «buena» y la «auténtica» escritura, o al menos cuál es la clase de escritura en la que cree moverse con más maestría?

FERRANTE: Una página está bien escrita cuando el esfuerzo y el placer por narrar con verdad se han impuesto a cualquier otra preocupación, incluso a la preocupación por la elegancia formal. Pertenezco a la categoría de escritores que descartan la versión definitiva y se quedan con el borrador, si este asegura una mayor autenticidad.

JOBEY: Hablando de usted y de las escritoras de hoy ha dicho que «debemos hurgar en lo más hondo de nuestra diferencia y con instrumentos avanzados». ¿Hay otras escritoras que hacen lo mismo? ¿Nos puede decir el nombre de las escritoras o los escritores que admira?

FERRANTE: La lista sería interminable. El actual panorama de la escritura de mujeres es amplio y muy activo. Leo muchísimo y me gustan sobre todo las páginas que me hacen exclamar: «Eso es algo que nunca serás capaz de hacer». Con esas páginas voy construyendo una antología personal de la aflicción.

JOBEY: Me consta que muchas mujeres le escriben tras haber leído sus libros. ¿También le escriben los hombres?

FERRANTE: Al principio lo hacían más los hombres que las mujeres. Hoy predominan las mujeres.

JOBEY: Una vez que publica un libro, ¿siente la necesidad de un período de recuperación? ¿Hay épocas en las que no escribe nada?

FERRANTE: No. Siempre tengo algo en mente que me importuna y escribir sobre ello me pone de buen humor.

JOBEY: Ha dicho que si revelara ahora su identidad sería una «incoherencia deplorable». ¿Nota, pese a todo, las presiones del éxito? ¿Cómo se siente cuando entra en una librería o un aeropuerto y ve sus libros a la venta?

FERRANTE: Evito con cuidado los espectáculos de ese tipo. La publicación siempre me ha provocado ansiedad. Ver mi texto reproducido en miles de ejemplares me parece una presunción, lo siento como una culpa.

JOBEY: ¿Cree que poco a poco se está desvelando su identidad? Darla a conocer ahora sería una auténtica primicia para el periodismo cultural…

FERRANTE: ¿Una primicia? Qué tontería. ¿A quién puede interesar lo que de mí queda fuera de los libros? Ya me parece demasiado que nos estemos ocupando de ellos.

JOBEY: Usted ha dicho que Elena, la protagonista de la tetralogía *Dos amigas*, jamás habría existido como escritora sin el personaje de Lila. ¿Vale también para usted?

FERRANTE: Siento la escritura como si estuviera motivada y alimentada por los choques casuales entre mi vida y la de los demás. En ese sentido, sí, creo que dejaría de escribir si me volviera impermeable, si los demás no sembraran el desorden dentro de mí.

JOBEY: ¿Está escribiendo un nuevo libro?

FERRANTE: Sí, pero en este momento dudo que lo publique.

NOTA. La entrevista de Liz Jobey se publicó el 11 de diciembre de 2015 en *The Financial Times* (Inglaterra), con el título «Women of 2015: Elena Ferrante, writer» ('Mujeres de 2015: Elena Ferrante, escritora').

El despilfarro de la inteligencia femenina

Respuestas a las preguntas de Deborah Orr

ORR: Se suele comenzar con una descripción a grandes rasgos de la persona entrevistada y su ambiente. En vista de la situación, ¿podría hacerlo usted, Elena?

FERRANTE: No puedo, soy incapaz.

ORR: Sus novelas son íntimas, con frecuencia domésticas, pero siempre marcadas por las dinámicas socioeconómicas en las que se criaron sus personajes. ¿Puede decirnos algo sobre la formación de su conciencia política?

FERRANTE: No siento una pasión especial por la política en cuanto torneo permanente entre jefes y jefecillos, en general mediocres; es más, por qué no decirlo, me aburre. Confundo los nombres, los pequeños hechos, las tomas de posición. Pero desde siempre presto gran atención a los conflictos económico-sociales, a la dialéctica entre arriba y abajo. Tal vez dependa del hecho de que no he nacido ni me he criado en el bienestar. Remontar la cuesta económica me costó mucho trabajo, todavía tengo sentimientos de culpa cuando pienso en quienes he dejado atrás. Por otra parte, descubrí muy pronto que, aunque nuestra condición mejore, el origen de clase nunca se borra, se suba o se baje la escala sociocultural; es como un sonrojo que inevitablemente tiñe las mejillas tras una fuerte emoción. Para mí no hay historia, por mínima que sea, que pueda ignorar ese sonrojo.

ORR: Muchos consideran que usa un seudónimo no solo para protegerse, sino para proteger también a la comunidad napolitana realmente existente en la cual se inspira. ¿Es correcta esta suposición?
FERRANTE: Sí, es una de las razones que me motivaron.

ORR: ¿Tiene idea de lo que estas personas piensan de sus libros?
FERRANTE: No. Pero debo decir que ya no me protejo del mundo en el que me crie. Hoy, más bien, trato de proteger el sentimiento que tengo de ese mundo, el espacio emotivo dentro del cual nacieron y siguen naciendo mis ganas de escribir.

ORR: Philip Roth considera que, «por desgracia, la discreción no es cosa de novelistas». ¿Hasta qué punto está de acuerdo con esta afirmación?
FERRANTE: Más que de indiscreción prefiero hablar de apropiación indebida. Para mí la escritura es una red barredera que lo arrastra todo: expresiones y frases hechas, posturas del cuerpo, sentimientos, pensamientos, tormentos, en una palabra, la vida de los otros. Sin contar el saqueo del enorme depósito que contiene la tradición literaria.

ORR: ¿Alguna vez ha pensado que su anonimato limita su posibilidad de contribuir al debate generado por sus libros?
FERRANTE: No, mi trabajo termina con la publicación. Si los libros no llevan en sí mismos sus propias razones —preguntas y respues-

tas— quiere decir que he hecho mal en publicarlos. Como mucho, cuando algo me molesta, escribo. Hace poco he descubierto el placer de buscar respuestas escritas a preguntas escritas como estas. Hace veinte años me costaba, y al final lo dejaba estar. Hoy me parece una ocasión útil; sus preguntas me ayudan a reflexionar.

ORR: La elección de Elena como seudónimo y como nombre de la protagonista de la saga *Dos amigas* ha llevado a muchos a hablar de una novela en clave. ¿Se trata de un recurso literario o es un indicio genuino que da a sus lectores?

FERRANTE: Utilizar el nombre de Elena me ha servido únicamente para reforzar la verdad de lo que iba narrando. También quien escribe necesita de la *willing suspension of disbelief*, la «suspensión voluntaria de la incredulidad», como la llama Coleridge. El tratamiento fantástico de los materiales biográficos —para mí fundamental— está plagado de trampas. Decir «Elena» me ha ayudado a vincularme a la verdad.

ORR: Uno de los elementos clave de sus novelas es la belleza, la riqueza, la fuerza de la prosa que permite al lector sacar sus conclusiones sobre los innumerables temas tratados, o al menos, creer que esas conclusiones son suyas. ¿La decisión de representar sin decir ha sido consciente?

FERRANTE: Al narrar, lo que importa son las acciones y las reacciones de los personajes, el espacio en el que estos se mueven, el modo en el que el tiempo pasa para ellos. El narrador elabora una partitura, y los lectores la ejecutan interpretándola. Un relato es una jaula anómala: te aprisiona dentro de sus estrategias y, sin embargo, de manera contradictoria, te hace sentir libre.

ORR: ¿Qué cosas importantes le gustaría que los lectores aprendieran o pensaran después de haber leído sus libros?

FERRANTE: Permítame que no conteste a esta pregunta. Las novelas nunca deberían tener instrucciones de uso, sobre todo si las redacta quien las ha escrito.

ORR: ¿Con sus textos se dirige sobre todo a las mujeres?

FERRANTE: Se escribe para todos los seres humanos. Pero me siento feliz si quienes me leen en primer lugar son las mujeres.

ORR: ¿Por qué?

FERRANTE: Todas necesitamos construirnos una… llamémosla genealogía propia que nos enorgullezca, nos defina, nos permita vernos fuera de la tradición en la que desde hace siglos se han basado los hombres para mirarnos, representarnos, valorarnos, catalogarnos. Es una tradición poderosa, plagada de obras espléndidas, pero que ha dejado fuera mucho, muchísimo de nosotras. Contar a fondo, con libertad —incluso provocativamente— ese «algo más» nuestro es importante, tiende a componer un mapa de lo que somos o queremos ser. Hay una frase de Amelia Rosselli, una de las poetas italianas del siglo XX más innovadoras y sorprendentes, que desde hace años utilizo como una especie de irónico y a la vez muy serio manifiesto literario. Se remonta a la década de 1960 y es una exclamación: «¡Qué negro y profundo compromiso en mis menstruaciones!».

ORR: Los personajes femeninos de sus novelas parecen atrapados en una lucha entre pasado y futuro, tradición y modernidad, conformismo y anticonformismo; una lucha que resulta familiar a muchas mujeres de las últimas generaciones. ¿Cuál es hoy la situación de las mujeres en Italia y el mundo?

FERRANTE: Considero que todas nosotras, sea cual sea nuestra edad, seguimos en plena batalla. El conflicto durará mucho tiempo y, aunque pensemos que hemos dejado definitivamente a nuestras espaldas la sociedad, la cultura y el lenguaje patriarcales, basta con mirar el mundo en su conjunto para comprender que ese conflicto dista mucho de haber tocado a su fin y que todo lo que hemos conquistado se puede volver a perder.

ORR: Sus libros hablan de la ambivalencia respecto del éxito, la carrera, el dinero, la maternidad, el matrimonio. Las mujeres dan muchos pasos adelante. ¿Cuáles son las batallas que al feminismo le quedan aún por ganar? ¿Para hacerlo necesita emplear nuevas estrategias?

FERRANTE: En primer lugar, nunca debemos olvidar que hay grandes zonas del planeta donde las mujeres viven en condiciones terribles. Pero, incluso en las zonas donde muchos de nuestros derechos se han consolidado, sigue siendo arduo ser mujer enfrentada al modo en que nos representan incluso los hombres más cultos y evolucionados. Nos encontramos en una encrucijada. Oscilamos entre la enraizada aceptación de las expectativas masculinas y las nuevas formas de ser mujeres. Aunque seamos libres y combativas, aceptamos que la necesidad de realizarnos en este o aquel aspecto cuente con la ratificación de hombres autorizados, con su cooptación tras haber analizado si hemos introyectado de modo suficiente la tradición masculina, si somos capaces de ser sus dignas intérpretes sin las fragilidades y los problemas femeninos. Sin embargo, debemos luchar para que las cosas cambien en profundidad. Y eso solo será posible si se construye una gran tradición femenina con la que los hombres se vean obligados a enfrentarse. Se trata de una batalla larga, centrada en la laboriosidad femenina en todos los campos, en la excelencia del pensamiento y de la acción de las mujeres. Solo cuando un hombre reconozca en público su deuda con la obra de una mujer sin la bondad engreída de quien se siente varios peldaños por encima, las cosas comenzarán a cambiar de verdad.

ORR: Desde su infancia Elena cuenta con la protección de una maestra, la misma que rechaza a Lila. ¿La predilección por Elena es injusticia o la maestra sabe que Lila es de esas personas que solo confían en sí mismas para abrirse camino?
FERRANTE: La escuela se percata tanto de Lila como de Elena. Pero a ambas todo les queda pequeño. Lila es de esas personas que no logran aceptar los límites si no es para violarlos, aunque después ceda a causa del esfuerzo. Elena aprende enseguida a usar el ámbito de la escuela, como muchos otros ámbitos que ocupará después a lo largo de su vida, pero acogiendo y poniendo en marcha soterradamente parte de la fuerza de su amiga.

ORR: A medida que acompañamos a Lila a lo largo de las cuatro entregas de *Dos amigas* descubrimos que es una pensadora extraordinaria, propensa a derrumbes psicológicos. ¿Se puede pensar en Lila como en un personaje culto, dotado y profundamente original, al contrario de Elena?
FERRANTE: No. Por la estructura del relato nunca se podrá encerrar definitivamente a Lila ni a Elena en una fórmula que convierta a una en lo contrario de la otra.

ORR: Los caracteres contrapuestos de las dos mujeres contribuyen claramente a la tensión narrativa. ¿Es posible que por algún motivo usted los haya utilizado como arquetipos en los que profundizar?

FERRANTE: Tal vez haya ocurrido —seguramente ha ocurrido con la Olga de *Los días del abandono*—, pero en este caso no sentí que Lila y Elena encajaran en un modelo originario que asegurara su coherencia.

ORR: Desde el principio Lila y Elena tienen comportamientos muy distintos frente a los hombres y el sexo. ¿El desinterés de Lila sirve para explicar su poder sobre los hombres, o la diferencia entre las dos mujeres tiene otro fin?

FERRANTE: Creo que nuestra sexualidad está aún por contar y que, especialmente en este campo, la rica tradición literaria masculina constituye un gran obstáculo. Los comportamientos de Elena y Lila son solo dos formas distintas de su ardua, casi siempre infeliz, adaptación a los hombres y su sexualidad.

ORR: ¿Se puede decir que en el mundo que usted describe tanto para los hombres como para las mujeres hay pocas formas nobles de redimirse de una vida mezquina, llena de compromisos, aparte de la académica e intelectual?

FERRANTE: No. Le tengo mucho cariño a la figura de Enzo, el suyo es un camino duro pero respetable. No obstante, es sobre todo Elena, la narradora, quien considera la cultura, el estudio, un modo para salir individualmente de la miseria y la ignorancia. Su recorrido parece dar resultado. Pero los cambios profundos requieren generaciones, deben acometer a la colectividad. Por momentos la misma Elena sentirá que las vidas individuales, incluso las más afortunadas, terminan por ser insuficientes y en muchos aspectos culpables.

ORR: Desde los años cincuenta —momento en que comienza el ciclo narrativo— hasta hoy, ¿ha cambiado la idea de que solo merecen ser premiados los casos claramente excepcionales provenientes de la clase obrera o, por el contrario, se ha afianzado todavía más? FERRANTE: Seguirá siendo así mientras persistan las desventajas y los privilegios de clase. He conocido a personas realmente excepcionales, por completo libres del tozudo afán de ascender en la escala social. Por ello, el problema grave radica en que en sociedades fingidamente igualitarias como las nuestras se derrocha muchísima inteligencia, en especial la femenina.

ORR: ¿Considera que la relación entre Lila y Elena es competitiva? ¿Ser competitivos es un elemento importante para definir el lugar de la mujer en el mundo? FERRANTE: No, la competencia entre mujeres está bien si no es predominante, es decir, si convive con las afinidades, el afecto, una indispensabilidad recíproca y real, con aumentos repentinos de solidaridad pese a las envidias, los celos y toda la serie inevitable de malos sentimientos. Claro que de este modo la madeja de nuestras relaciones está muy enredada, pero ya va bien. Por razones históricas, nuestra forma de ser siempre es más enredada que la del hombre que, en cambio, está acostumbrado a la simplificación como instrumento para resolver los problemas.

ORR: Pese al éxito material conseguido por Elena, el personaje dominante es Lila. El lector intuye que podría ser una consecuencia de la manera en que Elena se cuenta a sí misma, subestimándose, tal vez porque se siente dominada por Lila. ¿Permitirá alguna vez a Lila que cuente su historia?

FERRANTE: No. En el primer borrador había largos episodios escritos por Lila, pero después descarté ese camino. Lila solo puede ser el relato de Elena; fuera de ese relato, probablemente ella misma no sabría definirse. Son las personas que nos aman o nos odian o aquellas a quienes inspiramos ambos sentimientos las que mantienen unidos los mil fragmentos de los que estamos hechas.

ORR: ¿A cuál de las dos mujeres se siente más unida?

FERRANTE: Quiero mucho a Lila; es decir, la forma en que Elena la cuenta y la forma en que Lila se cuenta a través de su amiga.

ORR: ¿Es correcto decir que para usted Elena Ferrante es un personaje misterioso, sin casa, sin familia, que existe únicamente en su imaginación?

FERRANTE: No, Elena Ferrante es la autora de cierto número de novelas. No tiene nada de misterioso, dado que se manifiesta, tal vez demasiado, dentro de su propia escritura, lugar donde se desarrolla con total plenitud su vida creativa. Con esto quiero decir que el autor es el conjunto de estrategias expresivas que dan forma a un mundo de invención, un mundo muy concreto, poblado de personas y acontecimientos. El resto es vida privada común y corriente.

ORR: ¿Considera que a las mujeres, sobre todo a las madres, les resulta más difícil mantener separada su vida privada de la creativa?

FERRANTE: Las mujeres, sean o no madres, se encuentran todavía con un número extraordinario de dificultades en todos los campos.

Deben mantener unidas demasiadas cosas y, a menudo, en nombre de los afectos renuncian a sus aspiraciones. Además, dar una salida a la creatividad resulta particularmente arduo. Requiere una motivación muy fuerte, una sólida disciplina, muchas renuncias. Y sobre todo supone un considerable número de sentimientos de culpa. Incluso para no cortar gran parte de la propia vida privada es necesario que la actividad creativa no fagocite las demás expresiones de sí mismas. Pero esto es lo más complicado.

ORR: ¿Qué más debería hacer una mujer que quiera escribir?
FERRANTE: Eludir todo tipo de presión social. No sentirse vinculada a la imagen pública que pueda tener. Concentrarse en exclusiva y con la máxima libertad en la escritura y sus estrategias.

ORR: ¿Puede decirnos en qué trabaja ahora?
FERRANTE: Nunca le cuento a nadie las historias que tengo en la cabeza. Se me quitarían las ganas de tratar de escribirlas.

ORR: Una última pregunta: ¿acepta que le exprese mi más sincera gratitud de lectora?
FERRANTE: Permítame que sea yo quien le dé las gracias. Cuando los lectores me escriben cosas así, me asombro de la suerte que ha tenido la tetralogía *Dos amigas*. Lo que hay realmente dentro de un libro es un misterio sobre todo para su autor.

NOTA. La entrevista de Deborah Orr apareció en *The Gentlewoman* (Inglaterra), el 19 de febrero de 2016, con el título «Elena Ferrante. In a Manner of Speaking» ('Elena Ferrante. Por así decirlo').

17

Pese a todo

Respuestas a las preguntas de Nicola Lagioia

LAGIOIA: Uno de los aspectos más poderosos de *Dos amigas* se refiere a la manera en que se refleja la interdependencia de los personajes. Es evidente en la relación de Lila y Elena, en el modo en que cada una logra depositar en la otra su propia forma, que —precisamente como forma de vida autónoma— continúa actuando más allá de la presencia física que la ha generado. Cada vez que Lila desaparece del horizonte de sucesos de Elena, sigue actuando sobre su amiga, y se supone que ocurre también lo contrario. Leer su novela es reconfortante, porque en la vida real pasa lo mismo. Las personas realmente importantes para nosotros —las personas a las que hemos dado la oportunidad de abrirnos por dentro— no dejan de interrogarnos, de obsesionarnos, de perseguirnos, en caso necesario, de guiarnos. Incluso si entretanto han muerto, o están lejos, o nos hemos peleado con ellas. Lo cual, en mi opinión, altera la construcción de los recuerdos. La manera en que releemos la novela de nuestra vida depende también de cómo esas personas fundamentales actúan silenciosamente en nosotros —modificando los desvíos—. Por la forma en que consigue plasmar estos mecanismos, *Dos amigas* me parece una novela de una modernidad absoluta.

Pero en sus cuatro libros esa interdependencia se extiende a todo el mundo de las dos amigas. Nino, Rino, Stefano Carracci, los hermanos Solara, Carmela, Enzo Scanno, Gigliola, Marisa, Pasquale, Antonio, incluso la profesora Galiani… Aunque para ellos las reglas de la atracción recíproca no son tan intensas como las que unen a Elena y Lila, todos se mantienen siempre en órbita. Es imposible desembarazarse de ellos. Vuelven a aparecer sin cesar los unos delante de los otros. Se pelean, sin duda. Se traicionan. En algunas circunstancias casi se matan. Se dicen o se hacen cosas que, en otros contextos, bastarían para romper las relaciones para siempre. Sin embargo, casi nunca ocurre. Siempre hay un resquicio que queda abierto; pienso, por ejemplo, en Marcello Solara, que sigue siendo amable con Elena incluso después de que esta lo ataque con su artículo en *L'Espresso*. Parece ser que solo la muerte —o la vejez extrema— puede romper sus vínculos.

Teniendo en cuenta la factura de esos vínculos, podría parecer una maldición. Pero ¿no cabe la posibilidad de considerarla también una bendición? La alternativa supone arriesgarse a la soledad absoluta. Confieso que en algunos casos me han dado envidia.

FERRANTE: ¿Por dónde empiezo? Por la infancia, por la adolescencia. Algunos ambientes napolitanos pobres estaban atestados y eran ruidosos. Recogerse en uno mismo era materialmente imposible. Muy pronto se aprendía a conseguir la máxima concentración en medio del máximo bullicio. La idea de que cada yo está formado, en gran parte, de otros y por el otro no era una conquista teórica sino una realidad. Estar vivos suponía chocar contra la existencia ajena y que chocaran contigo con resultados ahora gratos, poco después agresivos, luego otra vez gratos. En las peleas sacábamos a relucir a los muertos, no nos conformábamos con agredir e insultar a los vivos; acabábamos degradando como si tal cosa también a las tías, las primas, los abuelos y bisabuelos que ya no estaban en este mundo. Y después estaban el dialecto y el italiano. Las dos lenguas remitían a comunidades distintas, ambas muy pobladas. Lo que era común a una no era común a la otra. Los vínculos que establecías en las dos lenguas nunca tenían la misma esencia. Variaban los usos, las normas de comportamiento, las tradiciones. Y cuando buscabas un término medio te salía un dialecto forzado que era a la vez un italiano trivial.

Todo esto me —nos— constituye, pero sin un orden y sin una jerarquía. Nada se ha eclipsado, todo está aquí, en el presente. Claro que hoy dispongo de lugares pequeños y tranquilos donde me puedo recoger en mí misma, pero todavía hoy siento esta expresión un tanto ridícula. He escrito sobre mujeres en momentos en que están solas por completo. Pero en su cabeza nunca hay silencio y mucho menos recogimiento. La soledad más absoluta, al menos en mi experiencia, y no solo de narradora, siempre es, como en el título de un libro de Hrabal muy hermoso, demasiado ruidosa. Para quien escribe no hay persona relevante que se resigne a callar de manera definitiva, aunque desde hace tiempo hayamos interrumpido toda relación por rabia, por casualidad o porque su tiempo había terminado. No consigo pensar en mí sin los demás, y mucho menos escribir. Y no hablo solo de parientes, amigos, enemigos. Hablo de las demás, de los demás, que hoy, ahora, figuran únicamente en las imágenes; en las imágenes televisivas o de los periódicos, imágenes a veces desgarradoras, a veces ofensivas por su opulencia. Y hablo del pasado, de eso que en sentido lato llamamos tradición, hablo de cuantos han estado en este mundo antes que yo y que han actuado y actúan hoy a través de nosotros. Guste o no, todo nuestro cuerpo lleva a cabo una fulgurante resurrección de los muertos precisamente mientras avanzamos hacia nuestra propia muerte. Como dice usted, estamos interconectados. Y debemos educarnos para observar a fondo esta interconexión —yo la llamo maraña, o mejor aún, *frantumaglia*— y dotarnos de los instrumentos adecuados con que narrarla. En la más absoluta de las tranquilidades o inmersos en acontecimientos tumultuosos, a salvo o en peligro, inocentes o corruptos, nosotros somos la multitud de los demás. Y para la literatura esta multitud es, sin duda, una bendición.

Pero cuando vamos a la materialidad de los días, al esfuerzo cotidiano de vivir, se me hace más difícil el juego de la inversión del sentido: maldición/bendición, bendición/maldición. Me siento mentirosa si considero la herencia del barrio como un hecho positivo. Comprendo que las mallas muy apretadas y resistentes del mundo que he narrado puedan dar la idea de un antídoto. En *Dos amigas* hay muchos momentos en que el ambiente donde están inmersas Lila y Elena parece, pese a todo, bondadoso y acogedor. Pero no debemos perder de vista ese «pese a todo». Los vínculos con el barrio limitan, hacen daño, corrompen o disponen a la corrupción. Y el hecho de que no se consiga cortarlos, que vuelvan a presentarse pese a todas y cada una de sus aparentes desapariciones, no es bueno. La aparición súbita de los malos modales dentro de los buenos, para volver luego a la sonrisa, todavía me parece el síntoma de una comunidad poco fiable, unida por complicidades oportunistas y, por ello, atenta a dosificar furias e hipocresías para no acabar en una guerra abierta que supondría decisiones definitivas: tú estás de ese lado, yo, de este otro.

De modo que no; en realidad, lo que mantiene unida a la pequeña multitud del barrio es inevitablemente corrupto y, para mí, una maldición. Pero, como es natural, esa multitud está formada por personas y las personas tienen siempre, entre mil contradicciones, su humanidad, que es algo precioso, y que el relato debe tener en cuenta si no quiere fracasar. En especial porque las personas se transmiten lo bueno y lo malo casi sin darse cuenta. El barrio está imaginado de este modo y también Lila y Elena están hechas de su materia, pero como si dicha materia estuviese en estado fluido y arrastrase de todo consigo. Quería que, contrariamente a ese ambiente fijo y cerrado, ellas fueran móviles, que nada lograra estabilizarlas de veras y que, sobre todo, ellas mismas se atravesaran como si fueran aire, pero sin librarse nunca de la fuerza de atracción del lugar de nacimiento. Ellas también debían sentirla, en especial ellas, pese a todo.

Eso es, tal vez radique en ese «pese a todo» la dificultad técnica de narrar. Hay que prestar atención a ese «todo», no olvidarlo, reconocerlo aunque lleve distintos disfraces, aunque los vínculos afectivos, las costumbres adquiridas con la infancia, los olores, los sabores, los sonidos cargados de dialecto nos seducen, nos enternecen, nos hacen oscilar, nos vuelven éticamente inestables. Quizá plasmar en la página la cualidad cambiante de las existencias supone evitar relatos definidos con excesiva rigidez. Estamos todos sometidos a una modificación continua pero, para evitar la angustia de la impermanencia, la camuflamos hasta la vejez con mil efectos de estabilización, el más importante de todos procede justamente de las narraciones, sobre todo cuando nos dicen: esto es lo que pasó. No siento especial predilección por estos libros, prefiero esos otros en los que ni siquiera quien narra sabe bien cómo fueron las cosas. Para mí narrar ha supuesto siempre restar fuerza a las técnicas que presentan los hechos como hitos incontrovertibles y potenciar esas otras que ponen en evidencia la inestabilidad. El largo relato de Elena Greco se basa todo él en la inestabilidad, quizá aún más que los relatos de Delia, de Olga, de Leda, las protagonistas de mis libros anteriores. Lo que Greco plasma en la página, al principio con aparente seguridad, se va haciendo cada vez menos controlable. ¿Qué siente en realidad esta narradora, qué piensa, qué hace? ¿Y qué hace y qué piensa Lila, y todos aquellos que irrumpen en su relato? Quería que en la tetralogía *Dos amigas* todo se formara y se deformara. En el esfuerzo por contar la historia de Lila, su amiga se ve obligada a contar las historias de todos los demás, entre ellas la suya propia, encuentros y desencuentros que dejan las más variadas huellas. En su más amplia acepción los demás, como decía, chocan sin cesar contra nosotros y nosotros hacemos lo mismo con ellos. Nuestra singularidad, nuestra unicidad, nuestra identidad se resquebrajan sin parar. Cuando al final de una jornada exclamamos: me caigo a pedazos, no hay nada más literalmente cierto. Bien mirado, somos los empujones desestabilizadores que nos dan o que damos, y la historia de esos empujones es nuestra verdadera historia. Narrarla supone narrar compenetraciones, un desorden y también, técnicamente, una mezcla incongruente de registros expresivos, de códigos y géneros. Somos fragmentos heterogéneos que, gracias a efectos de cohesión —figuras elegantes, bonita forma—, se mantienen unidos pese a su naturaleza casual y contradictoria. El pegamento más barato es el estereotipo. Los estereotipos nos calman. Pero el problema, como dice Lila, radica en que aunque sea por pocos segundos, esos estereotipos pierden su contorno y nos llevan al pánico. En la tetralogía

Dos amigas, al menos en mi idea inicial, hay una meticulosa dosificación del estereotipo y el desbordamiento.

LAGIOIA: Aunque Lila —cuando asiste a una de sus charlas acompañada por Nino— demuestre que aprecia mucho a Pasolini, en *Dos amigas* nunca aparece la sombra de un Ninetto Davoli. Y mucho menos aparece un «Gennariello» lleno de ingenuidad y belleza interior como el Pasolini de *Cartas luteranas* —al que en la misma escena Nino define como un «maricón» que «se dedica más que nada a montar escándalos»— imaginaba al arquetipo de ciertos muchachos napolitanos. Lo que quiero decir es que en su novela el subproletariado no tiene ningún poder de redención. Aunque la clase inferior esté históricamente del lado de la razón, en la práctica se pone siempre y de un modo brutal del lado del error. Algo difícil de digerir; sin embargo, quien se ha criado en esos ambientes o los conoce bien no puede evitar apreciar, e incluso amar y sentirse conmovido por la absoluta veracidad de las escenas que describe.

Algunos críticos la han comparado con Anna Maria Ortese y Elsa Morante. Para mí con razón. Sin embargo, su plebe es más parecida a la terrible horda humana descrita por Curzio Malaparte en *La piel* que a la que encontramos en *El mar no baña Nápoles*. ¿Es este tipo de plebe realmente irredimible?

FERRANTE: Lo de Malaparte no sé decirle, debería releerlo. Nunca he notado una afinidad consciente con *La piel*, un libro que leí hace mucho tiempo. Pero he de reconocer que incluso a Gennariello lo he sentido muy alejado de mi experiencia. Es el relato titulado «La ciudad involuntaria» de *El mar no baña Nápoles* el que, en distintas épocas de mi vida, me pareció un punto de partida necesario si alguna vez me decidía a contar lo que creía saber de mi ciudad. Pero siempre resulta difícil hablar de influencias literarias; con frecuencia, un verso vacilante, dos frases olvidadas, una hermosa página que en el momento no hemos apreciado, por caminos secundarios hacen más que los blasones literarios que exhibimos de buena fe para darnos importancia. En fin, ¿qué puedo decirle? En mi idea inicial Lila y Elena no nacen y crecen en el seno de una terrible horda humana. Pero el ambiente del barrio tampoco ofrece un Gennariello que, por lo demás, el propio Pasolini sentía como un milagro de su imaginación, una excepción entre tantos fascistas asquerosos, como escribía él. La ciudad plebeya que yo conozco se compone de gente común que no tiene dinero y trata de conseguirlo, que es sumisa y a la vez violenta, que no tiene el privilegio inmaterial de la buena cultura, que se burla de quienes piensan salvarse con el estudio y, sin embargo, valoran el estudio.

LAGIOIA: Para Lila y Elena el estudio es fundamental. Dotarse de una cultura es el único camino realmente digno para salir del estado de inferioridad. A pesar de los problemas a los que las dos amigas deben enfrentarse a lo largo de la vida, rara vez pierden la fe en el poder de la educación. Incluso cuando estudiar no conduce a un resultado práctico, Elena y Lila no ponen en entredicho su importancia en la construcción del individuo. ¿Qué opina de la Italia de hoy, tan llena de diplomados a la deriva? Es verdad que algunos de estos jóvenes tal vez no tengan con la educación la relación casi desesperada de Lila y Elena, y es cierto que para las generaciones posteriores —la de Dede y Elsa, por ejemplo— podrían ser otros los instrumentos con los que superar la línea de sombra. Y sin embargo,

bien mirado, el estudio no me parece un instrumento de emancipación como cualquier otro.

FERRANTE: En primer lugar, no lo reduciría a mero instrumento de
emancipación. El estudio ha sido considerado sobre todo como
algo esencial en la movilidad social. En la Italia de la segunda posguerra la educación consolidó antiguas jerarquías pero también
puso en marcha una discreta cooptación de los merecedores, hasta
el punto de que incluso quienes se quedaban abajo podían decirse:
he acabado así por no haber querido estudiar. La historia de Lenù,
pero también la de Nino, demuestran este uso de la educación.
Pero en el relato también aparece la señal de una disfunción: algunos personajes estudian y, sin embargo, su trayectoria se estanca.
En una palabra, hubo una ideología de la educación que hoy ya no
funciona. Su derrumbe se ha hecho evidente; los diplomados a la
deriva son el dramático testimonio de que la larga crisis de la legi-
timación de las jerarquías sociales en que se basan los títulos de
estudio ha cumplido su ciclo. En el relato hay otro modo de entender el estudio, el de Lila. Privada de una formación educativa completa —en esa época fundamental sobre todo para las mujeres,
y para las mujeres pobres— y tras proyectar en Lenuccia sus ambiciones de ascenso sociocultural, para Lila el estudio se convierte en
la manifestación de un ansia permanente de inteligencia, una necesidad impuesta por las infinitas y desordenadas circunstancias de
la existencia, un instrumento de lucha cotidiana —función esta
última a la que Lila intenta reducir también a su amiga «que ha
estudiado»—. En fin, mientras Lena es el atormentado punto de
llegada del antiguo sistema, Lila representa con toda su persona la
crisis de ese sistema y, en cierto sentido, un posible futuro. No sé
cómo se resolverá la crisis en el mundo tumultuoso en el que vivi-

mos, ya se verá. ¿Se harán cada vez más evidentes las contradicciones del sistema educativo marcando su decadencia? ¿Dispondremos de una buena cultura generalizada sin que guarde relación alguna con la forma de ganarnos la vida? ¿Contaremos con más diligencia culta y menos inteligencia? Digamos que, en general, me cautivan más quienes producen ideas que quienes las comentan. Me sentiría mejor en un mundo de creadores imaginativos productores de grandes ideas; sin embargo, debo reconocer que me parece una meta formidable.

LAGIOIA: Si es verdad, como he leído en más de un artículo, que en la tetralogía *Dos amigas* no hay posibilidad de trascendencia —al menos tal como se ha plasmado literariamente la posibilidad de trascendencia en gran parte del siglo XX—, contamos con los «desbordamientos» de Lina, es decir, esos momentos fundamentales en que el mundo se despega ante los ojos de una de las dos protagonistas, se sale de su eje y se muestra en su insostenible desnudez; una masa caótica e informe, «una realidad emborronada, gomosa», carente de sentido. Son instantes reveladores, pero se trata de revelaciones siempre terribles. Más que las iluminaciones de los epilépticos de Dostoievski, me recordaron uno de los últimos capítulos de *Ana Karénina*, cuando la protagonista de la novela de Tolstói contempla desde el carruaje las calles llenas de gente y se convence de que la vida no tiene sentido, de que el amor no existe, de que somos criaturas lanzadas al caos, gobernadas por fuerzas que la última pizca de ilusión definiría como desoladoras, mientras —peor aún— esas fuerzas no son más que lo que son, ni mejores ni peores que la ley de la gravedad. Poco después, Ana Karénina se arroja al paso de un tren.

No consigo entender —y no se lo preguntaré— si la angustia de Lila se deriva del hecho de que durante los episodios de desbordamiento el universo se le muestra invenciblemente carente de significado, o de la conciencia de que ese estado de trance ofrece la vista más amplia concedida al hombre, una vista que, por el contrario, permite intuir que en abstracto existe un sentido —y por tanto una posibilidad de paz, de felicidad— pero que será siempre inalcanzable, además de indescifrable para nuestros sentidos. Lo que me interesa se refiere más bien a la ficción. «Las cosas falsas», como las llama Lila, «que con su decoro físico y moral la calmaban». Las cosas falsas son los diques que ponemos al desorden y a la violencia que nos rodean. Desde este punto de vista, la literatura es algo falso, fingido. También lo son el derecho o la filosofía. Por una parte, esto supondría nuestra condena a la infelicidad, porque solo una ilusión —creer verdadero algo falso— nos tranquiliza. Pero, por otra, me pregunto: ¿no está quizá en nuestra naturaleza el crear «cosas falsas» que nos permitan de veras alcanzar nuestra más alta aspiración, es decir, comunicarnos entre nosotros y con el mundo?

FERRANTE: Me sorprendo siempre que alguien me señala como un defecto el hecho de que en mis historias no hay posibilidad de trascendencia. Quiero ofrecer aquí una declaración de principios: desde los quince años no creo en el reino de ningún dios, ni en el cielo ni en la tierra, es más, donde sea que se lo coloque, me parece peligroso. Por otra parte, comparto la opinión de que la mayoría de los conceptos que manejamos son de origen teológico. La teología ayuda a entender dónde se han originado los posos del café a los que seguimos recurriendo. Por lo demás, no sé qué decirle. Me consuelan las historias que tras haber atravesado el horror imponen un giro, aquellas en las que alguien se redime y prueban que la paz y la felicidad son posibles o que se puede regresar a un edén público o privado. En el pasado intenté escribir al respecto y descubrí que no creía en ello. En cambio, me atraen las imágenes de crisis, de sellos que se rompen, tal vez los desbordamientos vengan de ahí. El desbordarse de las formas es un modo de asomarse a lo tremendo, como en las *Metamorfosis,* de Ovidio, como en la de Kafka o en la extraordinaria *La pasión según G. H.,* de Lispector. No se puede ir más allá, hay que dar un paso atrás y, para sobrevivir, volver a entrar en alguna buena ficción. Pero no creo que todas las ficciones que orquestamos sean buenas. Me inclino por las sufridas, por las que nacen después de una crisis profunda de todas nuestras ilusiones. Amo las cosas falsas, fingidas, cuando llevan los signos de un conocimiento de primera mano de lo tremendo y, por tanto, la conciencia de que son falsas, que no aguantarán los embates por mucho tiempo. Los seres humanos son animales de gran violencia, y resulta aterradora la pelea que siempre están dispuestos a desencadenar con tal de imponer el propio salvavidas, eterno y redentor, y despedazar el de los otros.

LAGIOIA: La tetralogía *Dos amigas* está llena de riñas memorables. Las disputas, los estallidos de rabia de los distintos personajes se describen de forma magistral. Casi contagiosa. Iba leyendo y de vez en cuando me entraban ganas de dar un puñetazo en la mesa con el solo fin de enfatizar físicamente alguna explosión verbal de Nunzia Cerullo o de la madre de Elena. Siempre me ha asombrado el enardecimiento de algunos pobres en Italia. El repertorio es increíblemente amplio. Palabrotas vomitadas sin solución de continuidad. Acusaciones feroces y absurdas. Cabellos arrancados. Insultos cada vez más fantasiosos. Mis abuelos maternos eran pequeños agricultores y mi abuelo paterno era camionero. La forma en que los oía despotricar entre ellos, y, más a menudo, contra sí mismos o el destino —aunque esto ocurría con más frecuencia en la ciudad que en el campo— rara vez lo he encontrado en otros ambientes. En algunos casos hasta lo echo de menos. No creo que estos estallidos de rabia sean comunes a los oprimidos de todos los pueblos. En Francia y en Inglaterra funciona más o menos igual. Pero en algunos países orientales —Tailandia, por ejemplo— los pobres, al menos en apariencia, se enfadan con el destino de un modo mucho menos violento.

Entiendo que, por una parte, el espectáculo del lenguaje soez pueda resultar triste y degradante, incluso bestial. Pero, por otra parte, le pregunto: ¿no se trata también de un vagido de civilización eso de percibir de un modo instintivo la pobreza como injusticia?

FERRANTE: Volvemos aquí a las peleas. Y sí, digamos que entre los pobres la pelea es un umbral. El umbral es un artificio retórico interesante; metafóricamente representa la suspensión entre dos opuestos y es un procedimiento que sintetiza de forma eficaz el tiempo en que vivimos. Destruido el concepto de conciencia de clase o de conflicto de clases, a los pobres, a los desesperados, cuya única riqueza son las palabras furiosas, los mantenemos mediante palabras en el umbral, entre la explosión degradante que enfurece, y la liberadora, que humaniza y pone en marcha una especie de purificación. Pero en la realidad, se cruza continuamente ese umbral, se convierte en guerra sangrienta entre pobres, en derramamiento de sangre. O bien lleva a la reconciliación, pero en el sentido de regreso a la aquiescencia, a la subordinación de los más débiles a los más fuertes, al oportunismo. El vagido de civilización, como usted dice, es la intuición de la propia dignidad que se acompaña a la necesidad de cambiar. De lo contrario, las peleas entre los pobres no son sino una versión más de los capones de Renzo Tramaglino, el personaje de *Los novios*.

LAGIOIA: Disculpe que vuelva a Malaparte. En un momento dado me vino a la cabeza ese pasaje de *La piel* donde él escribe: «¿Con qué espera encontrarse en Londres, París y Viena? Se encontrará con Nápoles. El destino de Europa es convertirse en Nápoles».

No he podido evitar asociarlo, aunque de forma especular, a algunas consideraciones de Lenuccia: «Nápoles era la gran metrópoli europea donde con mayor claridad y antelación la confianza en las técnicas, en la ciencia, en el desarrollo económico, en la bondad de la naturaleza, en la historia que conduce necesariamente hacia lo mejor, en la democracia se había revelado por completo carente de fundamento. Haber nacido en esta ciudad —llegué a escribir una vez, no pensando en mí, sino en el pesimismo de Lila— sirve para una sola cosa: saber desde siempre, casi por instinto, lo que hoy, entre mil salvedades, todos comienzan a sostener: el sueño de progreso sin límites es, en realidad, una pesadilla llena de ferocidad y muerte».

Una desconfianza en la Historia que recuerda la definitiva desconfianza en el cosmos, o en la naturaleza, de la que el yo narrador habla siempre al comienzo del tercer volumen: «Y me largué, vaya si me largué. Aunque para descubrir en las décadas siguientes que me había equivocado, que se trataba de una cadena con eslabones cada vez más grandes: el barrio remitía a la ciudad, la ciudad a Italia, Italia a Europa, Europa a todo el planeta. Hoy lo veo así: no es el barrio el que está enfermo, no es Nápoles, sino el planeta, es el universo, o los universos. La habilidad consiste en ocultar u ocultarse el verdadero estado de las cosas».

Me detendría en la Historia. La tetralogía *Dos amigas* es también un canto pesaroso entonado a las ilusiones de la segunda mitad del siglo XX, o quizá de toda nuestra modernidad. Me asustan mucho esos historiadores que últimamente declaran que, a la larga, el período que va de 1950 a 1990 —la época en que las desigualdades se redujeron, la movilidad social se convirtió en una realidad y las masas populares fueron con frecuencia protagonistas— podría interpretarse como un breve momento de discontinuidad en un panorama general donde las grandes disparidades son la norma. El siglo XXI comenzó con el notable aumento de las diferencias entre ricos y pobres. ¿A usted le parece que la segunda mitad del siglo XX no ha sido más que un paréntesis? ¿No es incluso realista pensar que el futuro nunca está escrito?

FERRANTE: Sí, creo que es así: el futuro nunca está escrito. Pero la Historia y las historias están escritas, y así escritas, desde el balcón del presente contemplan la tormenta eléctrica del pasado; es decir, que no hay nada más inestable que el pasado. El pasado, en su indeterminación, se ofrece o bien a través del filtro de la nostalgia, o bien a través del filtro de la indagación preliminar. No me gusta la nostalgia, conduce a ver el sufrimiento individual, las amplias bolsas de pobreza, la mediocridad cultural y civil, la corrupción extendida, la regresión después de progresos mínimos e ilusorios. Prefiero la aportación de pruebas. El período de cuarenta años que usted menciona fue, en realidad, muy difícil y doloroso para cuantos partían de una condición de desventaja. Y por desventaja me refiero también, y sobre todo, a ser mujer. Y no solo eso. Las grandes masas que se sometieron a sacrificios inhumanos para subir algún peldaño en la escala social, ya a partir de los años setenta experimentaron la tortura de la derrota, la propia y la de sus hijos. Sin contar una especie de guerra civil latente, la llamada paz mundial siempre en riesgo, y los orígenes de una de las revoluciones tecnológicas más devastadoras unida a una de las más devastadoras desestructuraciones del antiguo orden político y económico. El hecho nuevo no es que el milenio se inaugure con el notable aumento de las diferencias entre ricos y pobres, digamos que ese es un dato de sistema. El hecho nuevo es que los pobres no tienen más horizonte de vida que el sistema capitalista ni más horizonte de redención que el religioso. La religión es ahora la que administra tanto la resignación en vista de un reino de dios en los cielos, como la insurrección en nombre de un reino de dios en la tierra. La teología, a la que me refería antes, se está tomando la revancha. Pero, como usted decía, no hay nada escrito y lo que pasará solo podrá sorprendernos. No me agradan los técnicos de la previsión. Trabajan sobre el pasado, y en el pasado solo ven el pasado que les conviene ver. La navegación visual es menos progresiva e impetuosa, pero más sensata, en especial, cuando en las aguas abundan los remolinos. A mí me parece inevitable vivir al borde del caos, es lo que le toca a quien siente —y quien escribe no puede evitar sentirlo— el equilibrio precario de todas las existencias y de todo lo existente. Es justo y estimulante tener siempre presente que si ahí, en ese lugar determinado, las cosas más o menos funcionan, en otro lugar no funciona nada y el desequilibrio lejano es la señal de un hundimiento que pronto nos afectará.

LAGIOIA: Parece que el final de la tetralogía *Dos amigas* coincide con el final de cierta idea de Italia. Algo que había revivido en la inmediata posguerra comienza a dar señales de cansancio. Me pregunto si es realmente así, o si Italia parece a menudo al borde de una especie de abismo, tal vez porque en ocasiones —como en la cita anterior de Lenuccia— corre de veras el peligro de anticipar de una forma esencial y desnuda discursos que otros países del mundo digieren luego retóricamente con una apariencia menos inmediata y escandalosa. Con frecuencia nos encontramos sin terreno bajo los pies. En el fondo, si *Dos amigas* hubiera terminado el verano de 1992, después de la muerte de los jueces Falcone y Borsellino, habría dejado la misma sensación de final del trayecto. Lo mismo puede decirse de 1994, o después del terremoto de 1980. ¿O bien, por el contrario, esta vez nuestro país está pasando —o está a punto de pasar— página para siempre?

FERRANTE: Yo no veo el final del trayecto de nada, y no me gustan ni los pesimistas ni los optimistas. Solo trato de mirar a mi alrededor. Si la meta para todos debe ser una vida no digo feliz pero al menos cómoda, no hay final del trayecto, más bien hay una constante reconsideración del recorrido, que se refiere no solo a las vidas individuales, sino, como le decía, a las generaciones. Ni usted ni yo, ni nadie está limitado a este «tiempo de ahora» ni siquiera a «las últimas décadas».

LAGIOIA: Nos encontramos en el país del familismo amoral. La familia es el primer núcleo social que logramos imaginar y, con frecuencia, también el último. El hecho de estar tan poco interesados históricamente en el bien común de puertas afuera creo que no contradice el hecho de que la familia es también terreno de violentos choques. Para Lila y Elena es así, siempre. Los lazos de sangre nunca dejan de querer que los corten y, al mismo tiempo, nunca dejan de querer poseernos. De acuerdo, todo rito de paso tiene su precio. Pero ¿emanciparse de la familia en Italia sigue siendo hoy imposible sin pasar por una serie de violencias y sufrimientos del todo inútiles? FERRANTE: La familia es de por sí violenta, es violento todo lo que se basa en los lazos de sangre, es decir, en lazos no elegidos, lazos que nos imponen la responsabilidad del otro sin que antes haya habido un momento en que decidimos aceptarla. En la familia, los buenos y los malos sentimientos siempre son excesivos: afirmamos exageradamente los primeros y negamos exageradamente los segundos. Es excesivo Dios padre. Abel es tan excesivo como Caín. Los malos sentimientos son en especial insoportables cuando quien los inspira es alguien de nuestra sangre. En definitiva Caín mata para cortar el lazo de sangre. Ya no quiere ser el guardián de su hermano. Ser guardián es un deber insoportable, una responsabilidad agotadora. Sobre todo no es fácil aceptar que no solo el extraño, el rival —es decir, el vecino del otro lado de «nuestro» río, que no se encuentra en nuestro suelo y no tiene nuestra misma sangre— inspiran malos sentimientos sino tal vez, con más contundencia, quien está cerca, nuestro espejo, el prójimo al que deberíamos amar, nosotros mismos. La emancipación sin traumas solo es posible en un núcleo donde la autorreferencialidad se ha mantenido a raya enseguida y se ha aprendido a amar al otro no como a nosotros mismos —fórmula arriesgada—, sino como el único modo posible de sentir el placer de estar en el mundo. Lo que nos corrompe es la pasión por nosotros mismos, la necesidad y la urgencia de nuestra propia primacía.

LAGIOIA: Quien está de veras arraigado a la vida no escribe novelas. Desde este punto de vista, la relación entre Elena y Lila me parece verdaderamente arquetípica. Muchas parejas de amigos/rivales funcionan así. O, si se quiere, es la dinámica que une a los artistas con sus musas, aunque en este caso las musas sean de todo menos etéreas. Al contrario, son terrenales hasta la médula, están empeñadas en hacer frente a la vida, en chocar con ella de forma totalizadora. Lila es quien siente las cosas del mundo con más radicalidad. Sin embargo, por eso mismo, no es ella quien puede ofrecer testimonio de ello. Aunque Elena tema que tarde o temprano su amiga consiga escribir un libro maravilloso, capaz de restablecer objetivamente las proporciones entre ambas, eso no puede ocurrir.

La implacabilidad de semejante regla es tan recurrente que a mí me sorprende. Sentirse culpable por algo que, si de repente no tuviera más razón de ser, se transformaría en una amenaza para nosotros. Me parece que esta es una de las paradojas que ata a Elena a Lila. ¿Cómo se puede tratar de resolverla o de convivir con ella? Ofrecer testimonio por quien no puede hacerlo podría parecer un acto generoso o, al contrario, una manifestación de enorme arrogancia. O bien —y esta es la posibilidad más dolorosa— pasa a ser el arma para convertir a las personas que amamos en inofensivas, hasta el punto de aplastarlas. ¿Qué relación tiene con la escritura desde este punto de vista?

FERRANTE: Escribir es un acto de soberbia. Siempre lo supe, y por eso durante mucho tiempo oculté que escribía, en especial a las personas a las que quería. Temía revelarme y que me desaprobaran. Jane Austen se inventó una manera de esconder enseguida las cuartillas si alguien entraba en la habitación donde se había refugiado. Es una reacción que conozco: nos avergonzamos de nuestra propia presunción, porque no hay nada que pueda justificarla, ni siquiera el éxito. En fin, lo diga como lo diga, queda siempre el punto de que me he arrogado el derecho de encarcelar a los otros dentro de lo que a mí me parece ver, sentir, pensar, imaginar, saber. ¿Es una tarea? ¿Es una misión? ¿Es una vocación? ¿Quién me ha llamado, quién me ha encomendado esa tarea y esa misión? ¿Un dios? ¿Un pueblo? ¿Una clase social? ¿Un partido? ¿La industria cultural? ¿Los últimos, los desheredados, sus causas perdidas? ¿Todo el género humano? ¿Ese tema imprevisto que son las mujeres? ¿Mi madre, mis amigas? No, hoy todo se ha vuelto más descarnado y es evidente que solo yo me he autorizado a mí misma. Por motivos que incluso a mí me resultan oscuros, yo me he asignado la tarea de contar lo que sé de mi tiempo, es decir, reducido a la mínima expresión, lo que he visto con mis propios ojos, es decir, la vida, los sueños, las fantasías, los lenguajes de un reducido grupo de personas y hechos dentro de un espacio restringido, dentro de una lengua de poco relieve, reducida a un relieve aún menor por el uso que hago de ella. Tendemos a decir: no hay que exagerar, al fin y al cabo no es más que un trabajo. Tal vez ahora ya sea así. Las cosas cambian sin parar, sobre todo, los recipientes verbales en los que las encerramos. Pero queda la soberbia. Quedo yo que paso gran parte de mis días leyendo y escribiendo porque me he asignado la tarea de contar. Y que no consigo tranquilizarme diciendo: es un trabajo. ¿Acaso he considerado alguna vez que escribir es un trabajo? Nunca he escrito para ganarme la vida. Escribo para testificar que he vivido y que he buscado una medida para mí y los demás, dado que los demás no podían o no sabían o no querían hacerlo. Ahora bien, ¿qué es eso sino soberbia? ¿Qué otra cosa es sino decir: vosotros no sabéis veros ni verme, pero yo me veo y os veo? Así que no, no hay escapatoria. La única posibilidad es aprender a poner en su sitio al propio yo, volcarlo en la obra y apartarse, aprender a considerar la escritura como aquello que se separa de nosotros en cuanto queda concluida; uno de los muchos efectos colaterales de la vida activa.

NOTA. La entrevista de Nicola Lagioia (Italia), realizada entre febrero y marzo de 2015, se publicó el 3 de abril de 2016 en *la Repubblica* con el título «Perché scrivo. Elena Ferrante sono io» ('Por qué escribo. Elena Ferrante soy yo').

Reproducimos a continuación los correos electrónicos intercambiados por Nicola Lagioia, Sandra Ozzola y Elena Ferrante.

3 de febrero de 2015

Querida Elena Ferrante:

Le agradezco que haya aceptado esta conversación. Pero antes quiero darle las gracias por haber escrito una obra tan hermosa, potente y humana como la tetralogía *Dos amigas*. El modo en que sube el listón —o lo devuelve donde debería estar— convierte en culpables a quienes no lo aprovechen. Como ve, más que preguntas, las mías son consideraciones o el comienzo de pequeñas reflexiones. Es mi manera de sentir el libro y espero que pueda considerarlas el punto de partida de ulteriores reflexiones sobre el mundo que ha creado y sobre cómo ese mundo echa pestes del nuestro. Ha sido muy agradable estar en compañía de su voz.

Con cariño y admiración,

NICOLA LAGIOIA

27 de febrero de 2015

Querido Nicola Lagioia:

No sé cómo disculparme. Aprecio mucho sus observaciones y sus preguntas, he tratado de contestarlas, pero debo reconocer que no lo consigo, al menos de momento. Primero me lo impidió una gripe muy fuerte y ahora está el asunto del premio Strega. Estos días me siento tan incómoda y desanimada que no consigo escribir ni media palabra por temor a que, una vez publicada, puedan tergiversarla o sacarla a propósito de su contexto para usarla con malas intenciones. Por eso dejé de trabajar en las respuestas, no logro hacerlo con calma. Pero estoy leyendo *La ferocia* con gran entusiasmo. En cada página me parece encontrar la confirmación de la gran pasión, de la auténtica pasión por la literatura que he notado enseguida en sus preguntas y en cómo las ha enfocado. Seguiré con la entrevista, aunque solo sea por la confianza que me inspira y por el placer de dialogar con usted. Pero no en esta etapa especialmente deprimente. Espero que no lo tome a mal, me daría un disgusto.

ELENA FERRANTE

28 de febrero de 2015

Querida Elena Ferrante:

En Italia el cotilleo literario no tiene nada de literario, es agotador, nada más. Entre otras cosas, en el momento de enviarle las preguntas, no sabía que Einaudi me iba a proponer para el premio Strega, y quizá usted tampoco sabía lo de su propia candidatura. Después de enterarme de nuestras nominaciones, enseguida pensé que nuestra conversación podía verse como un momento liberador de juego limpio entre dos escritores nominados, que prefieren hablar de literatura y nada más, porque es lo único que les interesa. Pero también entiendo que hay gente dispuesta a aprovechar el menor pretexto para difundir chismes y estupideces. Sin embargo, no dejaré de asistir a la lectura del 13 de marzo. Iré con alegría a leer algunas páginas de *Dos amigas* a Libri Come. Si quiere reanudar nuestra conversación más adelante, estaré encantado. Los cotilleos pasan, los buenos libros permanecen, y nunca es tarde para hablar de ellos.

Con cariño,

NICOLA

30 de septiembre de 2015

Querido Nicola:

Nuestra autora nos pide que te hagamos llegar estas respuestas a tus hermosas preguntas/no preguntas. Creo que ha salido un diálogo muy interesante pero me pide que, por ahora, no se publique.

Te mandamos todos un saludo,

SANDRA

Querido Nicola:

Le había prometido que trataría de contestar a sus preguntas cuando pasara la agitación del Strega. Lo he hecho, pero le pido que no publique nada de momento. Algunas respuestas son exageradamente largas, en algunos puntos confusas, y me temo que aquí y allá he sido imprudente. De todos modos le mando el texto, pero solo porque lo prometido es deuda y porque tiene usted toda mi estima.

Me he amoldado con gusto a su planteamiento por temas. Pero he tratado de razonar prescindiendo, en la medida de lo posible, de la tetralogía *Dos amigas*. Como todos los libros, sean buenos o malos, *Dos amigas* es un organismo elástico y los lectores deben considerarlo igual: abierto a todas sus impresiones. A menudo cito con gusto la página que Barthes dedicó al papel de la S y la Z al comentar *Sarrasine* de Balzac. Si se trata de un texto crítico fundamentado o de una fantasiosa diversión, esa página es la demostración extraordinaria de que un texto está lleno de posibilidades y que no solo la frase, no solo el nombre, sino cada una de las letras de un relato están ahí adrede para encender la imaginación del lector. Borrar su flexibilidad aportando como autora la «interpretación adecuada» es, pues, un pecado mortal. Cada vez que lo hago me arrepiento. Por otra parte, seguro que también en este caso habrá ocurrido aquí y allá. Tal vez deberíamos partir siempre de la premisa de que lo que el autor imagina haber escrito no tiene más fundamento que lo que el lector imagina haber leído. Con esto no quiero decir que vaya usted desencaminado con sus observaciones; solo intento separar mi libro de lo que me ha venido a la cabeza y que he escrito en esta determinada circunstancia.

Elena

1 de octubre de 2015

Querida Sandra:

Te ruego que des las gracias a Elena Ferrante de mi parte. Muchas de sus respuestas me parecen, además de hermosas, importantes, porque encaran el tema de la escritura literaria —el acercamiento a la página de un escritor— con un enfoque que resulta difícil encontrar en el debate cultural, sobre todo en Italia.

En cuanto a la posibilidad de su futura publicación, hagamos lo que a Elena Ferrante le parezca mejor. Si necesita ajustar, limar, dejar reposar el razonamiento, ningún problema, por supuesto. Para mí las necesidades literarias se imponen a las periodísticas.

Un abrazo,

NICOLA

Índice

II. FICHAS. 2003-2007

III. Cartas. 2011-2016